Ullstein Krimi

Dorothy Dunnett

Dolly und der Singvogel

Ein Johnson-Johnson-Roman

Übersetzt von Uwe Anton

Ullstein Krimi

Ullstein Krimi
Lektorat: Georg Schmidt
Ullstein Buch Nr. 10404
im Verlag Ullstein GmbH,
Frankfurt/M – Berlin
Titel der englischen
Originalausgabe:
Dolly and the Singing Bird

Erstmals ungekürzte deutsche Ausgabe

Umschlaggestaltung und Fotorealisation:
Welfhard Kraiker und Karin Szekessy

Printed in Germany 1986
Gesamtherstellung:
Ebner Ulm
ISBN 3 548 10404 5

Oktober 1986

CIP-Kurztitelaufnahme
der Deutschen Bibliothek

Dunnett, Dorothy:
Dolly und der Singvogel: e. Johnson-Johnson-Roman / Dorothy Dunnett.
Übers. von Uwe Anton. – Dt. Erstausg. –
Frankfurt/M; Berlin: Ullstein, 1986.
(Ullstein-Buch; Nr. 10404: Ullstein-Krimi)
Einheitssacht.: Dolly and the singing bird ‹dt.›
ISBN 3-548-10404-5
NE: GT

1

Männer mit Zweistärkenbrillen: Ich spucke auf sie.

Ohne Zweifel habe ich Sie überrascht. Ich bin bekannt für harte Arbeit und ausgezeichneten Gesang, aber nicht gerade für ein überschäumendes Temperament. Doch nun hat sich all das geändert – seit Johnson in mein Leben getreten ist.

In jenem August mußte ich zwei Konzerte auf dem Edinburgh Festival geben – vielleicht haben Sie mich gehört. Ich hatte in Holland und Deutschland gesungen und litt unter vier Pfund Übergewicht; daher reiste ich inkognito: die Idee meines Managers Michael.

In London wurde ich auf dem Flughafen also nicht willkommen geheißen. Kein Blumenstrauß, kein abgeschirmter Gesellschaftsraum, kein kostenloser Champagner und Kaffee, und keine englischen Geldmünzen zum Telefonieren. Auch Michaels Idee: Ich stellte fest, daß ich unter seinem Namen reiste. Mrs. Twiss.

Obwohl Michael ein ausgezeichneter Manager und Repetitor ist, kann er manchmal störende Echos von der Tottenham Court Road von sich geben. Im Flugzeug erwähnte ich, daß ich gewisse Vorbehalte in Bezug auf den Namen Twiss als geschmackvolles Inkognito empfände. Ich setzte meine Sonnenbrille auf. Die Stewardeß lief rosarot an und hing meinen Balenciaga auf. Fünf Leute baten mich um Autogramme. Michael wäre auch rot angelaufen, war aber, wie üblich, luftkrank. Nicht eine Sekunde zu früh erreichten wir Edinburgh.

Dort war für den Anfang alles völlig normal. Ich wurde vom Direktor des Festivals mit einem Strauß Rosen und Heidekraut empfangen, in meinem Hotel erwarteten mich weitere Blumen und achtzehn Einladungen sowie mein Dienstmädchen, meine Sekretärin sowie mein Rechtsbeistand mit einigen Papieren betreffs einer Klage, die ich durchlesen und unterschreiben sollte. Ich probte, ich ruhte, ließ mir das Haar mit einer platinblonden Perücke richten und wurde von der Presse interviewt.

Michael hatte ihnen gesagt, was sie fragen sollten. Sie stellten ein paar andere irrelevante Fragen. Sie fragten, ob ich vorhätte, niemals zu heiraten. Sie fragten, ob es wahr wäre, daß ich ein Gis in Alt singen könnte.

Ich erwiderte, daß ich das Singen sicher der Liebe willen aufgeben würde, sollte mir der richtige Mann begegnen. Ich sagte, wenn jemand den ganzen »Tam o'Shanter« aufsagen würde, würde ich ein Gis-Alt singen.

Jemand sagte den Text über die runde Wollmütze der Schotten auf, und so sang ich ein Gis-Alt, und zum Glück traf ich den Ton genau: die Pressekonferenz endete mit ungeheurer Herzlichkeit, und die massenhafte Publicity in den Abendzeitungen gefiel sogar meinem Manager Michael. Auch die Fotos waren ziemlich erfreulich. Schließlich bin ich die einzige lebende fotogene Koloratursopranistin. Mein einziges Problem zu dieser Zeit lag darin, am Leben zu bleiben.

Das erste Konzert verlief gut. Thalberg, der aus München gekommen war, um für mich zu dirigieren, war sowohl bei der Probe als auch bei der Vorstellung nüchtern und ließ sich von meiner Gefolgschaft so durcheinanderbringen, daß er die Zähne aus dem Mund nahm, bevor er auf die Bühne kam, und verlangte, man solle ihm gefälligst vom Podium hinabhelfen. Aber es bestand überhaupt kein Zweifel, wer die größeren Ovationen bekam. In dem Bonwit Teller-Kleid, in dem ich mich nicht setzen kann, wurde ich elfmal auf die Bühne gerufen, während die guten Leute von Edinburgh in ihren Hush Puppies auf den Boden der Konzerthalle trommelten.

Ich bin der Meinung, Edinburgh schnürt einem die Kehle zu. Ich hatte die Donna Elvira nie besser gesungen; nach dieser Probenwoche mit Michael in Düsseldorf verschmolzen die Tonlagen vollkommen. In der Künstlergarderobe küßte Thalberg mir die Hand, nachdem er sein Gebiß wieder an Ort und Stelle gesetzt hatte. Dann verwendete er mit Bedacht einen beleidigenden Ausdruck, und ich gab ihm die passende Antwort. Wie in jedem anderen Geschäft muß man auch in meinem ständig auf der Hut sein, daß einem nicht die Kehle durchgeschnitten wird. Dann ging er zurück zu seinem Freund im North British Station Hotel; und ich brach auf zu einem Stelldichein mit einem Liebhaber mit einwandfreiem Lebenswandel namens Kenneth.

Ich gehe natürlich keine wahllosen Verbindungen ein. Bei der Arbeit, der ich nachgehe, wäre dies unmöglich. Gelegentlich trifft man zwischen Tourneen, Film- und Schallplattenaufnahmen einen Geistesverwandten, aber nur gelegentlich. Es ist schwer, unter all den Anträgen und bloßen Angeboten die Männer herauszusortieren, die Tina Rossi um ihrer selbst willen mögen und nicht des Geldes wegen, das sie verdient.

Kenneth Holmes und ich hatten uns im Vorjahr in Nevada getroffen; Michael und ich waren während einer langen und anstrengenden Amerika-Tournee dorthin geflogen, um uns ein paar Tage zu erholen. Kenneth war einer jener freundlichen, ballspielenden Männer mit Stil, gutem Aussehen und einer ungestümen Wesensart, die für einen

Ingenieur mit umfassender Ausbildung einfach lächerlich war. Er arbeitete im Rahmen eines Austauschprogramms in den Staaten, wo man ihm ein kostspieliges Labor zur Verfügung gestellt hatte, in dem er schalten und walten konnte, wie es ihm beliebte.

Ich erholte mich. Ich wünschte mir Ruhe, Entspannung und Sicherheit, und er gab sie mir. Später meldete er sich immer wieder mal und schickte mir kleine Geschenke. Dann brach er nach London auf, und später, wie ich hörte, nach einem Ort namens Rum in Schottland.

Von Talloires – unserem offiziellen Wohnsitz – aus, erstellte Michael meinen Terminplan Monate und Jahre im voraus. Aber es war dieses Jahr zu Weihnachten, als er auf mein Verlangen hin zwei Auftritte in Edinburgh vereinbarte, denen eine zehntägige Ruhepause folgen sollte. Und in meiner Handtasche befand sich nun, als ich mich im Hotel umzog, Michael Twiss und das Dienstmädchen abschüttelte und aus einer Seitentür in die Dunkelheit hinaustrat, ein Zettel, auf dem einfach stand: 22 B Rose Street, heute abend, Liebe, Liebe, Liebe, Kenneth.

Rose Street ist eine kleine Gasse mit Pubs, Kaufhäusern, Boutiquen und kleinen, zu Wohnungen umgebauten ehemaligen Stallungen, direkt hinter der Hauptstraße von Edinburgh. Ich brauchte fünf Minuten um sie zu erreichen, und schritt mit gesenktem Kopf an Gruppen herumlungernder Nachtschwärmer und einladenden Stimmen in Eingängen vorbei. Mit Sonnenbrille, Kopftuch und Regenmantel würde mich bestimmt niemand erkennen.

Töricht, natürlich. So etwas sollte man von einer Fünfzehnjährigen erwarten, die sich aus dem Schlafsaal stiehlt, aber nicht von Tina Rossi, der polnisch-italienischen Nachtigall. Aber ich konnte nicht leichten Sinnes tun, was Thalberg tut. Ich wollte meine Karriere diesem Risiko nicht aussetzen.

Das letzte Stückchen beeilte ich mich. Ich erinnerte mich so gut an seine breiten Schultern und sein Schlüsselbein, seine Fingernägel und das dicke braune Haar, das sein Friseur in der Bronx auf einen Stoppelschnitt reduziert hatte. Ich fand den Eingang zur Nummer 22, lief die Treppe hinauf und über eine kleine hölzerne Brücke zu einem Ponton mit einem Jochbalken auf den beiden Stufen und einer gelb angestrichenen Tür – 22 B. Die Wohnung eines Schulfreundes, hatte Kenneth einst gesagt. Der einzige Ort für ein Rendezvous, wenn man Ruhe und Abgeschiedenheit sucht.

Ich nahm den Schlüssel heraus, der mit der Nachricht gekommen war, und öffnete die garantiert nicht tröpfelnde Primeltür.

Es war warm in der Wohnung. Es roch nach süßen Erbsen, Pfeifenrauch und heißer Suppe, was genau mit Kenneths gedankenvoller, aber nicht extravaganter Einstellung zu einem hitzigen Augustabend paßte. Die Wohnung war klein, überbeleuchtet und lebhaft herausgeputzt, in einem Stil, der vor zehn Jahren vielleicht mal in Kensington modern gewesen war. Ich ging langsam an der grünen Morris-Tapete vorbei, betrachtete die sechs satinüberzogenen Stahltürknöpfe und rief leise: »Kenneth!«

Keine Antwort.

»Kenneth? Wo bist du?«

Immer noch keine Antwort. Er schlief wahrscheinlich. Ich öffnete nacheinander die Türen.

Ein Schlafzimmer, unbenutzt. Ein weiteres Schlafzimmer, mit Handtüchern, Seife und einem Schrank voller Kleidung, von der ich nichts als die Kenneths erkannte, obwohl der Bettbezug zerknittert war, als hätte jemand einen Koffer auf dem Bett ein- oder ausgepackt, und der Pfeifenqualm sehr schwer in der Luft hing. Verwirrt wanderte ich weiter.

Ein Badezimmer, das Waschbecken naß und noch warm, daneben ein schmutziges Handtuch. Eine Küche, sehr klein, mit einem Elektrokocher, auf dem ein Topf mit Dosensuppe stand. Die Dose, leer, und ein Dosenöffner. Der Kocher war ausgeschaltet, aber die Suppe war noch warm. Woher kam dann dieses summende Geräusch? Ich lokalisierte es; ein Eisschrank, dessen Tür nicht ganz geschlossen war. Darin lagen zwei rohe Steaks in Papier, eine Packung Chips und eine Flasche Champagner, kaum gekühlt. Ich schloß die Tür geräuschvoll und ging weiter.

Die letzte Tür führte ins Wohnzimmer. Die Stühle waren sämtlich aus Ebenholz und mit Sackleinen und Lurex aufgepolstert, und die Topfpflanzen hätten ein Gießen vertragen können. Im Kamin brannte ein Feuer aus Holz und Kohle in hellem Gelb und Rot, obwohl die Kohle auf den Bodenkacheln verschüttet worden war und sich kürzlich erst zu Tode geraucht hatte. Vor dem Feuer stand ein Serviertablett für zwei Personen auf einem kleinen Tisch, und die Champagnergläser standen bereit. Die Stühle auf beiden Seiten des Tisches waren leer. Der Raum war leer. Kenneth war nicht da.

Zuerst konnte ich es nicht ganz glauben. Die Wohnung kam mir bewohnt vor. Das Holz eines Stuhls knackte. Ein paar Meter entfernt knisterte Kohle im Kamin. Ich ging schnell durch die Zimmer zurück, die ich schon aufgesucht hatte, und öffnete zusätzlich zwei oder drei

Schränke. Dann rief ich; und ich klinkte sogar die gelbe Eingangstür auf und schaute auf die Straße. In einer Einfahrt küßte sich ein Pärchen, und ein Mann am Bordstein steckte sich eine Zigarette an. Er blickte kurz hoch, aber von Kenneth keine Spur. Ich schloß die Tür und ging langsam zurück.

Ich überlegte. Kenneth war vielleicht noch nicht eingetroffen. Oder er war Zigaretten holen gegangen. Oder ein Freund hatte angerufen und ihn zu einem Drink mitgeschleppt. Oder der Besitzer der Wohnung war zurückgekommen. Der möglichen Antworten gab es viele.

Im Badezimmer fiel das schmutzige Handtuch mit einem Klatschen von der Stange, und ich sprang wie eine Närrin hoch. Dann zog ich den Regenmantel aus und legte das Kopftuch ab, ließ beides zu Boden fallen, setzte mich vor das großartige Feuer und ging mit etwas gesundem Menschenverstand an das Problem heran.

Da fiel mir die kleine Karte auf dem Kamingesims auf. Es war eine ziemlich gewöhnliche Karte, eine quadratische Visitenkarten aus Karton mit dem Aufdruck *Dr. Kenneth Holmes* und seiner Londoner Adresse. Ich nahm sie und drehte sie um. Auf der Rückseite standen in Kenneths charakteristisch großer Handschrift fünf einsame Worte. *Darling, es tut mir leid.*

Darling, mir tat es auch leid; und ich riß seine gottverdammte Karte in Fetzen, um es zu beweisen. Aber als ich mich nach kurzer Zeit von meinem Temperamentsausbruch erholte, kam ich auch wieder zu Verstand. Dieser wohlüberlegte Abschied ohne Erklärung entsprach nicht Kenneth Holmes' Natur. Ich glaube, Kenneth ist der schmerzhaft ehrlichste Mensch, der mir je begegnet ist. Den Streit, den wir hatten, bevor er mich verführte, werde ich niemals vergessen.

Also ist er plötzlich gegangen. Also wollte er mich nicht kompromittieren. Gleichzeitig hätte Kenneth nichts mehr Schmerzen bereitet als der Gedanke, daß ich heute abend hier eintreffen und nicht ihn, sondern eine solch flüchtige Botschaft vorfinden würde. Wenn ich mich umsah, würde ich doch sicher irgendwo einen Hinweis auf seine plötzliche Abreise finden. Oder eine andere Nachricht vielleicht, irgendwo anders in der Wohnung? Ich stand auf, atmete tief ein und schaute mich systematisch um.

Mangelnde Nervenstärke zählt nicht zu meinen Schwächen, aber diese Suche behagte mir nicht. Gedämpft durch eine Plastikschaum-Unterlage machten meine Schritte kein Geräusch. Nur manchmal knarrte in einem Raum, den ich gerade durchschritten hatte, ein Dielenbrett, oder eine Tür fiel mit einem Male zu. Trotz all der modernen Möbel war das Haus ziemlich alt. Aber obwohl es mir nicht gefiel, durchsuchte ich die Wohnung gründlich, und ich hatte gerade die Hand auf der letzten Tür, auf der Garderobentür in der Diele, als die Türklingel an meinem Ohr plötzlich anschlug.

Es war nach Mitternacht. In der leeren Wohnung, wo alle Lampen noch in den unbewohnten Räumen brannten und das Feuer allmählich erlosch, schrillte das Geräusch wie eine Alarmglocke. Nach einem Moment der Ruhe klingelte es wieder und schellte dann beharrlich weiter. Gleichzeitig bewegte sich unter meiner Hand die Tür der Dielengarderobe aus eigenem Antrieb, drückte gegen meine Hand, den Arm, die Schulter und schwang schließlich weit auf, während aus ihren Tiefen plötzlich etwas Dunkles, Schweres und Leises hervorkam.

Und ich stand da und sah einfach zu, wie sie mir entgegenkippte: die Gestalt eines langsamen, starken Mannes mit kalten Augen, der mir mit dreschenden Armen auf den Teppich folgte, während sein tierisches Gewicht selbst meine ausgebildeten, zurückschnellenden Lungen flachdrückte.

Ich fiel, und sein Haar strich mir übers Gesicht, und sein unrasiertes Kinn fuhr mir kratzend über die Wange; und Zorn schluckte meine Furcht.

Ich drückte heftig. Ich hielt ihn zurück und holte tief Luft, um die Männer herbeizurufen, die auf der anderen Seite dieser gelben Eingangstür standen, deren Stimmen ich hören konnte und unter deren Hand die Türglocke klingelte, noch immer über uns beiden klingelte.

An all das erinnere ich mich. Und ich erinnere mich an den Augenblick, in dem ich auf meine eigene zur Faust geballte Hand schaute, die die seine zurückhielt, und merkte, daß seine Finger steif waren, sein Handgelenk kalt, seine Glieder schlaff. Und ich begriff, daß der Angreifer mit den kalten Augen tot war.

Er lag auf dem Teppich und starrte mit bleichen, offenen Augen zur Decke, während die Türglocke wieder und wieder anschlug, und das runde, schwarze Loch in seinem Hemd zeigte, wie er gestorben war. In Kenneths Wohnung, aus der Kenneth geflohen war. Hinter der Tür sagte eine ferne Stimme: »Mir gefällt das nicht, Sir, sollte die Lady dort drin wirklich allein sein.« Und dann hob sich die Stimme und sagte: »Hallo! Würden Sie bitte öffnen? Es ist von Wichtigkeit. Hier spricht ein Polizeibeamter.«

Ich wage zu behaupten, daß der Instinkt eine wunderbare Sache ist;

aber ich ziehe es vor, den Verstand einzusetzen. Wenn ein Fremder tot zu Ihren Füßen gelegen hätte, hätten Sie die Polizei vielleicht mit einer Bekundung nervöser Erleichterung willkommen geheißen. Ich andererseits bewahrte einen kühlen Kopf.

Ich will nicht vorgeben, ich hätte mich von dem Schreck erholt. Aber ich konnte die beiden wesentlichen Punkte ausmachen. Wollte ich den Kurs verfolgen, den ich selbst eingeschlagen hatte, durfte der Name Tina Rossi weder in einen Skandal noch in einen Mord verwickelt werden. Und Kenneth Holmes mußte, wenn möglich, vor einer Verfolgung und einem Skandal beschützt werden. So stand ich über dem Toten, nahm einen langen, anhaltenden Atemzug und rief mit halber Tonhöhe: »Hallo! Es tut mir leid, ich muß eingeschlafen sein. Würden Sie bitte einen Augenblick warten?«

Und während die Stimme auf der anderen Seite der Tür erleichtert »Ja, natürlich, Madam. Tut mir leid, daß wir Sie stören müssen. Lassen Sie sich Zeit!« sagte, hatte ich die Leiche an einem Arm und einem Bein gefaßt und schleppte sie in die Garderobe zurück. Ich schloß die Tür ab und steckte den Schlüssel in meine Tasche.

Dann setzte ich die Sonnenbrille auf, strich mir das Haar glatt, warf einen letzten Blick auf den Wandschrank, marschierte zur gelben Eingangstür und riß sie auf. »Tut mir leid, daß ich Sie so lange warten ließ«, bemerkte ich.

Es standen drei Männer auf der Schwelle zwischen den beiden Jochbalken, und zwei davon waren, Gott sei gedankt, echte Polizisten. Beim dritten fielen mir auf den ersten Blick nur eine Zweistärkenbrille, deren Halbmonde aus Glas hell im Licht leuchteten, und ein Lächeln von grenzenloser Ausdruckslosigkeit auf. »Ich hoffe, Sie verzeihen uns, daß wir Ihnen Unannehmlichkeiten bereiten«, sagte der ältere Beamte, »aber es liegt ein Raub mit unmittelbarer Anwendung von Gewalt vor, und wir ziehen an jeder Wohnungstür Erkundigungen ein. Haben Sie etwas dagegen, daß wir eintreten?«

Sie kamen herein, stampften an der Dielengarderobe vorbei und ins Wohnzimmer. Das Feuer war fast erloschen, und der Tisch mit den beiden leeren Champagnergläsern davor ließ einen an eine unterfinanzierte Operette denken. »Bitte, setzen Sie sich«, sagte ich. »Wie genau kann ich Ihnen helfen?« Lieber Gott, lieber Gott, der du über Koloratursopranistinnen wachst, sie hatten mich nicht erkannt. Ich konnte Miß Smith aus Blackheath sein, und meinen Schwager besuchen. Als der Sergeant ansetzte, hörte ich genau zu.

Es war einfach genug. An diesem Abend war in drei Wohnungen

des Häuserblocks eingebrochen worden, und Mr. Zweischärfenbrille, der Mieter einer dieser Wohnungen, hatte den Dieb überrascht und mit Hilfe des Gesetzes verfolgt. Der Flüchtige war in der Rose Street verschwunden und konnte zwei oder drei mögliche Häuser betreten haben. Diese Wohnung gehörte dazu. Hatte ich jemanden gesehen, fragte der Polizei-Sergeant geradeheraus. Und hätte ich etwas dagegen, wenn sie sich ein klein wenig umsehen würden, für den Fall, daß jemand unbekannterweise eingedrungen war? Ich sei nicht, fragte er schroff, die Mieterin? Man habe ihm gesagt, normalerweise wohne ein Mr. Chigwell hier, obwohl er die Wohnung manchmal Freunden überließ... Er war aufs äußerste taktvoll.

Offensichtlich hatten die Nachbarn gesehen, daß ich die Wohnung betreten hatte. Vielleicht hatten sie auch gesehen, daß Kenneth gegangen war? Die Frage war, wann war er gegangen? Bevor oder nachdem die scheußliche Gestalt in der Garderobe eingetroffen war? Mir kam in den Sinn, daß der Mann, der eingepfercht hinter dieser verschlossenen Tür lag, unrasiert, wie er war, nicht wie ein Herumlungernder ausgesehen hatte. Konnte der Dieb den Mord in Panik begangen, den Toten dann in die Garderobe geschoben haben und gegangen sein? Aber niemand war gegangen. Dies sagte der Sergeant tröstlicherweise. »Den Erkundigungen zufolge, die wir eingezogen haben, scheint es ziemlich klar, daß der Bursche noch hier ist, wenn er eins dieser Häuser betreten hat. Diese Wohnungstürschlösser würden kein Problem für ihn darstellen. Aber Sie haben nichts gehört, Miss?«

Ich schüttelte den Kopf.

»Und Sie sind allein in der Wohnung? Darf ich fragen, wann Sie gekommen sind?«

Ich sagte es ihm. Er wußte es offensichtlich schon. Eine Straße voller Übereifriger, wichtigtuerischer Menschen.

»Und mir wurde gesagt, daß der Herr, dem Mr. Chigwell manchmal die Wohnung überläßt, kurz zuvor gegangen ist.«

Da war eine Frage in der Stimme. Die Champagnergläser, natürlich. »Er ist mein Schwager«, sagte ich. »Wir wollten uns hier treffen, um ein Glas zu trinken, aber ich fand eine Nachricht, die besagt, daß er fortgerufen worden sei. Ich wartete ein wenig, für den Fall, daß er zurückkäme.«

Ich hielt den Atem an, aber er ging dieser Aussage nicht nach. Schließlich kam es ihm nur auf den Mann an, den er jagte. Ich gab ihm den Namen und die Edinburgher Hoteladresse einer fiktiven Miß

Smith aus Blackheath und stand dann wie ein Dummerchen da, als er sein Notizbuch zuklappte und ankündigte, daß er nun die Wohnung durchsuchen werde.

»Aber es ist niemand hier«, sagte ich. »Ich hätte es gehört. Ich bin mir völlig sicher.«

»Nun ja«, sagte der Sergeant. Er sprach in einem Baßbariton, den ich besonders wenig mag. »Haben Sie nicht gesagt, Sie hätten ein wenig geschlafen? Und er macht viel weniger Lärm als eine Türglocke. Dessen können Sie sich ziemlich sicher sein.«

»Es wird nicht lange dauern«, sagte der andere Polizist heiter. Er war ein Tenor. »Und ich garantiere Ihnen, danach werden Sie sich viel sicherer fühlen.«

Ich konnte hören, daß sich meine Stimme ein wenig hob. »Aber ich bleibe sowieso nicht hier. Ich wollte eigentlich schon lange gegangen sein.« Ich folgte dem Sergeant in ein Schlafzimmer. »Hören Sie, brauchen Sie mich überhaupt noch? Es ist schon spät. Ich würde gern gehen.« Sie hatten die Küche betreten.

Jemand faßte mich am Arm, und ich machte einen Satz. Ein Paar Zweistärkenbrillengläser, darüber zwei schwarfe Augenbrauen, strahlten in mein Gesicht. »Sie sehen doch nur unter ein paar Betten und verschwinden dann wieder«, sagte mein dritter Besucher freundlich. »Routine, wissen Sie. Warum lassen Sie mich nicht eine Tasse Tee für Sie machen, während die Polizei die Wohnung durchsucht, und dann rufe ich Ihnen ein Taxi?« Und während ich Luft holte, um zu antworten, erlaubte er sich die Unverschämtheit, mir die Hand zu drücken. Die Zweistärkengläser blitzten auf.

»Sie haben dies fallen lassen, Madame Tina«, murmelte er. Und schloß meine Finger sanft über die Fetzen von Kenneth Holmes' Karte.

2

Ich glaube, mein Verstand war völlig leer, als ich dort vor dem fast erloschenen Feuer saß, die Champagnergläser betrachtete und dem Zischen zuhörte, mit dem die Brillenschlange in Mr. Chigwells hübscher kleiner Küche den Wasserkessel füllte. Und den leisen Geräuschen der Polizisten, die die ganze Wohnung durchsuchten. Schlafzimmer. Schlafzimmer, Badezimmer. Nun blieb nur noch die Diele. In der Küche hörte ich das Klappern von Tassen. Seit die

Brillenschlange mir Kenneths zerrissene Karte gegeben hatte, hatte er mit keinem der Polizisten gesprochen. Warum? Anscheinend wußte er, daß ich Tina Rossi war. Es war zu erwarten. Ich bin berühmt. Er wußte nun, denn die Einzelteile waren nur allzu leicht zu lesen, mit wem ich heute Abend eine Verabredung hatte. Dennoch zeigte er keine Eile, mich bloßzustellen.

Ich wußte nicht, ob mein Geld oder meine Tugend in Gefahr schwebte, und es war mir im Augenblick auch egal. Wenn ich gezwungen war, konnte ich mit Gentlemen fertig werden, die Zweistärkenbrillen trugen. Ich konnte nicht mit dem Gesetz fertig werden.

Und das Gesetz war nun in der Diele. Jeder Nerv in meinem Körper hörte die Garderobentür klappern und innehalten.

»Miß Smith!« Es war der Sergeant. »Wissen Sie, warum diese Tür abgeschlossen ist?«

Ich stand auf und ging hinaus. Die Dielengarderobe war so fest versperrt, wie ich sie zurückgelassen hatte, und der Schlüssel war in meiner Tasche. »Nein. Ich habe sie nicht abgeschlossen«, log ich. »Mr. Chigwell muß sie verschlossen haben.«

Der Sergeant klapperte wieder an der Tür. »Das ist eine Art Garderobenraum, nicht wahr? Komisch, daß er ausgerechnet die Tür abgeschlossen hat.«

»Ich nehme an, er bewahrt seine Golfschläger darin auf«, überlegte eine sanfte Stimme aus der Küche. Die Brillenschlange tauchte mit einer Teekanne in den Händen auf und lehnte sich gegen einen der Türpfosten. »Erstaunlich, wer alles mit einem Golfschläger davonmarschiert, wenn man seine Wohnung einem Kumpel überläßt. Es ist wie mit Büchern. Manche Leute haben einfach kein Gewissen.«

Der Polizist klapperte wieder an der Klinke. »Trotzdem, es ist ein geräumiges Zimmer; genau der Ort, an dem sich solch ein Bursche verstecken würde.«

»Das ist er sicherlich.« Brillenschlange setzte den Teekessel an, trat näher und nahm das Schloß in Augenschein. Die beiden Polizisten taten es ihm gleich. Ich konnte nicht hinsehen. Tausend Dinge konnten mich nun verraten. Ein Blutstropfen auf dem Teppich; ein Schlag gegen die Tür, der die darin befindliche Leiche umkippen lassen würde . . . Sogar der Blutgeruch . . . Bis auf die Tatsache, daß es fast kein Blut gegeben hatte. »Das Schloß da kann man leicht öffnen«, sagte der Sergeant und holte ein Stück Draht aus der Tasche. Das Telefon klingelte.

Es klingelte hartnäckig, auf seine Art so hartnäckig, wie es auch die

Türglocke gewesen war, und ungleich willkommener. Es klingelte stetig, bis der Sergeant aufblickte. »Es könnte für mich sein, Miss«, sagte er und kam auf die Füße, während ich mit einem ganz anderen Gedanken im Sinn zum Wohnzimmer hastete: Kenneth. Es könnte Kenneth sein, der Gott weiß was für eine Geschichte zu erzählen hatte, und hier in der Wohnung hörte immerhin die Polizei zu. Ich erreichte den Apparat zuerst und sagte: »Hallo?«

Es war nicht Kenneth. Es war ein Polizist, der sagte, daß sie glaubten, den Dieb festgenommen zu haben. In zwei Minuten, noch bevor mein Herz zu trommeln aufgehört hatte, verabschiedeten sich die beiden Polizisten mit höflichen Warnungen. Zweistärkenbrille, der sich wieder um den Teekessel kümmerte, erkundigte sich, ob ich es ungehörig fände, wenn er noch auf eine kleine Tasse Tee bliebe, vorausgesetzt, das Gesetz würde ihm erlauben, den Missetäter später zu identifizieren.

Das Gesetz erteilte ihm den nötigen Dispens, und ich ebenfalls. Die Tür schloß sich hinter den beiden aufbrechenden Polizeibeamten, und fünf Minuten später saßen Zweistärkenbrille und ich wie Porzellankatzen auf je einer Seite des neu angefachten, knisternden Feuers und tranken starken indischen Tee, eine Beschäftigung, der kein besonderer Reiz anzuhaften scheint, außer, man hat das durchgemacht, was ich in den letzten anderthalb Stunden durchgemacht hatte. Ich musterte meinen ungebetenen Helden.

Er war schwer einzuschätzen. Mein Gott, bestimmt kein Lebemann, mit diesem grünen Strickpullover, diesen Socken und der aus einer Tasche hervorlugenden Pfeife. Aber ein Mann, der drei Wochen später, als er eigentlich sollte, zu einem wirklich guten Friseur ging, und der sich eine Wohnung in dieser Gegen leisten konnte – und darin Bargeld aufbewahrte, eine Kamera, Manschettenknöpfe, alles, was einen Dieb anlocken konnte. Vielleicht ein Akademiker; aber welcher Akademiker würde sich schon im August ein abgeschiedenes Apartment mieten? Vielleicht ein Universitätslehrer, dessen ganzer Stolz es war, den europäischen Festivals beizuwohnen? Oder ein Mediziner? Ein wißbegieriger musikliebender Rektor eines Pfarrhauses in Surrey, der mehr Geld als Verstand hatte? Er war älter als ich, aber nicht alt. Die flinken Augenbrauen waren schwarz, und der leuchtende Schopf indisch-schwarzen Haars zeigte noch kein Grau. Er hätte genauso gut keine Augen oder keinen Mund haben können, so dominierend waren die Brillengläser. »Achtunddreißig«, sagte er.

Ich machte einen Satz.

»Maler. London. Auf Urlaub. Habe Ihre Platten. Wer ist im Garderobenschrank? Ihr Freund? Leiche?«

Ich mußte ihm vertrauen. Ich hatte keine Wahl. »Leiche«, sagte ich.

Johnson war sein Name. Bei mir klingelte nichts; nicht zu diesem Zeitpunkt. Er hörte ohne Kommentar meiner ganzen Geschichte zu und schien nichts gesellschaftsfeindliches an meinem Bestreben zu finden, von den Revolverblättern nicht allein mit einer Leiche in einem Liebesnest aufgefunden zu werden. »Nein, nein«, sagte er. »Noch eine Tasse? Das könnte Ihr Winterprogramm ruinieren. Nein, nein. Ein anonymer Anruf bei der Polizei, sobald Sie die Stadt verlassen haben. Das wird genügen, soweit das Interesse der Justiz Sie betrifft. Sie glauben, Dr. Holmes ist der Mörder?«

Ich konnte es mir nicht leisten, ihn anzufauchen, aber ich kam der Sache ziemlich nahe. »Dr. Holmes ist nicht der Mörder; da bin ich mir ziemlich sicher. Im Gegenteil. Er ist ein durch und durch verantwortungsbewußter Ingenieur von einiger Reputation in Regierungsdiensten.«

»Oh. Und wer ist dann die Leiche?«

»Ich weiß es nicht.«

»Und wenn mein Einbrecher ihn nicht tötete, und Ihr Dr. Holmes auch nicht, wer war der Mörder? Oder hat er vielleicht Selbstmord begangen?«

Ich stand auf. »Daran habe ich noch gar nicht gedacht. Es könnte sein; er hatte eine Schußverletzung an der Brust. Wenn er sich selbst getötet hat, liegt noch eine Pistole im Garderobenschrank.« Ich öffnete meine Tasche und blieb mit dem Schlüssel in der Hand stehen. »Aber warum, zum Teufel, sollte sich jemand im Garderobenschrank umbringen?«

»Ordnungsliebe«, sagte Johnson. »Kommen Sie. Zeigen Sie mir Ihre Leiche.«

Er war ein bemerkenswertt *lässiger* kleiner Mann. Wir gingen gemeinsam in den Korridor. Ich gab ihm den Schlüssel. Mit blitzenden Zweistärkengläsern schloß er auf und schwang die Tür der Schrankgarderobe zurück.

Sie war leer.

Ich erinnere mich, daß ich einst auf der Bühne zu einem Regal gegangen bin, auf dem eine Flasche hätte stehen sollen, doch die Bretter waren sämtlich leer gewesen. Da hatte ich das gleiche Gefühl von Stichwörtern gehabt, die ich endgültig verpaßt hatte, von sich einmischenden Händen und unergründlichen Gedanken. »Aber er hat dort gelegen«, sagte ich. »Ganz verkrümmt auf dem Boden. Ich habe ihn irgendwie hineingeschoben, die Tür zugestoßen und abgeschlossen. Der Schlüssel ist immer in meiner Tasche gewesen.«

»Nun, sehen Sie selbst«, sagte Johnson. »Golfschläger, Kricketschlaghölzer, Regenschirme und reihenweise schäbige alte Mäntel. Warten Sie einen Augenblick. In der Küche habe ich eine Taschenlampe gesehen. Vielleicht ist er zurückgerollt, als die Bobbies gegen die Türverkleidung trommelten.« Und er ging zwitschernd von dannen. Er hat wohl keine Sekunde an die Leiche geglaubt.

Aber ich glaubte an sie. Mir war sie in die Arme gefallen. Und glauben Sie mir, sie war wahrlich und wahrhaftig tot gewesen. Ich sah erneut in den Schrank.

Es war sehr dunkel. Die Kleiderstange mit den Dutzenden von Bügeln verlief von links nach rechts durch den Wandschrank, und die Einbuchtungen der dahinterliegenden Wand waren mit Sportzubehör und einer Vielzahl von Schuhen vollgestopft. Daneben stand ein weiteres Paar Schuhe, in dem noch die Socken zu stecken schienen.

Dann wurde mir klar, daß nicht nur die Socken, sondern auch noch die Füße und Beine darinsteckten – und eine Hose darüber fiel. Sanft an seinem Kleiderbügel über mir schaukelnd, die steifen Schultern breit in der Jacke, hing das kalte, ins Leere starrende Gesicht meines Toten, das Loch der Kugel schwarz in seiner Brust.

In diesem Augenblick schrie ich auf; und zwischen den Mänteln sprang irgend etwas vor und versetzte mir einen harten Schlag gegen den Hals, der mich auf den Teppich schickte. Doch der Mann, der diesmal über mich stolperte und fiel, sich freitat, durch die Diele schoß, die gelbe Wohnungstür aufriß und hinaus auf die dunkle, stille Straße floh, war keine Leiche. Es war ein kleiner, hagerer Mann in einer wollenen Jacke und weiten Hosen, mit großen, kräftigen Händen und einem einzelnen Goldzahn, der aufblitzte, als er Luft holte. Der Mann, den ich mit seinem Opfer eingeschlossen hatte, bevor er die Leiche beseitigen konnte. Der Mörder natürlich, der den ganzen Abend mit mir in der Wohnung gewesen war.

»Was ist passiert?« fragte Johnson, der plötzlich über mir stand. Er spähte durch die offene Tür, schloß sie dann und kam zurück. Ich erklärte es ihm. »Nun ja«, sagte Johnson, »wenigstens haben wir jetzt eine Leiche. Ich frage mich, wo Chigwell seine Kleiderbügel erstanden hat. Bei meinen lösen sich immer die Ösen.«

»Sie müssen ihn fragen«, sagte ich.

Johnson stand einfach da und betrachtete die Leiche, ohne mir aufzuhelfen. »Nicht in dieser Welt«, sagte er fröhlich. »Ich habe gerade im Schlafzimmer eine Fotografie gefunden. Das ist Chigwell: Ihre Leiche auf dem Kleiderbügel. Er ist der Bursche, der Holmes die Wohnung überlassen hat.«

Wir tranken noch eine Tasse Tee, aber der Sud war schon ziemlich stark geworden, und es war Johnson, der schließlich an den Champagner dachte. »Holmes wird doch nichts dagegen haben, oder?« fragte er. »Schließlich ist es ja seine Reputation, die wir schützen.«

Ich musterte ihn fest. Das Kleid, das ich für Kenneth ausgesucht hatte, war schlicht, aber gut; drei Schichten Chiffon in Kaffee und Weiß, am Rücken vom Hals bis zur Taille ausgeschnitten. Während er in der Küche war, hatte ich mir das Haar ausgeschüttelt, das sowieso herunterkam, mir die Nase gepudert und mich an ein oder zwei Stellen wieder hergerichtet. Ich hatte mir auch den gelben Diamanten wieder angesteckt, den ich abgezogen hatte, als die Polizei kam. Selbst müde und ungeschminkt bin ich schön; aber ich gebe mir in dieser Hinsicht gern Mühe.

»Sie meinen wirklich, Sie wollen das alles nicht melden, wie es eigentlich Ihre Pflicht ist? Das könnte Schwierigkeiten geben«, sagte ich.

Der Korken hatte einen Augenblick vorher geknallt, aber er schien es nicht zu bemerken, und der Schaum floß ihm bis zu den Händen hinab, bevor er etwas von der Flüssigkeit in die Gläser brachte. »Wissen Sie, es fällt einem nicht leicht zu glauben, daß Sie auch noch gut singen können«, sagte er. »Cheers. Nein, ich habe nichts dagegen. Jemand wird es merken, und wenn auch nur die Reinemachefrau, und sie werden Ihrem kleinen Mann auf die Spur kommen; aber ich werde ihnen telefonisch einen Tip geben, um ganz sicher zu gehen . . . Sie wissen genau, daß da ein kleiner Mann war?« Und als ich die Stirn runzelte: »Schon gut. Ich bin mir sicher, daß Halluzinationen nicht Ihre Sache sind. Auf jeden Fall« – der Champagner ließ ihn leicht aufstoßen – »Ihr Freund Holmes ist Ingenieur, haben Sie gesagt?

Ich nickte.

»Mit Ingenieuren passieren seltsame Dinge«, sagte Johnson. »Warum hat jemand zum Beispiel diesen Tisch verwanzt?«

»*Was*?«

»Dieser Tisch«, sagte Johnson nachsichtig. »Darunter ist ein Mikrofon angebracht worden. Ich frage mich, ob das der Grund ist, weshalb Ihr Freund so plötzlich aufgebrochen ist. Er hat es gesehen und wußte, daß er unter Beobachtung steht.«

Ich bückte mich. Unter dem Tisch steckte irgendein Kabel, aber jemand hatte es schon vor uns gefunden. Es war durchgeschnitten, dem Himmel sei Dank. Nichts von Johnsons oder meinen Worten war aufgezeichnet worden. »Wußten Sie, daß Chigwell beabsichtigte, in der Wohnung zu sein?« fragte Johnson.

»Nein.« Kenneth hatte es auch nicht gewußt. Chigwells Anwesenheit mußte ziemlich unerwartet gewesen sein. Chigwell hatte ausgehen wollen. Aber Kenneth war zuerst gegangen. Und bevor Chigwell gehen konnte, war er ermordet worden.

»Ich frage mich...« sagte Johnson, das zweite Glas in der Hand.

»Ich frage mich...« sagte ich genau im gleichen Augenblick. »Ich frage mich, ob sie gedacht haben, Chigwell sei Kenneth? Aber warum sollte jemand Kenneth töten wollen?«

»Weiß nicht«, sagte Johnson. Wie ich sah, war er entschieden angesäuselt. »Ingenieure. Wissenschaftler. Jeden Tag der Eiserne Vorhang hinter ihnen.«

Ich hob mein drittes Glas. »Das schätze ich auch.« Das Thema langweilte mich. Und Johnson zählte zu der Sorte Mensch, die einem auch noch die letzte Flasche köpfen würde. Ich beobachtete ihn genau.

Um aufrichtig zu sein, meine Erinnerung an die folgende halbe Stunde ist nicht besonders deutlich.

Nachdem wir um drei Uhr morgens den Champagner ausgetrunken hatten, schalteten wir das Licht aus, ließen Mr. Chigwell in seiner Garderobe hängen und zogen die gelbe Wohnungstür leise hinter uns zu. Wir küßten uns, Johnson und ich, vor der Seitentür des Hotels, weil es die Höflichkeit zu verlangen schien, und ich schlüpfte hinauf in mein Zimmer, während seine Zweistärkengläser noch immer ganz beschlagen waren.

Ich erinnere mich, ihm versprochen zu haben, ihm meine nächste Platte zu schenken. Ah, dumme, unschuldige Jugend.

Am nächsten Tag standen weitere Fotos auf dem Programm, ein Interview für die Sonntagszeitung, Lunch mit einer Gräfin, die Besichtigung ihres Schlosses, und eine Probe für das Abendprogramm mit Thalberg, der eine kleine Meinungsverschiedenheit mit seiner Sekretärin hatte und das Tempo unentwegt zu schnell hielt.

In der Morgenzeitung stand nichts über einen Toten in einer Garderobe in der Rose Street; und in der Abendzeitung auch nicht. Ich gab das Chiffonkleid in die Reinigung, trug ein altes Stück aus meiner Perückentruhe und versuchte, ohne Erfolg, Kenneth in seiner Londoner Wohnung anzurufen.

Es folgte eine weitere Probe, diesmal im richtigen Tempo: Michael hatte das hingebogen. Die Musiker respektierten Michael wegen seiner Andrew Sinclair-Hosen und seines Musikinstinkts, der fast der Genialität nahekam: er erlaubte sich kaum einmal einen Fauxpas im Tonfall. Dazwischen brachte ich beim hiesigen Büro der American Airlines in Erfahrung, daß Rum eine kleine Insel vor der schottischen Westküste ist, die man mit einem Charterboot von Mallaig aus erreichen kann, und daß es praktisch einen ganzen Tag dauert, um von Edinburgh nach Mallaig zu gelangen.

Ich wartete, und kurz vor der Abendvorstellung rief ich nach ein paar Drinks mit dem Festival-Komitee das Labor der Scottish Nature Conservancy auf Rum an. Dr. Holmes war dort, nahm aber keine Anrufe entgegen.

Das war mein größter Augenblick der Erleichterung. Ich hatte nämlich befürchtet, daß Kenneth aus Angst, mich in etwas hineinzuziehen (oder vor einem unbekannten Verfolger), verschwunden war, und sich irgendwo außerhalb meiner Reichweite verbergen könnte. Weiß Gott, Rum war schon schlimm genug; und wie ich ihn dort erreichen sollte, ohne daß das ganze Fernmeldenetz davon Wind bekam, wußte ich noch nicht. Aber immer, wenn ich mich an diese Leiche erinnerte, die allein in der Garderobe in Kenneths geliehener Wohnung in der Rose Street hing, wurde mir klar, daß mir etwas verdammt Gutes einfallen mußte.

Die Angelegenheit beschäftigte mich, hatte aber keine Auswirkungen auf meinen Gesang, obwohl Michael sagte, daß ich in der *Alcina* einen seiner kostbaren *Rallentandos* übersehen hätte. Als wir uns anschickten, der Einladung zum Abendessen des Oberbürgermeisters zu folgen, sagte ich Michael, daß er den *Messiah* für dieses Jahr absagen müsse. Ich konnte dieses Getue um das *recitativi secchi* einfach nicht mehr ertragen. Er redete besänftigend auf mich ein und half Janine, mir das Haar anständig aufzustecken. Oh, Michael war nützlich. Das konnte man nicht bestreiten.

Man kann vor einer Vorstellung natürlich nicht viel essen, und als wir beim Oberbürgermeister eintrafen, war es schon nach elf, und ich war daher sehr hungrig. Als mir die Gäste vorgestellt wurden, sah ich jedoch, daß das Kalte Buffet ganz köstlich zu sein schien; es war unter einer wunderschönen Blumenlaube angerichtet, die einfach bezaubernd aussah, selbst nachdem das Städtische Amt für Gartenbau die

Gladiolen, von denen ich Heuschnupfen bekomme, entfernt hatte. Nach der ersten Ladung Stadtverordneter fing ich mit einem Teller kalten Lachs an. Ich habe insofern Glück, als daß ich kaum Diät halten muß. An diesem Abend trug ich zum Beispiel eine weiße Breitschwanzjacke mit einer Spange und Ohrringe aus Baguette-Diamanten, die ein kleiner Mann in Stockholm für mich angefertigt hat, der für N. K. arbeitet. Sehr wenig Sängerinnen können Pelze tragen. Mit neunzehn oder zwanzig hat die sich entfaltende Stimme den Brustkorb, das Zwerchfell und die Hals-, Schulter- und Brustmuskeln ausgedehnt. Es kommt zu einem Überhang: einem Sog. Ausgenommen Tina Rossi.

Ich beendete den kalten Lachs. Mit dem Truthahn kamen ein Soloviolinist, ein Produzent, zwei Kritiker, ein Ansager, eine Schauspielerin und ein paar Vertreter des Corps Diplomatique.

Darunter waren alte Bekannte: ein Botschafter und seine Frau, die aus London gekommen waren, um ihre kleine, aber wohlmeinende Operngesellschaft zu unterstützen. Sie trug, zweifellos zum ersten Mal in Edinburgh, ein Kleid, in dem sie im Mai fotografiert worden war, als sie am London Polio Ball teilgenommen hatte. Ein Fehler.

Neben dem Botschafter stand Johnson. Ich konnte mich nicht irren. Das schwarze Haar, die raupenhaften Augenbrauen, die verdammten dicken Zweistärkengläser. Er hatte sogar seinen grünen Strickpullover an. »Darf ich vorstellen«, sagte der Botschafter, »ein alter Freund der Familie, Mr. Johnson? Johnson, das ist . . .«

»Sie erinnert mich sehr an jemanden, mit dem ich die letzte Nacht verbracht habe«, sagte Johnson versonnen. »Namens Smith.«

Der Botschafter seufzte. »Dies ist nicht die Zeit für Scherze. Johnson, ich stelle Tina Rossi nicht Hinz und Kunz vor, und warum müssen Sie einen so unmöglichen Pullover tragen? Es ist doch gar nicht kalt.« Sein Englisch war sehr gut.

»Ich bin der Higgins-Typ«, sagte Johnson. Er zupfte ein Hosenbein hoch. »Sehen Sie, auch volkstümliche Socken.«

»Sie sind unmöglich«, sagte der Botschafter. »Madame Rossi, ich entschuldige mich für meinen Freund. Ich werde ihn verlassen, damit er diese Exzentrizitäten allein fortsetzen kann. Sollte er unerträglich werden, zögern Sie nicht, ihn einfach stehen zu lassen.« Er verbeugte sich, und er und seine Frau gingen gemeinsam.

»Dachte mir, daß Sie hier sind«, sagte Johnson. Er holte seine Pfeife hervor, blickte sich um, nahm die schwarzen und weißen

Fliegen zu Kenntnis und steckte die Pfeife bedauernd zurück. »Haben Sie Ihren Kenneth Holmes schon gefunden?«

»Nein«, sagte ich. Ich empfand auch Bedauern. Ich hätte wissen müssen, daß ich irgendwann bar oder in Naturalien für den Beistand in der letzten Nacht zahlen mußte.

»Sie würden es mir ja sowieso nicht sagen, auch wenn Sie ihn gefunden hätten.« sagte Johnson. »Aber wenn ich Sie wäre, würde ich ihn verdammt schnell ausfindig machen und ihm sagen, daß er Sie letzte Nacht allein in der Wohnung mit der Polizei und einem Toten zurückgelassen hat, und daß irgendwer irgendwann eine Menge zu erklären hat, wenn man Ihnen auf die Schliche kommen sollte. Selbst, wenn er ihn nicht umgebracht hat.«

»Ich sagte Ihnen doch, daß er ihn nicht getötet hat. Sie haben den Mörder selbst gesehen.«

»Nein, habe ich nicht. Hörte Sie aufschreien, das ist alles. Aber selbst, wenn Ihr Kenneth seinen wohnungsbesitzenden Kumpel Chigwell nicht umgebracht hat, weiß er vielleicht, wer es war, und warum. Übrigens, ich habe die Polizei angerufen. Haben Sie heute abend schon etwas vor?«

Einfach so. *Ich habe die Polizei angerufen.* Ich hielt meine Stimme gedämpft. »Was haben Sie gesagt?«

»Haben Sie heute abend etwas vor?«

»Nein, verdammt noch mal. Was haben Sie zur Po...« Ich hielt inne. Lächelnd war der Botschafter zurückgekommen. Er legte eine manikürte Hand auf Johnsons gar nicht breite Schulter.

»Ah, wußte ich es doch. Er überredet Sie, ihn in den Jazz-Club zu begleiten. Darf ich Ihnen raten, zu gehen? Ich rate Ihnen dies der Nachwelt zuliebe, glauben Sie mir, und nicht wegen meiner Zuneigung für diesen unbestrittenen Narren. Die Welt verlangt ein Johnson-Porträt von Madame Tina Rossi.

Und dann begriff ich, wer Johnson war. *Ein Maler aus London.* Mein Gott.

Und ich hatte gerade die Einladung für die Spätvorstellung einer Revue im Lyzeum angenommen, ausgesprochen von einem sonnenverbrannten Gentleman mit blondem Haar, einer Schiffswerft und einer geschiedenen Frau in Nassau. Michael würde durchdrehen.

»Tun Sie's lieber nicht«, sagte Johnson hilfreich, als ich zögerte. »Ein anderes Mal. Nächstes Jahr.«

»Aber ich würde gern kommen«, sagte ich und meinte es ehrlich. »Nur, ich bin schon von jemandem aus dem Festival-Komitee eingeladen worden und habe zugesagt. Aber morgen abend...?«

Er schüttelte den bebrillten Kopf. »Der Schottische Sabbat. Zwei Konzerte, dann muß ich los. Ich nehme am Dienstag am Rennen Teil. Schizophrene Kulturmuster, Madame. Vom Bett zu Bizet zum Besäufnis zur Besinnlichkeit und wieder ins Bett zurück.«

Wenn man die Jahreszeit in Betracht zog, war es eine unwahrscheinliche Geschichte. »Wo nehmen Sie an einem Rennen teil, guter Mann?« wollte der Botschafter wissen.

»Auf See. In einem Boot«, sagte Johnson mit aller Deutlichkeit. »Diesmal von Gourock nach Tobermory, um genau zu sein. Von der Westküste Schottlands, wissen Sie. An all den hübschen kleinen Inseln vorbei. Wie Rum.«

»Johnson«, sagte ich. »Mr. Johnson. Darf ich heute abend mit Ihnen in den Jazz-Club gehen?«

Der Botschafter grinste und zog von dannen. »Mit Vergnügen«, sagte Johnson. »Aber was ist mit dem Gentleman vom Festival-Komitee?«

»Ich habe sehr böse Kopfschmerzen«, sagte ich. »Mr. Hennessy wird Verständnis zeigen.«

»In Anbetracht der Kohinoore, die unter Ihren Ohren hängen, wird er nicht überrascht sein«, meinte Johnson provozierend. »Sagten Sie Stanley Hennessy?«

»Ja, es war Stanley Hennessy, der mich eingeladen hat«, sagte ich. »Kennen Sie ihn?«

Die Zweistärkengläser funkelten. »Jeder kennt Stanley Hennessy«, sagte Johnson. »Baut Öltanker. Er nimmt am Dienstag auch am Rennen teil. In einer Jacht wie der *Queen Mary*. Er ist es auch wert, daß man mit ihm ausgeht. Vom Bett zu Bizet zum Besäufnis und zur Beschaulichkeit zurück ins...«

»Ich hab's schon beim ersten Mal begriffen«, sagte ich. »Was haben Sie der Polizei gesagt?«

»Wann? Oh. Sagte, wir hätten einen Burschen aus der Wohnung laufen sehen und gab ihm die Beschreibung der Rossi. Klein, dünn, große Nase und Warze auf dem Backenknochen: das war sie doch, oder? Sie können ihren Verstand genauso gut anstrengen, nach ihm suchen, als anderen Leuten zur Last zu fallen. Denn wenn sie den verschiedenen Mr. Chigwell finden, haben sie wirklich etwas, über das sie nachdenken können.«

»Haben sie Ihren Einbrecher gefunden?« fragte ich. »Den Burschen, der Ihre Kamera gestohlen hat?«

»Nein. Um so besser«, sagte Johnson. »Ich kassiere das Geld von der Versicherung, Warzengesicht wird die Schuld in die Schuhe geschoben, und Sie werden auf einen kleinen Urlaub mit mir auf die *Dolly* kommen, damit ich den Mund halte. Kommen Sie?«

»Ja.«

»Und ich darf Sie malen?«

»Ja.«

»Angezogen?«

»Sogar das.«

»Stanley Hennessy wird sehr, sehr wütend sein«, sagte Johnson. Er schien sich an der Vorstellung nicht gerade zu stören.

»Genau wie Michael Twiss«, sagte ich.

Am nächsten Tag stand Michael natürlich kurz vor einem Schlaganfall. Soweit es die Moral betraf, war es ihm gleichgültig, ob ich mit einem Balljungen Dr. Bernardos schlief, solange es nicht meine Karriere beeinträchtigte. Meine Karriere, die ihm seinen Reliant Scimitar, seinen Alpakaübermantel und seine Nivada Grenchen-Stahluhr eingebracht hatte, war eine Religion für Michael. Er und Eddie Ugboma. Das ganze Frühstück über saß er auf meiner Bettkante und wehklagte, während ich ihm eine Kreuzfahrt auf Johnsons Yacht *Dolly* verkaufte.

»Ich hätte dich niemals gehen lassen, hätte ich nicht gedacht, du wärest mit Hennessy unterwegs. Was wird er denken . . .«

»Es ist in Ordnung, Michael, wirklich. Er hat mir heute morgen sechs Dutzend rote Rosen geschickt, und alle möglichen mannhaften Kondolenzen wegen meiner Kopfschmerzen. Er wird niemals herausfinden, daß ich statt dessen mit Johnson ausgegangen bin.«

»Und was für ein Kahn ist das überhaupt? Und wer, zum Teufel, hat schon mal von Johnson gehört? Du wirst dir die Stimme ruinieren. Ich habe dir letztes Jahr diese Kreuzfahrt in der Ägäis gebucht; was für einen Sinn hat es, das alles mit einer lumpigen Kanufahrt des Bauernstandes zu verderben?«

»Sie hat vierunddreißig Tonnen.«

»Hör mal, die *Christina* hat eintausendachthundert Tonnen.«

»Sie ist eine Hilfsketch mit vollem Gaffentoppsegel, die von drei Mann ganz hart am Wind gesegelt werden kann. Sie gehört Johnson.«

»Ach ja?« Ich wußte, das würde helfen. »Was tut er überhaupt? Abgesehen davon, lächerliche Bemerkungen zu machen?«

»Er bringt mich zum Lachen«, sagte ich leichthin. Es war ein ziemlich schöner, wenn auch sittsamer Abend gewesen. Im Club hatte es Mainstream-Jazz und ein respektables Abendessen gegeben, und Johnson hatte mit einem Anstandshündchen aufgewartet: einem großen blonden Gardisten namens Rupert Glasscock, der auch der Maat von Johnsons Gaffenketch, der *Dolly*, war. Wir tanzten einen Hully Gully. Und da mich niemand erkannte, legte Johnson danach einen wahnsinnigen Watusi aufs Parkett.

Ich lächelte nun unvorsichtigerweise, und Michael fauchte zurück. »Du kannst die ganze verdammte Sache von vornherein abblasen. Der Kahn ist wahrscheinlich nicht mal leckgefeit.«

»Sie ist hochseetauglich. Sie nimmt am Rennen teil.«

Er dachte, jetzt hätte er es. »Da draußen ein *Bluebottle?«*

»Nein, eher eine Art *Britannia.* Eine Art Clubkreuzfahrt, offen für alle Bootsklassen, mit einem Handikap. Sie starten am Dienstag bei Gourock und kommen eine Woche später oder so wieder bei Tobermory, Mull, an. Ihre Segelzeiten werden auf verschiedenen Inseln auf dem Weg überprüft.« Gott allein wußte, ob ich das richtig zusammenbekommen hatte, aber es klang gut. »Hör mal, das sind doch nicht alles Proleten, Michael. Man muß schon ganz nett was auf der hohen Kante haben, um sich eine Yacht zwischen zehn und fünfzig Tonnen oder so leisten zu können. Du weißt noch gar nicht, womit Johnson seine Brötchen verdient.«

Michael war nicht beschwichtigt. »Laß mich raten. Er ist Solist beim Bournemouth Symphony Orchestra.«

Ich hatte mir den Straight bis zum Schluß aufgehoben. »Er ist der Johnson. Der Akademiker. Er ist der Porträtmaler, Michael. Und er wird mich beim Segeln auf der *Dolly* malen.«

Und damit war natürlich alles klar.

Der Zusammenstoß zwischen Johnson und Hennessy fand am nächsten Tag statt und war das letzte Ereignis im Veranstaltungkalender, bevor ich Edinburgh verließ. Er war unvermeidlich, wenngleich mein Übertritt zum Jazz wunderbarerweise unerwähnt blieb. In der Tat kam es aus reinem Zufall zu diesem Zusammenstoß – als Stanley Hennessy mich zum Essen ausführte und Johnson und seinen Freund Captain Glasscock an einem Nachbartisch entdeckte.

Anfangs ergab sich nichts weiter als ein wechselseitiges kühles Nicken, und wir setzten uns zu Tisch. Doch allzubald floß das Thema Yachten in die Arena: Hennessys Sonnenbrand glänzte vor Enthusiasmus, und sein steifes blondes Haar kräuselte sich und knisterte vor Unternehmenslust, als er mir die Freuden der See beschrieb.

Es hatte keinen Sinn, meine Pläne zu verbergen. Bei der Pastete gestand ich, daß ich auf der *Dolly* segelte, und bei der Forelle drückte mein sonnenverbrannter Freund alle Hebel, die er kannte, um mich zu überreden, lieber auf der Hennessy-Jolle *Symphonetta* loszusegeln. Die *Symphonetta* hatte gerade ein Rennen bei Cowes gewonnen. Die *Symphonetta* lag, so schien es, im Clyde und war willens, auf ein Blinzeln von mir das dumme alte Rennen aufzugeben und in jeden gewünschten Teil der Welt aufzubrechen.

Es war eine Versuchung; aber Hennessy war, und er würde es als erster eingestehen, kein Hofmaler von Weltruhm. Mit wirklichem Bedauern lehnte ich ab.

Als ich dort so saß, in einem hellen Tweedkleid von Bergdorf Goodman und mit dem champagnerfarbigen Diamanten, den mir *La Gioconda* eingebracht hatte, und friedlich meine Lammnüßchen aß, irritierte es mich, als Hennessy plötzlich aufstand, eine überaus kurze Entschuldigung murmelte und zum Tisch des Skippers Johnson und seines Maats Mr. World hinüberging. Er begrüßte sie redselig und sagte dann mit der Stimme, die Öltanker baute: »Ich hörte, Sie machen bei der Royal Highland-Kreuztour mit. Ich habe Madame Rossi gesagt, daß die *Dolly* ein nettes kleines Boot ist.«

»Danke. Sie kreuzen dieses Jahr nur ein wenig herum, Stanley?« sagte Johnson. Der Erzbischof von Canterbury, der Kardinal Spellman anspricht. Es war der gleiche Tonfall.

»Um ehrlich zu sein«, sagte Hennessy, »es ermüdet mich, das Rennen ständig zu gewinnen. Dachte mir, ich lasse die anderen auch mal ihr Glück versuchen. Aber ich bin drauf und dran, es mir anders zu überlegen.«

Die Zweistärkengläser funkelten unter dem rosafarbenen Licht der Lampen. »Zerbrechen Sie sich über uns nicht den Kopf. Wir werden eine hübsche kleine Segeltour haben, und wir werden unser verdammt Bestes geben, um Sie zu schlagen. Nicht wahr, Rupert?«

Rupert stimmte im richtigen Takt zu. »Oh, kommen Sie«, fuhr Hennessy im Plauderton, aber mit etwas schärferer Stimme fort. »Ich sagte ja schon, daß die *Dolly* ein hübsches kleines Boot ist, aber Sie werden doch nicht vorgeben, daß sie der *Symphonetta* etwas entgegenzusetzen haben könnte. Hab ihr dieses Jahr ein Geburtstagsgeschenk gemacht: ein vollständiger Satz neuer Segel – Klüver, Stagfock, Hauptmast, Besan und dergleichen; und verteufelt viele neue Vorrichtungen, von denen ihr noch nicht mal gehört habt, ihr Wohnwagenbesitzer. Sie werden die *Symphonetta* nicht mal in Sicht bekommen, geschweige denn eine bessere Zeit machen.«

Sein Gehabe war scherzhaft, aber seine Worte waren es nicht. Johnson grinste nur, aber Rupert sagte mit gleichermaßen erzürnter Leichtfertigkeit: »Wieviel wetten Sie darauf?«

»Fünftausend Eier«, sagte Hennessy.

»Gemacht!« sagte Rupert.

Die Erwiderung eines Kindes. »Warum darauf eingehen?« versetzte ich, als Hennessy zurückkam und Platz nahm. »Wenn Sie gewinnen, wird er sowieso nicht bezahlen.«

Es war ihm nicht unangenehm, daß ich das Gespräch mitbekommen hatte. »Oh, diese jungen Gardisten schwimmen in Beutegütern. Ich kenne die *Dolly*. Sie war schon mal mit einem verdammten Zirkusauftritt hier: glasäugiger Rembrandt und eine Schiffsladung voller Modelle. Die Sache wird ihnen über den Kopf wachsen, bevor das Rennen auch nur ein paar Tage alt ist, merken Sie sich meine Worte, und Sie werden froh sein, aufs Schiff des alten Hennessy überwechseln zu können.«

Von der Beschaulichkeit des Junggesellendaseins wieder ins Bett – nehme ich an.

3

Der Hauptsitz des Royal Highland Club in Rhu war voll, als ich am Montagabend mit dem Gepäck und ein oder zwei Koffern Michaels in meinem von einem Chauffeur gefahrenen Humber Imperial aus Edinburgh eintraf. Hier sollte ich über Nacht bleiben. Die nächsten sechs bis sieben Tage sollte ich, wie jeder wußte, mit Johnson auf der Yacht *Dolly* segeln, auf der er mich in Öl malen würde.

Die Abreise aus Edinburg war eindrucksvoll gewesen; Michael hatte gute Arbeit geleistet. Schade, daß er immer seekrank wurde. Er würde mich in Tobermory wiedertreffen; dort endete das Clubrennen, und wir hatten Zimmer im größten Hotel des Ortes gebucht.

Andererseits war es ganz und gar nicht schade, daß Michael nicht an Bord war, wenn ich auf Rum eintraf und Kenneth sehen würde. Michael mochte Kenneth nicht und hatte sein Bestes gegeben, um uns auseinanderzubringen. Zum Glück hatte er niemals entdeckt, daß meine Briefe, die ich an Kenneths Londoner Wohnsitz adressierte, in

Wirklichkeit nach Rum weitergeleitet wurden. Wenn Michael von Rum gewußt hätte, hätte ich auf dem diesjährigen Edinburgh-Festival bestimmt nicht gesungen. Wenn ich darüber nachdachte, kam es mir in den Sinn, daß Michael mein Leben entschieden zu fest in seinen Griff bekam.

Auf jeden Fall war die Berichterstattung in Presse und Fernsehen gut gewesen, und in den Abendzeitungen stand eine Menge über Johnson zu lesen, aber auch die üblichen In-Lumpen-zum-Reichtum-Berichte über mein Leben. Michael wärmte die Geschichte geschickt immer wieder auf. Die Leute nehmen einem Erfolg übel; aber nicht, wenn jemand aus ihren Reihen ihn hat.

Johnson entstammte dem Landadel; seine Familie war in Surrey sehr bekannt. Nach der Schule und der Universität war er in die Royal Navy eingetreten, Gott sei gedankt: ich war ein wenig besorgt um meine Zukunft auf der *Dolly*. Aber in den letzten fünfzehn Jahren war er wegen einer Sache berühmt geworden: seiner Porträts von Prominenten. Er war nicht nur ein guter Techniker und einfühlsamer Künstler, sondern auch der wahrscheinlich bekannteste lebende Porträtmaler. Mittlerweile ist ein Porträt von Johnson natürlich der Beweis, daß man an der Spitze angekommen ist. Schon lange vorher konnte er sich seine Aufträge aus einer Liste aussuchen, die länger ist als das Telefonbuch.

Er war ledig. Wer braucht schon eine Frau, wenn er ein Schiff voller Modelle hat?

Als Michael all die Vereinbarungen traf, hatte ich mich gefragt, ob wir einigermaßen klug handelten. Aber ich war zu bekannt, und Johnson war zu bekannt, um dies in aller Heimlichkeit zu tun. Wenn wir die Reise mit einer Publicity-Fanfare antraten und die Presse ihre Interviews zu Zeiten und Orten hatte, die wir bestimmten, hatten wir die Kontrolle über die ganze Sache. Traten wir die Reise heimlich an und kam uns irgendein unterbezahlter Lokalkorrespondent auf die Schliche, war jede Hoffnung auf Ungestörtheit dahin.

Ich hatte mich auch gefragt, ob ich nicht besser den Versuch gemacht hätte, Rum auf eigene Faust zu erreichen. Aber wie sollte ich Michael abschütteln, wenn ich ihm keine Story präsentieren konnte, sondern die Wahrheit berichten mußte? Michael hätte mir niemals erlaubt, Kenneth zu treffen oder allein zu reisen. Und selbst wenn da kein Michael gewesen wäre, gegen den ich mich erst hätte behaupten müssen, konnte ich immer noch erkannt werden – und was wäre dann mit den Zeitungsmeldungen?

Wenn man so berühmt ist, gibt es keine Möglichkeit, einfach mal loszufahren. So bot mir dieses Rennen die meiste Hoffnung auf eine kurze private Begegnung mit Kenneth. Und ich bewahrte mir gleichzeitig in Johnson einen Verbündeten und ließ ein Porträt malen, das für meine Karriere unbezahlbar war. Ich erwähnte Johnson gegenüber nicht, daß sich Kenneth auf Rum aufhielt. Je weniger Menschen ich nun vertrauen mußte, desto besser. Bis ich wußte, welchen Part Kenneth in all dem spielte

Im Klubhaus fand ich mein Zimmer und den Maat Rupert ohne Schwierigkeiten. Johnson schien in der Bar zu sein. Groß, allezeit kichernd und goldblond führte mich Rupert zu ihm.

Zum Abendessen mit Johnson trug ich einen Princess Galitzine-Hosenanzug aus gesteppter Bangkok-Seide mit einer kleinen Schleife am Hinterteil. Rupert trug einen weißen Seemannspullover unter einem Blazer von Rugby. Als wir Johnson fanden, trug er einen fleckenlosen, groben Kattunoverall und sprach mit einem dünnen Mann mit einer Prinz-Heinrich-Mütze und einem schmierigen Pullover, der ihm zehn Zentimeter über die Knie reichte. »Oh Gott«, flüsterte Rupert insgeheim, und als er mich zur Bar geleitete, rief er: »Hallo, Ogden. Hallo, Skipper.« Er beäugte Johnsons Kattunkleidung. »Was haben Sie darin versteckt? Die Maschinen? Den Kocher? Einen Kopf?«

»Nichts davon. Bislang«, sagte Johnson und wandte sich zu einem feierlichen Willkommensgruß um.

»Gut«, sagte Rupert, »dann bleibe ich.« Er knöpfte den Blazer auf. »Madame Rossi, was möchten Sie trinken?«

Es war nicht die Ägäis. Die Menschen, die sich an den Einarmigen Banditen zusammenballten und nach Sixpencestücken in ihren Wolljacken fischten, schienen keine Leser der *Financial Times* zu sein. Dies schien auch für die beiden rundlichen Personen zu gelten, (die eine männlich, die andere weiblich), die nun in Armlänge an mir vorbeigingen; beide trugen Gummistiefel, große Überjacken und dicke Strickmützen und hatten die Hände voller Mineralwasserflaschen.

Diesen beiden letzten winkte Rupert zu. *»Binkie«*, ließ er erklärend verlauten. »Mein Gott: dieses winzige Weibsstück ist nicht nur sonnengebräunt, sie hat sich auch verdammt gut erholt.« Er gab unsere Bestellungen weiter und fuhr an Johnson gewandt fort: »Warum dann dieses Kattunzeug?«

»Damit ich zum Dinner schön bleibe.« Johnson öffnete vorsichtig den Reißverschluß des Arbeitsanzugs und stellte gleichzeitig den dünnen Mann neben ihm vor. Unter dem Overall befanden sich der grüne Pullover und der weite braune Anzug, den Johnson schon in Edinburgh getragen hatte. Unter der Pixiemütze seines Gefährten steckte ein langgezogenes, melancholisches Gesicht mit einem Kinn, das dem Ende eines Hundeknochens ähnelte. Dies war Cecil Ogden, Besitzer und Skipper eines Kutters namens *Seawolf*, der am morgigen Rennen teilnehmen würde, »wenn wir rechtzeitig seine Hafennavigationsleuchte auffischen können. Der Draht ist gerissen«, sagte Johnson zur Erklärung.

Rupert schien eine Gefühlswallung unterdrücken zu müssen. »Ach ja? Hattest du sie mit einem Draht festgebunden, Cecil?«

»Mit einer Menge Draht«, sagte der Mann namens Cecil Ogden ohne die Spur eines Lächelns. Seine Stimme war britisch und kultiviert, ohne einen regionalen Akzent, den ich hätte heraushören können.

»Ogden hat die *Seawolf* eigenhändig aus praktisch nichts bis auf eine halb verfaulte Kielplatte gebaut. Wirklich eine ziemlich hübsche Sache. Er baut immer noch daran, nicht wahr, Cecil? Sind noch ein paar Kleinigkeiten übrig. Aber er hat am letztjährigen Rennen teilgenommen und sich ganz gut geschlagen.«

Zwei rote Flecke erschienen über den langen Rippen von Ogdens Kieferknochen und Wangen. »Sie wurde bei nassem Wetter kalfatert«, sagte er verdrossen. »Die Planken platzen immer auf, wenn sie austrocknen. Die verdammte *Britannia* leckt bei trockenem Wetter.«

»Sie haben bestimmt recht«, sagte eine neue, freundliche Stimme. »Aber ich glaube nicht, daß sie durch die Fugen vom Kielwasser der Greenock-Autofähre eine Sturzsee von hinten bekommt.«

Es war Hennessy. Er küßte mir die Hand, die Freundlichkeit in Person, das Gesicht gefurcht, hier ein Grübchen, voller europäischer verbindlicher Galanterie: Warum fühlte ich mich wie Ginger Rogers?

»Ich habe keine drei bezahlte Seeleute, die die verdammte Arbeit für mich tun«, sagte Ogden. »Vielleicht gewinne ich deshalb keine Rennen und zeige meine verdammte Nase nicht dort, wo sie nicht erwünscht ist.«

Er setzte das Glas ab. »Danke für den Drink, Johnson. Ich muß gehen. Da ich selbst segle, muß ich noch zwei oder drei Sachen überprüfen.«

Er nickte Johnson kurz zu, dachte im letzten Moment daran, mich in das Nicken einzuschließen, und zog von dannen, schon etwas unsicher auf den Beinen.

Hennessy sah ihm nach. »Wo ist das Mädchen?« fragte er.

»Deckt sich in Helensburgh mit Proviant ein und überredet den nächstbesten jungen Mann, sie und die Konserven hierher zu fahren«, sagte Johnson und bestellte Hennessy einen Drink. Ogden, so schien es, wurde von seiner mitleidigen Familie subventioniert, damit er dort oben am Ufer des Clyde leben und mit Hilfe des Hungerlohns, der alles war, was sie ihm zuzugestehen wagten, und aller Hilfe, die er zusammenkratzen konnte, an seiner Yacht bauen und sie ausbessern konnte.

»Einschließlich eines Mädchens? Wie häuslich!«

Hennessy erwiderte mein Lächeln, aber Rupert sagte: »Oh, es hat immer ein Mädchen gegeben. Er ist der hilflose Typ, der die Frauen einfach anzieht. Aber diesmal hat er verdammtes Glück gehabt. Er hat Victoria.«

»Ein Leckerbissen«, sagte Johnson und rückte seine Brille zurecht. »Rupert ist ein Freund der Familie.«

»Spinn doch nicht rum.« Rupert war wieder, wie zu erwarten, rot angelaufen. »Sie hat die Saison über hier gearbeitet, und ich habe dann und wann mal nach ihr gesehen. Es ist wirklich ein bißchen zuviel, wie Cecil sie herumkommandiert. Es gibt eine Grenze dafür, was man von irgend jemandem verlangen sollte, und Victoria denkt niemals an sich.«

Er hielt inne. »Ist sie der einzige Matrose auf der *Seawolf*?« fragte ich. Das kam mir sehr böhmisch für diese kalvinistische Gegend vor.

»Oh, sie werden es schon schaffen.« Rupert war zuversichtlich. »Sie kommt von den Bermudas, und man kommt gut mit ihr klar.«

»Nun, viel Glück für sie«, bemerkte Hennessy. »Ich erwarte nicht, daß ihr Elend sehr lange währen wird. Im jetzigen Zustand wird das Boot auseinanderfallen, wenn der Startschuß ertönt.«

»Ja. Aber Sie haben gehört, was er gesagt hat.« Johnson mischte sich scheltend ein. »Sie haben jede Menge Draht.«

Das Dinner im Royal Highland Cruising Club stellte eine zivilisierte Mahlzeit dar, und Johnson und Rupert gaben eine angenehme Gesellschaft ab. Ich stellte fest, daß ich schließlich doch noch erkannt worden war; und in den Pausen zwischen der Suppe und dem Kaffee signierte ich ziemlich viele Speisekarten.

Die letzte Speisekarte war die Johnsons. Ich nahm sie überrascht entgegen und schlug sie auf, um mein Autogramm hineinzusetzen. Über dem geräucherten Lachs fand ich ein schnell mit dem Kugelschreiber entworfenes Porträt von mir in dem Galitzine-Hosenanzug, die Nasenspitze genau um jenen Bruchteil gekürzt, den ich mir stets selbst erwünscht hatte. Es war hinreißend. Eine perfekte Ähnlichkeit. Ich wies darauf hin.

»Sie gehört Ihnen, wenn sie dergleichen mögen«, sagte Johnson. Ich dankte ihm warmherzig, und wir blickten beide der Zeichnung nach, die, von einem vorbeigehenden Bekannten aufgenommen, nun von Tisch zu Tisch weitergereicht wurde. Sie gelangte zu Hennessy, der aufstand und rief: »Hübsche Arbeit, Johnson. Haben Sie etwas dagegen, wenn ich sie für mein Komitee für Oxfam versteigere?«

Eine allgemeine Regung von Interesse, und ich verbarg meine Verärgerung. Es war *meine* Zeichnung. Andererseits mußte ich auch an mein Publikum denken.

Sie wurde für zweihundert Guineen versteigert, und das abschließende Gebot war das Hennessys. Während ich die Zeichnung für ihn signierte, ruhte seine Hand wie festgeklebt auf meiner seidebedeckten Schulter, und er duftete taktvoll wie das Nizza-Zweigwerk von Hermès. Er lud mich ein, auf unserem ersten Kontroll-Landgang die *Symphonetta* zu besuchen, damit ich die Zeichnung eingerahmt in seiner Kabine bewundern könnte. Den Gedanken in Mr. Hennessys Kabine eingerahmt zu sein, wurde ich während des gesamten restlichen Dinners nicht mehr los.

Johnson selbst schien der Zwischenfall kaum etwas auszumachen, obwohl er mit einem gewissen unschuldigen Vergnügen bemerkte, es sei das erste Mal, daß er den Kopf einer Dame im geräucherten Schellfisch und ihre Brüste im Käse skizziert habe. Ich bemerkte, daß er von nun an jedesmal zweihundert Guineen für eine nur in Umrissen angefertigte Zeichnung verlangen könne, und daß ein fertiges Bild, sollte es so gut wie diese Zeichnung sein, jahrelang für Publicityzwekke Verwendung finden könnte und ich mir dann nicht die Nase kürzen lassen müßte. Als Rupert sich entschuldigt hatte, um seine Arbeit für den nächsten Tag zu erledigen, sagte ich beim Likör zu Johnson: »Und jetzt wollen wir über Johnson sprechen.«

»Wie Sie wünschen«, sagte er augenblicklich. Ich habe noch nie jemanden mit einem solch unklassifizierbaren Gesicht getroffen: bis auf das Haar und die Augenbrauen schien es in der Tat wie aus Glas gefertigt. Ich ordnete flüchtig mein Haar in seinen spiegelnden Zweistärkengläsern. »Ich mag Bach, Whisky, gestreifte Unterhosen,

Montego Bay, auf Jagd gehen und guten Weinbrand«, sagte Johnson. »Und wunderschöne Damen mit Charakter. Ist es Ihnen noch nicht in den Sinn gekommen, daß man jetzt versuchen wird, auch Sie zu töten? Vorausgesetzt, Ihr Freund Holmes ist nicht der Mörder.«

Mein letztjähriges *Rigoletto* hatte mir neben der Seide aus Bangkok auch noch einen Rubin eingebracht, und ich hatte ihn in der Burlington Arcade einfassen lassen: er ergab einen ungewöhnlichen Ring. Ich drehte an ihm. »Nein, daran habe ich nicht gedacht«, sagte ich langsam; und es war die Wahrheit. »Sie sind der einzige Mensch, der ihn identifizieren könnte«, sagte Johnson. »*Falls* er der Mörder war.«

Ich ließ den Ring los. »Er muß der Mörder gewesen sein.« Es war zu lächerlich. »Hören Sie, irgendein schmieriger kleiner Dieb, der auf frischer Tat bei einem Einbruch ertappt wurde und dessen Pistole losgegangen ist, hat weder die Nerven noch das Geld, jemanden zu jagen und zu töten, der ihn vielleicht gesehen hat – vielleicht aber auch nicht. Er wird, verdammt noch mal, zuviel damit zu tun haben, das Land zu verlassen.«

»Mag sein. Aber haben wir es mit irgendeinem kleinen schmierigen Einbrecher zu tun?« sagte Johnson. »Sie haben die Abhörvorrichtung am Tisch gesehen. Ihr Freund Holmes ist verschwunden, und er war nicht der jugendliche Hauptdarsteller in ›Mrs. Dale's Diary‹. So sagen Sie doch. Woher wissen Sie, daß er nicht entführt wurde?«

»Weil ich es überprüft habe. Er ist *nicht* entführt worden«, fauchte ich mit einem Lächeln zurück. Wenn sich zwischen den Admiralen ein Lippenleser befand, waren wir erledigt.

Die Käferbrauen hoben sich über die gewaltigen Zweistärkengläser. »Also haben Sie doch daran gedacht«, sagte Johnson. »Was hat Ihr Freund also über den verschiedenen Mr. Chigwell gesagt?«

Ich stand auf. »Ich sage es Ihnen, wenn er ans Telefon kommt.«

Er stand auch auf. »Also haben Sie nicht mit ihm gesprochen?«

Ich konnte fühlen, wie meine Zähne knirschten. Dann, mit dem Rücken zum Raum, sprach ich schnell und leise. »Hören Sie. Sie haben zum Teil recht. Kenneth ist Wissenschaftler, und seine Arbeit ist wichtig. Deshalb die Abhöranlage unter dem Tisch. Aber es hat nichts mit dem Mord zu tun. Es ist wegen mir. Sie mögen keine internationalen Beziehungen. Er hätte mich nicht mal sehen dürfen.«

»Dann müssen sie sich fürchterlich freuen, daß Sie mit mir an Bord der *Dolly* sind . . . sollen wir hinausgehen?« fragte Johnson.

Ziemlich nachdenklich ging ich voran. Denn Tatsache war, daß es nach all dieser Publicity sowohl für Kenneths Bosse als auch für ihn selbst nur allzu klar sein mußte, daß ich unterwegs nach Rum war ... *falls* sie wußten, daß ich diejenige gewesen war, die er an diesem Abend in der Rose Street erwartet hatte. Und wenn sie es wußten und der verschiedene Mr. Chigwell irgendwann in den nächsten drei oder vier Tagen ans Licht der Welt kam, dann hatten sie die perfekte Entschuldigung, mich in Haft zu nehmen. Andererseits jedoch ...

»Andererseits jedoch«, sagte Johnson, als hätte ich laut gesprochen. »Unsere erste Theorie könnte die richtige sein. Chigwell könnte von jemandem getötet worden sein, der ihn für Dr. Holmes gehalten hat. Und nachdem er seinen Fehler entdeckt hat, könnte unser kleiner Freund mit den Warzen just in diesem Moment am anderen Ende des Landes sein und den guten Kenneth Holmes verfolgen.« Die Zweistärkengläser funkelten mich an. »Aber Sie sagen, Sie könnten ihn warnen. Dann muß es ja in Ordnung sein.«

In Ordnung, verdammt. Wenn jemand Kenneth Holmes mit der Absicht nachspürte, ihn zu ermorden, dann war dieser Jemand hier, an der Westküste Schottlands, dorthin unterwegs, wohin auch ich unterwegs war: nach Rum.

Kurz danach sagte ich »Gute Nacht« zu Johnson, und zwar vor meiner Zimmertür, wo er anscheinend beträchtliches Interesse daran fand, über meine Schulter hinweg mein Nachtgewand anzustarren, das ausgebreitet auf dem Bett lag, neben dem großen, goldbeschlagenen Toilettenkasten. Der große Koffer und die vier Reisetaschen standen noch ungeöffnet da.

»Äh, verraten Sie mir«, sagte Johnson, »sind Sie schon jemals zuvor segeln gegangen? Auf irgend etwas unter dreitausend Tonnen zum Beispiel?«

»*Gibt* es etwas unter dreitausend Tonnen?« erwiderte ich. Ich war wütend. »Verzeihen Sie«, fügte ich hinzu, als mir das Porträt wieder einfiel. »Aber wollen Sie mir einreden, daß die *Dolly* zu klein für mein Gepäck ist?«

»Nein, nein. Sie ist nicht zu klein.« Er dachte nach. »Aber sie würde wie ein Fahrstuhl sinken.«

Zehn Minuten später waren all meine Koffer geöffnet und ihr Inhalt auf einen kleinen Haufen unansehnlicher Wollkleidungsstücke reduziert worden, von denen einige Johnson und einige ich ausgesucht hatte. Diese sollte ich in den kleinsten meiner Koffer tun und selbigen um Punkt acht Uhr vor der Tür abstellen. Frühstück würde um acht Uhr fünfzehn sein, wonach Rupert mich zur *Dolly* rudern würde. Um neun Uhr dreißig sollten wir Segel setzen und den Clyde zur Bucht von Gourock hinabsegeln, und nach einem frühen Lunch würde das Rennen beginnen.

Ich hörte zu; ich antwortete; ich wünschte ihm eine gute Nacht; ich brachte ihn zum Gang; ich kam zurück und ging schließlich nach angemessenem Verlauf zu Bett, nachdem ich meine (bisher) einzige Geste der ausdrücklichen Verachtung gemacht hatte.

Ich hatte mir nicht die Mühe gemacht, die Tür abzuschließen.

Am nächsten Morgen schien die Sonne, aber ich hatte sie schon zuvor einmal in Schottland scheinen sehen. Ich zog mich zu meiner Zufriedenheit an und nahm im Schlafzimmer drei Anrufe entgegen, bevor ich um acht Uhr fünfundvierzig endlich bereit war, die Treppe hinabzubummeln.

Die Halle des Yacht-Clubs war voller Prinz-Heinrich-Mützen, Rollkragenpullover, ölbefleckter blauer Overalls und inorganischer Knebelbartkulturen. Ich trug einen Hosenanzug aus dünnem Ziegenleder in Mandelrosa mit dazu passenden Stiefeln und eine seidengefütterte Strickjacke. Mein Haar war französisch plissiert, und die Katzensonnenbrille hatte ich in Miami gekauft. Ich trug einen kleinen Hauch von Patou, und an der rechten Hand einen großen, ungeschnittenen Smaragd.

Als ich die Treppe hinabschritt, legte sich der Lärm; Johnson trat vor und geleitete mich in beinahe völligem Schweigen zum Frühstückstisch. Die Zweistärkengläser leuchteten mit tiefgründigster Bewunderung. »Der sanfte Tod. Köstlich«, sagte er, »und sie brauchen sich keine Sorgen zu machen. Ich habe etwas Thawpit an Bord.«

Ich machte mir keine Sorgen, obwohl ich ein wenig überrascht war, daß nach dem Frühstück nicht Rupert, sondern das Mädchen Victoria abkommandiert war, mich zur *Dolly* zu rudern. Sie war, natürlich, das einzige Besatzungsmitglied von Cecil Ogdens Schiff, des Mannes, der sich gestern an der Bar so jämmerlich beklagt hatte.

Auf der Pier wurden Victoria und ich einander vorgestellt. Ich suchte nach einer Hockey-Spielerin und fand auch eine: geradeheraus, klein, knochig und agil. Der mittlere Teil des Gesichts, der nicht vom inneren Salband aus lang hinabhängendem, schlammfarbenem Haar verdeckt wurde, enthüllte große, kuhähnliche Augen unter dicken Brauen und einen viel zu großen Mund. Sie trug einen blauen Monteuranzug, einen ausgebleichten, gestreiften Pullover und sprach mit einer hohen, klaren Verdienstkreuzverleihungsstimme über meine letzte Stokowski-Interpretation. Aber sie bat mich wenigstens nicht um ein Autogramm.

Das Dingi der *Seawolf* fand überhaupt nicht meinen Beifall. Es war eine leichte, hölzerne Nußschale mit flachem Bug, bekannt als Prahm; und ich zum Beispiel war kein Kleinkind. Victoria wußte nur allzu gut, daß ich naß werden würde: immer noch vor sich hinredend krempelte sie, sobald ich mich gesetzt hatte, Ölzeug über meinen Hosenanzug, stieß sich ab und nahm die Ruder auf. Ihre Arme waren nackt, genau wie ihre Füße. Ein wenig Wasser vom Grund des Prahms schwappte über einen meiner Ziegenlederstiefel. »Zum Glück gibt es jetzt jemanden auf der *Dolly*, sagte sie leise zwischen den einzelnen Ruderstößen, »die es Johnson mal so richtig zeigen wird. Ich wette, er hat Ihnen schon eine epische Szene gemacht, als es darum ging, die richtige Kleidung mitzunehmen.«

»Das hat er. Er hat mir einen kleinen Koffer mit ein paar warmen wasserdichten Sachen ausgesucht, der als erstes heute morgen an Bord gebracht werden sollte.« Ich legte eine Pause ein. Der Gesichtsstreifen zwischen den sich fast vereinigenden Haarlocken zeigte gemäßigte Spannung. »Aber um ganz sicher zu gehen, habe ich den Clubportier bestochen, drei weitere Koffer hinauszurudern, bevor Mr. Johnson aufsteht.«

Ich wurde mit einem breiten, alle Zähne enthüllenden Lächeln belohnt. »Ich wußte, daß Sie toll sind«, sagte Victoria. »Ich schwärme für Johnson; er ist so bedächtig und so fürchterlich schnell von Begriff; überall setzt er sich durch, und natürlich verehrt Rupert ihn, und jetzt Lenny the Crew: wenn man auf der *Dolly* zu Besuch ist, ist es, als hätte man es mit der Memphis Jug Band zu tun... Dieses *épater la bourgeoisie* ist wunderbar, wenn man es durchsteht, damit weiterzumachen. Aber Sie werden auch so jede Sekunde genießen. Jeder tut es. Das bißchen Rennen spielt keine große Rolle, obwohl manche ziemliches Aufheben darüber machen. Aber die Inseln sind das wahre Paradies. Kennen Sie die Hebriden?«

Ich kannte sie nicht. Ich war darauf vorbereitet, die Hebriden zu ertragen, bis ich zu jener gelangte, die den Namen Rum trug. In diesem Augenblick konnten die anderen versinken oder in die Luft fliegen. Ich schüttelte den Kopf,

»Oh, aber sie sind toll! Sie werden Ihnen bestimmt gefallen. Ich habe sie am liebsten, wenn es *sehr, sehr* naß ist. Das ist es oft. Ich laufe dann barfuß, und der Schlamm macht Platsch. Wissen Sie, daß wir an Staffa vorbeisegeln werden?«

Ich wußte es. Staffa mit einer unterirdischen Meereshöhle und einer Felsformation, die dem Riesendamm* überlegen war; ich wußte es. Ich konnte Staffa nicht ausstehen. Die Insel lag neben Iona, der dritten Anlaufstation; das war alles, was mich interessierte. Dann Barra und Rodel in den Äußeren Hebriden. Dann die Insel Skye; und dann Rum. Nach Rum konnte die *Dolly* untergehen; vorausgesetzt, mein Porträt war fertig. Während Victoria von Staffa plapperte, sah ich mich um.

Die See funkelte. Auf beiden Seiten des Loch Gare waren die Hügel grün, und darüber war der Himmel ein trübes, weites Hellblau. Direkt vor uns lagen die ersten Yachten; Victoria drehte sich um und suchte sich den Weg durch die Ankerplätze. Ein paar Schiffe lagen ruhig und mit kahlen Segelmasten da, aber auf den meisten wimmelte es von Menschen. Ich hörte Unterhaltungen, den Lärm von Generatoren, anspringende Maschinen und das Knirschen der Seile in den Rollkloben, als die Segel gehißt wurden; aber all diese Geräusche klangen angesichts des endlosen Wassers und Himmels dünn und harmlos. Als wir an den Schiffen vorbeifuhren, hatte Victoria zu jedem einen sehr glaubwürdigen, wenn auch stets schmähenden Kommentar.

Nur zwanzig, so erfuhr ich, der über achtzig Clubmitglieder hatten sich zum bevorstehenden Rennen angemeldet; auf jeden Fall waren aus Gründen der Sicherheit (Sicherheit?) die kleinsten Schiffe ausgeschlossen worden. Für den Rest gab es verhältnismäßig leichte Handikaps auf den beiden Kurshälften: vor der Tagesfahrt zum Crinan-Kanal, der uns Zutritt zur eigentlichen Westküste gewähren würde, und dann wieder am Donnerstag, wenn wir wieder vom anderen Ende des Kanals starteten. Jeder Teilnehmer war gezwungen, sich an einem Kontrollpunkt auf jedem anzulaufenden Zwischenziel die Zeit nehmen zu lassen, und am Ende würde nur die tatsächliche Segelzeit zwischen den Inseln zählen. Wenn das Wetter schlecht war, erklärte Victoria zu meinem Trost, gab es keinen Grund, warum man nicht im Hafen liegenbleiben sollte, bis es sich besserte: das tat im Prinzip eigentlich jeder. Aber wenn der Wind zum Beispiel gut stand, konnte es sein, daß man Tag und Nacht segelte, um ihn auszunutzen. Es kam eben darauf an.

»Es scheint mir eine komische Art zu sein, die Ferien zu verbringen«, bemerkte ich, als wir an all den emsigen kleinen Booten

* Natürliche Basaltbildung in Irland; Anm. d. Übers.

vorbeiruderten, deren Besitzer laut Victoria erholungssuchende Richter, Ärzte und Wirtschaftsprüfer waren, die von ihren Frauen, Freunden und gelegentlich auch Nichten begleitet wurden. »Aber Sie und Mr. Ogden begeistern sich schrecklich dafür?«

»Cecil bestimmt. Cecil ist wunderbar«, sagte Victoria. Den Kopf ständig über die Schulter gedreht, arbeitete sie abwechselnd mit dem einen und dem anderen Ruder, um großen und kleinen Booten auszuweichen. »Das ist die *Weevli.* Das ist die *Ballyrow*, sie haben einen tollen neuen Plattenspieler, man hört ihn noch in Crinan! Und da ist die *Blue Kitten*; ich fürchte, er spielt Dudelsack. Aber die *Nina* ist absolut traumhaft; er spielt die Hawaiigitarre: er hat einen Vetter in einer Band. Crinan ist verrückt; sie kommen alle zusammen und werden verdroschen. Es wird Ihnen gefallen.« Da ihr Weg für den Augenblick frei war, drehte sie sich um und fügte hinzu, was sich, wie ich bald feststellte, auf Ogden bezog: »Er hat die *Seawolf* praktisch eigenhändig gebaut. Wie viele Männer könnten das? Mit den eigenen Händen. Aus dem nichts, einfach so: seine Familie besteht aus Schleimscheißern, und er hat etwas dagegen, sie um Hilfe zu bitten. Sie wissen schon. Aber die Leute wissen, daß das Boot sein Leben ist, und das schätzen sie. Die Leute von hier, meine ich. Er kennt alle Plätze und Ankergründe, und die Leute sind freundlich und helfen, wenn sie können. Sie wissen, daß er's ernst meint.« Plötzlich warf sie das Haar zurück, und bevor es vom Wind wieder direkt in ihr Gesicht geweht wurde, sah ich ein dünnes, knochiges, eher trauriges Gesicht, wie das des Medizinmissionars, der uns einst in Good Old England eine Rede gehalten hatte. Er kommt sich manchmal ein wenig benachteiligt vor: wer würde das nicht, bei der harten Arbeit und der Einsamkeit. Aber er ist eigentlich ein ziemlich heroischer Typ ... »Das da ist die *Binkie*. Sie deutete auf das Boot, das wir uns gerade zu passieren anschickten; es war in einem ziemlich abstoßenden dunkelroten Farbton angestrichen.

»Was macht die *Binkie* so?« fragte ich ziemlich düster. Johnson. Und Ogden. Und Hennessy. Mein Gott. Grade dieses Rennpferd der Meere war kleiner als die anderen, und auf den drei Zoll Deck wurde gerade der Frühstücksabwasch erledigt. Gerade, als ich sprach, erhob sich eine kleine rundliche Person mit einer Pudelmütze und leerte die Waschschüssel aus, woraufhin Seemöwen schrien und eine Männerstimme rief: »Nan! Nan! Hast du nach dem Teelöffel gefühlt?«

Es waren der Mann und die Frau, die wir gestern abend in der Bar gesehen hatten, die Hände voller Tonicwasser. »Bob und Nancy

Buchanan. Ihm gehört eine Autowerkstatt in Falkirk«, sagte Victoria schnell und begrüßte sie. »Hallo! Das ist Madame Rossi; ich bringe sie zur *Dolly* hinaus. Na, hast du dich bequem eingerichtet, Bob? Wie geht's denn dem Kleinen Stinker?«

Buchanans Gesicht verzog sich zu einem herzlichen Grinsen. »Gut. Danke, wirklich ausgezeichnet. Man kann die Socken daran aufhängen, und sie sind in zehn Minuten trocken.«

»Sie haben einen neuen Ofen«, erklärte Victoria. »Die *Binkie* hat alles, nicht wahr, Bob? Der Kleine Stinker ist ihr Ofen, und ihre Maschine heißt Butterfaß: ein absolut verblüffend tolles Objekt von Kelvin. Und sie essen beide aus Hundenäpfen: eine ganz tolle Idee, weil sie nicht mal umkippen, wenn es richtig hart hergeht, und alles warmhalten und so. Sie können sich nicht vorstellen, welche Tricks sie auf Lager haben.«

Die Frau hatte sich zu dem Mann gesellt. Ihrer beider Gesichter waren vom Wetter und der Schmeichelei mahagonifarben. »Nun ja, wissen Sie«, sagte der Mann namens Bob, »ein ordentliches Schiff ist ein tüchtiges Schiff. Und ein tüchtiges Schiff ist ein glückliches Schiff. Wir halten die Bibel bereit und tun, was wir können.«

Die Frau namens Nancy gab ihm einen Klaps auf den Arm. »Bob, Madame Rossi wird sich fragen, was die Bibel ist. Es ist einfach der Name, den wir den Segelanweisungen des C. C. C. geben; beachten sie ihn nicht.« Sie kniete plötzlich nieder. Während des Gesprächs hatte Victoria das Dingi an Ort und Stelle gehalten, indem sie mit einer schwieligen Hand die Gangway der *Binkie* umklammerte. Wir tanzten auf und ab, aber sie zeigte keine Spur von Unbehagen. Nancy Buchanan rückte ganz nahe an mich heran. »Ich will nicht ungehörig sein«, sagte sie, »aber Bob und ich und die anderen im Clubhaus finden es toll, daß Sie zu uns gekommen sind. Und in einem guten, einwandfreien Boot. Die *Dolly* war schon ein paar Mal hier, und sie ist ein gutes Boot mit guten Leuten. Wir kriegen hier jede Menge Weibsbilder aus dem Pöbel zu sehen, von Formentor und Alghero, mit Perücken, Galanen und Beagles, die jede Toilette an den Schleusentoren westlich von Cairnbaan aufsuchen, aber man muß schon eine wirkliche Dame sein, um sein Glück beim Minch zu versuchen. Nicht, daß ich etwas gegen dumme Tiere habe: Ich bin Vegetarier und Mitglied der R. S. P. C. A.*, und ich habe nie im Leben einen Pelz

* Royal Society for the Prevention of Cruelty to Animals, Königliche Gesellschaft zur Verhütung von Grausamkeiten an Tieren; Anm. d. Übers.

getragen, aber es geht ums Prinzip... Sind Sie eine gute Seglerin, Madame Rossi?«

»Ich weiß es noch nicht. Ich hoffe es«, sagte ich. Ich war fasziniert.

Sie klapperte mit ihren kleinen, geschwärzten Zähnen. »Sagen Sie Johnson, er soll Ihnen eine Pille geben. Und vergessen Sie nicht – wir sind zwar Vegetarier, aber kein trockenes Schiff. Wenn Rupert, der Traum aller Debütantinnen, den Fusel vergessen hat, es liegt genug für uns beide eng gepackt im Kielraum.«

Ich dachte darüber nach; und ich dachte noch immer darüber nach, als wir die Buchanans nach einem angemessenen Abschied verließen und endlich auf Johnsons Yacht *Dolly* eintrafen.

Sie war größer, als ich befürchtet hatte. Sie war ein langezogenes weißes Boot mit zwei großen Masten, einer Messingreling und einem glänzenden hölzernen Niedergang. Oben auf demselben tauchten zwei Köpfe zur Begrüßung auf. Der eine war der Rupert Classcocks, zerzaust und blond über glitzernd chromgelben Ölzeug. Der andere gehörte zu einem kleinen Mann mittleren Alters mit großen Ohren und einer alten Marinemütze, den Rupert, der uns beiden Handküsse zuwarf, als Lenny Milligan aus Golders Green vorstellte (ehemals Königliche Marine, ehemals Königliche Jachtgesellschaft, ehemals ein sehr prunkvoller Job auf der Dampfjacht eines Millionärs in Monte). »Hat für eine Saison im schäbigen alten Britannien unterschrieben«, sagte Rupert, als Victoria die Fangleine auffing und einen tastenden nackten Fuß auf die Gangway setzte, bereit, die *Dolly* zu betreten.

»Gut Show«, sagte Victoria geistesabwesend und drehte sich um, um mir zu helfen. »Er wird keine Saison brauchen, um festzustellen, daß zwar mit den britischen Yachten alles in Ordnung ist, aber nicht mit dem lausigen britischen Wetter.«

»Mit dem lausigen Wetter und Jointqualmern wie Cecil«, sagte Rupert und half mir an Bord und in einen großen, gut gepolsterten Kabinenvorraum hinab. »Du bist verrückt, Schätzchen. Du weißt, daß du verrückt bist. Dein Seelenbruder ist ein unverbesserlicher Spinner. Er bekam die *Seawolf* vom Weihnachtsmann in einer Polyäthylentüte mit einer Dose löslichen Gummis. Wirklich. Ich schwöre es.«

»Du bist doch nur eifersüchtig, mein Rupert.« Victoria war nicht beleidigt. »Mein Gott, neue Bettdecken.« Sie zog den Kopf aus der nach achtern liegenden Kabine zurück. »Ich wünschte, ich hätte Johnsons Einkommensteuer für meinen Lebensunterhalt, das ist alles, was ich sagen kann. Wie gefällt es Ihnen?«

Das galt mir. Ich antwortete nicht. Ich sah mich noch um.

Dies, so fand ich erleichtert heraus, war durchaus ein passendes Boot für Tina Rossi. Luxusjachten waren mir natürlich nicht unbekannt. Aber die kleineren, die man in Monte, St. Jean und Gibraltar sieht – ich habe sie beobachtet. Diese war anders. Sie hatte achtern eine Doppelkabine mit Badezimmer und Dusche, die ich bekommen würde. Durch den Kabinenvorraum stieg man, vorbei an verschiedenen Annehmlichkeiten einschließlich guter Spinde, zum Salon hinab. Im Salon konnten auf Bettsofas und Hängematten insgesamt vier Personen schlafen, aber wie ich erfuhr, teilten ihn sich Johnson und Glasscock. Darunter war die Kombüse und Lennys Quartier, mit einem Mittelgang, der bis zur vorderen Kajüte führte, die ihre eigene Luke hatte, und von dort zum Vorderdeck.

Gesteuert wurde die *Dolly* über ein Ruder oder eine Ruderpinne vom Kabinenvorraum aus, von dem aus man Winden auf beiden Seitendecks zum Bedienen der Schotte erreichen konnte. Um das Ruder befanden sich eine Menge Skalen, die (so Rupert) mit der großen Mercedes Benz 6-Zylinder-Maschine mit 60 PS Bremskraft zu tun hatte, die unter dem Kabinenvorraum untergebracht war. Auf beiden Seiten befanden sich Sitzmöglichkeiten, und Victoria und ich lehnten uns zurück, bis Rupert seine Demonstration beendet hatte. »Kompliziert, was?« fragte er schließlich.

»Sehr«, sagte ich. Aus den Augenwinkeln hatte ich meine vier Koffer gesehen. »Ach ja, ich habe Ihnen eine Flasche Champagner mitgebracht. Wo bewahren Sie ihn auf?«

»Beim Kaviar«, sagte Rupert. »Im Kielraum. Mein Gott, haben Sie wirklich daran gedacht, Madame Rossi? Es ist ein Privileg, mit Ihnen zu segeln. Hier, schnell, bevor uns der Skipper einen Strich durch die Rechnung macht. Wenn uns die *Symphonetta* bis Tobermory schlägt, werde ich ihn dringender brauchen als er.«

»Wird sie Sie schlagen?« fragte ich. Ich hatte die *Symphonetta* nicht weit entfernt zwischen drei oder vier anderen Schiffen ihres Typs gesehen. Sie war schwarz angestrichen, groß und stattlich und strahlend vor Messingverzierungen und Farbe. Drei behende Gestalten in schneeweißem Ölzeug hatten gerade den Segelschutz abgenommen und schickten sich an, das Hauptsegel hochzuziehen.

»Arme Hunde«, sagte Milligan. Das waren die ersten Worte, die er gesprochen hatte, aber er drückte sich unmißverständlich aus. »Hätten sich gestern abend mit nichts als ein paar Kräcker und einem Alsterwasser im Bauch auf diesem Schiff schlafen legen müssen, hätten die Buchanans nicht jedem ein oder zwei Bier in der Bar ausgegeben.«

»Sie sind Hennessys bezahlte Mannschaft?« fragte ich. Das schien mir ein unfairer Vorteil zu sein.

Victoria schüttelte den Kopf. »In Schottland hat er hauptsächlich Studenten. Die sind aufs Segeln scharf, und hier oben gibt's nicht viele Boote wie die *Symphonetta*. Er schickt seine bezahlten Leute in Cowes von Bord und kommt mit ein paar Kröten und ein paar Zigaretten für die Jungs aus. Da wir gerade davon reden, wie steht im Moment eine gewisse verrückte, saftige Wette? Rupert, du bist verrückt. Und ein ganz schöner Scherzbold, wenn du glaubst, daß Johnson die *Dolly* hart rannimmt, um für dich das Rennen gegen Hennessy zu gewinnen.«

»Er braucht die *Dolly* nicht hart ranzunehmen«, setzte Rupert mit eingeschnapptem Erstaunen an, doch dann unterbrach ihn das Brummen eines Außenbordmotors, und Johnson tauchte auf, die Augenbrauen zerzaust und das schwarze Haar von der auffrischenden Brise zerwühlt. »Victoria, tolle Maus, Cecil hat einen Kurzen im Startmotor, und wenn du nicht ganz schnell rüberfährst, wird er entweder geräuchert oder scheidet aus. Lenny, die Maschine. Madame Rossi, Sie werden sich erkälten, Rupert, deine Probleme sind gelöst. Ich borge Ihnen meinen Rosenkranz.«

Innerhalb von zehn Minuten waren wir unterwegs. Nach Rum und zu Kenneth.

4

Ich hatte noch nie auf einem kleinen Boot an einem Rennen teilgenommen. Ich erwartete nicht, seekrank zu werden. Andererseits erwartete ich auch nicht, die Fahrt besonders zu genießen. Man konnte sagen, daß in dieser Hinsicht all meine Erwartungen übertroffen wurden.

Doch fangen wir von vorn an. Kurz bevor ich mich umgezogen hatte, wurde das Hauptsegel gehißt, was der Anlaß für ein allgemeines gewaltiges Zuprosten war, und wir warfen die Vertäuung ab und waren unterwegs, die Clydemündung hinab nach Gourock, wo die Startpistole schon in halbstündigem Abstand für den Start einer jeden Rennklasse feuerte.

Danach erfolgte ein gewaltiges Gerassel und das Besansegel wurde gehißt, wodurch ich mich plötzlich en suite mit meinen vier Koffern an der linken Wand meiner Kabine wiederfand. Jetzt war klar, wieso Johnson scheinbar so desinteressiert gewesen war, als er sie schließlich doch noch an Bord entdeckt hatte. Während der Kreuzfahrt würde ich Ponton mit ihnen spielen.

Als ich die Tür wieder zuhakte, war Johnson allein an der Ruderstange; er hockte über meinem Kopf, die Füße auf den Polstern des Kabinenvorraums, das Gesicht diesmal hinter einer Polaroid-Sonnenbrille mit Zweistärkengläsern. Er pfiff vor sich hin. Das Rascheln, das Klatschen und das Rufen waren verstummt, und die *Dolly* glitt auf einer leuchtend weißen Flanke dahin, und ihre sonnenerfüllten Segel verdeckten das Meer. Um uns herum waren die Hügel hellgrün, und das blaue Wasser mit farbigen und weißen Segeln gesprenkelt, die sich mitunter leicht neigten, wie nicht einstudierte Verbeugungen in einem *Tutti*.

Ich setzte mich mit dem Rücken zur Salonwand, die Füße auf Johnsons marokkanischen Wollkissen, und plötzlich ertönte von unten eine leise Melodie. Lenny erschien mit einer Kanne noch dampfenden Kaffees und frisch geschnittenen Schinkensandwiches neben meinem Ellbogen. Johnson nahm sich eins und legte es aufs Deck, wobei die Ruderstange unter seinem Ellbogen ruhte. Er bewegte den Kopf kaum, doch die Sonnenbrille deutete auf die Segel, den Bug, aufs Festland, aufs ferne Band der Kleinstädte und schließlich auf mich. »Dies«, sagte Johnson freundlich, während er mich ausgiebig betrachtete, »ist nur die eine Seite der Medaille. Die andere Seite wird Sie umbringen.«

Damals war ich leicht amüsiert.

Der Morgen verstrich. Ich hatte meine erste Erfahrung in Bezug auf einen Kurswechsel. Auf allgemeines Anraten hin zog ich mich zuerst in meine Kabine zurück. Dann sagte Johnson beiläufig »Alles bereit, meine Herren«, und drückte die Ruderstange hinab. Das Boot richtete sich mit klatschenden Segeln auf, während der Bug in einer großen Kurve nach rechts schwang. Einen Augenblick lang bockte die *Dolly*, doch dann faßte der Wind und füllte ihre Segel von der neuen Seite, und sich wendend legte sie sich flach auf die rechte Flanke. Während Lenny geduckt auf dem Vorderdeck herumhetzte und Rupert im Kabinenvorraum alle Hände voll damit zu tun hatte, weiße Seile zu raffen, waren die beiden hölzernen Spiere, die die Segel hielten, herumgeschwungen, genau wie Johnson es mit einigen Zuversicht prophezeit hatte.

Er und Rupert hatten sich geduckt. Ich mußte dies nicht, da ich in der Kabine von meinen vier Koffern festgenagelt wurde. Rupert half mir auf. »Ein wenig unpraktisch, finden Sie nicht?« sagte er freundlich. Sie könnten sie in Ardrishaig immer noch an Land geben und später wieder mitnehmen... Oh, hören Sie! Das ist ein wenig voreilig.«

Er blickte meinem größten Koffer nach, den ich gerade in den Kabinenvorraum und von dort aus über Bord geschleudert hatte.

»Wieso? Er ist leer«, erwiderte ich. Das stimmte auch. Es war mir gelungen, den Inhalt des Koffers in meinen Spind zu stopfen.

»Aber, mein Gott, das war doch Krokodilleder, oder?« sagte Rupert trotz seiner Bemühungen mit einem weinerlichen Ton in der Stimme.

Er war Krokodilleder. Aber er war natürlich auch versichert. Ich zuckte die Achseln. »Vielleicht könnte ich die *Symphonetta* überreden, die drei anderen für mich an Bord zu nehmen.«

Rupert schnappte Johnsons Blick auf und fing an zu lachen. »Überreden! Gott im Himmel, Hennessy wird die Gelegenheit beim Schopfe packen, Madame Rossi, Sie sind wunderbar.«

»Tina«, berichtigte ich ihn. Besser, ich brachte es hinter mich.

»Rupert«, sagte Rupert.

»Johnson«, sagte Johnson geistreich. »Rupert, ich will nicht unbedingt augenblicklich wieder den Kurs ändern, aber ich muß es, wenn du nicht im Laufschritt das Großsegel ausläßt.«

Ich ging in den Kabinenvorraum und kniete mich, auf die See hinausschauend, auf den Kissen neben ihm nieder. Ich trug Pucci-Hosen und Ma Griffe. »Johnson?« sagte ich. »Einfach so? Wie sein Gärtner, oder sein Buchhalter?«

»Oder sein Präsident oder sein Raumpfleger«, sagte Johnson und sah zu, wie das Großsegel ausgerollt wurde. »Das ist auch mein Vorname. Meine Eltern waren aufgrund des glücklichen Ereignisses körperlich und geistig arg mitgenommen.«

»Johnson Johnson?« Ich konnte es wirklich nicht glauben.

»Sie werden sich daran gewöhnen«, gab er zurück.

Der Start des Rennens war sicher interessant, aber das Mittagessen (aus der Dose, wie Rupert voller Abscheu sagte) bestand aus mit Perigord-Trüffeln gefülltem Rebhuhn (davor ein guter Amontillado), und der nachfolgende Sauternes setzen meinem Interesse an nautischen Angelegenheiten ein Ende. Mit der Versicherung, daß wir die Startlinie am Ende in verhältnismäßig gutem Zustand überschritten hatten, zog ich mich in meine Kabine zurück und schlief.

Lange Zeit später erwachte ich sehr langsam wieder aus dem Schlaf.

Es war warm. Ich lag auf dem Rücken und schaukelte langsam von Seite zu Seite, wie in einer Wiege. Ich vernahm das Geräusch von klatschendem Wasser, wie Musiknoten, *pizzikato*, mit kleinen hektischen Rhythmen dazwischen. Überall um mich herum und über mir herrschte Geschäftigkeit, ein Rucken und sehr leises Knarren. Ich rollte mich herum, trat aus der Kabine und in den Kabinenvorraum. Wir waren in Windstille verfallen.

Wir alle lagen in der Windstille. Zwischen grüner Küste und ferner grüner Küste; von den fernen Hügel von Arran und den nähergelegenen Hügeln von Cowal und Argyll bis zur Küste von Renfrewshire und den Sandstränden der Cumbraer Inseln lag die Bucht spiegelruhig da, gesprenkelt mit den Schwanenflügeln der Jachten. Hier waren die roten Segel der *Binkie*, der geflickte, gestreifte Spinnaker der *Seawolf*, dort wie ein bedrohlicher, chiffonverhüllter Turandot, die riesige, porzellanblaue Genoa der *Symphonetta*, wie sie mit den größeren Schwestern hinter ihr dahinschmachtete. Vor der absoluten Windstille waren wir alle gleich, und es gab nichts, was wir tun konnten.

»Hallo«, sagte Johnsons Stimme. Rupert lag bis zur Taille entkleidet mit dem Gesicht nach unten an Deck neben der Ruderstange und schlief zu drei Vierteln. Lenny konnte ich vorn sehen, den Rücken am Geräteschuppen abgestützt, während er Schneckenstangen machte. (Das behauptete er jedenfalls später.) Johnson entdeckte ich, als er sprach, über meinem Kopf auf dem Dach meiner Kabine. Er war halb verborgen von einer kleinen Leinwand aus einem seltsamen Gestell, das einem Pianogestell ähnelte und himmelwärts von oben einen Schatten auf meine Kabinentür warf. An Deck neben ihm stand eine Palette mit Farben und zwei Töpfe mit einer Flüssigkeit, daneben lag ein Stapel weißer Borstenpinsel. Er trug die übliche Brille mit den Zweistärkengläsern und ein am Hals offenes Hemd, und mir fiel auf, daß er wenigstens Haare auf der Brust hatte, es sei denn, es war eine Perücke. Seit ich mit dem Filmen angefangen habe, habe ich die unmöglichsten Perücken gesehen.

»Hallo«, sagte Johnson. »Glückliche Tage beim Rennen. Herr Jesus, verleih dem Wasser Balken.«

»Gib dem Wasser Balken, wenn du willst«, sagte Ruperts gedämpfte Stimme. »Solange du sonst nichts hinter Balken verwahrst.«

»Ich habe die letzte Anspielung verstanden«, sagte Johnson. »Trotzdem werde ich einen Mann, der noch fahren muß, nicht zum Trinken verleiten. Lenny, ein eiskaltes Bier für Madame Rossi.«

»Nur, wenn jemand eins mit mir trinkt«, sagte ich entschieden. Rupert rührte sich.

»Wenn Rupert eiskaltes Bier getrunken hat, wird er zum Sexbesessenen«, sagte Johnson.

»Ich mag Sexbesessene«, sagte ich.

»In diesem Fall«, meinte Johnson vergnügt, »werden wir alle ein Bier trinken. Lenny...«

Und plötzlich malte er mich, während ich dalag und mein Bier trank. Er sprach über die *Dolly*; und darüber, was er die Kleines-Boot-Therapie nannte.

Durch den rauhen weißen Stoff der Leinwand konnte ich sehen, wie große, schnell gepinselte Farbflächen Formen annahmen. »Dann segelt also niemand einfach, weil es ihm gefällt?« fragte ich. Er hatte mich nicht gebeten, still zu liegen, und ich lag nicht still.

»Oh, man findet jede Menge Leute, die des Meeres willen nicht mehr vom Meer loskommen; ehemalige Marineoffiziere oder Menschen mit Fracht- oder Werftunternehmen. Oder Leute, die einfach gut segeln können; Ruderasse oder Adelige mittleren Alters, deren Großväter Dampfjachten auf der Oban-Regatta gesegelt haben. Es gibt die Snob-Brigade, die ihre Nachkömmlinge stählern will, und kleine, anständige Burschen wie Buchanan, die es genießen, die Sache in den Griff zu bekommen und dabei ein kleines Schmalspurabenteuer zu erleben. Natürlich« – er schraubte eine Tube mit hellgelbem Ocker auf und drückte einen Haufen auf das polierte Mahagoni – »segeln viele, so wie Sie, – um an einem Gesellschaftsereignis teilzunehmen, Kunden oder Klienten zu unterhalten oder die ganze Nacht zu einem Plattenspieler zu tanzen oder sich in solch kleinen Eingeborenen-Lendenschürzen einen gewaltigen Sonnenbrand zu holen...«

»Johnson heißt das nicht gut«, sagte Rupert und drehte sich um, um sich Bauch und Brust grillen zu lassen. Der Geruch von warmem Terpentin zog in den Kabinenvorraum.

»Ganz und gar nicht«, sagte Johnson. Seine Brillengläser blitzten auf und ab. »Warum im Mief einer kleinen Wohnung unmoralisch sein, wenn man es auf der See in aller Freiheit sein kann?«

Die ganze Leinwand war jetzt mit Farbe bedeckt, und ich konnte nicht mehr sehen, was er tat. »Rupert«, sagte ich, »warum fährt Johnson zur See?«

Rupert Glasscock wandte seinen mächtigen Färsenkopf um, um Johnson zu betrachten, und Johnson erwiderte den Blick durch seine Zweistärkengläser. »Weil er keine Wohnung hat«, sagte Rupert nach einigem Nachdenken und mußte trotz allen Ungemachs hinnehmen, daß ein Pinsel mit Zinnoberrot eine grobe Zeichnung auf sein Rückgrat bannte.

Dann kam ein Ruf von Lenny, und sowohl Rupert als auch Johnson sprangen auf. Weit draußen über dem blauen, glasigen Wasser befand sich ein Schmierfleck, wie ein Fingerabdruck in nasser Farbe. Innerhalb einer Sekunde wurden Palette und Pinsel verstaut, die Leinwand flog mit einer Entschuldigung in meine Kabine, und alle drei Männer hantierten mit Seilen herum. Ich folgerte, daß Wind aufgekommen war.

Nach einer Weile stand ich auf und ging in meine Kabine, wo Johnsons Bild mit der richtigen Seite nach oben auf der Koje lag.

Dünn überzogen mit süßer Farbe; flach und weich wie ein Gemälde auf Seide lag dort verschwommen mein eigenes Gesicht. Zurechtgemacht für *Gilda*, so sah ich aus.

Ich war entzückt. Ich faßte die nasse Leinwand vorsichtig an den Kanten, hob sie hoch und musterte das Arrangement aus Erde und Boden und Mineralpigmenten, die der Geist hinter dieser Zweistärkenbrille in mein Gesicht verwandelt hatte. Unter meinen Füßen legte sich das Deck quer, als sich die Segel über mir, vom Wind berührt, zu füllen begannen. Die Tür schwang auf, Sonnenlicht erfüllte die ganze Kabine, und brachte den Geruch von Blättern, Blumen und salzigem Seetang mit sich. Vor Sonne funkelnd verschwammen und flimmerten die frisch gewaschenen Vorhänge über meinem Bullauge vor der dahinterliegenden blauen See, und das Meer selbst glitzerte in grobem Blau und Weiß unter dem aufkommenden jungen Wind.

Die *Dolly* kippte mit einem plötzlichen Entschluß seitwärts, und irgend etwas schlug mit einem Knall gegen das andere Ende meines Bettes. Ich legte das Gemälde auf die Koje, fixierte es mit meinem Juwelenkästchen, damit es nicht zusammenrollen konnte, und ging ums Bett, um aufzuheben, was heruntergefallen war.

Es war ein Kleiderbügel.

Ich hatte dort keinen Kleiderbügel liegen lassen. Ich hielt ihn in der Hand und fragte mich geistesabwesend, wem er wohl gehören mochte, als ich es plötzlich wußte. Dieser starke Bügel mit dem vernieteten Halter, dem Halter, der sich trotz des toten Gewichts, das er tragen mußte, nicht gelöst hatte, gehörte weder mir noch Johnson.

Es war der Kleiderbügel, auf dem, festgehalten von seinem eigenen großen und ausgezeichnet passenden Übermantel, Chigwells Leiche in jener Nacht in der Garderobe in der Rose Street gehangen hatte.

Als ich Johnson rief, kam er nicht sofort. Als die unglaubliche nautische Krise, woraus auch immer sie bestand, schließlich überwunden war und er endlich meine Kabine betreten hatte, hatte ich mich wieder zusammengerissen; dennoch konnte ich es noch nicht über mich bringen, das Ding von dort aufzuheben, wo ich es wieder hatte fallen lassen, – von dem wolligen Vorleger neben der Koje. Johnsons Blick wanderte sowohl über den Bügel als auch über mich, und fiel dann auf das Bild, das immer noch festgezwängt auf dem Bett lag. »Oh, das«, sagte er, »danke«, nahm es und verschwand, um es zu dem abschließbaren, in Kopfhöhe angebrachten Schrankfach im Salon zu bringen, in dem er seine unvollendeten Werke aufbewahrte. Ich hörte, wie er zurück zur Ruderstange kam.

Mittlerweile war ich draußen im Kabinenvorraum. »Das war es nicht. *Lassen Sie jetzt das verdammte Schiff in Ruhe und hören mir zu, Sie Narr?*« schleuderte ich seinen halbmondförmigen Zweistärkengläsern entgegen. Er reichte Rupert die Ruderstange und folgte mir in meine Kabine.

Johnson teilte meine Abscheu nicht. Als ich ihm sagte, was geschehen war, hob er das Ding auf, setzte sich und drehte es immer wieder in den Händen. »So ein Kleiderbügel war nicht auf dem Boot«, sagte er. »Das ist ganz sicher einer von Chigwell.«

»Aber wie kann das passiert sein?« Ich rauche nicht. Es gibt Zeiten, da wünsche ich mir, ich würde doch rauchen. »Die Polizei weiß, daß Sie mit der Sache zu tun haben. Aber wenn man die Leiche gefunden hätte, würde sie so etwas nicht tun. Und Kenneth würde es auch nicht. Und abgesehen von der Polizei und Kenneth ist die einzige Person, die einen von uns mit Chigwells Leiche in Verbindung bringen könnte . . .«

». . . der Mörder«, sagte Johnson. Er schwieg, seine Hände lagen ruhig auf dem Holz. »Das ist nicht der angenehmste Gedanke, was? Wir hatten angenommen, er würde seine Haut retten oder schlimmstenfalls Ihren Freund Dr. Holmes verfolgen. Anscheinend tut er jedoch nichts von dem. Er verfolgt Sie.«

»Könnte er an Bord sein?« fragte ich. Es war eine vernünftige Frage. Ich versuchte, auch vernünftig zu klingen, als ich sie stellte.

»Nein«, sagte Johnson. »Da ist jeder Zweifel ausgeschlossen. Aber es wäre ein Leichtes gewesen, den Bügel an Bord zu bringen, während wir im Verkehrsgewirr von Rhu saßen. Ich nehme an, er liegt schon den ganzen Tag hier, aber Sie haben ihn nicht bemerkt. Wahrscheinlich hat Lenny ihn aufgehoben und auf Ihre Koje gelegt, weil er dachte, er gehöre Ihnen . . . Das ist, *wie* es gemacht wurde. *Warum* es gemacht wurde, ist eine andere Sache. Ich glaube . . .« Er zögerte.

»Was?« Nun, da wir Fakten hatten – oder zumindest plausible Wahrscheinlichkeiten – fühlte ich mich plötzlich besser. Tote können nicht schwimmen.

»Ich glaube, Sie sollten umkehren und um Polizeischutz bitten. Nehmen Sie den Skandal in Kauf. Zwei Wochen groß in den Schlagzeilen ist besser, als das Leben zu verlieren.«

»Nein.«

»Hören Sie«, sagte Johnson geduldig. »Ich bin sicher, Ihr Freund Holmes wird da als erster zustimmen. Schließlich ist er ja auch nicht gerade in Sicherheit, nicht wahr? Ich bin der Meinung, daß sogar der Geheimdienst mitmischen wird, wenn man zur Ansicht kommen sollte, daß Holmes' Leben in Gefahr ist.«

»Nein«, wiederholte ich. »Sie sagen, der Mann, der den Kleiderbügel versteckt hat, ist nicht auf der *Dolly*. Richtig. Das ist mehr, als man von jedem Fleckchen Land in diesem Königreich sagen kann. Ich bleibe auf der *Dolly*.«

Das mutete zweifellos dickschädelig an. Fast hätte ich ihm meinen Plan gestanden, Kenneth auf Rum zu treffen. Aber nicht ganz. Noch nicht. Nicht, bis ich von Kenneth erfahren hatte, was passiert war. Denn Johnson hin oder her, Kenneths Arbeit war kein Thema für eine beiläufige Unterhaltung. Es gab Forschungslaboratorien auf Rum: Labors der Forsterhaltung, die allen möglichen eklektischen Problemen nachgingen, die mit Ökologie und Rotwild zu tun haben.

Es gab auch noch andere Labors. Und in South Rona, nicht weit vom Norden, lag die Basis des Atom-U-Boots *Lysander*, dessen Instrumente teilweise gerade einer Wartung unterzogen wurden. Wenn Kenneth auf Rum war, dann nicht, um Rotwild nachzujagen.

Es herrschte ein langes Schweigen. »Richtig«, sagte Johnson dann unerwarteterweise. »Sie brauchen jetzt einen steifen Whisky. Geben Sie mir fünf Minuten, um den Kurs zu überprüfen, und Sie bekommen ihn. Als nächste Station laufen wir heute abend Ardrishaig an, und etwas nördlich von Ardrishaig liegt Lochgair, wo Freunde von mir einen verdammt großen Dampfer mit dem Namen *Evergreen* liegen haben, und der verfügt über den stärksten Funkempfänger an der Westküste Schottlands. Nachdem wir eingelaufen sind, werfe ich den Motor an, und wir fahren mit der *Dolly* nach Lochgair und rufen jeden an, der uns einfällt, und erkundigen uns nach Neuigkeiten in der Affäre in der Rose Street. Denn nach allem, was wir wissen, hat die

Polizei vielleicht schon die Leiche wie auch den Mörder gefunden. Auf jeden Fall werden Sie zu Ihrer Sicherheit keinen Fuß ans Ufer setzen. Abgemacht?«

»Abgemacht«, stimmte ich zu. Ein überraschender Mann, dieser Johnson. Es fiel mir ein wenig schwer, zu glauben, daß er neben all diesen Sachen auch noch malen konnte.

Ich bin eine sture Frau: bin ich mein ganzes Leben gewesen. Jemand versuchte, mir Angst einzujagen. Jemand gab auch sein Bestmöglichstes, um mich daran zu hindern, mit Kenneth Kontakt aufzunehmen. Dieser Jemand kannte Tina Rossi nicht; das war alles.

5

Nach einer scharfen Segeltour, während der wir überhaupt keinen Kontakt mit der Außenwelt hatten, kamen wir des nachts in Ardrishaig an. Dort checkte Rupert ein; nachdem er zu seiner Beunruhigung herausgefunden hatte, daß sowohl die *Symphonetta* als auch die *Binkie* sowohl nach korrigierter wie auch tatsächlicher Zeit vor uns eingetroffen waren, kehrte er an Bord zurück, nicht ohne vorher vier – würde ich schätzen – doppelte Whisky gekippt zu haben. Dann warf Lenny die Maschine an, und wir entfernten uns langsam von den gelben Straßenlaternen, den aufblitzenden hellen und dunklen Streifen der Wellenbrecher und den roten und grünen Lichtern anderer Jachten wie der unsrigen. Wir trieben langsam zur Seeschleuse, um im Becken des Crinan-Kanals einen Liegeplatz für die Nacht zu suchen.

Nur – wir würden diese Nacht nicht im Kanal bleiben, wo jeder vorbeigehende Fremde an Bord treten konnte. Ein Kabinenvorraum weist keine Schlösser auf. Imstande, unsere Maschine zu benutzen, da wir das Rennen unterbrochen hatten, würden wir heute abend nördlich nach Lochgair fahren und dort bis zum Morgen – wenn wir uns wieder zum Rest des Clubs und den Booten gesellen würden, die durch den Kanal daherknatterten – neben der imposanten *Evergreen* von Johnsons Freund ankern. Dann am Donnerstag wieder aufs offene Meer – und damit sicherlich in verhältnismäßiger Sicherheit. Ich hatte angenommen, wir würden die zusätzliche Fahrt von etwa einer Stunde nördlich nach Lochgair allein machen. Sicherlich lag Stanley Hennessys *Symphonetta* nach ihrem Triumph schon sicher im Hafenbecken, auch wenn ich von den Buchanans und der *Binkie* keine Spur ausmachen konnte. Ich sah, den Wind in meinem Haar, zu, wie die kleinen Lichter verblichen, und ich hörte, wie sich das wasserfallähnliche Geräusch der Schleuse im Hämmern der mächtigen Maschine der *Dolly* verlor.

Das Geräusch unserer Maschine verbarg zuerst die schluckaufhafte Eruption eines anderen Dieselmotors ganz in unserer Nähe. Dann tauchte völlig unerwartet der erbsengrüne, fürchterlich angestrichene Raharm der *Seawolf* hinter uns auf; ihr Großsegel flatterte am Baum wie ein komischer Regenschirm. Rupert stürmte zum Schandeck, um sie zu begrüßen. »Cecil! Victoria! – Folgt Daddy, meine Süßen! Wer will eine Blaaa-dy Mary auf der *Evergreen*?«

Sie verstanden. Victoria winkte zustimmend, und die *Seawolf* nahm Fahrt auf und setzte sich direkt hinter uns. Rupert nahm steif neben mir Platz. Johnson zündete sich mit gebeugten Händen eine Pfeife an. Das in der Halbdunkelheit leuchtende Segelzeug der *Dolly* war sauber wie ein Pfeifenreiniger, und die an Deck zusammengerollten Segelleinen erinnerten an Irrgärten. Ich fragte, wer die Eigner der *Evergreen* seien. Rupert nahm beiläufig meine Hand, um Johnson bei der Antwort zu helfen.

Es war nicht, was ich erwartet hatte. »Sie heißen Bird. Er hat sich aus dem Showbusiness zurückgezogen, Darling. May strickt, und Billy spielt Poker, und sie haben ein wenig Gesinge nach dem Dinner und ein paar Drinks, und sie erzählen sich neckische Geschichten übers Konzertleben – *vulgäre* neckische Geschichten. Aber ziemlich gute.«

»Ihre Bloody Mary muß ja außergewöhnlich sein«, sagte ich. Der Smaragd quetschte mir die Finger. Ich zog sie zurück und erntete ein Aufblitzen der Zweistärkengläser.

»Keine Bange«, sagte Johnson freundlich. »Das ist alles Show.« Seine Pfeife glühte trübrot in der weichen, winderfüllten Dunkelheit vor dem ebenmäßigen Glosern das Loch Fyne. »Leg ein Lesezeichen ein, Rupert; und troll dich und spiel krank.«

Mitunter konnte ich glauben, daß ich Johnson allmählich mochte.

Verglichen mit Ardrishaig war die Bucht von Lochgair – abgesehen vom Lichterbündel des halb hinter dem Strand und den Bäumen verborgenen Hotels und den sich bewegenden Lichtkegeln der von oben nach Inveraray fahrenden Autos – ziemlich dunkel. Als die Maschine erstarb und die Ankerkette hinabrasselte, befanden sich um uns herum kleine weiße Wirtshäuser, und auf der ruhigen See trieben wie kleine unzerstörbare Plastikspielzeuge Motorjachten – der luxuriöse Zweig der Flotte.

Die größte – achtzig Tonnen; insgesamt fünfundzwanzig Meter, mit Doppelschrauben-Dieselmotoren zu jeweils sechs Zylindern und 250 PS Bremsleistung (sagte Rupert) – war die *Evergreen*. Von ihren Decks, einem Alptraum aus gestreiften Markisen, Vorhängen von Sekers und eingetopften Geranien, kam eine gerufene Einladung zu ein paar Drinks. Ich schlüpfte schnell hinab, um mich umzuziehen. Das schwarze Känguruh-Kleid mit dem Kupferkettengliedgürtel, dachte ich; und kleine kupferbeschlagene Stiefel. Die *Seawolf*, die Wasser im Vergaser hatte, erreichte ihren Ankergrund gerade, als ich mir Lidschatten auflegte.

Das nächste, was ich wußte, war, daß ich mit dem Kinn ins Lidschattendöschen knallte und mir die drei Koffer in die Hacken schlugen. Irgend etwas hatte die *Dolly* mit einem gewaltigen Bums in die Seite getroffen. Dann folgte etwas, das dem Quartett aus *Trovatore* ähnelte, wobei sich Victorias gedehntes Schrillen deutlich von anderen, männlichen (sowohl erhitzten wie auch resignierten) Stimmen abhob. Ich besserte die Narben in meinem Make-up aus und marschierte, mir den Rücken reibend, an Deck.

Schwach erleuchtet im glitzernden Fahrweg, lag die *Seawolf* an unserer Breitseite und trieb gerade gemächlich unter dem Schub des Eigners und der Mannschaft der *Dolly* zurück. Die Maschine der *Seawolf* war ausgeschaltet, und nicht weit hinter ihr konnte man mehrere große Boote sehen, mit denen sie bald zusammenstoßen würde. Ogden, der sie offenkundig auch gesehen hatte, kletterte nun an einer Treidelleine in seinen Prahm. Er befestigte die Leine, schob die Ruderklampen beiseite und legte sich in die Riemen; und dann, mit dem sich auftürmenden festgezurrten Hintersteven vor ihm, zog er die *Seawolf* gemächlich zurück. Zuerst ruderte er langsam; und dann reagierte die *Seawolf*, änderte allmählich wie ein Beinhaus in einer Windmaschine den Kurs und folgte ihm schließlich aus der Gefahrenzone.

»Oh, Gooott«, sagte Lenny ehrfurchtsvoll. Er, Johnson und Rupert, letzterer nachweislich nüchtern, standen an Deck der *Dolly* und sahen zu.

»Was ist passiert?« fragte ich. »Warum läßt er nicht den Motor der *Seawolf* an?«

Sie genossen es, mir zu antworten. »Weil die Maschine auf volle Kraft voraus verklemmt ist«, sagte Johnson, dessen einzige Regung im Gesicht vom Glas der Brille überdeckt wurde. »Er kann nicht langsam oder im Rückwärtsgang fahren; sehr umständlich. Deshalb ist er auch in uns hineingefahren. Und der Wind hat sich gelegt, so daß er auch nicht segeln kann. Armer Cecil. Er wird die *Seawolf* allein zurückschleppen müssen, um Platz zum Ankerwerfen zu haben ... Oh, Gott sei gelobt. Ich weiß, was geschehen wird.«

Wir alle kniffen die Augen zusammen. »Das Schleppseil wird reißen?« schlug Rupert vor.

Das Schleppseil riß. Ogden machte im Dingi einen Salto rückwärts. Ogdens Jacht, die noch immer rückwärts segelte, überholte das Dingi, versetzte ihm einen leichten Schlag gegen die Breitseite und ließ es mit der Oberseite nach unten durch die Luft fliegen. Das große Schiff segelte weiterhin langsam rückwärts, während Ogden nach einem kühnen Purzelbaum ins Wasser luftblasensprühend neben den schnell davontreibenden Rudern wieder auftauchte.

Rupert quiekte. »Sei ruhig. Es kommt noch ein Akt«, sagte Johnson.

Es folgte tatsächlich noch einer. Als Victoria sich allein auf einer antriebslosen Jacht wiederfand, die sich schnell den Untiefen von Lochgair näherte, stürmte sie zum Kabinenvorraum und warf die Maschine an. Die *Seawolf* gab schauerliche Töne von sich und näherte sich tosend im höchsten Gang dem Ankerplatz.

Es gab ein donnerndes Echo, als jede Jacht in der Bucht zur gleichen Zeit die Ankerwinde hochzog und die Maschine anwarf. Es folgte eine plötzliche Bewegung, wie bei Fruchtstücken, die aus einem Marmeladenglas purzeln, und dann wurden nacheinander die Maschinen wieder ausgeschaltet.

Auf der *Seawolf* war das Jaulen des Gashebels wieder leiser geworden; das Schnurren wurde langsamer, und ein blechernes Rasseln erscholl deutlich über dem Wasser, gemeinsam mit ein paar dünnen Schreien, die wohl auf Victoria zurückzuführen waren. Das herabbaumelnde Ende des Dingiseils hatte sich in der Schraube verfangen.

Weit dahinter zeigte eine Kräuselung im Wasser die Stelle an, an der Ogden schwamm. Die Maschine der *Seawolf* verstummte endgültig, und das Boot glitt verträumt vorwärts, direkt den Sandbänken auf der anderen Seite entgegen. Victoria steuerte. Während wir zusahen, verlor die Jacht ihre Richtung und glitt seitwärts, getrieben von der Strömung. Victoria, eine Silhouette vor dem Oberlicht des Salons, lief aus dem Kabinenvorraum zum Anker und wuchtete ihn erfolgreich über die Schiffsseite. Es folgte ein fernes Ticken, als die Ankerkette folgte, ein Platschen, als der Anker auf das Wasser schlug und sank, und dann Stille.

»Die Ankerkette!« sagte Lenny. Das Ticken war verklungen.

»Die Ankerkette?« sagte Rupert, aber lauter.

»Sie ist im Klüsenrohr steckengeblieben«, berichtete Johnson liebenswürdig. »Und jetzt treibt die arme Victoria wieder auf der Strömung, aber mit einem Anker an einer kurzen Kette, der Löcher in die Jacht stanzt wie ein gereizter Schaffner in eine Fahrkarte. Ich glaube, wir sollten ihr helfen.«

Bevor er es ausgesprochen hatte, war das Dingi der *Dolly* im Wasser, und ich darin. Ich wollte auf keinen Fall allein an Bord der *Dolly* zurückbleiben, auch wenn Kupferstiefel und Känguruhfell nicht die besten Kleidungsstücke für ein nautisches Ballett sind. Dann sprach Johnson mit einem spiegelblank polierten weißen Beiboot der *Evergreen,* das ebenfalls rettungswillig mit einem uniformierten Rudergänger an Bord neben uns aufgetaucht war; und einen Moment darauf waren Johnson, Rupert und ich auf das Beiboot übergewechselt und pflügten über das dunkle Wasser zur *Seawolf* hinüber, während Lenny den Außenbordmotor anwarf und im Dingi der *Dolly* zu dem kläglichen Punkt im Meer aufbrach, der Cecil Ogden war.

Während die angeheuerten Matrosen der *Evergreen* das Motorboot an der Jacht festzurrten und sich anschickten, die *Seawolf* behutsam in die Zivilisation und Sicherheit zurückzuführen, bestieg der Rest von uns Ogdens Boot.

Fast hilflos vor einem Lachanfall und irrwitzig zufrieden mit sich und uns, half Victoria uns an Bord.

Johnson verschwand unten neben dem Kettenkasten. Rupert legte der Reihe nach seine Kleidung ab.

Er trug eine Strickweste. Ich wünschte mir sehr, ich wäre sicher auf der *Dolly* geblieben. Als er die Strickweste auszog und mit den Hosen weitermachte, ließ ich Victoria stehen und marschierte nach unten. Ich bin zwar für alles offen, aber nicht in der Öffentlichkeit. Dann wurde meine Aufmerksamkeit ganz und gar von anderen Dingen in Anspruch genommen.

Die *Seawolf* trug, das bestätige ich ausdrücklich, ihren Namen nicht absolut zu unrecht. Wenn ein Wölfchen versuchen würde, das notwendige Training für sämtliche Ehrenmedaillen gleichzeitig zu erlangen, und zwar an einem Ort, der in etwa die Größe, Form und den Geruch einer großen Mundhöhle hat, dann wäre das Ergebnis im Innern der *Seawolf* zu finden. Unter Deck sah sie ganz anders aus. Über der Taillenhöhe befanden sich lediglich die Schiffsrippen; hier und da war ein Schelf am Holz befestigt. Am Mast eingehängt war ein herablaßbarer Tisch aus grob geschnitztem Mahagoni mit einer Kupferplatte an der Unterseite: ... *zum Zeichen der Würdigung und Anerkennung für dreißig Dienstjahre im Presbyterium*, las ich.

Es gab auch Spuren der Würdigung und Anerkennung durch die Marine, und zwar in Form eines üblichen Marinebinokulars, eines Marineregenmantels (amerikanisches Modell), und, auf den Ruderbänken, zweier plastiküberzogener Seekarten. Die Luftwaffe hatte ein paar Feuerlöscher beigesteuert, die Staatliche Eisenbahngesellschaft ein Handtuch, und die Kommission für Leuchttürme eine Vielzahl von Dingen, einschließlich dreier Konservendosen und einer Uhr.

Das Licht – die Leitung war geradezu traumhaft isoliert – kam von der Prüflampe eines Elektrikers, die an einem Feston aus Litzedraht festgemacht war. Das Bettzeug, das unter einer Bank zusammengerollt lag, stammte aus dem Kerkerversorgungsamt I. M. Daneben befand sich unter dieser und der zweiten gegenüberliegenden Bank Ogdens Arbeitsausrüstung: alte Schokoladendosen, gefüllt mit rostigen Schraubenziehern, morschem Isolierband, Drahtscheren und Nägeln, Heftzwecken, Haken, Hämmern, alten Kreidestücken und einer Wasserwaage, auf der deutlich die Aufschrift WIMPEY prangte. Es befanden sich einige Maschinenreste dort, und eine Reihe alter, zusammengebundener schmutziger Flaggen, dazu ein paar Dosen ohne jede Aufschrift, die nach Spiritus und Öl stanken und aneinanderschlugen, als die *Seawolf* in Schlepptau genommen wurde.

Da schepperte noch etwas, wie ich auf dem Vorderdeck feststellte, ein seltsamer Topf, auf den sich nicht einmal die alten Muret und Sanders, Gott habe sie selig, einen Reim hätten machen können. Ein lauter, vom Bug kommender Ruf Victorias verriet, daß wir mit der Kette Erfolg gehabt hatten. Einen Moment später erfolgte von oben das Quietschen einer handbetriebenen Winde und ein rhythmisches Rattern aus dem Kettenkasten. Der Anker wurde aus dem Wasser auf den Bug geholt. Kurz darauf hörte das sanfte Schwanken der *Seawolf* auf; Johnson sagte etwas, und es folgte ein Klatschen und ein schnelles Rasseln, als der Anker wieder ausgeworfen wurde und die Kette sich – diesmal ordentlich – abrollte. Ich warf einen letzten, faszinierenden Blick auf die unmittelbare Umgebung und schickte mich an, in den Salon zurückzukehren.

Innen, auf der Kabinenvorraumtür, befand sich ein handgemaltes, nur unzureichend mit Schmirgelpapier behandeltes Schild mit der

Aufschrift Ladies. Ich betrachtete es amüsiert, als die Tür aufflog und der Eigner die Treppe hinabpolterte.

Ich spürte nicht die geringste Versuchung, etwa zu lachen; ganz bestimmt nicht. Cecil Ogden war naß, unterkühlt, müde und in einer miesen Stimmung. »Wer, zum Teufel, hat Ihnen die Erlaubnis gegeben, hier einzudringen und herumzupfuschen? Sie haben vor allen Zombies Europas gekreischt, macht Sie das etwa zur verdammten Maikönigin?« Seine Augäpfel waren blutunterlaufen, doch die Tauchpartie hatte ihn praktisch wieder ernüchtert.

Bevor ich antworten konnte, sagte Johnson ganz sachlich hinter mir: »Man muß sich nicht schämen, nur weil man sein Boot mit eigenen Händen gebaut hat, Ogden. Madame Rossi ist eine Freundin und mein Gast, und kein Hennessy, wissen Sie.«

Da erflammte Ogdens langgezogenes Gesicht mit den hochsitzenden Backenknochen unter den wirr fallenden Haarlocken, und er murmelte, wohl an keinen von uns im besonderen und gleichzeitig an uns beide gerichtet: »Es ist das Saisonende, das ist alles. Nach einer harten Saison kann man selbst von der besten Maschine nicht mehr die gleich guten Dienste erwarten wie zu Anfang.«

Wie ich gesagt hatte, war er fast nüchtern; aber das ganze Boot roch noch immer nach Schnaps. Natürlich wollte er nicht, daß Fremde sein Vorderdeck allein erkundeten. Aber es war nicht das Schiff, dessen er sich schämte.

Doch nun kam Victoria, aufgeregt vor sich hinplappernd, vom Kettenkasten hoch; der Mann von der *Evergreen* in seiner makellosen Uniform erschien in Kabinenvorraum und machte sich daran, die Maschine zu prüfen. Ein ziemlich nasser Lenny sprang in die Kabine und verkündete, der Prahm der *Seawolf* sei in gutem Zustand und wieder am Mutterschiff festgezurrt; und als allerletzter erschien Rupert, eine stattliche Figur, bis auf die Badehosen splitternackt, nachlässig grinsend auf der Treppe und verkündete ruhig, das Seil sei von der Schraube gelöst. Und als er dies sagte, stotterte die Maschine unter den geschickten Chirurgenfinger des Skippers der *Evergreen*, spuckte und sprang dann an.

Es erklang betäubender Jubel. Der Hilfsmatrose von der *Evergreen* betrat mit ernstem Gesicht langsam den übervölkerten Salon und sprach Cecil Ogden an. »Ich glaube, jetzt ist wieder alles in Ordnung, Sir, obwohl Ihr Pinkband, wenn Sie mir diese Bemerkung verzeihen, wohl in sehr schlechtem Zustand ist. Gibt es irgendeinen Ort, an dem ich mir die Hände waschen könnte, Sir?«

Zurücktretend machten wir ihm den Weg zur Kombüse frei. Es gab keinen Wasserhahn. Er schob einen öligen, wirksamen Daumen über den offenen Schlitz der alten Trawlerpumpe, und nach einem Augenblick sprudelte das Wasser in den Ausguß, den er noch nicht zugestöpselt hatte.

Ach, er hatte noch nicht bemerkt – und warum sollte er es auch? –, daß das Becken und das Ausgußrohr nicht miteinander verbunden waren. Das Wasser floß direkt durch das Loch in seine makellosen Schuhe.

Es herrschte ein bedauerndes Schweigen. Dann rief uns Johnson mit wunderbar modulierter Stimme in Erinnerung, daß wir auf dem Weg zu einer Cocktailparty waren, und führte uns hinaus.

6

Die erste Person, die ich auf der *Evergreen* sah, war mein Manager Michael Twiss. Er stand dort unter den flutlichterhellten Geranien, mit seinem locker gewellten Haar, der Jacke aus Damhirschkuhleder und dem italienischen Gürtel mit der Schnalle aus Silber und Keramik, und sah bleich um den kleinen, wohlgeformten, gerade lächelnden Mund aus. Er war am Strand des Lochgair-Hotels unserem Gastgeber und unserer Gastgeberin, May und Billy Bird, begegnet, die ihn eingeladen hatten, die Zeit bis zum Eintreffen der *Dolly* an Bord ihres Schiffes zu verbringen. Verdammt, verdammt und dreimal verdammt.

Warum? Warum ging er jetzt, am Anfang der Reise, an Bord der *Dolly*, und nicht am Ende in Tobermory? Zu Johnson, der die Änderung seines Plans wohlwollend zur Kenntnis nahm, sagte er lediglich, er habe sich entschlossen, die ursprüngliche Einladung anzunehmen. Für mich sprachen seine Augen, als er seine Höflichkeiten lächelnd herausstotterte, beredsam von der *Tepidita*. Zum zweitenmal heute abend war jemand in leidenschaftlichem Zorn für mich, die arme Tina Rossi, entbrannt. Und diesmal wußte ich auch sehr gut, warum.

Aber natürlich war Michael so charmant wie kaum zuvor. Neben ihm standen für alle Fälle in am Hals offenen Hemden und sauberen Hosen die Buchanans von der *Binkie*. Ich fragte mich immer noch, über welches Thema ihnen wohl Konversation zu treiben gelungen war, da fand ich mich schon zwischen den verstreut herumliegenden Kissen im Decksalon wieder, mit den Füßen in einem tiefen, von

Schiffswand zu Schiffswand reichenden Teppich, und mein Handgelenk ächzte unter dem Gewicht eines sechs Zoll dicken Glases voll einzigartigem Malz-Talisker.

»Iiii, Mädchen«, schrie mir May Bird entgegen, während sie an einer Kommode, die wie eine Hammond-Orgel aussah, Drinks verteilte, »für eine Sängerin sind Sie aber ganz nett 'ergemacht! Und sagen Sie nicht, daß das nicht immer 'ilft. Mein 'arold 'ier 'atte einen netten kleinen Tenor, sah aber nie danach aus; und sein Dad und ich, wir 'aben ihn von der Bühne ferngehalten. Ich will nicht sagen, daß die Marine einen guten Lohn bezahlt, aber es ist sicherer.« Sie verzog die Miene, wie eine sehr alte Fensterscheibe. »Kommt ganz auf mich raus. Die einzige Möglichkeit, wie ich es jemals auf rechtschaffene Weise bis zum Winter Garden Torquay bringen konnte, war, den alten Billy-Boy 'ier zu 'eiraten.«

May Bird war klein und fett, mit hochgebauschtem, sehr blondem Haar und einem kurzen, ärmellosen Kleid aus rosa Cloque. Die Diamanten an ihren Ohren waren echt. Billy Bird, ihr Gatte, zeigte sein Alter deutlicher; rosa, rundlich und weißhaarig, mit theatralischen Linien überall um den Mund. Ihnen gehörte, so flüsterte Nany, ein großes Gasthaus mit Tanzsaal in Liverpool.

Mir war in diesem Augenblick völlig gleichgültig, was sie besaßen, abgesehen von diesem Funktelefon, das Johnson benutzen konnte, bevor Michael auf mich losging. Ich nahm Platz, trank etwas und lächelte, bis ich Johnson und Billy Bird zusammen aufstehen und in dem Gang verschwinden sah, der zum Ruderhaus führte. Danach folgte ein schwaches Knattern, das verklang, als die Tür geschlossen wurde.

Nach einer Weile wurde sie wieder geöffnet; es folgte ein neuerliches Knistern, ein leiser Ausbruch tobenden Gelächters, ein unidentifizierbares Dröhnen und dann die Stimme unseres Gastgebers, der bellend über etwas lachte, von dem ich schwören könnte, daß es ein Limerick gewesen war. Johnson kam zurück. »Mrs. Billy, Sie haben ihn in schlechte Gesellschaft kommen lassen. Das war ein anderes als der letztes Jahr.«

Nachdem Mrs. Billy Wodka ausgegossen hatte, als handelte es sich um Tafelwasser, lachte sie wie eine Krähe und sagte, ohne die Stimme zu senken: »Und was zum Teufel 'at Cecil Ogden diesen Abend angestellt? Er hatte doch sicher einen guten Tropfen geladen, oder?«

Sie wartete nicht auf eine Antwort. »Diese Victoria will, daß man ihr hübsches Köpfchen bewundert.«

Victoria, verstrickt in eine lebhafte Diskussion mit Rupert über The Lovin' Spoonful – eine amerikanische Band –, streckte die Zunge heraus und kehrte zu ihrem Gekicher zurück. »All die Nassauer, die sucht sie sich aus. All den alten Abschaum. Ich 'ab's ihr gesagt. Sie 'ört nicht darauf; und eines schönen Tages wird sie bekommen, was sie verdient, auch wenn sie nicht damit gerechnet 'at.«

»Wo *ist* Ogden?« fragte Bob Buchanan. Ohne ihre Wollmützen sahen er und seine Frau wie braune, beduselte Otter aus. Sie hatten sich für Gin entschieden.

»Er schmollt«, sagte Lenny im Flüsterton. Er hatte natürlich recht. Nachdem man Victoria von seiner Seite gelockt hatte, hatte Ogden nur noch wenig Neigung gezeigt, das Schiff von Johnsons Seemannsfreund zu besteigen. Er war auf seiner eigenen Jacht geblieben, um sich abzutrocknen und umzuziehen. Später sollte er mit dem Dingi der *Dolly* zur *Dolly* fahren, sein eigenes gerettetes Beiboot im Schlepptau; und ich war mir nicht einmal sicher, daß er dies auch wirklich tun würde, wären da nicht ein paar Ersatzruder, die Johnson ihm versprochen hatte. Wie auch Lenny hatte ich Anteil an der gespannten Atmosphäre in bezug auf Ogden. Und was Victoria betraf, so würde sie zu spät lernen, daß man in dieser Welt auf sich selbst aufpassen muß.

Johnson setzte sich neben mich.

»Nun?« fragte ich. Es gibt ein paar Dinge, die unter meiner Würde sind und die ich gern delegiere. Mir paßte es jedoch nicht, diese besondere Anfrage Johnson zu überlassen. Es führte jedoch kein Weg daran vorbei. Vielleicht war Johnson so bekannt wie ich, aber der Einbruch bei ihm bot ihm eine Entschuldigung für die Anfrage, und ich hatte überhaupt keine.

So sagte ich »Nun?« in einem Tonfall, der zweifellos nicht einmal geduldig war, und Johnson blickte nachdenklich auf das Scotchglas in seiner Hand – Glas zu Glas – und sagte: »Würden Sie gern wissen, warum Michael Twiss wirklich hier ist?«

Es folgte ein kurzes Schweigen, unterbrochen von einer fernen Interpretation von »Any Old Iron«.

»Ich kann es mir denken«, sagte ich düster.

»Ziemlich. – Warum haben Sie mir nicht gesagt«, fragte Johnson beiläufig und sah gleichzeitig durch beide Teile der Zweistärkengläser, »daß Dr. Kenneth Holmes auf Rum war?«

Verdammt. »Weil ich zuerst selbst herausfinden wollte, was wirklich in der Rose Street geschehen ist«, sagte ich schmollend. »Wie haben Sie von Kenneth erfahren?«

Die eulenähnlichen Brillengläser neigten sich. »Was, zum Teufel, wollen Sie überhaupt unternehmen, wenn Kenneth Holmes Chigwell wirklich getötet hat? Obwohl ich eingestehen muß, daß er noch im Rennen ist. Die Polizei hat noch keine Spur meines Einbrechers oder Ihres kleinen, warzigen Freunds gefunden. Noch, so schließe ich, hat sie schon den verschiedenen Mr. Chigwell gefunden, ob nun mit oder ohne Kleiderbügel. Letztlich, wenn Sie es wissen möchten, habe ich auf die gleiche Art wie Michael Twiss von Dr. Holmes' Aufenthaltsort erfahren: aus den Nachrichten im Radio.«

»Er ist tot«, sagte ich schreckensbleich.

»Er ist nicht tot. Er ist der Chefingenieur für Explosivstoffe des Ministeriums, arbeitet an Prototyp-Instrumenten für die Kontrollbehörde über Forsten, Häfen und Schiffahrt und zur Erhaltung der Fischerei. Er wurde nach der abscheulichen Bombenexplosion auf dem Unterseeboot *Lysander* als Berater hinzugezogen.«

»Das Atom-U-Boot? Jenes, das hier oben irgendwo getestet wird?«

»Richtig. Die *Lysander* war auf dem Rückweg zu ihrer Basis auf South Rona und hatte gerade Raasay passiert, als sich die Explosion ereignete. Sie hätte sinken können. Der Schaden an der Instrumentausrüstung war zwar beträchtlich, wie ich gehört habe, aber sie war imstande, aus eigener Kraft zurückzukehren. Ein Navigationsoffizier, ein Marinewissenschaftler und ein Mechaniker, die sich in dem betroffenen Teil des U-Boots aufhielten, sind ums Leben gekommen. Sie stehen nicht allein da, wenn es um Drangsal auf hoher See geht.«

Er war eingeschnappt. »Sie sind wütend, weil ich unter falschem Vorwand mit Ihnen gekommen bin«, sagte ich sanft. »Es tut mir leid.«

»Gott behüte. Mein liebes Mädchen«, sagte Johnson und klopfte seine Pfeife sacht auf einem großen Onyxteller mit einem Chrommodell der *Evergreen* auf dem Rand aus, »ich will Ihr Gesicht, mehr nicht. Ich will nicht Ihre Geheimnisse.«

Er war ein gelassener Zeitgenosse. Vielleicht hatten er und ich mehr gemeinsam, als ich dachte. Ein Mann, der unter solchen Umständen weiß, was in ihm vorgeht, kann zu einem sehr guten Verbündeten werden.

Diese Vorstellung hielt mich – wenigstens zum großen Teil – während eines Abends nervenzerfetzender Langeweile aufrecht. Von May Bird wurden wir über das Boot geführt, wobei uns weder die Tiefkühltruhe noch der Zentrifugalscheibenwischer erspart blieb. Danach zog sie sich eine Rüschenschürze über das pinkfarbene Kleid und servierte ein üppiges, kostspieliges Abendessen, das sie selbst gekocht hatte, zweifellos auf dem Mikrowellenherd. Nachdem sie sich dann unaufhörlich gegenseitig über Funk lustige Lieder vorgesungen hatten, tauchten die Nachbarn sämtlicher treibender Trattorias der Umgebung bei uns auf, jede Bootsladung leicht betrunken, aber durchaus willens, ein Tablett Wodka zu kippen und bei dem guten, sauberen, unschuldigen Spaß mitzumischen. Eine kleine Gruppe mit Zigarren und Embanerzen setzte sich in eine Ecke, um um hohe Einsätze zu pokern, aber ich gesellte mich nicht dazu. Ich spiele niemals.

Gegen Mitte des Abends schnappte mich Michael. Mittlerweile war mir in den Sinn gekommen, daß wir, wenn wir schon einen Strauß ausfechten mußten, ihn auch durch die tollhäuslerischen Geschehnisse auf der *Evergreen* tarnen konnten, statt uns womöglich im höflichen Schweigen auf der *Dolly* im Ton zu vergreifen. Ich erlaubte Michael Twiss daher, mich in eine leere, schwer ausgepolsterte Kabine abzudrängen, wo er mich dann, die Hände gefaltet und die Arme auf eine gebleichte Nußbaum-Garderobe gelehnt, mit seinem Warum-zum-Teufel-dieses-ganze-*Portamento*-Basilisken-Blick musterte.

»Richtig«, sagte er. »Jetzt wissen wir, warum du so verdammt versessen darauf warst, eine Vorstellung in Edinburgh zu vereinbaren. Dein toller großer Chemiker arbeitet da oben im Norden.«

Mein Mr. Twiss war ein scharfer kleiner Mann: scharfe Gesichtszüge, scharfe Stimme und ganz scharf darauf bedacht, überall da nachzuhaken, wo seine zehn Prozent betroffen waren. Nach Johnson stand mir die Nörgelei bis obenhin, aber es war sinnlos, sich wurmen zu lassen. »Du hast eine unanständige, kleinkarierte Phantasie, Michael«, sagte ich. »Beruhige dich. Du brauchst die Heilsarmee noch nicht herbeizurufen.«

»Ich habe dich gebeten, Holmes fallenzulassen«, sagte Michael. Daß er seinen Tonfall leise halten mußte, beeinträchtigte seinen Stil ein wenig. »Es ist schlecht für dich, und schlecht für deine Karriere. Und wenn alles so verdammt unschuldig ist, warum verheimlichst du dann, daß er nicht in London, sondern auf Rum ist?«

»Weil er mich darum gebeten hat«, sagte ich böse. »Er ist eine Person von einiger Wichtigkeit. Ein Wissenschaftler, falls du das vergessen haben solltest. Wie hast du es überhaupt herausgefunden?«

Die gleiche Geschichte. Er hatte im Radio eine Nachricht über die Explosion an Bord des U-Bootes *Lysander* gehört. Zum Teufel noch mal, ich hätte gern gewußt, warum sie sich ausgerechnet diesen

Augenblick ausgesucht hatten, um Kenneths Namen zu nennen. Ich füllte die Lungen mit der nötigen Luft, ließ mich auf der falschen Ponyfell-Bettdecke nieder und schickte mich an, meinen Manager abzufertigen.

Es war kein frohes Unterfangen, aber ich führte es dennoch durch. Denn hätte ich mich dazu entschieden, die Klamotten hinzuwerfen und mein Leben als Hausfrau an Kenneths Seite zu verbringen, hätte ich dies schon lange getan. Ich wiederholte andauernd (und allmählich müde werdend), daß mir nur meine Karriere wichtig sei und ich sie nicht so einfach aufs Spiel setzen würde. Daß ich nicht so einfach auf das Bild verzichten konnte, daß Johnson von mir malte, und auch nicht auf meine vielversprechende neue Freundschaft mit Hennessy. Daß ich, vorausgesetzt, Michael käme auch an Bord der *Dolly*, zum Teufel noch mal, nichts anstellen könne, was er nicht unbesehen seinem Schneider erzählen konnte.

Er war nicht leicht zu beschwichtigen, aber er gestand mir auf mein letztes, treffendes Argument immerhin wütend ein, daß ich keine anderen Männerbekanntschaften hatte. Ich stahl mich nicht aus der großen Falltür des Württembergischen Staatstheaters, nur um mit Kenneth schmusen zu können. Ich hatte Ferien; und damit war die Sache, verdammt noch mal, ausgestanden.

Dann hallte die Stimme May Birds – die auf der Suche nach uns war – durch die Gänge, und wir mußten die Feindseligkeiten einstellen und zum Gewimmel zurückkehren.

Es tat mir nicht leid. Ich hatte allmählich das Gefühl bekommen, daß entweder zu viele oder zu wenig Leute um uns herum waren. Ich wollte rechts und links neben mir Leute haben, die ich kannte, und in meinem Rücken eine gute, stabile Wand.

Johnson sagte später etwas ähnliches; der Salon war geräumt, damit die Birds sich gegenseitig die Bälle zuwerfen konnten, und wir saßen in perlenverzierten Gewändern hinter einer Reihe von Motorkreuzern auf dem Teppich und fielen von einem Lacher in den anderen. Die Witze handelten alle vom Premierminister, von Untermietern und vom Sheffield-Donnerstag, aber man konnte über sie lachen. Als May Bird, so zufrieden wie selten zuvor, eine Zugabe nach der anderen gab und auf ihren kleinen, dicken Füßen in ihren scheußlichen Schuhen aus rosa Satin hin und her trippelte, murmelte Johnson mir zu: »Halten Sie durch. Es wird nicht ewig dauern. Und in Menschenmengen sind Sie am sichersten. Hier würde ein Fremder sofort auffallen. Sie kennen sich alle viel zu gut.«

»Darüber mache ich mir keine Sorgen«, sagte ich.

Die Zweistärkengläser musterten mich. »Ach nein? Wissen Sie, es geht nicht nur um einen Mord und darum, daß Ihr Freund verschwunden ist. Sie stecken inmitten eines gewaltigen Schlamassels, der mit Atom-U-Booten zu tun hat. Oder ist Ihnen das noch nicht in den Sinn gekommen?«

»Es ist mir *schon* in den Sinn gekommen«, sagte ich düster. Diese Situation war das, was man im allgemeinen als Dilemma bezeichnet. Ich wollte Schutz, sehr richtig. Aber ich wollte nicht, daß Johnson Johnson überwachte, daß ich mich mit Kenneth traf. Die Sache mit Kenneth war sowieso schon kompliziert genug.

»Wollen Sie wirklich weitermachen?« fragte Johnson. »Im Kanal müßten Sie eigentlich in Sicherheit sein, aber wir werden die morgige Nacht im Hafen von Crinan verbringen müssen.«

Billy Bird, geschmückt mit einem Strohhut, hatte sich zu seiner Frau gesellt, und irgend jemand traktierte einen Plattenspieler. Er gab donnernde Geräusche von sich. Billy zog sich den Hut über ein Auge und griff nach einem Spazierstock. May schlängelte sich hinter ihn, die Kniescheiben aneinandergedrückt, eine plumpe Hand auf seine Schulter gestützt, und beide ließen ein Lied vom Stapel.

She's . . . ma . . . Lady love; she is ma
dove . . . ma . . . baby-love.
She's . . . no gal . . . for sittin' down to
dream . . .«

Es war alles da: die hochgezogene Augenbraue, die flinke Drehung, der Zwischenschritt, der kleine gemeinsame Sprung. Das Publikum stampfte vor Begeisterung mit den Füßen. »Ich möchte weitermachen«, sagte ich und lächelte. Ich konnte sehen, wie mein seitwärts frisiertes Haar in seinen Brillengläsern glänzte, und meine zitronengelben Topase. »Wenn ich darf.«

»Es ist Ihr Risiko«, sagte Johnson. »Wir werden im Kanal die ganze Zeit bei Ihnen sein, und nachts können Sie die Kabinentür abschließen. Wir werden eine Persenning über den Lukendeckel ziehen. Dennoch kann jemand, der sich mit Booten auskennt, normalerweise sagen, ob wir in diesem Augenblick an Bord sind oder nicht. Die restliche Zeit werden wir Ihnen einen Leibwächter beschaffen. Wenn Ihr Manager nichts dagegen hat.«

»Dagegen! Er ist derjenige, vor dem ich Schutz brauche«, zischte ich im Flüsterton. »Er mag Kenneth nicht. Wenn er könnte, würde er es verhindern, daß ich mich mit ihm treffe.«

»Ich verstehe«, sagte Johnson und nahm seine Pfeife hervor. »In diesem Fall plaudern wir besser nicht über Ihre Leiche in der Rose Street, wenn er in Hörweite ist. Oder von Kenneths Leiche, sollte sie sich als diese erweisen.«

She is de Lily ... of Laguna ...
She ist ma Lily ... and ma Rose.«

Und der Abgang, mit Billys Strohhut hoch über dem zerzausten weißen Kopf und Mays Diamantenohrringen, einen Schritt hinter ihm klimpernd.

Es schien sehr lange zu dauern, bevor die Party ein Ende fand und ich schließlich wieder auf der *Dolly* im Bett war. Das Wetter war umgeschlagen. Als wir an Deck kamen, fanden wir das Wasser ziemlich schwarz vor, gesprenkelt mit Grau, wo die weißen Schaumkronen unser Licht reflektierten. Die Luft ächzte geradezu und ließ die Geranien erzittern.

Nun, als ich auf der *Dolly* zwischen den mit einem Monogramm versehenen Laken im Halbschlaf lag, konnte ich immer noch den Wind und die Wellen hören, und dazwischen ein Summen: meine eigenen verhedderten Gedanken. Ich fragte mich nun, ob ich recht daran tat, Kenneth so zu verfolgen. Ja, warum nicht einfach die ganze Affäre vergessen, das Land verlassen und dem Schicksal und der Polizei ihren Lauf lassen? Johnson würde mir helfen. Sogar Hennessy.

Ich dachte darüber nach, und ich hätte es vielleicht sogar getan, wenn Johnson und Michael nicht beide so darauf gedrängt hätten. Ich bin eine eigensinnige Frau und mag es nicht, wenn man mich herumstößt. Egal, wer mich herumstößt.

Dann muß ich eingeschlafen sein; für wie lange, weiß ich nicht, denn ich wurde von einem Geräusch geweckt, von dem ich schwören könnte, daß es eine menschliche Stimme war. Sie rief meinen Namen. »*Valentina!* rief sie. *Valentina*, mein Schatz!«

Ich setzte mich auf, und mein Herz gab gewaltige, erschöpfte Schläge von sich, wie ein ausgebrannter Dynamo. Ich träumte. Das war ein Name, den überhaupt nur ein einziger Mann benutzen durfte. Ich lauschte erneut.

Der Wind. Das Geräusch eines dünnen, klatschenden Seils. Das

Schlagen und Gurgeln der Wellen an der Schiffshülle. Das Knacken des Decks über meinem Kopf, und ein dumpfer, erstickter Ton. Dann wieder eine Stimme, die gleiche Stimme, das gleiche vorsichtige Flüstern, darauf bedacht, die anderen nicht zu wecken: *»Tina! Valentina, komm schnell!«* Es konnte nur Kenneth sein.

Dann schwang ich langsam die Beine aus dem Bett, zog langsam den Morgenmantel über und öffnete die Tür. Wo würden die anderen sein? Johnson war an Bord der *Evergreen* geblieben. Lenny und Rupert waren in den Kojen im Großen Salon, und Michael hatte die große Kabine vorn, am anderen Ende des Bootes. Wenn Lenny und Rupert das Geräusch nicht gehört und die Tür zum Kabinenvorraum geöffnet hatten, würde ich unbemerkt bleiben. Ich trat in den Kabinenvorraum . . . Es war niemand dort.

Niemand rechts oder links an Deck. Es war sehr dunkel. Die See war schwarz; der Himmel schwarz und sternenlos. An Land leuchtete jetzt kein Licht mehr, und in der Bucht nur noch die trüben Funzeln der Ankerlichter der einzelnen Schiffe. Weit drüben auf der *Evergreen* war ein einziges Fenster erhellt.

Ich sah nach vorn. Zwischen dem Gewirr der dunklen Schatten, die von Mast, Takelung und dem Dach der Remise geworfen wurden, konnte ich nichts Fremdes in der Dunkelheit ausmachen: keinen hitzigen, lauernden Mann mit muskelbepacktem Körper und fettigem, ungepflegtem Braunhaar. Die Luft um mich herum war feucht und scharf, und ich schauderte. Ich schauderte erneut, als in der Dunkelheit das Gestänge der Takelung einen seltsamen Ton von sich gab, und dann noch einen, und dann wimmernd wie ein Kind verklang. Dann erklang hinter mir wieder ein Flüstern. *»Valentina! Tina, mein Darling!«*

Ich wandte mich um: und dort, auf meinem Kabinendach, war der geduckte Schatten, den ich gesucht hatte, schwarz in der schwarzen Nacht. Der Wind hob sich. Ich streckte die Hände aus. Das Orchesterspiel hoch in der Drahttakelage hob sich schnell zu einem Schrei. Als hätte der Wind sie emporgerissen, hob sich die Gestalt über mir. *Die Fledermaus* – ein Mann, ein Wirbelwind, eine düstere Gestalt in einem Umhang, keine Oper, sondern eine echte.

Sie hob sich. Sie fiel. Ich fühlte die Wärme ihres Fleisches. Und dann löste sich all die heulende Dunkelheit um mich herum in einem einzigen harten Schlag gegen meine Schädeldecke auf, der mich hochriß, zurückwarf, über den Rand des Kabinenvorraums und in die See schleuderte.

»Sie kommt zu sich. – Wie fühlst du dich?« Es war Michaels Stimme, voller Angst um seine Investitionen. Ich öffnete die Augen.

Ich lag im Bett meiner Kabine auf der *Dolly*, aber die schwankende Bewegung hatte aufgehört. Es war noch immer Nacht: die Lampen waren eingeschaltet, und jemand hatte mich ausgezogen. Dieser Jemand beugte sich nun gegenüber von meinem Manager über mich – May Bird. Ich dachte an das Flüstern, das Heulen in der Takelung, den Schlag, von dem mein Kopf dröhnte und schmerzte, und den Anblick des schwarzen Wassers, das mir entgegenstürzte; vor meinen Augen wurde es dunkel, und mein Herz machte wieder einen Satz. »Still liegen, meine Liebe«, sagte May Bird, das hell und auffällig geschminkte Gesicht eingefallen und bleich. »Die Spier der *Dolly* hat noch niemanden getötet, aber bei Ihnen wäre es fast soweit gewesen. Johnson holt gerade einen Arzt.«

Michael sah wütend aus, und ich wußte, was er dachte. Schlechte Publicity. Eine Party, auf der der Alkohol nur so geflossen war, mit ein paar zweitklassigen Konzertkünstlern in irgendeinem Kaff in Schottland, in dem sowieso der Hund begraben liegt, und dann noch eine spektakuläre Taucheinlage. »Ich will keinen Arzt«, sagte ich heiser. »Ich bin in Ordnung. Was ist passiert?«

Ich wollte auch kein unnötiges Aufsehen. Falls Kenneth dort war.

Bald hatte jeder erklärt, was geschehen war. Die hölzerne Stütze des Spierbaums war vom Wind umgerissen worden, eine Lasching hatte nachgegeben, und ein plötzlicher Windstoß mußte den schweren Sparren, gerade als ich an Deck getreten war, mit großer Wucht zu Fall gebracht haben. Zum Glück bedeutet für Männer, die an die See gewöhnt sind, die kleinste Änderung bei der Bewegung eines Bootes Gefahr. Der Aufprall, das Schlingern und das Klatschen, mit dem ich über Bord gegangen war, hatten sowohl Lenny als auch Rupert augenblicklich erwachen lassen, und sie hatten mich schnell aufgefischt. Niemand erwähnte, daß er sonst noch jemand gesehen habe. Johnson war über Funk alarmiert worden und hatte Mrs. Bird mitgebracht. Michael hatte die ganze Sache verschlafen und mußte geweckt werden. Wir waren mittlerweile mit Motorkraft ins Kanalbecken gefahren.

Wenn es Kenneth gewesen war, der mich gerufen hatte – warum war er dann wieder verschwunden? Oder war es gar nicht Kenneth gewesen? Ich setzte mich auf, kämpfte gegen eine starke Übelkeit an und hörte zu, wie sich Rupert und Lenny wütend über ihre verdammte Stütze stritten. Ich wußte nicht, wessen Schuld es war, und mir war es auch egal, wenngleich Lenny vielleicht am meisten protestierte. Er schwor, er hätte sie überprüft, als wir alle von der *Evergreen* zurückgekommen waren, und sie sei völlig in Ordnung gewesen. Ich wurde untersucht und zu meinem harten Schädel beglückwünscht. Michael schwor den Arzt auf Geheimhaltung ein, und schließlich überzeugte ich jedermann, mir doch meinen Willen zu lassen und mit dem Rennen wie geplant fortzufahren.

Aber ich zerbrach mir den Kopf. Oh Gott, zerbrach ich mir den Kopf. Ob ich recht hatte.

7

Am folgenden Tag, Donnerstag, schien die Sonne, und die langsame, den Tag in Anspruch nehmende Motorfahrt durch den Crinan-Kanal verschaffte mir die Erholung, die ich so dringend benötigte. Während Rupert und Lenny poröse Wände auf und ab sprangen, Seile auswarfen und auffingen, den Motor ein und ausschalteten, in Gesellschaft neugieriger sonnenverbrannter Männer und ihrer Hunde Schleusentore aufschoben, entgegenkommende Boote begrüßten und ganze vier Stunden lang interessierter klatschten, als es fünfzig Hausfrauen bei fünfzig Kaffeekränzchen vollbringen könnten, fuhr Johnson fort, mich zu malen; und dabei redete ich.

Danach fragte ich mich, ob es der Gin oder bloß der Schlag auf den Kopf gewesen war, der mich so redselig gemacht hatte. Oder vielleicht rät einem, wenn Gewalt in der Luft hängt, der Instinkt, vor der Gesellschaft sein Testament zu machen: bekannt und verstanden zu werden.

Ich schäme mich meiner Vergangenheit nicht. Im Gegenteil, ich erinnere mich gern daran, wie ich aus dem Nichts und weniger als ihm zu Tina Rossi geworden bin, mit neunzigtausend Pfund auf der Bank und zimtfarbenen Diamanten.

Ich bin auch nicht verbittert. Im Krieg wurde die Familie meines Vaters in Polen getötet. Ich bekam nichts davon mit, sondern wurde in Fife, Schottland, geboren, wohin mein Vater mit anderen polnischen Fliegern ins Exil flog, meine Mutter kennenlernte, sie heiratete und dann bei einer Kollision starb. Ich habe ihn nicht gekannt – und auch nicht meine Mutter, die bei meiner Geburt starb.

Bis zum siebenten Lebensjahr war ich in der einen oder anderen Institution. Dann kam ich in die Schule und fand heraus, daß

Heimkinder anders angesehen wurden. Ich fand auch heraus, was der Ausdruck »unehelich« bedeutet. Mein Vater hatte meine Mutter geheiratet, aber das Resultat war das gleiche. Er war Ausländer; sie half bei der Kartoffelernte; sie waren beide nicht da, und die Verwandten meiner Mutter waren größtenteils arbeitslos und arbeitsunfähig. Es half nichts, zurückzuschreien oder Stunk zu machen. Ich wechselte das Thema, schlug ein anderes Spiel vor, bewunderte eine Haarspange. Mittlerweile hatte meine Lehrerin herausgefunden, daß ich eine besondere Begabung hatte – eine hohe, klare Stimme –, aber daraus wurde erst mal auch nicht viel. Ich haßte es, den anderen vorsingen zu müssen. Es zerstörte in einer Minute den ganzen mühseligen Fortschritt, den ich gemacht hatte.

Später, als ich von den einen Pflegeeltern an die nächsten weitergereicht wurde, war es anders. Eine besondere Begabung brachte dem Haushalt etwas ein. Ich sang in Kirchenchören und sprach mit Pfarrersfrauen, aber die Aufmerksamkeit, die ich auf mich zog, war nur flüchtig. In jenen Tagen zog man ohne Vorwarnung um. Ich hörte dann eine fremde Stimme an der Tür, und meine ungefähr jährlich wechselnde Stiefmutter rief mir dann zu, ich solle meine Sachen zusammenfalten. In einer halben Stunde mußte ich gepackt haben und die Treppe zu den namenlosen Personen hinuntergegangen sein, die unten auf mich warteten.

Wenn ich mit einer fremden Frau im Zug saß, in einem eingelaufenen Mantel, das geschnürte Bündel im Gepäcknetz, dann fragte ich mich nie, wohin ich fuhr. Die Orte waren alle ziemlich gleich. Die Frau hatte vielleicht zwei eigenen Kinder, oder drei, und dazu noch mehrere, für die sie Geld bekam; und da die menschliche Natur nun einmal ist, wie sie ist, gingen die besten Kleider und das beste Essen an ihre eigenen. Ich lernte auf ein Dutzend verschiedene Arten an einem Dutzend verschiedener Orte den Haushalt zu führen, von steinernen Fischerhütten an der windigen, rauhen Ostseeküste bis zum Holzhaus eines Schäfers im schottisch-britischen Grenzdistrikt. Jede Frau hatte ihre eigene Art der Haushaltsführung, und was ich in dem einen Haus lernte, mußte ich im nächsten ganz schnell wieder vergessen.

Ich zog ohne Bedauern von einem Haus zum nächsten und richtete mein ganzes Streben nur darauf aus, akzeptiert zu werden und mich so schnell wie möglich nützlich zu machen. Ich arbeitete schwer, und ich lächelte die ganze Zeit. Und während ich lächelte, faßte ich den Entschluß, eines Tages reich, berühmt und begehrt zu sein. Während ich meine wöchentlichen Briefe an all meine Pflegemütter und die

Aufseherinnen der Heime schrieb, stellte ich mir vor, wie ich allmählich in die Schlagzeilen geraten würde. In jenen Tagen war ich eine unerschütterliche Briefeschreiberin.

Ich erzählte Jonson zwar nicht alles davon, aber genug. Er gab ein paar Kommentare von sich, drückte aber weder seine Überraschung noch sein Mitleid aus, ja nicht einmal Bewunderung. Er war schließlich reich und verdorben. Vielleicht deswegen fuhr ich fort und erzählte ihm von den späteren Jahren, als ich in einem Dorf im Norden arbeiten mußte; und wie ich, als man mich in dieser Saison auf eine Jagdhütte mitgenommen hatte, Chase Ruddyman und seine Freunde aus Hollywood traf. Wenn die Jagd vorüber war, sollte er in London einen großen Film machen, und er nahm mich mit, als Personal für sein gemietetes Haus. Ich arbeitete sehr schwer und gut; und dies war es, wofür ich gearbeitet hatte. Und ich sang bei der Arbeit.

Der Rest ist allgemein bekannt. Ich war fröhlich, ich arbeitete schwer, ich hatte kein Selbstmitleid. Ich brachte Chase mit meiner Mischung aus Scharfsinn und Naivität zum Lachen, und irgendwann entdeckte er meine Stimme. Chase und ich hatten niemals etwas miteinander gehabt; dafür war meine Welt viel zu fern von der seinen, und außerdem galt sein Interesse nie den Frauen – das weiß die ganze Welt. Die ganze Welt weiß auch von dem Haushalt, den er führte; Schauspieler, Abenteurer und Künstler, die ganze Cafégemeinschaft der darstellenden Künste. Er war der erste Mann, den ich traf, der mit seinem Wohlstand achtlos umging. Alles, was er verdiente, gab er wieder aus; für Luxus, für Erfahrungen. Seine Geschenke waren königlich; aber nächste Woche war er vielleicht schon wieder, nachdem er die ganze Nacht in einem Spielcasino verbracht hatte, ein Bettler, und seine Sekretärin würde mit Madrid telefonieren, fieberhaft über einen neuen Vertrag, einen neuen Film verhandeln. Oder ein neuer Geldgeber ließ sich ganz unerwartet von ihm überreden, und seine Schneider und sein Weinhändler atmeten wieder auf.

Er war derjenige, der mich zu meinen ersten Studien aufs Wiener Konservatorium schickte; und dann, als das Geld ausging, war es mein österreichischer Lehrer, der mich auf seine eigenen Kosten an Vittioni in Mailand verwies. Ich zahlte meine Schulden mit Arbeit zurück – und manchmal, indem ich ein plötzliches, grandioses Geschenk Chase Ruddymans verkaufte. Ich schrieb Chase die ganze Zeit über, und seine Sekretärin schrieb manchmal zurück. Ich weiß, er hätte seine Verpflichtungen an mich erfüllt, wäre er nicht bei jenem Flugzeugabsturz umgekommen. Flugzeuge spielen eine schicksalshafte Rolle in meinem Leben. Aber in dieser Welt kann man alles bekommen, was man haben will, wenn man bereit ist, dafür zu arbeiten. Ich hatte keine Zeit für den Müßiggang.

Von Mailand ging es weiter zu Giulini; ermöglicht wurde dies durch eine Vorstellung des Conte und der Contessa, die für mein letztes Ausbildungsjahr bezahlten. Sie sind immer noch meine allerbesten Freunde.

»Die hübscheste Koloratursopranistin der Welt«, sagte Johnson und setzte sein Glas ab. Es war heiß. Wir hatten unter Weiden in einem Streifen Wasser festgemacht, der so ruhig war, daß man die Bienen in den Mädesüß summen hören konnte. Der Schleppweg war verlassen, und dahinter lagen nur der flache Sumpf und das Moor von Dalriada und der blaue Himmel. Lenny war unten und bereitete frische Lachsschnittchen zu, während Rupert etwas mit den Seilen auf dem Vordeck anstellte. Bald würden wir das Kanalende erreicht haben, und am nächsten Tag würden wir das Rennen wieder aufnehmen.

»Und dann haben Sie Michael Twiss getroffen«, fügte Johnson hinzu und schob seinen Hut über die Zweistärkengläser. Der Kabinenvorraum roch nach Lack, Lachs, Chablis, Terpentin und dem öligen Gestank der Farben; und dann setzte sich in der Hitze ein leichter Luftzug durch, und es roch nach Mädesüß. Ich warf einen Blick nach vorn, wo Michael lag, bis zur Taille ausgezogen, in Bermudashorts von sündenlosem Schnitt. Ich konnte die Spitze seines dick eingefetteten Haars sehen, seinen Brustkorb und die Füße. Michael konnte essen, was er wollte, er legte niemals Gewicht zu.

Ja, zu diesem Zeitpunkt hatte es sich zugetragen, daß Michael, ehrgeizig und arbeitslos, von einer billigen Ingenieursfirma, die hinter seinem Rücken bankrott gegangen war, im Stich gelassen, den Conte und die Contessa kennengelernt, gelächelt, hart für sie gearbeitet und schließlich mich kennengelernt hatte.

Ich war nicht interessiert. Ich hatte damals in Schottland gesehen, wozu es kommt, wenn man sich mit Männern abgibt. Es kommt zu Kindern, und einem Zimmer mit Küche in Pollokshaws, und zu schwerer Arbeit, wo ein Lächeln sinnlos ist, da die meisten Leute, die man kennenlernt, schlimmer dran sind als man selbst.

Dann wurde mir klar, daß Michael auch nicht interessiert war. Daß ich kein Mädchen oder eine flüchtige Romanze, sondern eine Einnahmequelle für den ambitionierten Mr. Twiss war.

Ich hatte Michaels Herkunft niemals erfahren und auch nicht

danach gefragt. Zu seiner Zeit hatte er viele Beschäftigungen innegehabt und in vielen Berufen gearbeitet, aber immer hatte seine Arbeit in einer nicht von ihm verschuldeten Katastrophe geendet. Im Gegensatz zu mir war er verbittert. Er machte nicht seine Intelligenz dafür verantwortlich, sondern seine Geburt, seinen Akzent, seinen Mangel an Ausbildung, seinen Mangel an Freunden. Aber eigentlich wies er viele Tugenden auf: ein flinkes Gehirn, die Fähigkeit, nachzuahmen und zu lernen, und ein Verständnis für eine Arbeit wie die meine. Als er von der Mailänder Gesellschaft aufgenommen wurde, konnte er als Gentleman durchgehen, und als er sie verließ, *war* er nicht nur ein Gentleman, sondern kleidete sich und sprach auch wie einer. Denn er hatte sich bei meinen Gönnern unentbehrlich gemacht und wurde auch für mich schnell unentbehrlich.

Denn mein Debut war ein plötzlicher, überwältigender Erfolg. Ich streifte es bei Johnson nur, denn wenn ich davon spreche, schnürt mir die Erinnerung die Kehle zu. Endlich erfüllte sich, wofür ich gearbeitet hatte; und wegen Ruddymans Freunden, und all den anderen, die ich kennengelernt und deren Bekanntschaft ich seitdem gepflegt hatte, kam es viel schneller, als ich von rechts wegen eigentlich erwarten durfte, zu anderen Dingen: Plattenaufnahmen, Konzerte und schließlich Filme.

Für all dies brauchte ich einen Manager. Für mein Geld brauchte ich einen Berater. Für meine neue Karriere brauchte ich einen Planer. Für meine Stimme brauchte ich einen Ausbilder.

Michael wurde zu all dem. Es war Michael, der, nachdem er die italienische Gesellschaft beobachtet hatte, von der wir aufgenommen wurden, meinem Haar zu seiner jetzigen französischen Frisur verhalf; und dann, wo immer ich auftrat, einen Friseur bestellte, der die Frisur immer ein wenig veränderte, damit ich auf allen Fotos etwas anders aussah. Ich mußte mir ausgewählte Garderobe zulegen; meine Schuhe wurden aus hauchdünnem Leder gemacht, meine Handschuhe aus Ziegenfell; meine Unterwäsche und Kleider bestanden aus Seide, die mich noch schlanker erscheinen ließ. Und all die Pfunde, die er mich abzunehmen zwang!

Ich bekam einen bestimmten Stil verpaßt: die Juwelen, die ich tragen, die Hüte, die ich meiden mußte. Und dann machte er sich bei meiner Stimme an die Arbeit.

Er kann nicht gewußt haben, daß er dieses Talent hatte, dieses Verständnis für Musik. Er sei immer stolz darauf gewesen, sagte er. Wie ich weiß, besaß er in jener Zeit, in der er nur sehr wenig hatte, einen uralten Plattenspieler für Schellackplatten, der ihn überallhin begleitete. Zuerst hörte er mir bei Vittioni zu, achtete darauf, wie man mir meine Fehler erklärte, und lauschte Vittionis Interpretation der Arien. Dann, als er mich bei Proben fand, ahmte Michael Vittioni nach, korrigierte mich, ermahnte mich, zwang mich, immer weiterzuarbeiten und besser zu werden, bis ich schließlich genau reproduzierte, was der Meister gesagt hatte. Er lernte meine Stimme besser kennen als ich selbst; und dann kam ans Licht, daß er ein Gefühl für Musik hatte, das jenes meines Meisters fast übertraf. Es kam der Tag, an dem ich für die nächste Etüde alles an meinem Mozart getan hatte, was getan werden konnte, und Michael mich ein Rezitativ und eine Arie in Angriff nehmen ließ, die ich nie zuvor gesungen hatte. Später erfuhr ich, daß er die gesamte vergangene Nacht über dem Manuskript des Stoffes gebrütet hatte. Auf jeden Fall war das Ergebnis entscheidend. Am nächsten Tag sang ich Vittioni Michaels Interpretation der Donna Elvira vor; und der Meister schwieg einen langen Augenblick, erhob sich dann plötzlich und küßte mich auf beide Wangen. Dank Michael war ich nicht länger Schülerin, sondern Sängerin.

Danach begleitete er mich auf Schritt und Tritt. Ich kam für seine Spesen auf, und er bekam zehn Prozent von meinen Einnahmen; daneben machte er wahrscheinlich noch einige Privatgeschäfte. Er war reich, trug nur Seidenhemden und war mit den Besitzern der Opernhäuser per du, aber dann und wann leistete er sich noch einen Fauxpas. Ich wußte, er hatte Freundinnen, aber er war sehr diskret. Und niemals durfte etwas zwischen ihn und seine selbsterwählte Berufung kommen – die den Namen Tina Rossi trug.

Aber gegenüber den Zweistärkengläsern, in denen sich die hellen Segel der *Dolly* spiegelten, erwähnte ich nichts davon. »Ja«, sagte ich lediglich. »Ich bin sehr glücklich, Michael zu haben. Was das Management betrifft, ist er ein Genie. Und er bringt mich dazu, viel zu hart zu arbeiten. Aber für Michael sollte ich mein ganzes Leben damit verbringen, auf wundervollen Booten wie dem Ihren zu liegen und gemalt zu werden. Michael! Hörst du? Du bist ein Sklaventreiber!«

»Seh ich wie ein Sklaventreiber aus?« sagte Michael faul. Aber ich wußte, daß an diesem Abend in Crinan eine Handvoll Telegramme auf ihn warten würden; und er würde an Land gehen und Telefongespräche führen; und dann würde aus seiner verdammten Schweinsleder-Aktentasche die Partitur irgendeiner ewig dauernden Oper kommen, die ich dann lernen mußte. Ich ertappte mich, daß ich die Stirn runzelte, und glättete mein Gesicht. Es war dumm, auf Michael wütend zu sein. Ohne ihn würde ich mich noch immer abstrampeln, all diese Dinge tun zu können. Und ohne mich wäre er nichts. Dann hatte es plötzlich den Anschein, als hätten wir den letzten Sonnenstreifen hinter uns gelassen, und das Kanalbecken, in dem wir den Abend und die Nacht verbringen würden, lag vor uns.

Von Grün umgeben, mit der blauen See hinter den Schleusentoren und den grünen Küstenhügeln und Inseln in der Ferne, war selbst das letzte Kanalstück und das Becken bei Drinan mit Jachten vollgepackt wie mit Gemischtwarenhandlungen. Und nicht nur Jachten. Motorbarkassen, schnittige kleine Rennboote und Umbauten aus den Kriegstagen der unterschiedlichsten Größe und von unvergeßlicher Form drängten sich auf dem Wasser aneinander. Ich konnte auch den gedrungenen Leib von Buchanans Schaluppe *Binkie* sehen, das schmuddlige Deck von Ogdens scheinbar nur durch Taue zusammengehaltener *Seawolf*, und die strahlenden Zwillingsmasten von Hennessys Segeljolle, der schönen *Symphonetta*.

»Nun, da wären wir, Tina«, sagte Johnson. Er stand da, die Pfeife im Mund, wies die *Dolly* ein und winkte von Zeit zu Zeit flüchtig, wenn er von irgend jemandem begrüßt wurde. »Die Quintessenz eines paranoiden, von einer Brauerei finanzierten Pfadfinderlagers. Backbord, Rupert. Wir gehen neben der *Cara Mia* vor Anker.«

»Mein Gott, ist sie da?« sagte Rupert und streckte sich, um einen Blick über die Schulter zu werfen, während er die Fahrt verlangsamte. »Jane! Cindy!«

Zwei liegende Gestalten, eine in einem Männerhemd, die andere in einem Strickarrangement, das die bescheidensten Anforderungen des Anstandes erfüllte, drehten sich an Deck einer großen Motorkreuzjacht um und winkten, als wir vorbeifuhren. Victoria war auch da, mit ihren geflickten Hosen und nackten Füßen, mit einem halb ausgetrunkenen Screwdriver in der Hand. »Oh mein Gott, wird Ogden sauer sein«, sagte Rupert, als er den Rückwärtsgang einlegte.

»Er mag die *Cara Mia* nicht?« Der Grund dafür war nicht schwer zu erkennen. Verglichen mit ihr war Cecil Ogdens *Seawolf* eine Cornflakes-Packung mit einem Loch unten statt einem Gimmick.

»Dottys Backfische liegen Cecil nicht unbedingt«, sagte Rupert. »Das Boot gehört Moody, dem Finanzier – das da drüben ist Tim Moody.«

In der Tat, in diesem Moment kam ein junger Mann mit sehr kleinen Boxershorts und einer Schirmmütze vom Aquatic Sports Club auf Barbados in Sicht. Zwei andere Jungs und ein dickes Mädchen in einem Tigerfellbadeanzug tauchten auf, und es folgte ein allgemeines Anstoßen und Eingießen. Daddy war wohl gerade in der Stadt auf Arbeit. Aus irgendeiner Kabine erklang eine Art Musik.

»Huddy Leadbetters neue Single«, sagte Rupert nachdenklich und brachte einen letzten Schifferknoten zustande. Er vermied es, Johnson anzusehen.

»Auf Wiedersehen«, sagte Johnson faul. »Richte ihnen Grüße von mir aus und rauche nichts, das ich nicht auch rauchen würde.«

Nach fünf Minuten war Rupert fort.

Nach weiteren fünf Minuten war auch Michael fort, unterwegs zu Hotel und Telefon; nur eine Duftwolke von Trumper's Eucris blieb von ihm zurück. Wie Bienen, die sich zum Schwärmen anschicken, bewegte sich ein Partyzug von Boot zu Boot. Das Anstoßen der Gläser, miteinander wetteifernde Klänge aus Tonbändern, Radios und Schallplattenspielern, Livegesang und lautes, bellendes Gelächter waren im ganzen Becken zu hören. Einige der Leute zog es auch an Bord der *Dolly*, und Lenny servierte Drinks.

Ihre Witze waren alle sehr lang, und manche im Dialekt. Sie schienen einen sehr gefährlichen Sommer gehabt zu haben. Schließlich sagte Johnson etwas davon, im Hotel Tische fürs Dinner zu reservieren und ging an Land, wobei er mich mit Lenny als Wachhund in meiner verschlossenen Kabine zurückließ, damit ich mich umziehen konnte.

Ich wählte weißen Baumwoll-Matelassé und ungeschnittene Türkise aus. Von der Südamerikatour war ich sehr braun, und mein Haar war fast silbern gebleicht. Nach kurzem Nachdenken ließ ich es glatt über die Schulter fallen und bürstete es mit Givenchys Le Dé. Ich war gerade fertig, als eine Stimme sagte: *»He, Missis!«*

Ich war niemandes *He Missis*. Ich schlüpfte in kleine Ziegelfellslipper von Jourdain und nestelte am Verschluß meiner Uhr, jener mit den drei Goldtönen, die Byng mir geschenkt hatte; mittlerweile hatte ich schon drei weitere *He, Missis* zu hören bekommen. Dann erklangen an Deck über meiner Kabine schwere Schritte; es folgte ein dumpfes Geräusch, als sei jemand in den Kabinenvorraum gesprungen, und die gleiche rauhe Stimme fragte: »Sind Sie da, Mistress Rossi? Ich habe Nachricht von Dr. Kenneth auf Rum!«

Und im gleichen Moment sagte Lennys Stimme, verdammt sei er, ganz in der Nähe: »Mal immer mit der Ruhe! Laß erst mal sehen, wer du bist . . . oh, du bist's, Tom.«

Und die erste Stimme, schon weicher: »Aye, Mann. Tom McIver. Ich hab 'ne kleine Nachricht für die Lady. Ist sie da drin?«

Ich lief zur Tür, um sie zu öffnen.

Er war von der Barkasse. Er trug eine Bretonenmütze und einen Dreitagebart und stank nach Kipper und Kohlenstaub. Aber er hatte eine Nachricht von Kenneth. Ich sah Lenny direkt in die Augen, und Lenny grinste. »Tom McIver ist in Ordnung, Ma'am«, sagte er. »Entschuldigen Sie mich bitte. Ich reinige den Kocher.« Und er verschwand taktvoll durch den Salon und in die Kombüse.

Ich bat McIver hinein. »Er ist hier?« sagte ich. »Dr. Holmes ist in Crinan?«

Merkur räusperte sich. Unter den Stoppeln war sein großes Gesicht scharlachrot. »Na, na. Er's auch nit auf Rum. Sie ham wahrscheinlich nich vom Unfall der *Lysander* gehört?«

»Natürlich habe ich davon gehört.« Wenn ich kurzangebunden war, dann nur, weil ich vor Beunruhigung fröstelte. Wenn er nicht auf Rum war, wohin, zum Teufel, war er dann verschwunden? Oder wollte dieser Idiot mir vorsichtig mitteilen, daß er tot war?

»Aye. Naja.« Der Dummkopf trat von einem großen Fuß auf den anderen. »Er wurde von Rum nach South Rona versetzt, Dr. Kenneth, weil sie da zu tun ham. Das U-Boot wurde vor South Rona getestet, wissns.«

Wo, zum Teufel, lag South Rona? Mein Gesicht mußte meinen Ärger und Schrecken verraten haben, denn der Mann setzte schnell hinzu: »Es is nich weit; es is 'ne winzige Insel neben Raasay, wissens.« Und als mein Gesicht nichtssagend blieb: »Direkt gegenüber von Portree, Skye. 's gibt da nur 'n paar winzige Hütten, wo die U-Boot-Mannschaft und die Wissenschaftler bleiben. Naja, da isser jetzt, und er kann nich nach Rum, und ich sollte Sie suchen, Mistress, und Ihnen das geben.«

Ich griff danach. Es war ein alter Behördenumschlag, versiegelt mit einem Streifen Klebeband, mit einem Papierfetzen darin. Darauf standen nur ein paar Worte in Kenneths großer, eigentümlicher Handschrift. »Komme jetzt nicht. Komme überhaupt nicht – es ist nicht sicher. Leb wohl. Ich liebe dich.« Es stand keine Unterschrift darunter, aber es war auch keine nötig. Ich wußte, die Nachricht kam von Kenneth.

Ich musterte sie lange und lächelte dabei. Oh, er war also noch immer besorgt um mich, wollte mich noch immer schützen. Er gab mir die Chance, mich zurückzuziehen. Aber er mußte auch genau gewußt haben, daß er mir jetzt auch eine Adresse gegeben hatte, wo ich ihn viel leichter erreichen und ungestörter sprechen konnte als zuvor.

Denn South Rona war nur eine kurze Segelstrecke von Portree entfernt. Und in drei Tagen würde ich auf der *Dolly* Portree anlaufen, auf der letzten Rennetappe vor Rum.

Ich berührte meinen Freund an seinem eingeräuchten Arm. »Vielen Dank, daß Sie mir das gebracht haben«, sagte ich. »Ich weiß, Sie werden mit niemandem darüber sprechen... Haben Sie Dr. Kenneth gesehen, als er Ihnen dies gab? Geht es ihm gut?«

Mein Freund hatte endlich die Mütze abgenommen. Er räusperte sich. »Oh, ganz gut. Aye. Sie sind alle ein wenig im Druck, wissens, seit dem Unfall.« Er hielt inne und fuhr dann fort: »Wollen Sie ihm antworten?«

Ich hätte mir nie erträumen lassen, daß eine Antwort möglich sein würde. Nun begriff ich, daß dieses Motorboot wahrscheinlich regelmäßige Versorgungsfahrten sowohl zum Leuchtturm als auch zur Basis von South Rona unternahm. Bei all dem weichen Abendlicht, all den festlichen Geräuschen auf den Booten, dem Klatschen des Wassers und dem fernen Rauschen der Schleusen, dem Geschrei der Möwen und dem Sonnenuntergangslied der Landvögel, bei all der Salzwassergemeinschaftlichkeit überall um mich herum dachte ich an einen Toten, der langsam in einem Garderobenschrank in der Rose Street hin- und herschwang. »Ja«, sagte ich, »es gibt eine Antwort. Sagen Sie Dr. Kenneth... sagen Sie ihm, daß es einen Todesfall in der Familie gegeben hat, und daß es noch einen geben könnte. Sagen Sie ihm... er soll besonders auf sich aufpassen. Sagen Sie es genau so. Und sagen Sie ihm, daß ich am Samstag auf der *Dolly* nach Portree komme und er es nicht versäumen darf, mich dort unter vier Augen zu treffen.«

Es folgte eine Pause. Ich konnte nicht sagen, ob dieser Götterbote schockiert war oder meine Worte guthieß, oder ob er überhaupt alles verstanden hatte, was ich gesagt hatte. Ich wagte es nicht, meine Nachricht niederzuschreiben. Das stark gerötete, unrasierte Gesicht zeigte keine Reaktion. Nach einem Augenblick sagte McIver jedoch: »Vielleicht schafft er's nich, rüberzukommen. Die ham jetzt ein gewaltiges Spektakel, mit den Jungs vom U-Boot und so, wissens.«

»Dann komme ich nach South Rona«, sagte ich.

Es folgte eine weitere Pause. »Äh«, sagte er. »Aber das Boot, auf dem Sie sind, fährt nich nach South Rona. Das Rennen führt nur an Portree vorbei.«

»Ich weiß. Aber es muß andere Boote geben, die manchmal von Portree zu seiner Insel übersetzen. Ihr eigenes vielleicht?«

Es war ein Risiko. Ich wollte nicht, daß die Öffentlichkeit davon Wind bekam. Tina Rossi wird im Land der Hafergrütze und Bauern in einem kleinen Motorboot von einer Insel zur anderen geschmuggelt – es wäre ein gefundenes Fressen für die *Oggi*. Schon während ich darauf wartete, daß dieses schwachbegabte Geschöpf antwortete, näherten sich auf dem Kai Schritte.

Ich ballte die Hände zu Fäusten. Gegen Rupert oder Lenny hatte ich nichts. Aber ich hatte kein Verlangen, von Michael im Gespräch mit diesem Mann überrascht zu werden.

Es war zu spät. Der Seemann hatte tatsächlich Luft geholt, um mir eine Antwort zu geben, als die Schritte auf dem Kai oberhalb der *Dolly* verstummten und eine laute, befehlsgewohnte und vertraute Stimme rief: »Wer, zum Teufel, sind Sie, daß Sie Madame Rossi belästigen? Verschwinden Sie von diesem Boot, bevor ich den Eigner hole, damit er Sie in Ketten legt!«

Ich lächelte. »Mr. Hennessy, kann ich nicht einen Bewunderer auf den Schiffahrtsrouten haben? Dieser Gentleman wollte mir nur die Hand schütteln, weil er all meine Platten besitzt. Seien Sie nicht böse mit ihm, oder ich habe bald kein Publikum mehr, vor dem ich singen kann!«

Mein Freund vom Motorboot, der wahrscheinlich nicht den Unterschied zwischen Beatrice di Fenda und der Feenkönigin aus der *Jolanthe* kannte, sah überrascht drein, sagte aber nichts außer: »Nun, ich muß sowieso zurück.«

»Bitte verzeihen Sie mir«, setzte Stanley Hennessy nicht mehr ganz so hitzig an, aber ich schlug dem Bootsmann schon in aller Freundlichkeit vor, daß er sich ein Bier geben lassen sollte, wenn Johnson zurückkam. Ich war zu allem, zu allem bereit, nur um mehr von Kenneth zu hören.

»Es tut mir leid.« Der Bursche stierte stur zurück. »Ich muß gehen, Mistress. Wir müssen mit der Flut auslaufen; wir sind in der Seeschleuse, und die Jungs warten.« Er mußte, Gott behüte uns, der Skipper sein. Hennessy erweckte den Eindruck, auf Deck festgenagelt zu sein; er würde bestimmt nicht gehen, solange McIver noch blieb. Es war hoffnunglos.

»Nun, auf Wiedersehen, Mr. ...«

»Tom McIver. Nennen Sie mich einfach Tom.«

»Auf Wiedersehen, Tom. Und vielen Dank. Ich hoffe, wir werden uns wieder einmal über den Weg laufen.«

»Oh, aye. Sie brauchen nicht lang nach der *Willa Mavis* zu suchen . . . Wir werden am Samstag auf Portree sein«, sagte er. Und setzte ohne zu lächeln seine Mütze auf und ging.

Es war ein Vergnügen, nachdem Tom McIver gegangen war, Stanley Hennessy zu begrüßen und ihm, ohne daß Lenny es hörte, in großen Zügen einen kurzen Eindruck vom Leben auf der *Dolly* zu vermitteln.

Er wollte mich für diesen Abend zum Dinner einladen, aber ich hatte bedauerlicherweise schon eine Verabredung mit Johnson und Rupert im Hotel. Statt dessen stimmte ich, falls meine Gastgeber es gestatten würden, einem Likör nach dem Dinner auf der *Symphonetta* zu. Er wollte meinen Rat in bezug auf die Anbringung meines Rhu-Speisekarten-Porträts.

Um aufrichtig zu sein – ich hatte das Bild Johnsons schon längst vergessen. Es war ein besseres halb fertig an Bord. Aber ich stimmte zu. Ich mache mir Leute wie Stanley Hennessy nicht zum Feind. Aber ich lasse sie teuer für das bezahlen, was sie kaufen.

Es war ein angenehmes Dinner in dem Hotel, mit Blick über die Inseln und einem aufgegangenem Mond, einer runden bleichen Primel über ihrem Feld aus Satin und Hessischblau auf der dunklen See. Im Hotel war es warm, verraucht und bequem, mit Gesprächen und Gelächter, das die Räume erfüllte. Rupert war nicht zurückgekommen, und Lenny hatte anderswo zu tun, so daß ich mit Johnson allein speiste, und zwar an einem Tisch, den wir bald mit drei anderen zusammenschoben, damit ich die Witze hören und er sie mir erklären konnte. Knisternd vor Aktivität benahm sich Johnson wie eine Kobaltbombe, und am Ende des Dinners warf er eine kleine Charakterstudie Thalbergs aufs Papier, die mich Tränen lachen ließ. Dann gesellte sich Michael Twiss zu uns.

Ich erkannte an seinem Gesicht sofort, was geschehen war. Seines Exemplars von ›Jung sein mit Yoga‹ zum Trotz gab es nur ein einziges – und zwar dieses allein! – Mittel, Michael zu verjüngen, und das war Geld. Die besondere Geschmeidigkeit an diesem Abend, die kleinen, flinken Gesten, mit denen er sich zu uns gesellte, waren, so war ich mir sicher, darauf zurückzuführen, daß er glaubte, Kenneth und mich auseinandergebracht zu haben.

Und ich sollte Recht behalten. Ein Vertrag – ein großer Vertrag, der größte, der mir jemals angeboten worden war –, am Freitag *La Gioconda* im Colón zu singen. Was natürlich bedeutete, daß wir morgen von Abbotsinch nach London und am Donnerstag nach Buenos Aires fliegen mußten.

»Nein«, sagte ich. Und ich dachte, wie seltsam es doch war, daß ich niemals im Verlauf meiner Karriere, selbst in letzter Zeit nicht, so viele lukrative Angebote, irgendwo in der Ferne zu singen, gehabt hatte wie ausgerechnet jetzt, kurz vor und kurz nach dem Festival in Edinburgh.

Michael lächelte. »Tina, mein Schatz«, sagte er, als müsse er ein Kind tadeln, »wir werden später darüber reden. Ich weiß, es ist ungehörig von uns, auf diese wunderbare Reise zu verzichten, aber Mr. Johnson wird dir verzeihen müssen. Eine große Sängerin gehört der Welt. – Ist dieser Stuhl noch frei? Wissen Sie, ich bin ziemlich hungrig.« Verdammter Michael. Verdammt gerissener Mr. Manager Twiss.

Aber Michael würde natürlich keinen Streit in der Öffentlichkeit riskieren; und ich auch nicht. Aber sobald sich die Tische um uns herum geleert hatten und wir, Johnson und ich, nichts anderes zu tun hatten, als Michael beim Verzehr seines abscheulichen Puddings zu beobachten, eröffnete ich meinen Angriffszug. Ich würde kein Engagement in Buenos Aires akzeptieren. Und auch keins die Woche darauf in Mexico-Stadt. Ich hatte angekündigt, Urlaub zu machen, und genau das hatte ich auch vor.

»Tina, wir können Mr. Johnson doch nicht mit all dem langweilen.« Michael war wütend, weil er es hier und jetzt ausdiskutieren mußte. »Du weißt, wie besorgt ich wegen dieser ganzen Reise war. Der ständige Zug ist schlecht für deine Stimme. Du kannst nicht üben; seit Samstag hast du nicht mal eine einzige halbe Stunde geübt. Nun schlägst du einen Vertrag aus, wie er sich vielleicht nie wieder bietet. Du weißt, wie empfindlich diese Leute sind. Sobald sich herumspricht, daß du sie von oben herab behandelst, werden dich auch andere Leute schneiden.«

»Sollen sie doch«, sagte ich. »Glaubst du wirklich, ich werde daran verhungern?«

Michael war wirklich *upset*; sein Gesicht war ziemlich bleich unter der Sonnenbräune geworden, und rote Flecken zierten die Wangen. »Du hast gut reden«, sagte er. »Du brauchst diese Arschlöcher ja auch nicht zu beruhigen und um neue Verträge zu kämpfen. Es hat doch keinen Sinn, Tina. Du hast versprochen, wenn ein Angebot kommt, würdest du auf den Urlaub verzichten. Du kannst nicht von mir erwarten, daß ich dich manage, wenn ich nicht auf eine gewisse simple Zusammenarbeit rechnen kann.«

Er hatte ausgesprochen, und wir erhoben uns, während Johnson die

Rechnung bezahlte. Ich war gerade noch beherrscht genug, meine Stimme zu dämpfen. »Dann laß es doch«, sagte ich kalt. »Wenn zehn Tage Urlaub meine Stimme und all meine zukünftigen Auftritte ruinieren werden, dann ist es ausgesprochen traurig. Denn ich werde zehn Tage Urlaub machen.«

Johnson war immer noch mit dem Kellner beschäftigt. »In Ordnung«, sagte mein Manager. »Dann nimm zehn Tage Urlaub, du dumme Gans. Und versuche danach, ohne mich zu singen. Du wirst verdammt länger als nur zehn Tage Urlaub machen, mein Schatz. Du kannst von Glück reden, wenn du danach noch mal im ›Radio Scrapbook 1903‹ auftreten darfst. Ach was; dein Leben lang wirst du dich nach solch einer Chance sehnen. *Was kannst du schon ohne mich?*«

»Geld sparen«, sagte ich.

»Hallo! Ist Mr. Twiss schon gegangen?« fragte Johnson, der sich in diesem Augenblick zu uns umdrehte.

»Er mußte hinausstürmen«, sagte ich. Ich war erschütterter als ich es zeigen wollte. In gewisser Hinsicht war Michael mein Genius, das mochte schon sein. Aber es gab neben dem Singen noch andere Dinge. Und zum ersten Mal ... zum ersten Mal in meinem Leben wurde ich der Arbeit ein wenig müde. Und als Johnson voller Mitgefühl sagte: »Er war wegen Ihres neuen Vertrags wohl ein wenig erregt, fürchte ich. Ich fühle mich schuldig, denn ich möchte natürlich sehr, daß Sie bleiben«, erwiderte ich sofort: »Das werde ich auch. Michael ist ein wenig neurotisch. Er wird sich schon erholen ... Und nun muß ich Sie sowieso verlassen – ich hoffe, Sie verzeihen mir –, um Mr. Hennessy auf der *Symphonetta* zu treffen.«

In der warmen, dunklen Luft der Terrasse leuchteten Johnsons Zweistärkengläser wie alte Flaschen. »Natürlich«, sagte er. »Natürlich. Ich habe gar nicht mehr daran gedacht. Der Wolf von Crinan. Er soll Ihnen sein Boot zeigen, es wird Ihnen gefallen. Aber lassen Sie nicht zu, daß er Sie langweilt. Wenn Sie möchten, schicke ich Ihnen in etwa einer Stunde Rupert herüber, der Sie beide dann abholen soll. Oder ist das vermessen?«

»Nein, Johnson«, sagte ich plötzlich. »Ich finde, Sie sind ein Mann von beträchtlicher Erfahrung.«

»In manchen Dingen.« Er holte seine Pfeife heraus, und die Hafenlichter blitzten in seinen Brillengläsern. »Ich habe nur eine Regel. Ich biete niemals jemandem einen Rat an.«

Zum Teufel auch mit Johnson.

Stanley Hennessys Jacht war großartig, und er, so muß ich sagen, war es auch. Groß und charmant wartete er an der Kajütstreppe, und unten versanken meine Füße in einem Bärenfell, während einer der drei stummen Helfer in weißen Jacken Kaffee und Salingnac servierte. Später, mit einem Cognac in der Hand wurde ich herumgeführt.

Ich hatte noch nie soviel elektrische Ausrüstung gesehen. Der Maschinenraum der *Symphonetta* war so hygienisch sauber und funkelte wie eine kleine Backstube. Die elektronische Ausstattung ähnelte der auf der *Evergreen*, und sie hatte eine Segelgarderobe, mit der man den ganzen Americans Cup versorgen konnte.

Noch schwörte Mr. Hennessy – wie die Buchanans – allein auf die Karten und Ratschläge der Bibel. Auf den Regalen des Kartenraums lagen über siebzig Karten der Admiralität, sämtlich von der schottischen Westküste.

Als wir wieder im Salon waren und ich die *Evergreen* erwähnte, zeigte Hennessy sich amüsiert. »Mein Gott, der Stolz der Valleras! Sagen Sie nicht, Sie hätten in der einzigen schwimmenden Wimpy-Bar mit eigenem Kabarett einen Abend verbringen müssen. Man sollte doch meinen, diese beiden armen alten Leute seien mittlerweile so durcheinander, daß eine Entmündigung gerechtfertigt ist.«

Nachdem er den dritten Cognac gekippt hatte, erhob er sich. »Madame Rossi, ich bin ein einsamer Mensch, und Ihre Anwesenheit tut mir gut. Kommen Sie. Ich habe lange genug von meinem Boot geprahlt. Kommen Sie und zeigen Sie mir, wo diese wunderschöne Zeichnung hängen soll.«

Na, wo wohl. Ich folgte ihm bis zu den Passagierkabinen erster Klasse, denn als er dort angekommen war, öffnete er eine mit Boi ausgelegte Schublade in einem Ankleideschrank und zog nicht etwa die Zeichnung hervor, sondern ein kleines Lederkästchen, das eine Marquise und ein edelsteinbesetztes Diamantenarmband von ungefähr viertausend Pfund Wert enthielt. Auf dem Kästchen stand *Wartski*, und es sah neu aus. Er mußte meinem Gedankengang gefolgt sein, denn er sagte mit belegter Stimme: »Es hat nicht meiner Frau gehört. Es ist für Sie, Tina. Für Sie.«

Er ging ein gewisses Risiko ein. Es ist ein Risiko, das alle eingehen. Ich hatte einen Namen, war eine Persönlichkeit von Rang; man konnte mich zu nichts zwingen. Wenn ich mich entschloß, mit jemandem zu schlafen, dann hatte er Glück gehabt – bei diesem Coup. Wenn nicht, und in neun von zehn, und neunundneunzig von hundert Fällen entschließe ich mich nicht dazu, dann mußte jeder den guten Verlierer spielen und auf mein Interesse beim nächsten Mal hoffen. Denn die Juwelen behalte ich immer.

Doch in jener Nacht hatte ich auch ohne Stanley Hennessy genug im Sinn. Ich lächelte; ich hörte, wie meine Stimme automatisch das Richtige sagte, die übliche Routine; und ich brachte ihn in den Salon zurück, weil er eine Menge getrunken hatte und ich heute abend kein helles Veilchen-Make-up mehr benutzen wollte. Mit dem Armband am Handgelenk erlaubte ich ihm, mir die Hand und dann den Arm zu küssen. Dann zog ich mich zum Abkühlen in einen Raum mit einem Schloß zurück; und als ich zurückkehrte, sprachen wir über seine Zucker- und Baumwoll-Ländereien, über die im Besitz seiner Familie befindliche Lateinamerika-Schiffahrtslinie und seine anderen ausländischen Unternehmungen. Er war, wie alle Industriemagnaten, völlig von sich selbst fasziniert. Ich hatte nichts dagegen. Wenn ich mich dieser Tage der Langeweile unterwarf, dann versicherte ich mich zuerst meines Entgelts.

Dennoch war ich froh, als von der Kaiseite her Ruperts Rufen erklang. Es war amüsant, Hennessys Temperament auflodern zu sehen: Er hatte eine Stunde damit verbracht, für mich ein Vorstellungsbild zu erschaffen, und jetzt kam Rupert, ein achtloser junger Schnösel, und verdarb es. »Ich bezweifle wirklich«, hörte ich Stanley an Deck sagen, »daß die Lady an Bierschwemme-Jugendwerken interessiert ist.«

Ruperts Stimme, noch immer leise, sagte: »Es ist noch nicht ganz soweit, Sir, obwohl ich bezweifeln möchte, daß jedermann so stocknüchtern ist wie Sie. Wir dachten, sie würden gern etwas Musik hören, und vielleicht auch ein wenig Flötenspiel. Wollen Sie nicht mitkommen, Sir?«

»Wohin? Auf die *Blue Kitten?*« Die *Blue Kitten*, so entsann ich mich, hatte die Flötenspieler.

»Nein – wir sind alle auf der *Cara Mia*, Tom Moodys Boot, Madame Rossi?«

Als er mich rief, war ich schon in der lampenerhellten Dunkelheit an Deck, doch Stanley Hennessy wich, mir den Rücken zugekehrt, nicht zur Seite. »Ich kann mir vorstellen«, sagte er statt dessen trocken, »daß Ihre junge Beatfreunde sie sogar noch weniger interessieren werden. Mundmusik! Wahrscheinlich eher Genet-Traktate und Marihuanazigaretten.«

Rupert war jetzt auch wütend. »Zweifellos. Kommen Sie doch mit,

Sir«, sagte er, »und wenn sich dann einer im Ton vergreift, werden Sie schon wissen, was zu tun ist.«

Für einen großen Mann war Stanley Hennessy sehr leichtfüßig. Einen Cognac weniger, und er hätte Rupert glatt seitwärts über Bord geworfen. In seinem jetzigen Zustand versetzte er ihm jedoch nur einen scharfen Hieb ans Kinn, den Rupert mit einer raschen Bewegung jedoch fast völlig abblockte. Einen Moment sah es so aus, als wolle er gleiches mit gleichem vergelten; dann wandte er sich um und trat schwer atmend zum Kai hinab. Er hatte mich gesehen.

»Es tut mir leid, Madame Rossi«, sagte Rupert. »Mr. Hennessy, ich entschuldige mich. Aber Sie werden eingestehen, daß Sie verdammt schnell bereit sind, mich und meine Freunde anzuschwärzen. Sie können nicht erwarten, daß jeder einen Diener macht und es sich gefallen läßt. Werden Sie Madame Rossi bitte fragen, ob Sie mit mir kommen möchte?«

»Stanley.« Ich legte die Hand mit dem Diamantenarmband auf Hennessys Arm. »Wir sind alle müde, aber ich kann Johnson nicht vor den Kopf stoßen; er *ist* mein Gastgeber. Vergeben Sie dem Jungen. Wir wissen doch, in der Jugend sagt und tut man Dinge . . .«

»Der Junge kann zur Hölle fahren«, sagte Hennessy gepreßt. »*Nachdem* ich dem Knistern seiner fünftausend Pfund gelauscht habe.« Und weiß vor Wut führte er mich auf den Kai, auf dem Rupert und ich dann schweigend zu Moodys großer Motorjacht gingen.

Wirklich, Männer sind unmöglich.

Auf der *Cara Mia*, einem teuren Kasten, hielt sich praktisch jeder auf, abgesehen vielleicht von Cecil Ogden. Die verrückten Backfische hatten sich, falls dies überhaupt möglich sein sollte, noch ein wenig mehr ausgezogen, und bei den anwesenden Herren war eine gewisse Spannung aufgekommen. Aber Johnson war da (und hielt sich ganz aufrecht) und auch der juristische Berater I. M. von der *Blue Kitten* und der Professor von der *Mina* mit einer Gitarre. Auch die Familie eines Wirtschaftsprüfers sowie die beiden Buchanans von der *Binkie*; in sauberen Hemden tauschten sie das Blut in Wallung versetzende Erinnerungen an etwas mit dem unmöglichen Namen The Cooing Sound aus. Ich erinnere mich an eine von Johnsons Bemerkungen während des Dinners. »Man hat nicht gelebt«, hatte er gesagt, »bis man von einem Zehntonner sein Logbuch vorgelesen bekommt.«

Das Tonband spielte nun Musik, die Rupert spöttisch als stillen Showbusiness-Pop bezeichnete. Und in der Tat war es nicht allzu laut, es sei denn, die Flöten und die Gitarre wurden gleichzeitig gespielt.

Das war die Party, auf der ich sang. Ich erinnere mich, wie ich zwischendurch ungeduldig zu Johnson sagte: »Soll ich singen?«

Er hob nicht einmal seine verdammten Brillengläser von dem Duett aus *Westering Home*, sondern bemerkte lediglich: »Kommt darauf an, was Sie verlangen.«

So sang ich natürlich. Es gibt eine ziemlich gute Ballade, für die man eine Menge Erfahrung und Atemtechnik braucht, die aber eine ganz eigentümliche Wirkung hat, besonders auf Partys, auf denen reichlich Alkohol fließt. Während der ersten wahrnehmbaren Pause im Durcheinander fing ich an, und bei der zweiten Strophe hätte man eine Maus niesen hören können.

Auch wenn Michael das Gegenteil behauptet, die absolute Ruhe tut meiner Stimme nur gut. Sie kam hoch und klar und kindhaft, und ich kann Ihnen sagen, ausgehaltene Kopfnoten sind die Hölle. Victoria weinte.

»Perhaps the moon is shining for you in the far country . . .
But the skies there are not island skies . . .
Do . . . you not remember the salt smell of the sea?
*And the little rain?«**

Ich packte die letzte Note in meinem Zwerchfell wie eine Nuß in einem Nußknacker und verkleinerte sie, und es war großartig. Ich kann normalerweise bis auf die Sekunde sagen, wie lange es dauern wird, bis der Applaus losbricht, aber dies war ein Rekord. Dann sang ich den Walzer aus *Romeo und Julia*. Es konnte nichts schiefgehen. Und es ging auch nichts schief. Wer braucht schon Michael Twiss?

Als wir schließlich zur *Dolly* zurückkehrten, war der Himmel im Osten hell, und Ruperts Arme spannten sich um die Matelassé, als er mich auf eine Art an Bord hob, die Johnsons Zweistärkengläser wie Butterschalen blitzen ließen. »Rupert«, sagte ich, »was war das doch ein dummer Zusammenstoß zwischen Ihnen und Hennessy. Was, zum Teufel, hatte das zu bedeuten?«

* Vielleicht scheint der Mond für dich im fernen Land . . .
Aber der Himmel dort ist nicht der Himmel über Inseln . . .
Erinnerst du dich nicht mehr an den Salzgeruch der See?
Und an das bißchen Regen?

Rupert setzte mich im Kabinenvorraum ab. »Ja«, sagte der uns folgende Johnson interessiert. »Sag es ihr. Mir auch, Rupert. Was hatte es zu bedeuten?«

In der Lichtflut aus meiner Kabine errötete Johnson sichtlich. »Es war meine Schuld. Ich habe mich mit ihm angelegt. Aber er hat bestenfalls verdammt schlechte Manieren. Und zu folgern, daß jeder unter zwanzig ein Tagedieb, ein Drogensüchtiger oder Zuhälter ist, nur weil sich sein Frederick Amphetamine einwarf und ins Meer sprang, ist ja wirklich ein wenig zu übertrieben.

»Sein Sohn?«

Johnson hatte die Salonlampen eingeschaltet, und vorn sah ich, wie Lenny in großen Bechern Kakao zubereitete. »Ja. Seine Frau ist vor ein paar Jahren an Krebs gestorben, während Hennessy mit irgendeinem Starlet herumspielte. Dann sprang sein Sohn von der *Symphonetta*, und Hennessy war ein zu schlechter Seemann, um ihn zu retten. Daher der seit dem vorhandene mörderische Drang nach Perfektion. Er macht jedermann verantwortlich, bis auf den Jungen. Wissen Sie, Rupert war mit ihm auf der Schule. Hennessy kann ihm niemals verzeihen, daß er die Geschichte kennt.«

Ich nahm meinen Kakao von Lenny. Er dampfte vor Hitze. Und ich wußte, in meinem Bett würde eine Heizdecke liegen, darüber zusammengefaltet und warm mein Nachthemd. Schon brachte die Luft der Morgendämmerung mein Haar durcheinander. An meinem Arm funkelten und tanzten Hennessys Diamanten. »Trotzdem, Rupert«, sagte ich, »es war sicher unfair, ihm die Sache ins Gesicht zu schleudern.«

»In Ordnung, ich habe mich entschuldigt«, sagte Rupert und beäugte Johnson, als habe er und nicht ich die Bemerkung gemacht. »Aber geben Sie sich nicht der Vorstellung hin, Hennessy sei eine tragische Gestalt. Sie können darauf wetten, daß für jede Fracht, die die Lateinamerikanische Schiffahrtslinie befördert, ein paar hundert Daddys ihre Fredericks verlieren.«

Es folgte ein kurzes Schweigen. »Das ist nur eine ziemlich schlecht fundierte Vermutung, Rupert«, sagte Johnson dann sanft. »Tina soll sich ihre eigene Meinung bilden.«

Ich sagte nichts, war aber auch nicht sehr überrascht. Ich hatte natürlich von den Waffenverkäufen gehört. Und zumindest ein Teil der superben Instrumente von Mr. Stanley Hennessys *Symphonetta* waren, wie ich bereits bemerkt hatte, in europäischen und asiatischen Regionen gemacht worden, die britische Jachtbesitzer selten anlaufen.

Ich dankte Johnson dann für diesen angenehmen Abend und schloß die Kabinentür, darauf hingewiesen, daß wir morgen, wenn das Rennen richtig starten würde, früh aufbrechen würden. Als ich mir das Haar bürstete und mich in meinem weichen Swandown entspannte, sah ich die bleiche See in der Ferne aus der Düsternis der Nacht aufsteigen, opal und pink in der Morgendämmerung gefleckt. Es war wunderschön.

Es kam mir in den Sinn, daß es nicht unmöglich war, ohne Michael zu überleben. Nun, da er mir erst einmal Gestalt verliehen hatte, konnte diese Gestalt nicht mehr zerstört werden. Ich wußte, daß ich ohne ihn nicht die großen Rollen singen konnte, die mich auch weiterhin zu den ersten Namen in der Musik zählen lassen würden. Ich habe die Stimme und den Fleiß, aber nicht den Instinkt oder das Herz. Bei so furchtbar vielen Tanten ist es am sichersten, kein Herz zu entwickeln.

Aber ich konnte den Applaus der Masse genießen, wie ich ihn heute genossen hatte. Er würde mir meinen Lebensunterhalt verschaffen, und alles, was ich an moralischer Unterstützung brauchte. Meine Arbeit beim Film würde weitergehen. Und ich mußte endlich nicht mehr so endlos hart arbeiten.

Ich wußte, Michael hatte es nicht so gemeint, als er sagte, er würde sich von mir trennen. Er würde morgen noch an Bord sein. Schließlich hatte er ein Vermögen mit mir gemacht. Aber ich – ich schuldete Michael nichts. Nicht mehr.

Donnerstagmorgen, dachte ich und legte mich schlafen. In drei Tagen würde ich in Portree sein, und die *Willa Mavis* würde mir Nachricht von Kenneth bringen. Würde er kommen? Würde er nach Portree kommen, wie ich gebeten hatte? Und wenn er verhindert war, wenn er South Rona nicht ungehindert verlassen konnte, wer hatte mir dann in Lochgair in der Nacht, als ich vom Spier getroffen wurde, ins Ohr geflüstert? Oder hatte ich es mir nur eingebildet?

Ich schlief ein und träumte die ganze Nacht von Wagner.

8

Es war eine kurze Nacht. Um sechs krähte anscheinend direkt unter meinem Ellbogen ein Hahn, und ich hörte, wie hinter meiner Tür und dem Kabinenvorraum die Salontür offenglitt und sowohl Johnson als auch Rupert erschienen, um an Deck zu trotten. Aus der

Kombüse drang unverkennbar Kaffeeduft. Auf dem Vorderdeck blieb alles still. Michael, nahm ich an, schmollte noch. Na und?

Um halb sieben waren wir mit der *Binkie* in der Seeschleuse, und Rupert trampelte an Deck herum und grölte so laut vor Lachen, daß ich mich ankleidete und hinaufging. Ich trug Skihosen, ein bedrucktes, für Männer zugeschnittenes Batisthemd und Wildlederstiefel. Alle anderen trugen weite, schmutzige Wollsachen und gelbes Ölzeug. Bob und Nancy Buchanan trugen ihre kleinen Wollmützen und saßen auf dem Kabinendach der *Binkie*, die im Einklang mit der *Dolly* tiefer sank, als das Schleusenwasser ausströmte. Die beiden Buchanans unterhielten sich anscheinend über die letzten Schlagzeilen des Clublebens draußen in Crinan. Auf der *Cara Mia* war keine Spur von Leben auszumachen, aber das Becken war voller Abgase, als die Teilnehmer des Rennens mit Motorkraft herantuckerten.

Die *Willa Mavis* war schon lange aufgebrochen; sie hatte den gleichen Kurs wie wir eingeschlagen und steuerte das Südende von Mull an, aber nicht, bevor sie an Ogden eine alte Rolle Tauwerk verloren hatte. Victoria, die Rolle um den Hals, schlenderte hoch über uns am Schleusentor vorbei, als wir es gerade passierten, und bestätigte grinsend den Gewinn. Ihre Füße waren noch immer nackt, und sie sah aus, als könne sie eine gewaltige Mütze Schlaf und ein Bad dringend brauchen.

»Cecil Ogden müßte in einer Badeanstalt sein«, sagte Rupert gereizt, als sie gegangen war; aber Johnson, der an der Ruderstange stand und mit seinen Zweistärkengläsern die ersten Sonnenstrahlen reflektierte, sagte: »Um Gottes willen, spiele bei Victoria jetzt nicht die beleidigte Leberwurst. Sie legt sich halt immer Nieten zu. Wenn du sie willst, mußt du bei dir erst mal eine Schraube lockern lassen.«

Wir fuhren unter einer steifen Brise und steuerten die Startlinie an. Lenny, Johnson und Rupert machten sich zwischen Seilen und Segeln und dem Takelwerk zu schaffen, verschwanden und tauchten wieder auf und unterhielten sich dabei noch. »Sie wird keinen Dank dafür ernten«, sagte ich. Ich kenne diese Victorias. Es beginnt mit sieben Lebensjahren bei ihren Ponys; und dann suchen sie sich ein menschliches Pony, weil sie mit erwachsenen Männern nicht fertigwerden oder klarkommen.

Die Fahrt nach Iona ging wenigstens schnell vonstatten: Jetzt war ich Kenneth schon viel näher, obwohl Johnson, Lenny und Rupert zu beschäftigt waren, um unterhaltsam zu sein, und Michael noch immer schmollte und nur Johnson gelegentlich mit einem Plauderausbruch bedachte, meist wegen einer fetten Kuh von Sopranistin, die er in Florenz kennengelernt hatte und die schließlich soweit heruntergekommen war, daß sie in Werbefilmen für Wellensittichfutter trällerte. Niemand konnte kindischer sein als Michael, wenn er seinen Willen nicht bekam. Ich hoffte, er würde seekrank werden.

Auf beiden Seiten glitten die sonnenhellen Inseln vorbei, bewaldet, rosa vor Heidekraut oder rostbraun vor Adlerfarn; einige mit kleinen weißen Häusern, einige mit Schafen. Bald wandten wir dem Festland auf der Rechten den Rücken zu und flogen, das Groß- und Besansegel voll im Wind, nach Westen, der Südspitze der Insel Mull entgegen. Irgendwo vor uns war über dem blaufunkelnden Wasser Hennessys *Symphonetta*, die, wie Lenny sagte, nicht zuviel Vorsprung bekommen durfte, falls sich das Wetter ändern und wir auf der Strecke nach Barra nur schlecht vorankommen sollten. Rupert sagte nichts.

Um uns herum waren die anderen Boote unserer Klasse – sechzehn mittlerweile, sagte Lenny. Wegen geschäftlichen oder familiären Angelegenheiten und schlechter Winterinstandhaltung waren zwei in Ardrishaig und zwei weitere in Crinan ausgefallen. Nun lagen wir weit auseinander.

»Komisch«, sagte Lenny so nebenbei, als wir die *Binkie* mit schneller Fahrt überholten, »ihr Schnüffer explodierte in Crinan, und sie schlugen mir die Salontür vor der Nase zu.«

»Wer? Bob und Nancy Buchanan?« sagte Rupert. »Du hattest einen sitzen, Lenny. Sie unterhalten jeden Taugenichts, der sich am Hafen herumtreibt.«

»Diesmal nicht«, sagte Johnson freundlich. »Während der ganzen Fahrt durch den Kanal hatten sie die Kabinentür verschlossen. War es ein Gasleck?«

»Nee«, sagte Lenny. »Es tropfte von der Wasserpumpe in den Maschinenraum. Stellt euch das nur vor. Sonst passiert so etwas doch immer nur auf der *Seawolf*, nicht wahr?«

Aber warum seine Zeit mit Gesprächen über Arbeiter verschwenden? Johnsons Hand über der meinen korrigierte die Ruderstange, und ich sah, wie Lenny unten Sahne und Whisky in den Kaffee schüttete. Der Himmel war ein bleiches Hellblau, überzogen mit leuchtendem Flaum, wo die hochstehenden Wolken vom Wind dahingetrieben wurden. Als wir den Sund von Iona erreichten, verschmolz am Horizont die trübblaue See in einem Nebelflimmern mit dem Himmel. Wäre der verdammte Kahn doch nur ein Hubschrauber gewesen!

Zur Teezeit ankerten wir vor der Insel Iona selbst, deren Kathedrale sich vierkantig wie ein Fischerboot über einen schmalen, geweihten weißen Sandstrand und der blauen, purpurnen, smaragdenen See erhob. Rupert eilte zum Einchecken ans Ufer, und selbst Michael schlenderte an Deck, um das Gebäude zu mustern. Hennessy und seine *Symphonetta* lagen schon dort. Unsere anderen Rivalen waren jedoch hinter uns, mit einer Ausnahme. Ogdens *Seawolf*, die, wie Johnson sagte, wie ein einbeiniges Dreirad segelte, hatte den Ankergrund irgendwie als erste erreicht.

Victoria selbst, die Rupert vom Kontrollpunkt für eine kleine Feier mit zurückbrachte, war abwechselnd von Jubel und Schwermut erfüllt. Indem Cecil sowohl sie selbst als auch die *Seawolf* zu Tode vorangepeitscht hatte, hatte er Iona in ausgezeichneter Zeit erreicht, das Schiff aber in einen so extrem baufälligem Zustand gebracht, daß eine Weiterfahrt vor Weihnachten (so Victoria) höchst unwahrscheinlich war. Selbst in diesem Augenblick befand sich Cecil an Bord der *Seawolf* (so Rupert), um das Ruder mit Draht zu flicken. Und da die *Seawolf* zeitweilig aus dem Wettbewerb war, hatte Ogden Victoria (so Rupert) schon einmal auf der *Dolly* nach Staffa vorausgeschickt, um ihr Glück beim Schampus-Test zu versuchen. Die *Seawolf* würde folgen, sobald sie dazu imstande war. Ich jedoch hatte den Eindruck, als habe Victoria in diesem Augenblick die Nase von der *Seawolf* und Ogden so gestrichen voll, daß sie die Gesellschaft dieser beiden nicht mehr ertragen konnte.

Ich hatte natürlich – wer hatte das nicht? – von Herzog Buzzys Schampus-Test gehört. Der Herzog, der sogar den Buckingham-Palast mit Stabilisatoren segeln würde, hatte einen alljährlichen Preis für die Jachten der Segelclubs ausgesetzt, die sich an die extra kurze Passage nach Staffa wagen wollten. Der Preis wurde vergeben in Form von zwei Kisten Champagner, die in der Regel in den Tiefen von Staffas großer Höhle versteckt wurden.

In zwei von drei Jahren, hatte Rupert gesagt, bekam niemand den Champagner, entweder, weil Herzog Buzzy dieses Jahr nicht in der Nähe segelte, aber seine Fahrt nicht unterbrechen konnte, um den Champagner in die Höhle zu bringen; oder weil der Herzog den Champagner deponierte, es jedoch keinem der Clubjachten gelang, ihn herauszuholen. Vor der Insel Staffa, sagte Rupert, gab es praktisch keinen Ankergrund. Wenn man flink war und Glück hatte, konnte man für kurze Zeit in ruhigem Wasser ankern. Wenn nicht, nicht. Und zwar ganz und gar nicht.

Heute war es ruhig. Und Herzog Buzzys *Vallida*, so hieß es am Kontrollpunkt, hatte nicht nur die Kisten in die Höhle gebracht, nein, auch Hennessy war schon dort gewesen, um sein Glück zu versuchen. Die restlichen Flaschen wollte Johnson jetzt mit der *Dolly* holen. »Was ist mit dem Rennen?« fragte ich Rupert.

Er sah überrascht drein. »Das ist nicht Teil des Rennens«, sagte er. »Wir haben schon eingecheckt.«

»Ich weiß«, sagte ich mit all der Geduld, die ich aufbringen konnte. »Aber sollten wir nicht den Champagner Champagner sein lassen, die Gelegenheit beim Schopf ergreifen und wieder auslaufen? Wir wären allen bis auf Hennessy voraus, und den hätten wir bald eingeholt.«

»Das ist nicht möglich«, sagte Rupert. Und fügte hinzu: »Wollen Sie nicht die Fingalshöhle sehen?«

Oh, Ketzerei! Die augenblickliche Antwort war nein. Ich stand da, als wir nach Staffa hinüberknatterten, und Johnson deutete auf die niedrigen grünen Hügel von Mull zu unserer Rechten und die langgezogenen, mausähnliche Hügelkette von Coll zu unserer Linken. Vor uns, schwach indigofarben auf einem Nebelbett, trieben noch andere: ein flacher Hahnenkamm von Fels mit dem Namen – es konnte nicht wahr sein – Eigg; links davon ein Stummel mit dem Namen Muck, wie man mir sagte; und dahinter ein zahnähnliches Fragment der Red Cuilins von Skye.

Links davon lag, wild, hoch und gerade verschwenderisch hügelig, wie die Zeichnung eines Kindes, die Insel Rum, auf der sich Kenneths Laboratorium befand und auf der er selbst auch weilen sollte. Ich stand neben der kahlen Stange des Großmasts und starrte hinüber, während Johnson an spiralförmig angeordneten Ballen aus Bimsstein vor Anker ging. Sobald das Dingi hinabgelassen war, trottete ich den Niedergang hinab. Ich würde nicht allein mit Michael an Bord der *Dolly* bleiben.

Dann sah ich, daß Michael schon im Dingi saß. Der Stolz erlaubte es mir nicht, umzukehren. Ich stieg ein, Lenny warf den Außenbordmotor an, und wir fuhren knatternd los.

Mir fiel ein, daß Michael, seit wir an Mull vorbeigekommen waren, auf Johnsons Tonbandgerät schon fünfmal die Mendelssohn-Ouvertüre gespielt hatte. Ich ging nach Staffa, weil ich nicht anders konnte. Michael ging, um sich zu überzeugen, ob Felix auch seine Hausaufgaben gemacht hatte.

Außerdem gingen wir beide, weil wir plötzlich bemerkten, daß wir doch noch ein Publikum hatten. Der Dampfer *King George V* mit – so Rupert – sechshundert das Konzert besuchende Touristen an Bord war in Sicht gekommen und ging vor Anker, um alle sechshundert Passagiere in die Fingalshöhle auszuspeien. Es sollte uns gelingen, sagte Rupert, die Höhle zu erreichen und zurückzukommen, bevor die ersten Boote eintrafen. Er machte freundlicherweise auch klar, daß der Weg, den die Touristen nehmen würde, aufhörte, bevor er die Innenbucht der Höhle erreichte. Sie würden Herzog Buzzys Schampus nicht mal zu sehen bekommen.

Wir landeten, und der einen feierlichen Vortrag haltende Johnson (»... das von Säulen getragene Vestibül, weitläufig und doch klar umrissen, die gewölbte Decke...«) half zuerst mir und dann der barfüßigen Victoria an Bord. Lenny stieg, von Johnson genötigt, zurück ins Dingi und legte ab, um dem hinter uns auf der *Seawolf* treibenden unglücklichen Cecil erste Hilfe zu leisten. Wir anderen marschierten zu fünft über den vulkanischen Fußpfad, der von dem winzigen Hafen vorbei an dem Schild PRIVATBESITZ in den Schlund jenes Phänomens führt, das als Fingalshöhle bekannt ist.

So schnell ich es hörte, vergaß ich alles wieder, was Johnson uns anschließend von Staffa erzählte. Was ist Säulenbasalt? Ich wußte es nicht, und Michael auch nicht. Ich wußte, daß die Klippe, die die Mole umgibt, aus dicken Holzkohlensäulen bestand, von denen einige halb in sich zusammengebrochen waren, andere aufrecht standen und wieder andere seitwärts gebündelt waren, damit man ihre eng zusammengepackten Enden sehen konnte, die wie Stapel abgehauener Klötze aussahen. Zu einem Honiggelb gebleicht, reichten sie bis unter das grüne Wasser hinab, und vom Boot aus hatte ich gesehen, wie sie in die Tiefen reichten, gestutzte Säulen unter der grünen See; ein ausgemerzter Wald, eine geschliffene Stadt aus Tempeln, deren erhobene, zerstückelte Fassaden wie eine Handvoll Münzen jadegrün und türkis funkelten.

Hier schlängelte sich unser Pfad nun zwischen gestutzten Säulen einher, von denen einige hier und dort dank des Einsatzes der Herren MacBrayne versiegelt waren. Hoch zu unserer Rechten türmte sich das dunkle Rippenwerk auf, faltig wie eine Elefantenhaut, bis hin zu den Gesteinsschichten und dem grünen Moosbefall an der Spitze; und zur Linken wirbelte und klatschte das Meer und floß zwischen den versteinerten Gebilden, hinter denen die *Dolly* lag, ein und aus.

Hinter mir schritt Michael vorsichtig neben Rupert aus; er gab keinen Ton von sich. Vor mir sprach Johnson leise mit Victoria über Cecil Ogden. Es war möglich, überlegte ich, daß Victoria ihren Freund, so schwach er war, nur ihretwegen und nicht seinetwegen hielt. Möglich, aber außergewöhnlich. Was konnte Cecil Ogden einem Menschen schließlich schon Gutes tun?

Der erhöhte Fußweg verlief wie ein Sims um die südöstliche Klippenspitze von Staffa und knickte dann scharf nach rechts ab. Ich prallte gegen Johnson, der mich, die schwarzen Brauen hochgezogen, festhielt. Ich wandte mich um, und da war die Grotte.

Wenn es jemanden interessiert – ich habe mir sagen lassen, Fingal sei ein mythischer keltischer Riese gewesen. Seine Höhle ist fast zwanzig Meter hoch und an ihrem Eingang zwölf Meter breit, und das Meer füllt sie auf ihre gesamte Länge von über sechzig Metern aus. Wenn es einen interessiert...

Für mich war sie ein dumpfes, schwarzes Gewölbe, überzogen von grauen, rosa, lila und holzkohlefarbenen Säulen aus natürlichem Basalt. Krumme Säulen hingen eng aneinandergedrängt von der Decke und durchdrangen die pfauenblaue Wasseroberfläche; hier verdünnten sie sich zu einem hellen Grün, das unter uns brandete und klatschte, und wo es sich vom Sonnenlicht in die Tiefen der Höhle entfernte, färbte es sich immer dunkler.

Zu unserer rechten Hand verlief der erhöhte Gang, dem wir folgten, an der rechten Felswand entlang und führte, durch eiserne Pfosten und Drahtseile vom Wasser getrennt, fast bis zum anderen Ende, wo ein Gitter errichtet worden war. Johnson führte, und wir folgten ihm.

Es war dunkel. Wir gingen auf dem gewundenen Pfad, der links abfiel, vorbei an den Säulen tief ins Innere der Grotte. Rechts von uns lagen die massiven Hangrippen, deren Oberfläche mit den unterschiedlichen Aufschriften übersät war. Hinter uns war im hellblauen Tageslicht des Höhleneingangs die nächste Welle angekommen; sie schwoll an, verdunkelte die Öffnung, floß leise und schaumgekrönt in das unruhige Seebecken der Grotte und verbreitete sich wie Öl über die getrockneten Schrägflächen am Beckenrand.

Sie rollte dick, grün und donnernd an uns vorbei, bis hin zu jener Stelle, wo sich die Grotte verengte und endete. Es erklang ein Grollen, daß sich schnell zu einem Tosen hob. Ein Sturm aus funkelndem Schaum blitzte am Höhlenende auf, hob sich hoch in der Dunkelheit und fiel wieder zurück. Und während er zurückfiel, gab die Grotte ein neues Geräusch von sich: ein mächtiges, blecherndes

Gelächter, ein urzeitliches, höhnisches Rauschen, ein gewaltiges, tobendes, andauerndes Rasseln unmenschlicher Belustigung.

Ich bekam eine Gänsehaut, und Johnson wandte sich um, noch immer von Ogden sprechend, und blieb neben mir an dem Drahtzaun stehen, der uns vor einem Absturz bewahren sollte. »Seltsam, nicht wahr«, fügte er hinzu. »Es ist das Steinufer am Ende, von dem das Wasser durch die Gezeiten abgesogen wird. Was halten Sie davon, Mr. Twiss? Zu viele halbe Noten?«

Michaels Gesicht war kreidebleich. Manche Dinge erschrecken Michael sehr schnell. Aber ich wußte, er würde nicht nachgeben. Er war von dem Geräusch geradezu hypnotisiert.

Johnson warf ihm einen Blick zu und auch Victoria. Auch Rupert, der, nachdem er bis zum Ende des Pfades vorgedrungen war, das Gitter überklettert hatte und pfeifend nach dem Champagner suchte. »Mir ist da eine Idee gekommen«, sagte Johnson. »Logenplätze, mit Erfrischungen, bevor die Massen kommen. Nein, nicht der Champagner. Klettert unter dem Geländer durch und setzt euch, und wir werden sehen, zu was die *Dolly* fähig ist.

Die *Dolly* konnte immerhin fünf Sachets aus Polyäthylen aus Johnsons Hüfttasche hervorbringen, in jedem ein trockener Martini mit einer Olive. Der Versuch, einen trockenen Martini aus dem abgeschnittenen Ende eines Sachets zu trinken, ist eine Unternehmung, bei der man sich auf keinen Fall plötzlich erschrecken lassen darf. Es wurde viel dabei gekichert, und Victoria ließ ihre Olive fallen. Michael sprang ihr nach.

Er tat dies zweifellos, um mich zu ärgern, aber es war ein schlimmer Fehler, denn Michael ist nicht gerade athletisch gebaut. Es erklang ein Poltern, ein Schrei, und als Johnson ihm nachsetzte, war Michael schon im Wasser verschwunden.

Aber nur für einen Moment. Als Johnsons Arm nach ihm griff, brachte ihn der Auftrieb wieder an die Oberfläche, und Johnson zog ihn mit einer Hand hinauf auf die Felsen, wo er mit verdrehten Augen liegenblieb. Meerwasser rann ihm aus dem Mund. Johnson übte versuchsweise ein paarmal Druck auf seinen Brustkorb aus, bis Michael das restliche Wasser ausgespeit hatte, drehte ihn dann auf den Rücken und sagte barsch: »Das konserviert ihn von innen. Was glauben Sie, ist er ohnmächtig geworden?«

Wir standen mittlerweile alle vorsichtig über ihm, und unsere Martinis summten ganz schön in uns. »Er wird immer ohnmächtig«, sagte ich. »Sollten wir ihn nicht vielleicht einfach liegen lassen, damit die *King George V* ihn rettet?« Ich war nicht in der Stimmung, in dieser verdammten Höhle sechshundert Menschen zu begegnen. Ihnen von der Jacht oder aus dem Dingi zuzuwinken, ja. Aber auf Tuchfühlung – eindeutig nein.

Niemand antwortete mir. Victoria fühlte kniend den Puls des lieben Michael. Rupert verstaute sitzend Champagner in einer Provianttasche. Johnson, der einzige, der noch stand, sagte: »Rupert!«

Er schaute zum Wasser hinab. Rupert tat es ihm gleich.

Was war da? Michaels Armbanduhr? Noch ein Martini? Die Olive? Ein zwitscherndes Geräusch von draußen drang an meine Ohren. »Hör mal«, sagte ich. »Leute draußen auf dem Damm. Die *King George* muß ihre Boote an Land gebracht haben.« Zweifellos klang ich verärgert. Auf meinem bedruckten Batistärmel war Dreck, und ich verspürte nicht den geringsten Drang, Autogramme zu geben.

»Gott im Himmel!« sagte Rupert nur. Ich trat vor, um zu sehen, was sie so eindringlich beobachteten.

Es war eine Mine. Eine neue Mine. Eine *lebendig* wirkende Mine, ein ganz reizendes Modell, und sie trieb in der Höhle mal hierhin und mal dorthin.

Ich hatte es nicht soweit gebracht, ich hatte nicht neunzigtausend Pfund auf dem Konto und all diese hübschen kleinen Diamanten in den Schließfächern, um in einer Höhle mit einer Schiffsladung Touristen zu sterben. Ich drehte mich um, um auf den Pfad zurückzuklettern, als Johnson mich am Arm faßte.

»Nein! Sie würden sie nur um so schneller herlocken! Victoria, schnell hinaus mit dir. Warne die Leute von der *King George*. Das ist zwar eine verhältnismäßig kleine Mine, aber sie könnte das Dach zum Einsturz bringen und den Damm und die Boote überfluten ... Tina! Laß ihr etwas Zeit, sich verständlich zu machen, dann folgen Sie der Menge in die Boote. Wenn man Sie zuerst sieht, wird man Ihnen nicht zuhören – man wird Sie erdrücken. Rupert und ich werden hierbleiben und tun, was wir können.«

Er war ein Narr. Noch bevor er zu Ende gesprochen hatte, rollte eine monströse Welle langsam von der Höhlenöffnung an uns vorbei, der schwarzen, faulen Kugel zu unseren Füßen entgegen. Die Mine wurde hochgehoben, glitzerte aus dem gewaltigen grünen Wellenrükken und sank wieder tiefer, als der Brecher weiterrollte und mit einem Tosen, einem Knall und dem entsetzlichen Todesrasseln von Stein auf das Ende der Höhle schlug.

Bald, mit der nächsten oder übernächsten Welle, würde die Mine seitwärts gegen die aufgeschichtete Höhlenwand prallen. Oder sie würde am Ende mit all dem Wasserdruck hinter ihr von diesem wütenden Getöse gegen die glatten, abgeschliffenen schwarzen Steine geschleudert werden, und ich würde hier sterben, begraben in diesem schrecklichen Loch.

»Was ist mit ihm?« fragte Rupert. Ich hatte ganz vergessen, daß es Michael noch gab.

Schuhlos und bis an die Hüften entkleidet stand Johnson schon halb im Wasser. Es war acht Meter tief. Bildete er sich ein, er könne etwas ausrichten? Aber er wandte sich um. »Das hängt ganz von Madame Rossi ab«, sagte er ernst in meine Richtung.

Zum Teufel... oh, zum Teufel! Wer gab schon etwas um Michael? Aber wie würde es später aussehen, wenn ich ihn jetzt im Stich ließ? Falls es ein Später gab.

Ich bückte mich, und indem ich Michael an seinem Seidenhemd von Turnbull & Asser packte, schüttelte ich ihn wie eine halbverhungerte Maus. »Warum verschwinden wir nicht von hier?« sagte ich gleichzeitig in aller Deutlichkeit zu Johnson. »Sie könnten ihn tragen. Was können Sie hier schon tun?«

»Sie werden überrascht sein«, sagte Johnson. Das war alles.

Rupert und er stiegen schließlich ins Wasser, einer auf jeder Seite der Höhlenöffnung, und versuchten, die dem Höhlenende entgegentreibende Mine mit Ruperts imprägniertem Nylonanorak einzufangen.

Es war ein verrückter Plan. Zum einen konnte sich Johnson, der am anderen Ende der Bucht Wasser trat, weder mit den Füßen noch mit den Händen abstützen; sein einziger Halt war der linke Ärmel des Anoraks. Und Rupert stand unter mir auf einem unter Wasser liegenden Vorsprung. Das Meer reichte ihm bis zur Taille; mit der rechten Hand hielt er den Anorak und mit der linken ein improvisiertes Seil aus Halstüchern und auseinandergerissenen Hemden, das über die Steine am Wasserrand bis zu den eisernen Stangen neben dem Pfad reichte, an denen es befestigt war. Als Rupert sein Ende des armseligen Seils ergriff und breitbeinig Halt suchte, hob sich ihnen langsam eine Welle entgegen – und auf dem Wellenkamm kam die Mine.

Es ließ sich Zeit, dieses langsam dahinziehende Plateau aus grünem Wasser, das Michaels Arm an meiner Seite umspülte und Rupert an seinem Standort im Wasser bis an den Hals reichte. Mit einer Hand hielt sich Rupert an seinem improvisierten Seil fest, und zwischen seinem und Johnsons Körper erstreckte sich hellgrün im Wasser der dünne deutsche Stoff des Anoraks. Die Mine schwamm langsam, aber stetig auf sie zu.

Die Welle verschlang Rupert. Ich sah, wie er tief Luft holte, seine Hand um das Seil weiß wurde, kurz bevor die Welle kam und ihm Kinn, Mund und Nase benetzte. Dann floß sie an ihm vorbei und drängte ihn zurück. Und die Mine verfing sich, stumm von der Welle getrieben, im Stoff zwischen den beiden Männern.

Für einen Augenblick tanzte sie auf der Welle. Sie wäre vielleicht über den Anorak hinweggetrieben, hätte Johnson ihn nicht hochgehalten. Sie schnellte, sich drehend und von der Strömung getrieben, an Rupert vorbei. Er bewegte sich ebenfalls vorsichtig, um sie in der Falle zu halten. Dann brach sich die Welle tosend, aber ohne Schaden anzurichten, hinten am schwarzen Ufer, während die Mine zwischen Johnson und Rupert im Wasser verweilte, fest in ihrem Schal gefangen. Diesmal hatten wir es noch geschafft.

Ich nehme an, die beiden hatten gehofft, die Mine in ihrem Anorak aus dem Wasser heben und irgendwo auf den Basalt legen zu können, wo sie wenigstens keinen heftigen Stoß abbekommen würde. Doch dazu sollte es nicht kommen. Als sie die Mine zwischen dieser und der nächsten Welle mit unendlicher Vorsicht einhüllten und sanft anzuheben versuchten, riß der Nylonstoff und gab nach. Sie hatten nicht mit dem schieren, unhandlichen Gewicht der Mine gerechnet, mit dem Wassersog und dem Mangel an irgendeiner adäquaten Möglichkeit, sich beim Heben abzustützen. Bevor sie sich darauf eingerichtet hatten, hatte die nächste Welle sie erreicht und die übernächste. Ich konnte sehen, wie Rupert, der Halt hatte, die Muskeln angespannt, vom Gewicht der Mine zurückgetrieben wurde. Und Johnson, der keinen Halt bis auf den Anorakärmel hatte, widerstand jeder Welle, um nicht von der Brandung zurückgeworfen zu werden, wobei die Mine wie eine Erbse aus ihrer Schote geschält und an den Strand und zur Explosion getrieben worden wäre.

Drei Wellen gingen vorüber. Ich weiß nicht, was mich zum Seil blicken ließ, zu Ruperts Rettungsseil, das über mir ans Gitter neben dem Pfad festgebunden war. Aber als ich es anblickte, fing das improvisierte Ding an, unter meinen Augen zu vibrieren. Es streckte sich, dehnte sich plötzlich wie Wolle, und nacheinander lösten sich unter meinen Augen die Knoten.

Es gibt einen Instinkt der Spülküche, der häuslichen Krisen unzähliger Tantchen im Verlauf der Jahre, der mir, so ungehobelt er auch sein mag, noch immer zu Diensten ist. Als das abgerissene Ende an mir vorbeiflog, packte ich es und hielt es fest.

Ich hielt mich ebenfalls fest; meine Finger umschlossen einen Griff zwischen den Steinsäulen und -scheiben, und ich hielt den schon halb ertrunkenen Rupert auf seinem Hochsitz, bis sich die Welle mit einem ohrenbetäubenden Tosen am Höhlenende brach und spöttisches, immer lauter und lauter werdendes Geschnatter von ihrem ersterbenden Rückzug kündete.

Da erst sah ich hinab. Rupert salutierte strahlend, indem er mit dem Ende des Seils winkte. Johnson trat wieder an fast der gleichen Stelle Wasser; er spuckte wie ein kleiner Quell Meerwasser aus, war aber in Sicherheit. Und zwischen ihnen schaukelte, ebenfalls sicher und unbeschädigt, die Mine in ihrem gelben Kelch.

Neben mir auf den Felsen schnaubte und ächzte Michael Twiss plötzlich. Ich gab ihm eine Ohrfeige, und als er sich verwirrt aufsetzte, schickte ich ihn die Felsen hinauf, damit er sich am Geländer festhielt. Wenn ich nun seine Hand und Rupert die meine hielt, konnten wir eine Kette bilden, die lang genug war, daß Johnson wiederum die entgegengesetzte Höhlenwand berühren konnte. Er würde sich nicht allzugut festhalten können, aber vielleicht gut genug, um uns alle zu retten, bis Hilfe kam.

Die nächste Welle stürmte an, und es klappte. Es war eine interessante Heldentat, und ich dachte überhaupt nicht mehr an meine Diamanten, vielleicht, weil Michael solche Angst hatte. Bei den Opernregisseuren und Agenten war er ein Mann aus Säure und Eisen, aber ich wußte nur allzu gut, daß er nur so tat, als verfüge er noch über die Konstitution der Unterernährten und Ungeliebten der dreckigen Gasse, in denen er geboren worden war.

Danach war jede Welle eine neue Berechnung: wie groß diesmal, wie weit würde die Mine kommen, wieviel Spiel mußte man ihr zugestehen. Alle paar Augenblicke wieder von neuem überflutet, konnten die Männer im Wasser, die sich an glitschigen Felsen oder schlüpfrige Hände klammerten, nicht auf ewig durchhalten. Wie die beiden wahrscheinlich auch, erinnerte ich mich daran, daß Lenny nicht an der Anlegestelle war, sondern Cecil Ogden in seinem unmöglichen Boot das Händchen hielt. Die Dampferpassagiere würden inzwischen wieder sicher eingeschifft, andere Jachtbesitzer gewarnt sein. Wer würde es schon riskieren, wegen uns zurückzukehren?

»Ich setze meinen letzten Dollar«, sagte Rupert in diesem Augenblick, als er, ziemlich grün im Gesicht, aus dem letzten gewaltigen

Brecher auftauchte, »auf Victoria.« Er hielt inne. »Ich brauche wohl nicht zu sagen, daß ich sämtliche meiner sonstigen Dollars auf Sie gesetzt habe, Madame Rossi.«

Er war ein netter Junge. Niemand würde es fertig bringen, ihn einfach ertrinken zu lassen.

Und er hatte auch recht. Hinter dem wogenden Smaragdgrün der nächsten Welle konnte ich sehen, daß an der Höhlenöffnung etwas schwankte. Es erklang ein schriller Ruf, ein Schrei, und da war Victoria in einem Boot aus großartigem Scharlachrot, zusammen mit der halben Crew der *King George V*, die auf Tod und Teufel des Ruhms und der Ehre willen neben ihr aushalten würde.

Mit Netzen und Segeltuch gewappnet, ruderten sie uns wie Walküren entgegen; immer mit zwei oder drei Mann gleichzeitig arbeitend, verankerten und polsterten Sie die Mine an der Stelle, an der sie trieb.

Ich beobachtete sie mit Victoria vom Höhleneingang aus, zu dem uns Johnson geschickt hatte. Michael war schon in schnellem Lauf verschwunden. Ich sah, daß sich Johnson schließlich aus dem Wasser wuchtete und tropfnaß nach seiner Jacke suchte, die neben mir auf dem Damm lag. Da ich glaubte, die Mine müsse sicher verankert sein, wenn er sich über Jacken den Kopf zerbrach, kletterte ich hinab und brachte sie ihm. Ich brachte ihm auch den Revolver, der aus der Jackentasche gefallen war.

Er dankte mir verschwenderisch. »Hab früher als Kind stets die Radiergummis aus meinem Tornister verloren.

»Tragen Sie immer eine Waffe bei sich?« fragte ich.

»Jeder Porträtmaler sollte eine haben. Aber ich bin hinter meinem Klappmesser her. In dieser Tasche. Da ist es ja.« Er beugte sich über die Mine, hantierte daran herum und richtete sich auf.

»Ja. Nun, wenn sich jetzt all die guten Helfer und all die, die für den Tee und die Brötchen gesorgt haben, freundlicherweise, verdammt noch mal, verziehen würden, könnte ich mich anschicken, diesem Herrn den Stachel zu ziehen.«

»Das ist eine Aufgabe für Experten«, sagte ich. »Sie sind ja verrückt. Wo sie jetzt verschnürt ist, kann sie nicht mehr erzittern.«

»Es spielt keine Rolle, ob sie erzittert oder nicht«, sagte Johnson. »Und hätte ich nicht wie eine verdammte Butterblume alle zwei Minuten eine Osmose gehabt, hätte ich es schon eher bemerkt. Es ist überhaupt kein Erschütterungsmechanismus: Es ist so einer, den man mit Funksignalen auslösen kann. Wenn Sie also niemanden mit einem Sender und bösen Absichten kennen, sind wir alle völlig sicher.«

Was auf seine Art die unerträgliche, letzte Ironie von Fingals schrecklicher Höhle war.

Ich erinnere mich noch daran, daß Rupert während des gesamten Weges zur Anlegestelle auf mich einredete und verärgert war, als ich nicht antwortete. Ich mußte jedoch über eine Menge nachdenken. Zum Beispiel über Johnsons Revolver.

Wir segelten viel später von Iona ab. Ich erinnere mich durch einen Champagnerschleier, die ganze Sache mit Johnson besprochen zu haben.

Er war mit sich zufrieden; zweifellos, weil er den alten Navy-Griff hingekriegt hatte, ohne sich den Kopf abzureißen. Ich fand heraus, daß es auch Vorteile gab, eine Volksheldin zu sein. Heute die sechshundert Passagiere der *King George V*. Morgen die Welt. Mir fiel ein, daß es einen Start- und Landestreifen auf Barra gab. Die Reporter konnten per Flugzeug kommen. Oder wenigstens ein Aufnahmeteam des Fernsehens. Ich sollte dort meine ersten Interviews geben.

Ohne Michael. Dessen war ich mir sicher. Er hatte nichts mehr über Kenneth oder die abgesagte Südamerika-Tournee gesagt, und Michael beugte sich in der Regel keiner Niederlage. Aber wenn er noch an Bord war, dann nicht ohne Grund. Und dieser Grund bestand, dessen war ich mir sicher, nicht darin, mein Ego bei den Journalisten aufzupolieren.

Doch statt dessen hatte ich bei anderen neues Ansehen gewonnen. Victoria hatte mich geküßt und sich entschuldigt: »Wir alle haben gedacht, daß Sie nicht besonders scharf auf den armen Johnson, uns und unsere Feiern seien. Aber Sie waren toll. Ich werde nie wieder mit jemanden sprechen, der behauptet, Sie wären *nicht* toll gewesen. Und die hochnäsige und abfällige und immer schicke Tante war gar nicht die echte Madame Rossi.«

Ich erinnere mich noch, daß ich daraufhin mit dankbaren Ergebnissen eine kurze Zusammenfassung meiner Kindheit zum besten gab, und es bedauerte, als sie zu Ogden und der vor Staffa wartenden, von Lenny pflichtgemäß ausgebesserten *Seawolf* zurückkehrte. Das Rennen selbst brachte sich unglücklicherweise jedesmal mit Gewalt in Erinnerung, wenn man Rupert ansah, der den Eindruck eines Mannes machte, der sich mittlerweile um fünftausend Pfund Sorgen bereitete. Was die reine Segelzeit betraf, so hatten uns nur Hennessy und die *Seawolf* geschlagen. Was die durch Vorgaben für die einzelnen Klassen gewertete regulierte Zeit betraf, waren unsere aussichtsreichsten Rivalen wiederum Hennessy, die *Seawolf* (wegen ihrer letzten schnellen Etappe) und die Buchanans mit der *Binkie*.

Ganz automatisch gab ich während einer Mahlzeit aus chinesischen Wasserkastanien und Schneerbsen all die angemessenen Geräusche von mir. Aber ich war sowohl froh als auch erleichtert, als sich Johnson um Mitternacht aus dem Kabinenvorraum beugte und mich fragte, ob ich nicht kommen und mir von Deck aus den Leuchtturm von Ardnamurchan ansehen wolle. Ich warf mir den kleinen Goldalpakamantel über die Schultern, folgte ihm nach oben und schaute, mich niederhockend, aufs Meer hinaus.

In der Sommernacht lagen die Inneren Hebriden schwarz auf der indigofarbenen See überall um uns. Über uns dehnte sich der endlose Himmel, ein helles, dichtes Ultramarin, dessen geisterhafte Wolken und kleine, scharfe weiße Sterne über den fernen und nahen, hell blitzenden Lichtern einer Reihe von Leuchttürmen und den grauen, düster wogenden Wellen hier unten verharrten. Rechterhand wies eine dunkle Masse und der unregelmäßige Strahl eines Leuchtturms auf die westlichste Landmasse Britanniens hin. Vor uns – und nun viel näher – waren die Inseln – Muck, Eigg, Rum, Canna, die ich schon von Mull aus gesehen hatte.

Hinter und neben uns auf der ruhigen See und in der warmen Brise waren die matten Segel der kreuzenden Jachten auszumachen, deren Kielwasser und Segel wie bei uns durch den schwachen Schein erhellt wurde, der aus den jeweiligen Kabinen drang. Ich zog die Salontür hinter mir zu, um Johnsons Augen nicht zu verwirren, und ging zu ihm. Er schien sich auszuruhen, die Pfeife zwischen den Zähnen, der Arm auf der Ruderstange, die Augen hinter den Zweistärkengläsern auf den Wellen, den Segeln, dem Doppelstander, den anderen Booten, aber niemals auf mir. »Da ist Rum«, sagte er. »Wenn wir uns darauf verlassen könnten, daß sich bei Rupert keine übermütigen Anwandlungen einstellen, könnten wir morgen dort die Zeit Ihres Freundes in Anspruch nehmen.«

Ich vergaß die Pistole ganz. Närrin, die ich war, dachte ich nur, daß es hier einen Mann gab, der genausowenig auf fremde Hilfe angewiesen sei wie ich, der keine Skrupel gezeigt hatte, über eine Leiche zu steigen, und nachher kein Gefühl gezeigt hatte. Seit Crinan hatte ich mich völlig anders besonnen. »Dr. Holmes ist nicht dort«, sagte ich. »Sie haben ihn nach South Rona versetzt. Ich habe vor, ihn am Samstag in Portree zu treffen.«

»Woher wissen Sie das? Oh, Tom McIver«, beantwortete sich

Johnson die Frage selbst und fixierte mich flugs mit den Kurzsichtigkeitslinsen. »Lenny hat erwähnt, er sei auf Crinan vorbeigekommen. Stammte die Nachricht von Holmes?«

Ich erzählte es ihm.

»Also hat Kenneth Holmes Sie gewarnt, und Sie haben geantwortet, Sie hätten keine Angst und ein neues Stelldichein vereinbart«, sagte Johnson. »Die Hartgesottene. Und nun die Mine. Man *hat* es darauf angelegt, sie nicht zueinander kommen zu lassen, nicht wahr?«

»Dann war die Mine keine Zufall?« sagte ich.

Die Zweistärkengläser fuhren nach oben. »Zufall, zum Teufel! Diese Mine war so neu, daß es ein Wunder war, daß jemand sie überhaupt als solche erkannt hat. Ich erkannte sie nur, weil dies zufälligerweise ein Hobby von mir ist.«

»Ich erkannte sie auch.« Ich sah nun keinen Sinn mehr, es zu verschweigen. »Weil ich sie gestern abend gesehen habe. Auf einem technischen Plan in Hennessys Ruderhaus.«

Es folgte ein langes Schweigen. »Ach ja?« sagte Johnson dann nachdenklich.

Ich wußte, was er dachte. Bei den gegebenen Strömungs- oder Gezeitenverhältnissen konnte die Mine nur kurze Zeit vor dem Eintreffen der *Dolly* ausgesetzt worden sein – wenn sie überhaupt ausgesetzt worden war. Und Hennessy war kurz vor uns bei der Höhle gewesen. Ich sagte es laut.

»Ja. Hennessy hätte sie mitbringen können«, meinte Johnson. »Sie war nicht groß. Eine kleine Kiste oder ein verstärkter Seesack hätten ausgereicht. Und Ihren Worten entnehme ich, daß er auch über eine Funkausrüstung verfügt, mit der man sie zünden kann.«

Ich setzte mich und kuschelte mich in den Alpakamantel; das Silber meiner mexikanischen Ohrringe schlug kalt gegen meine Wangen. »Aber es muß nicht Hennessy gewesen sein«, sagte ich. »Es sind auch noch andere Boote dort gewesen.«

»Nicht so viele. Ich hab's bei MacBrayne und auf Iona überprüft«, sagte Johnson. »Die *Willa Mavis* natürlich, aber sie war schon Stunden fort, bevor wir am Ort des Geschehens eintrafen. Herzog Buzzys *Vallida* war auch schon lange fort, direkt nach dem Verstecken des Champagners. Lenny und Ogden brachten die *Seawolf* hinüber, aber erst nachdem wir alle in der Höhle waren, und wenn Ogden auch nur ein Kindertelefon hat, geschweige den einen Kurzwellensender, bin ich Alexander Graham Bell. Die *King George* traf auch erst später ein. Genau wie die *Binkie*, während wir alle in der Höhle waren, aber die

Buchanans sind nicht an Land gegangen, und ich glaube nicht, daß sie ein Funktelefon haben. Abgesehen von ein oder zwei Fischerbooten, die vorher vorbeigekommen sind und meilenweit entfernt waren, als wir in der Höhle waren, ist das die vollständige Liste der Verdächtigen.« Er blickte zu mir auf.

»Sie haben begriffen, daß jemand die Mine von Crinan oder Rhu mit sich führte, mit genau diesem Zweck im Sinn? Man bringt sie in die Nähe eines Bootes und betätigt die Fernzündung, und es gibt hinterher keine Spuren, warum die betroffene Jacht in die Luft geflogen ist.«

Ich rege mich normalerweise nicht gerade schnell auf. »Und warum hat derjenige die Fernzündung dann nicht ausgelöst?« fragte ich. »Und überhaupt, wie kann man sicher sein, die Bombe zur richtigen Zeit zu zünden?«

»Mit einem Feldstecher«, sagte Johnson. »Deshalb muß es jemand sein, der zu dem Zeitpunkt, als wir in der Höhle waren, nicht allzuweit entfernt war. Und ehrlich gesagt, ich weiß nicht, warum man sie nicht gezündet hat. Vielleicht konnte das Boot mit dem Kurzwellensender nicht mehr rechtzeitig in Feldstecher-Reichweite gelangen. Vielleicht war jemand bei uns, den man verschonen wollte. Vielleicht wollte man uns auch einfach nur einen Schrecken einjagen.«

»Was meinen Sie?« fragte ich. *»Jemand, den man verschonen wollte?«*

»Nun«, sagte Johnson, den Blick auf den wehenden Doppelstander fixiert. »Jemand könnte einen Komplizen haben. Sind Sie sich zum Beispiel völlig sicher, daß Ihr kleiner Kopfstoß bei Lochgair nur ein Unfall war?«

Ich starrte ihn an, aber von seinem Gesicht waren nur die funkelnden Brillengläser zu sehen. Lochgair, wo der schlecht befestigte Spier mich ins Meer gestoßen hatte. Sie alle hatten geschworen, es sei der Wind im Stützwerk. Lenny hatte erklärt, alles sei völlig in Ordnung gewesen, als er zu Bett gegangen war, und er und Rupert waren beide sicher, daß niemand in dieser Nacht unbemerkt an Bord der *Dolly* gekommen sein könne . . .

Und doch – dachte ich – und doch hatte ich in dieser Nacht ein Flüstern gehört, das sich der Klänge bediente, die Kenneth anwendet. Wer sonst hätte sie kennen können?

Wer sonst? Was war mit Michael Twiss?

Aber ich war seine Gans, die ihm goldene Schallplatten legte. Warum sollte er versuchen, mich zu töten?

Wir hatten natürlich gestritten. Aber wir hatten den Streit beigelegt. Außer, dachte ich langsam, er will weiterstreiten und beabsichtigt nicht, den Zwist beizulegen. Denn Michael, und niemand außer Michael, wußte, auf welchen Banken in ganz Europa ich unter allen möglichen Namen mein Geld deponiert hatte und wo meine Juwelen waren. Sollte ich sterben...

Es sei denn... Nein. Sieh es anders herum, sagte mein Verstand. Es sei denn, daß auch Michael viel länger in der Höhle war, als er beabsichtigt hatte. Bewußtlos, nach seinem Sturz.

Nachdem ich über all dies nachgedacht hatte, konnte ich weder die untere noch die obere Hälfte der Zweistärkenbrille ertragen. Ich entschuldigte mich abrupt bei Johnson und schloß mich in meinem Zimmer ein.

9

In dieser Nacht mußte ich auf Schlaftabletten zurückgreifen, und Michael wußte es: Ich sah es am nächsten Morgen an seinem scharfen, mit Cologne getränkten Gesicht. Ich benahm mich ihm, Rupert und den anderen gegenüber wie sonst auch. Ich vertraute darauf, daß Johnson mich schützen würde. Der Rest war schließlich meine eigene Angelegenheit.

An Deck gab es nichts als Sonnenschein und Meer, wenn auch Ruperts stumme Besorgnis seinen Redeschwall dämpfte. In dieser Nacht waren wir so gut wie nicht vorangekommen; die Winde waren widrig und unberechenbar, jetzt herrschte fast Windstille. Wir waren der Insel Barra, unserem nächsten Anlaufhafen, kaum nähergekommen. Aber den zwölf Jachten, die noch im Rennen waren, war es auch nicht besser ergangen als uns.

Nur Johnson zeigte keine Anzeichen von Ungeduld. Wie ich sah, hatte er seine Staffelei hinter dem Kabinenvorraum aufgebaut, und als wir uns alle mit dem Kaffee dorthin vertagten – mit Lenny am Ruder –, sank ich im Salon auf den mir zugewiesenen Platz. Ich wollte das Porträt beendet haben.

Diesmal arbeitete Johnson rauchend und in völligem Schweigen; er brachte seine Pinselstriche mit dem Schlingern des Bootes in Einklang, und es kam mir in den Sinn, daß auch er wußte, daß die Zeit knapp wurde. Auch hatte sich seine Technik verändert. Nun wurde das funkelnde Farbwirrwarr bald eimerweise von seiner Palette gefegt und wie seidiger Köper auf die Leinwand gelegt. Ab und zu, wenn der

Wind es gerade wollte, kam der Geruch von Leinöl zu mir hinüber. Rupert schwebte mit einem terpentingetränkten Lappen herum und stimmte jedesmal ein Wehklagen an, wenn er die Farbkleckse aufwischte, die beim Johnsons Säbelstrichen und Tupfern entstanden.

Nach einer Weile wurde es einfacher. »Keine Darstellung könnte den Flächen zwischen Ihrem Backenknochen und Kiefer Gerechtigkeit antun«, sagte Johnson dann unerwarteterweise. »Daher auch die Klangfarbe Ihrer Stimme, nehme ich an.«

Das war natürlich richtig. Ich habe weit auseinanderliegende Wangenknochen mit großen, volltönenden Hohlräumen dazwischen. Mein Gaumen ist sehr hochgewölbt, wodurch ich – zusammen mit den Räumen im Kopf – gute Kopftöne produzieren kann, wie ich ihm erklärte. Mit zunehmendem Alter würde meine Tonspanne wohl abnehmen, aber vorausgesetzt, ich blieb bei guter Gesundheit und hielt meine Technik und Atemkontrolle bei, konnte ich noch dreißig Jahre lang lyrische und sogar dramatische Rollen singen.

»Werden Sie singen?« fragte Johnson im Plauderton. »Ohne Michael Twiss?«

Ich bin Tina Rossi, *cara diva* für Visconti, Serafin, Karajan und Bernstein; *Madam* für die Welt. Ich brauchte keinen Michael Twiss mehr, der mir sagte, wie ich sprechen, mich bewegen und kleiden mußte. Michael Twiss' Interpretationen von Marguerite, Titania, Tosca, Norma, Lucia, Nedda, Rosina, Ameria und Imogene waren alle in meiner Stimme auf Schallplatte: ich mußte sie nur noch abspielen, um sie einzuüben. Solange Colbert La Berge mir fünftausend Dollar für ein *Quando rapita in estasi* einbrachte, würde ich nicht verhungern. Ich hatte die ganze Nacht darüber nachgedacht.

So beantwortete ich Johnsons Frage nun mit einem nachsichtigen: »Galli-Curci ist ohne Michael Twiss ausgekommen. Und Adelina Patti. Und Jenny Lind und Luisa Tetrazzini. Man findet immer einen Manager.«

»Aber wollen Sie überhaupt damit weitermachen?« fragte er, seine ganze Aufmerksamkeit meinen Gesichtsflächen zugewandt. »Werden Sie nicht müde, aus Koffern zu leben, jeden Tag Ihres Lebens auf drei oder vier Jahre im voraus zu planen?«

»Warum?« entgegnete ich. »Halten Sie es für besser, dem Geldadel anzugehören und sich dem Müßiggang zu verschreiben: zu segeln, zu fischen, auf den Bermudas oder in Ascot kleine Partys geben, ein wenig mit allen herumschlafen, die einem unterkommen, Skilaufen, Spielen, Wohltätigkeitsfesten, Hochzeiten, Jagdbällen, Uraufführungen, öffentlichen Essen und privaten Dinnerpartys beizuwohnen, bis man in seinem Korsett stirbt?«

»Haben Sie dafür nicht eigentlich das Singen erlernt?«

Nur in meiner Vorstellung, antwortete ich. Nicht ganz, das trifft es nicht genau. Ich habe sowohl des Vermögens als auch des Ruhms willen singen gelernt: für jenen Augenblick, wenn der Orchesterdonner verhallt, der Chorgesang erlischt und sich meine Stimme hebt, rein und einzig und himmlisch, wenn sie mit einer kleinen Spannung, diese Macht, diesen Applaus nicht verlieren. Und wie kann ich anfangen, ein Leben in Luxus, Müßiggang und Eleganz zu führen, wenn ich keine Freunde habe?

»Nein«, sagte Johnson da seelenruhig und gab sich erneut die Antwort selbst, »ich bin sicher, Sie folgen einer wahren Berufung. Doch es gibt einen Kompromiß auf halbem Wege, wissen Sie, mit Zeit für neue Freunde, neuen Beziehungen. Eine Menge Leute arbeiten wie der Teufel, weil sie einsam sind.«

Fast ... fast wäre ich versucht gewesen. Aber nicht ganz. Ich bin nicht Cecil Ogden mit meiner Victoria.

»Sie haben Glück«, sagte ich. »Sie haben Einsamkeit, Freiheit von den armen, gebeutelten Hunden, die sich um einen scharen, und den Bewunderern und übermächtigen Freunden ... Welche Seligkeit! Zum Beispiel, einfach auf Berra zu bleiben.« Ich schaute in die Richtung, die Rupert mir gezeigt hatte; irgendwo dort hinten lag die Hügelkette der Äußeren Inseln, und in Castlebay auf Barra würden wir heute an Land gehen. »Sich nach Barra zurückziehen. Sich auf einer unbekannten Insel niederlassen, wo niemand je von mir gehört hat ... *Gibt* es dort einen Flughafen?« fragte ich.

Es gab eine Art Start- und Landefeld. Und sonntags ausgenommen traf das Flugzeug aus Glasgow täglich dort ein.

Danach frischte der Wind auf, und kurz nach dem Lunch sah ich durch das Steuerbordbullauge hinter einer schwarzen Spiere ein langgezogenes, sonnenhelles und walfischrückenähnliches Stück Moorland. Als ich an Deck war, passierten wir den weichen Halbmond des Strandes von Vatersay, und vor uns gingen niedrige Hügel langsam in Hafenmauern über, als sich zu unserer Rechten das Hafenbecken von Castlebay auf Berra öffnete.

Es war eine weite, hellblaue Bucht. Weiße und graue Häuser lagen über den Strand und den Fuß eines großen, runden Hügels verstreut, unter dem sich die Anlegestelle befand, halb bedeckt von einem großen Frachtschiff MacBraynes, mit einem Trawler an der Seite vertäut.

Zwischen uns und der Hafenmole hob sich scharf ein Felsen mit den eckigen Wänden einer Burg aus dem Meer. Auf ihrem Dach wehte eine seltsame Flagge. Ich musterte sie.

»Steuerbord voraus«, sagte Rupert hilfsbereit, »sehen wir die Rote Hand des Macneils, die andeutet, daß der Chef des Clans auf Burg Kishmul residiert... Verdammt, da ist die *Symphonetta*.«

Da war die *Symphonetta* wirklich, mit kahler Flaggenstange. Und wenn man durchs Fernglas sah, konnte man sehen, daß ihr Motorboot neben dem Trawler vertäut war. Jemand in funkelnd weißem Ölzeug befand sich darin. Stanley Hennessy hatte beim Einchecken keine Zeit verschenkt. Mit verkniffenem Mund suchte Rupert den Rest der Bucht ab.

Vier andere, einschließlich der Buchanans auf der *Binkie*, befanden sich im Hafen oder segelten dicht hinter uns. Ogdens *Seawolf* war noch nicht in Sicht, auch wenn ein oder zwei seltsame Boote vor Anker lagen, einschließlich einer Dampfjacht, die gerade mit großem Getue ihre Position einnahm, nachdem sie von dem Frachtschiff vom Kai verdrängt worden war. Es war ein hübscher Anblick: Die Wasserreflexionen liefen wie silberne Pusteblumen, die man gerade aus den Löwenzahnfruchtständen geblasen hatte, über Rumpf, Flanke und Segel der dahinziehenden Boote, während das lange, dunkle Kielwasser der Dampfjacht wie Gitter seitwärts unter ihnen einherglitt und die kleineren Jachten schaukeln ließ, wobei die spiegelnden Segel sich wie Korkenzieher drehten.

»Die *Vallida*«, sagte Rupert mit ungewohnter Deutlichkeit und deutete auf die Dampfjacht. »Das Touristenelement. Oder Herzog Buzzys jährliches *weekend relaxe* oder *semaine tonique* mit Freunden.«

»Warum nicht?« sagte Johnson. »Dem Burschen gehören die Hälfte aller Jagd- und Fischrechte nördlich der Hochland-Linie, ganz zu schweigen von zahlreichen Schnapsbrennereien. Sie haben seinen Champagner genossen.«

»Das Touristenelement«, wiederholte Rupert fest. »Dieser ozeanische Bingo-Kasten geht einher mit mitteleuropäischen Industriebossen, die ein wenig umsonst Fischen und ihrer Untertanen Mehrwert beim Blackjack verjubeln dürfen. Sehen Sie sie doch an.«

Ich nahm sein Fernglas. »Ich sehe sie mir an«, sagte ich. Ein großes Motorboot, beladen mit Glatzköpfen und Männern in piekfeiner

Jagdkleidung, hatte von der *Vallida* abgelegt und schaukelte der Anlegestelle entgegen. Ich sah, daß Stanley Hennessy auf der Treppe der Anlegestelle stand und sie erwartete. Natürlich. Mir kam plötzlich in den Sinn, daß mir vielleicht auch ein Besuch bei Herzog Buzzy gefallen würde.

Wie es der Zufall wollte, hatte ich viel Zeit dazu. Zum ersten Mal in der aufgezeichneten Geschichte (sagte Rupert) hatte der Royal Highland Cruising Club seine Mitglieder im Stich gelassen. Die Kontrollpunkt-Offiziellen, die eigentlich dort auf der Pier stehen sollten, waren auf Abbotsinch, dem Flughafen von Glasgow, durch den Nebel aufgehalten worden. Es waren auch keine Reporter da.

Als sich die Bucht mit wütenden Jachtbesitzern füllte, nahm ein schnell von Hennessy errichteter Kontrollpunkt inoffiziell ihre Zeit auf. Ein wenig später erklärte eine kleine Gruppe älterer Jachtbesitzer, erneut angeführt von Hennessy, niemand solle nach Rodel weitersegeln, bis sich die Cluboffiziellen auf die weitere Verfahrensweise geeinigt hätten.

Das bedeutete, bis eine olympische Entscheidung in Glasgow gefällt worden war. Es gab gewaltigen Streit, den wir vom Tor der Pier beobachteten, und während ich Hennessy musterte, fragte ich mich, wieso er so versessen darauf war, hier auf Barra eine Pause zu erzwingen. Wir alle konnten diese Pause natürlich gut gebrauchen: schließlich waren wir seit dem vergangenen Abend auf See gewesen. Und da nur die Segelzeit zählte, würde die Einlaufordnung des Rennens unbeeinträchtigt bleiben. Aber es störte mich, und Johnson kam zu mir herüber, vielleicht, weil er mein Gesicht gesehen hatte. »Wir werden später als erwartet in Portree sein«, sagte er. »Sie haben Ihren Freund doch gewarnt, sagten Sie, nicht wahr?«

Ich wußte, was er dachte, denn ich dachte es auch. Wenn irgend jemand Kenneth loswerden wollte, war er auf South Rona sicherer als sonstwo. Dieser Stützpunkt würde bewacht sein. Aber wenn er andererseits in Portree herumhing, wäre er jedem Angriff hilflos ausgesetzt.

Bei mir hatten sich noch weitere böse Ahnungen eingestellt. Zum Beispiel könnte die Presse dort versammelt sein, weil sie auf Nachrichtenlecks in bezug auf den *Lysander*-Unfall hoffte. Das Hotel in Portree, in dem ich telegrafisch von Crinan aus ein Zimmer gebucht hatte, könnte voller hochrangiger Beamte sein, die aus dem gleichen Grund nach Skye gekommen waren. Wenn sie glaubten, ich wäre noch mit Johnson auf der *Dolly*, könnte ich für einige Zeit mit einem

Kopftuch und einer Sonnenbrille vermeiden, erkannt zu werden. Wenn ich Kenneth überreden konnte, könnten wir uns augenblicklich einen Wagen mieten und erst einmal auf dem Festland untertauchen.

Doch nun würde ich zu spät kommen. Überdies gefiel es mir gar nicht, mit all diesen Seglern hier festzusitzen. Mit all diesen Seglern und Michael. Und der Dampfer war abgefahren.

»Kommen Sie«, sagte Johnson. »Wir mieten uns einen Wagen, und ich zeige Ihnen die Gegend.«

Das tat er dann auch.

Barra ist ein herrlicher Teil der westlichen Hebriden. Im Frühling bedecken die Primeln ganze Morgen Grasland. Im Sommer rollt die Brandung über Meilen unberührten silbernen Strandes. Das blaue oder grüne Wasser schob sich über so feinen Sand, daß man glauben konnte, er sei eigens gesiebt, ohne einen einzigen Kiesel oder Felsbrocken. Die Kinder sind bezaubernd, die Menschen höflich und zurückhaltend. Nach zwei Stunden hätte Barra meinetwegen in der Hölle schmoren können.

Zurück auf dem Pier erwartete mich die Karibikbräune von Stanley Hennessy und funkelnden Wellen. Er war gerade von der *Vallida* zurück, mit einer Einladung von Herzog Buzzy für mich.

Nur für mich.

Ich sah, wie Johnson den Mund öffnete, um meine Entschuldigung vorzubringen. Ich dachte an die Mine und das Diagramm in Hennessys Ruderhaus. Ich dachte auch an die Diamanten und all die mitteleuropäischen Herren in Tweedanzügen. Nun wünschte ich mir, ich hätte Johnson gebeten, mir seinen Revolver zu leihen, aber ich hoffte, er würde einsehen, daß große Menschenmengen für mich gleichbedeutend mit Sicherheit waren. Denn ich wollte wirklich sehr gern an Bord der *Vallida* gehen. »Ich bin sehr erfreut«, sagte ich. Ich sah, daß Johnsons Zweistärkengläser mir immer noch melancholisch nachblickten, als das Motorboot der *Vallida* über die Bucht setzte und Stanley Hennessy und mich zum *weekend relaxe* Seiner Gnaden brachte.

Als ich an diesem Morgen meinen gefütterten schwarzen Hosenanzug aus Seide anzog mit der weißen Verschnürung und der abtrennbaren Hermelinkapuze, fragte ich mich, ob ich nicht ein wenig zuviel des Guten getan hatte. Wie sich die Ereignisse aber entwickelten, war ich froh, daß ich auch meine schwarzen Opalohrringe angelegt hatte. Solch eine Einladung war das.

Die *Vallida* war natürlich eine Dampfjacht, erbaut in den Tagen Edwards VII., ganz aus Mahagoni, tiefen Teppichen und Messing, das wie vierzundzwanzigkarätiges Gold poliert war. Darunter war noch mehr Gold, das ebenfalls wie vierundzwanzigkarätiges Gold glänzte. Während ich über die Axminsterteppiche zu einer Kabine trottete, fielen mir besonders der Greuze über dem schmiedeeisernen Radiator und ein heftiger Wettstreit verschiedener After-Shave-Lotions auf, die nichts bis auf ihren exklusiven Preis gemein hatten.

In meiner Kabine befanden sich ein Waschbecken aus Marmor, ein Bidet, ein Degas und sechs Lippenstifte in goldenen Hüllen mit den Initialen des Herzogs. Die oberste Schublade war voller frischer Damenunterwäsche in Zellophanverpackung. Die anderen öffnete ich gar nicht erst. Ich kehrte langsam zu dem Steward zurück, der mich erwartete, und er führte mich in den Salon.

Der ähnelte dem Pavillon von Brighton und hätte sich eines Stutzflügels gebrüstet, nur, daß sich auf der *Vallida* niemand irgend etwas brüstete. Man praktizierte die auf die Spitze getriebene Kunst der Selbstverständlichkeit. Dann trat der Herzog – groß, rosarot und haarlos, mit einem strahlenden, perlmutthaften Lächeln – vor, um mich zu begrüßen, und mit einem großen, hübschen Whisky in der Hand wurde ich vorgestellt.

Ich erinnere mich nicht mehr an all die Namen, aber die Leute waren alle kahlköpfig, deutsch und durch und durch wochenendentspannt. Hennessy hatte es sich zwischen ihnen bequem gemacht und tätschelte mir den Arm, als ich an ihm vorbeiging. Der letzte Gast im letzten Louis-quinze-Armstuhl war Michael Twiss. »Hallo«, sagte er. »Meine Liebe. Seine Gnaden nahm an, du seist beschäftigt. Aber ich wußte, daß du gern kommen würdest.«

Der Hurensohn. Ich nahm lächelnd neben Herzog Buzzy Platz. Wie hatte Michael sich nur auf die *Vallida* eingeladen? Er hatte natürlich in Cecil Ogdens altem hölzernen Prahm übergesetzt. Unterhielt Ogden Geschäftsbeziehungen mit dem Herzog? Ich musterte Michael in seinem hellen Haifischlederanzug erneut. Ich kannte diesen selbstzufriedenen Schimmer. Neue Kontakte. Neue sich öffnende Gebiete. Michael konnte weder Schießen noch Jagen, noch einen Schnapsbrennerei leiten. Andererseits aber hatte er vor gut zehn Jahren auch noch keine Ahnung von Musik gehabt.

Ich lehnte des Herzogs Einladung, sofort mit ihm ins Bett zu gehen, automatisch ab, und er erhob sich, ohne Ungeduld lächelnd, um Platz für zwei schwergewichtige Männer mittleren Alters zu machen, die sich rechts und links von mir auf seinen chinesischen Brokat setzten und so gut wie keinen Raum zum Atmen mehr freiließen. Ich bekam einen neuen Drink. Sie ebenfalls. Wir tauschten gewissermaßen Schäkereien aus.

Ich habe selten eine unangenehmere Stunde verbracht. Immer neuer Whisky-Nachschub erschien, aber kein Essen. Hennessy musterte mich unaufhörlich, während nacheinander des Herzogs Gäste auf meinem Sofa Platz nahmen. Er musterte mich, sprach jedoch von elektrischen Weichenvorrichtungen, dem Manipulieren der Stahlnachfrage und dem Trend auf dem Börsenmarkt. Sie alle redeten davon. Mich beachteten sie kaum. Ich fragte mich allmählich, wie ich hier herauskam.

Kurz darauf wurde das Problem für mich gelöst. Der Steward machte einen Fehltritt. Und ich bekam vier Scotch on the rocks direkt auf den weißen Schnurverschluß und den schwarzen, gefütterten Hosenanzug.

Unter den zischenden mitteleuropäischen Mitleidsbekundungen zog der Herzog ein paar mit Monogramm versehene Taschentücher hervor und tupfte an mir herum, was jedoch nicht den erwünschten Erfolg brachte. Dann befahl er dem Steward mit befriedigender Schärfe, mich hinauszuführen und mir etwas zum Anziehen zu besorgen. Die ganze Szene machte einen gewohnheitsmäßigen Eindruck, den ich sogar amüsant fand. Mit solchen Situationen werde ich fertig.

So wechselte ich den Salon also gegen meine Kabine aus, wo ich, wie der Steward sagte, als er mich verließ, eine Auswahl an Kleidern finden würde.

Ich wußte es. Ich bin Männern wie Herzog Buzzy schon zuvor begegnet. Ich schloß die Kabinentür nachdrücklich hinter mir und suchte nach einem Schlüssel.

Natürlich gab es keinen. Und das Mobilar war natürlich am Boden festgeschraubt. Na gut. Ich schälte mich aus der durchnäßten, gefütterten Jacke, ging zu den breiten Garderobenschränken und öffnete die Tür. Die Garderobe war voller kostspieliger Kleider auf Bügeln. Und zwischen den Bügeln war ein Mann, der mir entgegensprang.

Ich kann nicht leugnen, daß ich mir für vielleicht eine Sekunde meiner Umgebung nicht voll bewußt war. Nerven sind nun einmal keine Kabeltaue von sechzehn Millimeter Durchmesser. Ich würgte, als er mich schlug, und konnte kaum noch etwas sehen, während das Blut in meinen Ohren dröhnte. So etwas ist schlecht für eine Sängerin. Dann hatte er die Hand über meinem Mund, und ich begriff, daß dies nicht der große, tote, kaltäugige Mr. Chigwell war, sondern ein kleiner, magerer flinker Mann mit großen kräftigen Händen und einem Goldzahn, der beim Lächeln glitzerte.

Und er lächelte. »Los, setzen Sie sich«, sagte der Mann, den ich zuletzt gesehen hatte, als er in der furchtbaren Wohnung in Edinburgh aus einem anderen Garderobenschrank gesprungen war. »Und wenn Sie schreien, drehe ich Ihnen Ihren schönen Hals um.«

Ich setzte mich. »Sie werden mich vermissen.«

»Erst nach einer Weile.« Er trug die Uniform eines Chefstewards. Er schloß die Tür mit einem Schlüssel ab, den er aus der Tasche nahm, und warf mir aus dem Schrank ein Kleid zu. »Aber ziehen Sie das lieber an, für alle Fälle.«

Es war nicht dasjenige, das ich ausgesucht hätte, aber für den Augenblick spielte es keine Rolle. »Ich habe es keinem gesagt«, sagte ich, während ich mich zitternd auszog. »Ich schwöre Ihnen, ich habe es keinem gesagt.«

Er setzte sich und schlug die Beine übereinander, verdammt noch mal, wie ein Mann in einem Striptease-Club. »Nicht einmal Johnson?« fragte er.

Es war eine Wahl zwischen zwei Übeln. Ich spiele nicht um Geld. Aber im Leben nehme ich Risiken auf mich, wenn ich muß. »Oh, Johnson habe ich es gesagt«, sagte ich. Ich hob das Kleid auf. Es war nicht schlecht. »Meine Güte, ich mußte es ihm doch erzählen. Er war da, in der Wohnung. Aber er stimmte zu, meinetwegen mit niemandem darüber zu reden, wegen des Skandals.« Ich hielt inne. Das Ding war verteufelt schwer anzuziehen: überall Haken, Ösen, Versteifungen und abgerundete Vorderschöße. Ich zog es halb über und die restliche Kleidung darunter aus. Es war so ein Kleid. »Wenn mir etwas zustößt, wird er natürlich sofort etwas unternehmen. Oder wenn Kenneth Holmes etwas zustößt.«

Die Show war vorüber. Mr. Goldzahn setzte seine Beine gerade. »Kenneth Holmes wird nichts zustoßen«, sagte er. »Es sei denn, die Polizei findet heraus, daß er den Wohnungseigentümer getötet hat.«

Ich glaubte es nicht. »Damit kommen Sie nicht durch«, sagte ich. »Ihm den Mord in die Schuhe zu schieben. Warum hätte er Chigwell überhaupt töten sollen?«

Goldzahn grinste. »Weil Chigwell ein Regierungsagent war«, sagte er freundlich. »Und Kenneth Holmes – wußten Sie das nicht? – hat die *Lysander* in die Luft gejagt.«

Ich schwieg fassungslos. Ich ließ die Hände von der letzten Öse sinken und starrte ihn an. »Sie können doch nicht . . .«

»Ich kann.« Jemand versuchte, die Tür zu öffnen, und klopfte dann. Er schenkte dem Geräusch keine Aufmerksamkeit, und ich auch nicht. »Ich kann Ihnen verdammt gut sagen...«, sagte ich.

»Ach ja?« Er lächelte immer noch. Draußen vor der Tür rief jemand meinen Namen.

»Wird Tina Rossi ihr Privatleben wirklich der Welt enthüllen? Und wenn Sie es tun, wird das Dr. Holmes retten?«

»Was sonst kann ich tun, um Dr. Holmes zu retten?« fragte ich. Und ich schmetterte dem Klopfer an der Tür, wer immer es auch war, ein »Einen Moment noch!« entgegen.

Goldzahn ließ seine großen, kräftigen Finger knacken. »Ich könnte natürlich versuchen, ihn durch einen entbehrlichen Zeitgenossen zu ersetzen«, sagte er. »Wenn man mich vernünftig bezahlt.«

In meiner schwarzen Riemchenhandtasche aus Krokodilleder – woher wußte er es? Vielleicht wußte er es gar nicht – befand sich Hennessys Wartski-Armband. Man läßt einen solchen Gegenstand nicht auf einem unbewachten Boot zurück, wenn er nicht versichert ist. Grimmig knipste ich die Tasche auf.

Ich hatte es befürchtet. Aber dies war, so nahm ich an, die einzige Möglichkeit, sowohl Kenneths als auch meine Reputation zu retten. Ich hoffte, das Armband eines Tages ersetzen zu können. Und wenn Hennessy der Mann hinter Goldzahn war, dann würde er es hoffentlich begreifen, wenn und falls er es herausfand.

Ich warf Goldzahn das Armband zu, und er fing es auf, gerade, als sich die Tür mit Hilfe eines Universalschlüssels öffnete und Herzog Buzzy hineinmarschierte. Bevor er richtig über die Schwelle getreten war, war Goldzahn gnädigerweise wieder im Garderobenschrank verschwunden und hatte die Tür fest verschlossen.

Später fiel mir auf, daß sie ein Schlüsselloch aufwies. Goldzahn muß also genossen habe, was sich danach ereignete. Ich übrigens auch, und ich hatte mir über ziemlich viele den Kopf zu zerbrechen.

Wenn Hennessy schließlich, nach angemessener Zeit, von meiner sorglosen Rückkehr in den Salon überrascht war, ließ er sich nichts davon anmerken, obwohl mir sein Benehmen bei der ziemlich eindrucksvollen Verabschiedung durch den Herzog ein wenig gezwungen vorkam. Dann stiegen Hennessy und ich in das Motorboot der *Vallida*, winkten der Reihe der mitteleuropäischen Herren zu und fuhren in den Sonnenuntergang hinaus. Michael Twiss, so erfuhr ich, war schon zur *Dolly* zurückgekehrt.

Mich zog noch nichts zur *Dolly*: nichts zu einem Tête-à-tête mit Michael Twiss, wenn er diesen seltsamen Blick in den Augen hatte. Mit Hennessy war ich aber auch nicht gerade sehr glücklich. Richtig, ich hatte Goldzahn bestochen. Aber nicht den, der ihm den Auftrag gegeben hatte. Ich verabschiedete mich fröhlich von Stanley Hennessy und setzte ihn auf der *Symphonetta* ab. Abgesehen von bewundernden Sätzen über mein Kleid und Herzog Buzzys senkrecht gestreiftem Rotfuchsmantel hatte er kein Wort gesagt. Mein Hosenanzug war ja schließlich ruiniert.

Der Rudergänger der *Vallida* war gefällig. Ich knatterte ein wenig herum und sah mich nach Gesellschaft um. Schließlich zog mich Licht auf der *Seawolf* an. Victoria. Selbst Cecil Ogden würde mir reichen. Das starke Boot der *Vallida* stoppte; ich rief, und an Deck trat nicht Victoria oder Ogden, sondern Lenny Milligan. »Wo ist Victoria?« fragte ich.

Weder der Pelz noch das Kleid mit den abgerundeten Vorderschößen beeindruckte Lenny auch nur die Spur.

»Am Strand. Ich hole ihre Gitarre für sie. Ogden ist auch am Strand, aber woanders, und versucht, mit den Flittchen und Klempnern der *Vallida* anzubändeln. Wollen Sie nicht zu Victorias Party mitkommen? Wir sind alle auf dem kleinen Prachtgrundstück da drüben.«

Er nickte zur anderen Buchtseite hinüber, und ich sah ein paar düstere, steinerne Landhäuser mit Strohdächern und auswärts gebogenen Ecken. »Wenn Sie mal einen echten Happen Gälisch hören wollen, ist das der richtige Ort für Sie. Kishmuls Langboot wird sogar in den Studios von Metro-Goldwyn-Mayer besungen. Ich wette«, sagte Lenny mit freundlicher Boshaftigkeit, »Sie haben Kishmuls Langboot noch nie gehört oder einen der anderen Schmettergesänge. Der Flamenco des Nordens. Ziemlich gewaltig, wirklich. Es sind sogar ein paar Macneils dort drüben. Sie warten auf den Clanchef, um die alten Harfensaiten im großen Saal zu zupfen. Kein Scherz«, sagte Lenny, half mir in den Dingi der *Dolly* und betrieb gleichzeitig nautische Konversation mit der Bootsmannschaft der *Vallida*. »Das müssen Sie gesehen haben.«

Natürlich nur widerstrebend. Aber die Alternative war die *Dolly*. So dankte ich des Herzogs Gefolgsleuten, gab ihnen ein Trinkgeld und ließ mich von Lenny Milligan noch einmal über die Bucht fahren, wobei ich mir überlegte, was, um Himmels willen, ich Johnson erzählen sollte. Ich spielte sogar mit der Vorstellung, ihm die Wahrheit zu sagen.

Es war die Gelegenheit, die einem immer in Erinnerung bleibt. Man bückt sich und betrat das Haus von Duncans Peggy; die Fenster waren so klein wie Johnsons Zweistärkengläser und tief in die Wände eingelassen. Die Hennen kamen mit einem hinein und noch ein paar Hunde; und ein paar blieben im Haus und ein paar nicht. Duncans Peggy kam persönlich zur Tür, als Lenny rief, spähte durch den blauen Schleier aus Torf-, Pfeifen- und Zigarettenrauch und sagte: »Mein Wort, da hast aber ein hübsches Ding, Lenny Milligan. Kommt nur herein, und legen Sie den Mantel ab; man könnt bei all diesen großen verschwitzten Männern meinen, hier drinnen wär ein Ofen. Haben Sie schon gegessen?«

Ich starrte sie fragend an. »Jetzt zeigen Sie nur nicht Ihr Unwissen«, sagte Lenny. »Sie ist von Buzzys Jacht. Wann hat er damit angefangen, kostenlose Mahlzeiten auszugeben?«

»Geben Sie keine Antwort darauf«, sagte Johnsons nachsichtige Stimme; dann tauchte Johnson selbst aus dem Schleier auf, nahm meinen Pelz, als wäre er ein alter Regenmantel, und geleitete mich, indem er mir die Hand mit der Pfeife auf die Schulter legte, in den Raum.

»Und entspannen Sie sich. Wenn Ihnen auf Duncans Peggys Feier etwas zustößt, werden Sie zum Ehrenmitglied des Macneil-Clans ernannt.« Und er wartete, bis ich Platz genommen hatte, und fing an mit den Vorstellungen.

Ich hatte mich gewaltig geirrt. Das Torffeuer befand sich nicht im Mittelpunkt des Raumes, sondern in einem gekachelten Kamin mit einem großen Gesims, dessen Verzierungen dazu dienten, einer Vielzahl übergreller Postkarten und Stapeln eselsohriger Umschläge (die meisten davon mit ausländischen Briefmarken) Halt zu geben. Ein Hochsee-Haushalt also, mit Söhnen, die sich vor dem Fischen gedrückt und in die große weite Welt hinausgezogen waren. Ich konnte mir den Krempel vorstellen, den sie ihr nun schickten – die Plüschteppiche, das Messinggeschirr, die Stoßzähne vom Kap Verde. Oder schickten sie ihr statt dessen Geld?

Abgesehen von Lenny, Rupert und Johnson stammten alle Männer und Frauen im Raum von Barra; alte und junge, kleine und große. Niemand erwähnte die Vorderschöße. Dann kam Victoria herein und rief: »Madame Rossi! Duncans Peggy, kann sie Kishmuls Langboot hören? Und die Macneils müssen wieder singen, ja? Madame Rossi muß euch einfach hören!« Und eine Gruppe von drei Männern, die höflich auf den am weitesten vom Feuer entfernten Roßhaarstühlen saßen, erhob sich, verbeugte sich und sagte ja, natürlich.

Ihre Stimmen waren ein wenig anders als die anderen, und ich versuchte den Unterschied auszumachen, während die Vorbereitungen für den örtlichen Trauergesang getroffen wurden. Dann hatte ich es. Das mußten die verstoßenen Macneils sein, die gekommen waren, um ihrem Chef den Respekt zu erweisen. Vielleicht aus Kanada.

Dann erstarb die Unterhaltung, und eine Frauenstimme sang unbegleitet Kishmuls Langboot bis zum Ende.

Die Handlung spielt natürlich auf Barra. Normalerweise von einem starken, nicht ausgebildeten Sopran mit schlechter Atembeherrschung und schlechter Klavierbegleitung gesungen, läßt der Gesang selbst Engel zurückschrecken. Die Engel hätten sich in dieser Nacht wahrscheinlich ein nervenzerfetzendes Wettrennen geliefert.

Als das Lied ein Ende nahm und der Applaus losbrach, flüsterte mir Duncans Peggy mit leiser, freundlicher Stimme ins Ohr: »Sie ist eine Frau hohen Alters; und sie hat es von einer anderen Frau ebenso hohen Alters, so daß die Noten wahrscheinlich authentisch sind. Die School of Scottish Studies hat sie natürlich. Aber sie würde es sehr freundlich aufnehmen, wenn Sie erwähnen würden, daß Sie das Lied eines Tages vielleicht selbst einmal singen werden.«

Also wußte sie, daß ich sang. Ich fragte mich, welchen Beitrag man wohl von mir erwartete. Vielleicht die Vilja aus der *Lustigen Witwe*? Ob sie schon mal von der *Lustigen Witwe* gehört hatten? Als ich mit der Frau sprach, die gesungen hatte, dachte ich, nun, es wird ihnen gefallen. Aber dies ist ihre Kultur. Wenn ich sie um ein Dakapo bitte, wird sie vielleicht sogar die Vilja aus der *Lustigen Witwe* singen, und dafür wird sie noch mehr Applaus bekommen. Und aus den Augenwinkeln sah ich – oh, Schatten von Kenneth, und all meine anmaßenden Tanten, und all die Frustration und Langeweile und unbelohnte Geduld, die ich jemals empfunden habe – die Umrisse einer Harfe, die darauf wartete, daß das keltische Zwielicht auf sie fiel . . . und danach erhoffte ich mir Lied um Lied von den vertriebenen Macneils . . .

Aber plötzlich waren auf geheimnisvolle Weise ein Teller, Gurken und Käsesandwiches unter meiner Hand erschienen und eine Tasse starken Tee an meinem Ellbogen; und ein wettergegerbter Mann mit einem Zweitagesbart und ohne Kragen bemerkte: »Die School of Scottisch Studies hat das Nachfolgende ebenfalls, Mistress Rossi, aber ich werde es für Sie beim Vortrag in Englisch fassen, und vielleicht gefallen Ihnen zwei oder drei lustige Stellen darin . . .«

Es war keine schlechte Geschichte, wenn man den Akzent verstehen konnte. Am Ende, als ich ihm mit den anderen Beifall spendete, bemerkte ich, daß der Teller mit den Sandwiches ziemlich leer war, und ich konnte mich nicht daran erinnern, eins gegessen zu haben. »Sie haben achthundert Stück davon aufgenommen«, sagte Johnsons bündige Stimme. »Entstammt natürlich den Tagen des Analphabetentums. Hat Buzzy Ihnen auf der *Vallida* Schwierigkeiten gemacht? Hennessy hätte Sie nicht mitnehmen dürfen.«

»Ich kann selbst auf mich aufpassen«, sagte ich. Sie rollten die Harfe heran.

»Das sehe ich. Wir haben Nachricht aus Glasgow bekommen«, sagte Johnson. »Endlich die Erlaubnis, nach Rodel zu segeln. Was von Interesse hat sich sonst noch auf der *Vallida* ereignet?«

Sie hatten die Harfenbedeckung abgenommen, und jemand stimmte die Saiten nach einem Gitarrenspiel. Die Fußhebel knarrten und klopften. Ich fragte mich, wie sein Gesichtsausdruck sein würde, sollte ich »Ich habe Chigwells Mörder gefunden« sagen. Wahrscheinlich ein zurückhaltender Glückwunsch, mehr nicht. Aber ich konnte es nicht riskieren. Ich hoffte, Kenneths Sicherheit erkauft zu haben. Ich würde Johnsons problematisches Gewissen keineswegs unter irgendwelchen Druck setzen und dieses gute Werk ungeschehen machen. Denn abgesehen von allem anderen, sollte man Goldzahn erwischen, würde einfach ein anderer seinen Platz einnehmen. Ein anderer oder *der* andere. Man brauchte zwei Mann, um den Trick mit der Mine zustande zu bringen. Man brauchte zwei Mann, wenn ich darüber nachdachte, um mich auf Herzog Buzzys Jacht zu schaffen. Dann hörte das Harfenspiel auf, Stühle klapperten, und die Macneils setzten zu ihrer Vorführung an. Sie erwiesen sich als eine der *coolsten* Combos mit Harfe, Gitarre und Tenorsaxophon, die ich jemals außerhalb von Harlem gehört hatte. Die glatzköpfige Lena umgürtete Castlebay auf Barra, und niemand außer mir schien überrascht zu sein.

Ich wußte, daß mich die weitsichtigen Hälften der Zweistärkengläser beobachteten. »Unterschätzen Sie sie nicht«, bemerkte Johnson nach einer Pause, da man unterbrechen mußte, um die Harfe neu zu stimmen. »Duncans Peggy hat neben Rupert einen Chirurgen, einen Polizeichef und einen Staatsminister aufgezogen. Sie müssen wissen, die Erziehung im Hochland ist ein sektiererischer Ritus.«

Ich schob den Stuhl ein wenig zurück. »Was haben Sie gesagt?«

»Ich sagte, Ruperts Mutter ist nicht die einzige, die auf ihre Söhne stolz sein kann.«

»Ich kann Sie nicht verstehen. Ich dachte, Sie hätten Duncans Peggy Ruperts Mutter genannt.«

»Habe ich das?« erwiderte er. »Duncans Peggy hätte es selbst erwähnen sollen. Aber sie ist böse mit ihm, weil er einer seiner Freundinnen, die sie gerade mochte, den Laufpaß gegeben hat, und wenn er etwas tut, das ihr mißfällt, ist sie imstande und ignoriert ihn einfach.«

»Sie meinen«, sagte ich, »daß *Rupert, Rupert Glassrock*, auf Barra geboren und aufgewachsen ist? Aber wie konnte er ...? Die Schule, das Offizierspatent ... Das bezahlt man doch nicht einfach mit Schellfisch.«

Johnson war auskunftswillig, wenn auch gleichgültig. »Stipendien«, sagte er. »Und Köpfchen natürlich. Ruperts Vater ist vor einer guten Weile auf See verschütt gegangen, aber er hatte eine Menge Tanten und Onkel, die eingesprungen sind. Er kommt etwa jedes halbe Jahr zurück, damit man ihm seines Seelenfriedens willen wieder die Ohrläppchen durchstechen kann.«

»Aber sehnen sich die anderen nicht auch danach, von hier fortzukommen?« fragte ich. »Wenn Sie Köpfchen hatten, wenn sie Stipendien hatten, warum, in Gottes Namen, sind sie dann nicht von Barra verschwunden?«

»Um wie Buzzy zu werden?« sagte Johnson.

»Ja. Psst«, sagte ich. »Die Harfe fängt wieder an.«

Die Menschen beschreiben mich als kalt. Es ist wahr, daß ich meine Gefühle unter Kontrolle habe. Ich bin kein John Gordon, aber ich habe einen gesunden Menschenverstand. In der Regel bin ich nicht nervös.

Ich war jedoch nervös, als wir zur nächsten Rennetappe, der letzten vor meinem Besuch auf Portree, von Barra aus in See stachen.

Ich hatte einen vernünftigen Grund dafür. Es wurde allmählich knapp. Die Strecke war nicht einfach zu segeln, sagte Rupert, weil bei Ebbe der Ankergrund von Rodel an den Rändern bis auf einen Viertelfaden austrocknete. Um hereinzukommen, mußten wir unsere Ankunft genau abstimmen. Und mit dem hohen Wellengang, der für diese Nacht angekündigt war, und den widrigen Winden lag eine ganz schöne Strecke vor uns.

Ich erzählte Johnson nicht, wie sehr ich an diesem Donnerstagabend versuchte, per Boot oder Flugzeug von dieser verdammten Insel herunterzukommen. Ich vertraute Goldzahn nicht. Ich wollte schnell nach Portree. Und ich wollte überhaupt keine Zeit mehr in der Gesellschaft von Michael Twiss verbringen. Michael hing herum, um zu sehen, ob ich Kenneth wirklich auf Rum treffen würde: er beabsichtigte zweifellos, dieses Treffen nach Möglichkeit zu verhindern.

Als ich weder per Boot noch per Flugzeug direkt nach Portree gelangen konnte, ergriff ich meine eigenen einfachen Vorsichtsmaßnahmen. Ich hörte das ganze Mittagessen über zu, wie Michael Johnson in eine leichte, spitzfindige Konversation über Cortina und Beirut verstrickte. (Ich hätte Johnson die eine oder andere Sache über Michael in Beirut erzählen können.) Und danach, als Johnson und Rupert anwesend waren und Lenny das Ruder übernommen hatte, erwähnte ich beim Cointreau Michael gegenüber, daß ich von ihm verlangte, all meine Papiere in Ordnung zu bringen, bevor er das Beschäftigungsverhältnis beendete. Alle momentan laufenden Verhandlungen würde ich selbst führen.

Bevor wir Barra verließen, bemerkte ich auch, daß ich per Luftpost briefliche Anweisungen an meine Anwälte geschickt hatte, um im Falle meines ungeklärten Todes sämtliche Zahlungen von meinen Konten zu stoppen. Und zwar auch von den Schweizer Konten. Ich erinnere mich, daß Michaels Antwort etwas obszön ausfiel.

Ich wollte es auf keinen weiteren Streit ankommen lassen, sondern zog mich zurück und schloß mich in meiner Kabine ein, wo die Partitur von *Don Pasquale* schon aufgeschlagen bereit lag. Zuhause hatte ich einen Sekretär, einen Buchhalter, einen Pianisten, eine Haushälterin und mein Mädchen. Ich war in keiner besonderen Eile, einen neuen Manager zu finden. Ich kam auch allein zurecht.

Wir erreichten Harris, den Ankergrund von Rodel, bei gleichbleibend gutem Wind Freitagnachmittag.

Es war ein guter Ankergrund. Ein Fregatte lag bereits draußen; und als wir in das Hafenbecken einliefen, war es mit Booten überfüllt, wenn auch weder mit der *Seawolf* noch mit der *Symphonetta*, die sich vor dem Hochwasser ihren Weg hinaus gesucht haben mußten und fort waren.

Rupert ging wütend an Deck auf und ab. Unter den Augen einer Bootsbesatzung der Royal Navy rauschte das Stagsegel wie Rauch hinab; das Großsegel folgte. Mit einer Präzision, die man nur in

Lehrbüchern findet, flogen die Segeltücher und fielen in sich zusammen. Dann ergriff Rupert voller Leidenschaft den Anker und schleuderte ihn ins Wasser.

Leider war er nicht an seiner Kette befestigt.

10

Nach der Abfahrt von Rodel senkte sich eine nachdenkliche Atmosphäre über die *Dolly*. Es mag am Wetter gelegen haben; schlecht genug war es dafür. Es mag zum Teil sicher an der Last der finanziellen Sorgen gelegen haben, die Rupert sichtlich belasteten. Sie mag vielleicht sogar von Michael ausgegangen sein, der, abgesehen davon, daß er den ganzen Abend seekrank war, gewußt haben mußte, daß – vorausgesetzt, ich würde Kenneth auf Rum treffen – ihm höchstens noch vierundzwanzig Stunden blieben, um dieses Treffen zu verhindern. Falls dies in seiner Absicht lag.

Und was Johnson betraf: er wußte, wie auch ich, daß Kenneth nicht auf Rum war, aber vielleicht schon in diesem Augenblick in unserem nächsten Anlaufhafen auf mich wartete – in Portree, auf der Insel Skye.

Es war nicht seine Angelegenheit. Um mein Schweigen zu garantieren, hatte er gesagt, hatte er um meine Gesellschaft gebeten, und darum, ein Porträt von mir malen zu dürfen. Er hatte meine Gesellschaft gehabt, an die er nur sehr wenig Forderungen gestellt hatte, und die waren alle legitim gewesen. Er hatte mein Porträt gemalt oder einen Großteil davon, und konnte es zu jeder beliebigen Zeit auf festem Grund und Boden vollenden. Die Tatsache, daß diese Angelegenheit irgendeinen Zusammenhang mit der *Lysander* hatte, schien ihn nicht zu berühren: Er hatte keinerlei patriotische Anwandlungen gehabt, und sich andererseits in schier unendlicher Geduld geübt.

Und darüber hinaus hatte er keine anhaltende Verärgerung gezeigt, nicht in meine Absprachen mit Kenneth einbezogen worden zu sein. Ich wollte nicht, daß sich dabei jemand einmischte. Wahrscheinlich hatte er sich damit abgefunden, daß ich ihn auf Skye verlassen würde.

Ich erinnere mich, daß ich das Thema beim Mittagessen aufgriff, als Lenny das Steuer übernommen und Michael sich – dessen konnte ich mir sicher sein – soweit nur eben möglich vom Essensgeruch zurückgezogen hatte. Wir machten etwa sieben Knoten Fahrt, sagte Johnson, obwohl er sich bei der Richtung nicht ganz sicher war. Alles deutete jedoch darauf hin, daß wir gegen ein Uhr morgens in Portree eintreffen würden. Danach, fügte er hinzu und stopfte sich die verhaßte Pfeife, müßte die *Dolly*, wollten wir die südliche Gezeitenströmung nutzen, eine oder zwei Stunden später wieder aufbrechen, auf jeden Fall aber vor vier Uhr morgens. Mir fiel auf, daß seine schwarzen Augenbrauen unwahrscheinlich hoch gezogen waren.

Er konnte es vielleicht auf die leichte Schulter nehmen, ich jedoch nicht. Wenn Kenneth nicht auf mich wartete – und warum sollte er es in diesen frühen Morgenstunden –, mußte ich den Nachtportier meines Hotels aus dem Bett klingeln, da ich nicht bis Tagesanbruch auf der *Dolly* bleiben konnte. Bis zu diesem Zeitpunkt war mir nicht bewußt geworden, wie abhängig ich von der *Dolly* gewesen war. Aber Johnsons Entscheidung war endgültig. Fünftausend Pfund waren schließlich fünftausend Pfund. Aber noch wichtiger war für mich, daß die *Dolly* mir Michaels Twiss aus dem Weg räumen würde, wenn sie erst einmal den Hafen von Portree verließ.

Andererseits, wenn ich nach South Rona übersetzen mußte, mußte es irgendwie in dieser Nacht geschehen. Denn morgen nach Tagesanbruch würde es niemand wagen, von Skye aus zu segeln, hatte man mir gesagt. Morgen, so entsann ich mich, war Sonntag.

»Es tut mir leid, daß ich gehen muß«, sagte ich zu Johnson. »Aber ich muß. Kann ich gehen, ohne daß Michael es erfährt?«

Johnson grinste. »Nach der Meeresenge von Raasay«, sagte er, »werden Sie wohl nicht mehr befürchten müssen, daß Michael Twiss Sie aufhalten könnte.«

Ich weiß noch, daß ich an diesem Tag meinen luchsbesetzten Ciré-Regenmantel trug und für den Abend ein gestreiftes Tweedkleid; und seine Zweistärkengläser waren so stimuliert wie Oberlichter. Aber ich gestehe ein, daß er bis zum Ende Erfolg hatte. Kurz vor ein Uhr morgens wurde ich diskret in meiner Koje geweckt. Ich kleidete mich an, nahm nur den schweinsledernen Koffer mit der Nachtwäsche und den Juwelen, und kletterte zum letzten Mal an Deck.

Es regnete. Wir befanden uns in einem breiten, von Land umschlossenen Hafen mit einem langen Pier auf der linken Seite. Etwas weiter entfernt befanden sich Reihenbauten mit Schiffszubehörhandlungen, Cafés und Läden. Vom Pier führte die Straße einen düsteren Hügel hinauf zu einer Ansammlung von Häusern und Geschäften. Dazwischen standen Bäume und, hoch zur Linken, der weiße Flachbau eines größeren Hotels. Dort hatte ich ein Zimmer bestellt.

Ich dachte an meine Wohnung am Grosvenor Square und an mein

tiefes Bett mit den pfirsichfarbigen Leinentüchern, die täglich gewechselt wurden, an mein mit mongolischen Pelzteppichen ausgelegtes Badezimmer mit den handgemachten Seifen und den Parfumfläschchen, den unsichtbaren Plattenspieler und die schon vorbereiteten dicken, warmen Badehandtücher, und ich seufzte. Warum hatte ich Kenneth nur kennengelernt?

Es befanden sich etwa ein Dutzend Jachten im Hafenbecken, von denen ich fünf als Mitbewerber erkannte. Nur zwei davon spielten eine Rolle: Hennessys *Symphonetta* und die *Seawolf* mit Ogden und Victoria. Die *Binkie*, laut Rupert der einzige weitere Konkurrent, der uns noch gefährlich werden konnte, hatte die Meerenge in unserem Kielwasser erreicht. Die meisten anderen hatten aufgegeben.

Es kümmerte mich nicht mehr, wer Hennessys fünftausend gewann. Fünftausend waren nichts in meinem Spiel. Leise stieg ich ins Dingi zu Rupert, der darauf wartete, mich an Land zu rudern. Auf der Kajütentreppe gab mir Johnson behutsam die Hand. »Hat Ihnen jede Sekunde davon mißfallen? Abgesehen von dem russischen Roulette, meine ich?«

»Mir hat überhaupt nichts mißfallen«, erwiderte ich. Und dies entsprach überraschenderweise der Wahrheit. Ohne Kenneth im Sinn hätte ich es genossen, meine Macht über sie alle geltend zu machen. Mir fiel mein Vortrag auf Crinan ein, und Johnsons stummer Respekt, als ich ihm meine Geschichte erzählt hatte; ebenso der Moment, als ich auf Rhu die Treppe hinabgegangen war. Mir hatte die Segelfahrt wirklich nicht mißfallen.

Johnson hatte eine Vorsichtsmaßnahme getroffen, die ihm als vernünftig erscheinen mußte: Rupert würde mich begleiten, bis ich Kenneth gefunden hatte oder sicher in meinem Hotel angelangt war. »Sie werden den ganzen Spaß haben«, sagte er durch den kurzen und weiten Fokus gleichzeitig. »Ich beneide Sie richtig darum. Lassen Sie mich wissen, wer Chigwell ermordet hat, wenn Sie es herausfinden. Postkarte genügt.«

Ich mochte Johnson. Ich weiß noch, daß ich ihn dann küßte. Und diesmal war ich nicht betrunken – ganz im Gegenteil. Dann fiel mir ein, daß für Rupert Zeit gleich Geld war, und er darauf brannte, ans Ufer zu eilen und sich am Kontrollpunkt zu melden. Ich stieg in das Dingi, und als Rupert die Ruder hob und sich abstieß, sah ich das Ankerlicht eines großes Bootes, eines Dampfschiffes, das bislang von den anderen verdeckt gewesen war. Gott sei Dank, es war die *Willa Mavis*. Tom McIver hatte das Versprechen gehalten, das er mir auf Crinan gemacht hatte, und sie herübergebracht.

Die Ruderfahrt zum Kai kostete Zeit. Das dunkle Wasser war selbst in diesem abgeschirmten Ankergrund unruhig. Es wurde von den Wanderböen aufgerührt, die draußen die Meerenge von Raasay peitschten; außerdem war der Regen eher stärker geworden. Ich hatte all meine Kleider für die Öffentlichkeit an Bord gelassen. Ich trug schwarze, regenimprägnierte Hosen und Stiefel, einen kurzen, leuchtend schwarzen Regenmantel aus Mackintosh und einen schwarzen Turban. Als Rupert die Anlegestelle erreicht hatte, war ich für all diese Kleidungsstücke dankbar.

An den seegrasüberzogenen Stufen des Piers lag ein großes altes Ruderboot mit der Aufschrift *Willa Mavis* am Heck. Es war leer.

In ganz Portree war nur ein einziges Fenster erhellt – das der großen Fish & Chips-Bude auf dem Pier. Zwei junge Männer saßen darin, rauchten und hatten die Füße auf die Tische gelegt. Einer schlief halb, der andere las ein Taschenbuch. Als der zweite unsere Schritte hörte, legte er den Roman nieder und spähte an dem dunklen Neonschild im Fenster vorbei. Der Kontrollpunkt, sagte Rupert.

»Kommen Sie einen Moment mit herein, ja, Tina?« fügte er hinzu. »Dann werde ich Sie zum Hotel hinaufbringen.« Er setzte meinen Koffer ab und ging hinein, um die *Dolly* einzutragen, während ich auf der Schwelle wartete. Als ich zum stillen Hafen hinabschaute, hörte ich geistesabwesend, wie er den beiden Kontrollbeauftragten meine Anwesenheit erklärte. Meinen Namen erwähnte er diskreterweise nicht, und mittlerweile hatte ich natürlich schon längst die Sonnenbrille aufgesetzt.

Während ich zum Hafen sah, setzte ich sie für einen Augenblick wieder ab. War da nicht eine dunkle Gestalt, dort drüben, bei den dunklen Ladentüren und -fenstern, ein wenig höher den Hügel hinauf? Ich trat hinaus, um mich zu zeigen, und in der Dunkelheit flackerte eine Zigarette. Da *stand* jemand, ein Mann. Dann trat Rupert heran und ging mit mir, noch immer den Koffer schwingend, den Pier entlang und zu der Treppe, die zum Hotel hinaufführte. Als wir an der Stelle vorbeikamen, an der ich den Raucher bemerkt hatte, sah ich mich beiläufig um, aber es war niemand da.

Dann blieb Rupert am Fuß der Treppe stehen. »Verdammt. – Tut mir leid«, sagte er. »Ich war so versessen darauf, den neuesten Klatsch über Ogden zu hören. Ich glaube, ich habe für die *Dolly* eine falsche Ankunftszeit eingetragen.« Dann machte er zwei, drei Schritte. »Tut mir leid, Tina«, sagte er wieder. »Wie kann man nur so verrückt sein? Ich begleite Sie hinauf und bringe die Sache in Ordnung, wenn ich zurückkomme.«

Aber er war offensichtlich besorgt. Ich blieb stehen. »Seien Sie nicht kindisch, gehen Sie jetzt zurück. Nehmen Sie den Koffer mit, wenn Sie wollen. Ich werde hier auf Sie warten, mitten auf dem Pier, und wenn Sie mich schreien hören, können Sie ja gern herbeigelaufen kommen.« Ich lächelte ihn an. »Nun gehen Sie! Machen Sie die Sache klar! Man glaubt Ihnen vielleicht nicht mehr, wenn Sie zu lange warten.« Ich konnte sehen, wie sich weit entfernt das Boot der *Binkie* der Treppe näherte.

Das war es vielleicht, was bei Rupert den Ausschlag gab. »Sie bleiben wirklich mitten auf der Straße stehen?« sagte er besorgt. »Und wenn jemand kommt, den Sie nicht kennen, schreien Sie?« Er wartete kaum mein Nicken ab, da war er schon, meinen Koffer schüttelnd, im Regen verschwunden. Dann schob ich die Hände in die nassen Mackintosh-Taschen und wartete, und die leisen Schritte hinter mir kamen näher und näher. Sie blieben stehen, und etwas berührte mich am Arm.

Ich wirbelte herum.

Es war nicht Kenneth. Zum Teufel! Zum Teufel! Zum Teufel! Es war nicht Kenneth. Es war der große, ungeschlachte Narr Tom McIver. »Missus?« sagte er, und allen Vorsichtsmaßnahmen zum Trotz konnte man ihn noch zwei Straßenzüge entfernt hören. Ich stellte fest, daß ich flüsterte. »Wo ist Dr. Holmes?«

Der große Mann schüttelte düster den Kopf in der Dunkelheit; seine dicke Mütze war ganz durchweicht. »Konnte nich rüberkommen. Wie ich Ihnen sagte. Sie halten ihn auf South Rona fest, bis mehr Licht in die Sache mit dem U-Boot gekommen is. Ich hab drauf gewartet, daß Sie in die Bucht kommen, um's Ihnen zu sagen.«

Ich starrte zu ihm hoch. »Und ich habe Ihnen gesagt, daß ich zu ihm gehen würde, wenn er nicht hierher kommen könnte.«

Es folgte eine lange Pause. »Aye«, sagte McIver dann. »Und Dr. Holmes sagt, wenn ich Sie nich zurückhalten kann, soll ich Sie nach Acarsaid Mor fahrn, und von dort aus zum höchsten Haus im alten Dorf, und dort solln Sie auf ihn warten. Er wird das Boot eintreffen sehen und dann zu Ihnen kommen.«

Mein Herz hatte wieder zu schlagen angefangen; tiefe, fleischige Vibrationen unter meinen Rippen.

Genau für diesen Zweck befand sich eine gelbe Rolle schottischer

Fünfpfundnoten in meiner Tasche. Ich tastete danach und drückte sie ihm in die Hand, die ich dabei ein wenig drehte, so daß ein Lichtstrahl aus Ruperts heller Fischbratbude darauffiel. »Werden Sie mich hinbringen?«

Es folgte ein Augenblick des Schweigens. Weit unten am Pier tauchten zwei Gestalten auf, die die Treppe erklommen hatten und nun zur Fischbude gingen, ohne in meine Richtung zu blicken: die Buchanans. Um sie herum blitzte der Regen im Licht der Taschenlampe golden auf; dann verschwanden sie in dem Gebäude, und dünn erreichte uns der Klang von Stimmen, die durch die Stille und die Nacht verstärkt wurden.

Ich atmete tief ein, roch das muffige Seegras auf den Felsen zu meiner Linken, Benzin von irgendeiner Tankstelle in der Nähe und Teer, Taue, frisches Holz, verrostetes Metall und Fisch – und all die Gerüche, die mit Seefahrt und Schiffen in Einklang gebracht werden. McIver öffnete den Mund, um zu antworten.

Er kam nicht mehr dazu, etwas zu sagen. Etwas stieß gegen meine Schulter. Licht strahlte auf Fleisch, auf eine große Gestalt, auf eine Faust, die mit gut neunzig Kilo Gewicht dahinter nach vorn fuhr. Es folgte ein knackendes Geräusch, ein ächzendes Ausatmen, und McIver fiel, wunderbarer- und unerklärlicherweise zugleich, wie ein mit Kapok gefüllter Leichnam in einem Film zur Seite und blieb bäuchlings auf dem Pier von Portree liegen.

»So ein Teufel! Wieviel hat er Ihnen gestohlen? Ich werde die Polizei informieren müssen! Sind Sie verletzt, meine Liebe?« fragte Stanley Hennessy keuchend und mit dem Ausdruck größter Besorgnis. »Zerbrechen Sie sich über ihn nicht den Kopf«, fuhr er fort, als ich verzweifelnd hinabschaute. »Morgen wird er im Gefängnis wieder zu sich kommen. Er ist durch und durch k. o.«

Das war er in der Tat. Die *Willa Mavis* würde mich heute nirgendwohin bringen. Und morgen war Sonntag.

Ich konnte nur noch eins tun. Ich starrte Stanley Hennessy an, und meine Augen füllten sich mit Tränen.

Eine halbe Stunde später war ich auf der *Symphonetta* unterwegs nach South Rona.

Zuerst mußte ich Hennessy beichten, wieso Tom McIver mich angesprochen hatte. Ich stellte die Sache so hin, daß ich mit dem Besuch bei meinem alten Ingenieursfreund auf South Rona lediglich den Behörden eins auswischen wollte und brachte meine Verachtung über die Sicherheitsmaßnahmen zum Ausdruck, die unser Treffen zu verhindern drohten.

Ich bezweifelte, daß ich ihm diese Geschichte verkaufen konnte, aber irgendwie schaffte ich es. Und als Hennessy am Ende auf persönliche Sondervergütungen zu sprechen kam, wurde er erstaunlich eifrig. Er hatte etwa drei Stunden in Portree verbringen müssen, bevor er die südliche Gezeitenströmung nutzen konnte. Dank seiner frühen Ankunft hatte er zumindest schon ein paar Stunden Schlaf gehabt. Er war bereit – eigentlich schlug er es mir sogar vor –, mich nach South Rona mitzunehmen, meinen Freund auf ein Schwätzchen und einen Drink an Bord einzuladen und mich schnellstens wieder zurückzubringen. Auf den letzten Punkt kam es ihm besonders an.

Während ich ihm meinen Dank ausdrückte, erwähnte ich nicht, daß ich keinesfalls die Absicht hatte, Kenneth an Bord zu bitten, oder daß – im Gegenteil – dieses Stelldichein strikt auf zwei Personen beschränkt war und an Land stattfinden würde. So, wie ich ihm meinen Dank ausdrückte, fielen ihm die Auslassungen nicht auf. Dann gesellte sich Rupert zu uns, begleitet von den Buchanans und den beiden jungen Männern des Kontrollpunkts, die sich hatten überreden lassen, es Tom McIver zu erlauben, in der Fischbratbude zu liegen, bis er wieder zu sich kam. Wir sagten, er sei betrunken. Die zusammengerollten Geldscheine ließ ich in seiner Tasche.

Leider waren zwei Haken an diesem zufriedenstellenden Arrangement. Zum einen mußte ich mich darauf einstellen, wegen meines ehemaligen Wartski-Armbandes einiges zu erdulden. Zum anderen konnte es ja immerhin sein, nach allen Erkenntnissen, die ich mir zusammengereimt hatte, daß Hennessy vielleicht der Mann war, der Kenneth ermorden lassen wollte. In diesem Fall war es kein Wunder, daß er so hilfsbereit war. Und wie wütend würde er sein, wenn er herausfinden sollte, daß ich eben dieses Wartski-Armband benutzt hatte, um Goldzahn zu bestechen.

Sobald ich jedoch erst einmal an Bord von Hennessys *Symphonetta* war und wir vorsichtig aus dem Hafen von Portree glitten, stellte sich jedoch heraus, daß sich beide Probleme plötzlich von allein lösten. Ob unschuldig oder schuldig, Hennessy wich nicht vom Pfad der Tugend ab. Sobald wir das Hafenbecken verlassen und die aufgewühlten Gewässer der Meerenge von Raasey erreicht hatten, drückte Stanley mich an sich und führte mich gebieterisch nach unten, während seine drei ölzeugbekleideten jungen Männer die Segel refften und die Maschine anwarfen.

Alte Schulden eintreiben. Der alte Bizet und noch ein Besäufnis.

Ich sollte mich irren. Aber es war nicht Hennessys Schuld. Er knabberte gerade an meinem Ohr, als wir von jemandem unterbrochen wurden, der verkündete, es fehle eine Karte; und fünf Minuten danach tauchte ein zweiter Bursche auf und bat um einen Ratschlag wegen eines leicht verstopften Dampfkessels.

Er sah aus wie ein Junge, der seit einer Woche keine anständige Mahlzeit mehr gehabt und wahrscheinlich auch keine Zigarette mehr hatte. Ich lächelte ihn an. »Darf ich?« sagte ich zu Hennessy und bot ihm eine aus dem silbernen Zigarettendöschen an, bevor er ging. Von mir unterstützt, nahm er ein halbes Dutzend. Meine ließ ich sofort wieder im Aschenbecher ausgehen. Ich rauche natürlich nicht.

Es war kein Zufall. Der nächste Türklopfer hatte ein Problem mit dem Echolot. Als Hennessy fluchend die Kajütentreppe hinauflief, drehte der Junge sich zu mir um, und ich zwinkerte ihm zu.

Er verschwand, und ein strahlendes Lächeln bedeckte sein Gesicht von Ohr zu Ohr. Sie waren zu jedem Unfug und sogar zur Meuterei bereit – und ich wünschte ihnen viel Glück. Die *Symphonetta* war als erstes Schiff in Portree eingetroffen, weil Hennessy seine Helfer wie Sklaven angetrieben hatte.

Es schien mir eine gute Idee, ebenfalls an Deck zu gehen, bevor das Schiff angeblich auseinanderfiel. Ich verbarg mein Haar wieder unter dem schwarzen Seidenturban, trank das Glas leer und kletterte hinauf, nachdem ich den Mackintosh eng um mich gezogen hatte.

»Ihr verdammten, geistlosen Einfaltspinsel«, sagte Hennessy gerade, als ich im Kabinenvorraum eintraf. »Wenn sich herausstellt, daß ihr das absichtlich macht . . .«

»Wo ist South Rona, Stanley?« fragte ich. »Ist das die Karte? Zeigen Sie mir, wie man segelt?«

Die Gehilfen waren Feuer und Flamme, und Hennessy brütete über der Karte. Ich sah sie mir auch genau an, denn sehr bald würde ich allein auf diesem Eiland sein, das von all diesen Meerengen umschlossen wurde. Sobald ich mich mit Kenneth treffen würde . . .

South Rona ist ein felsiges Stück Insel, weniger als fünf Meilen in der Länge und nirgendwo breiter als eine Meile. Abgesehen von der Leuchtturmbesatzung am Nordende und einer kleinen Marinebasis nicht weit davon entfernt (die jedoch normalerweise verlassen ist, außer, die *Lysander* oder ein Schwesternschiff befindet sich auf Probefahrt), war die Insel unbewohnt. Der Rest der Insel war von felsigen Gebirgsausläufern und steilen Tälern überzogen, mit Mooren und Lochs in den meisten davon. Im Südwesten befand sich ein felsumsäumter Hafen namens Acarsaid Mor, was anscheinend einfach großer Hafen bedeutet.

Hinter den Hügeln von Acarsaid Mor lag eine weitere, schon längst ausgetrocknete Bucht und darüber die dachlosen Ruinen des alten Dorfes. Dies behaupteten jedenfalls die Karten der *Dolly*, die ich insgeheim studiert hatte. Hier und jetzt würde ich nun beweisen, wie gut ich meine Lektion gelernt hatte.

Bald tauchte in der Dunkelheit und dem Regen rechts von uns ein noch schwärzerer Umriß auf, und einer der Jungs lief zum Bug, während Hennessy die Maschine drosselte, bis sie nur noch ein Flüstern von sich gab. Vor uns öffnete sich die Einfahrt zur Ankerstätte, und die schwarzen Umrisse, die mit dem Blauschwarz des Himmels verschmolzen, waren die Hügel von South Rona. Von einem dieser Hügel (oder auch vom Leuchtturm aus) hätte Kenneth nach Mitternacht die *Dolly* auf ihrem Weg südlich nach Portree sehen können. Ich fragte mich, ob er die *Symphonetta* gesehen und erkannt hatte, und ob Hennessys Anwesenheit ihn beunruhigte. Ich fragte mich, ob er umgekehrt oder vom Sicherheitspersonal zurückgewiesen worden war.

Wir waren weit vom Stützpunkt und dem Leuchtturm, wo sein Schlafquartier sein mußte, entfernt. Der andere Ankerplatz am Nordende der Insel war für den Leuchtturm und die Marine reserviert. Der Pier dort war für das Löschen von Marinebedarf bestimmt, und für die *Willa Mavis*, wenn sie Vorräte für den Leuchtturm brachte. Irgendwo dort befanden sich die Überreste der zerstörten Spezialausrüstung der *Lysander*, und die Wissenschaftler würden damit beschäftigt sein. Kenneth würde sich bestimmt nicht dort mit mir treffen wollen.

Während ich noch darüber nachdachte, waren wir bis zum Kopf des Einlasses gekrochen, und die Jungs hatten den Anker geworfen. Nichts rührte sich auf dem dunklen Strand. Hennessy war schon schlecht genug gelaunt, blickte durch sein Fernglas und neigte allmählich zum Sarkasmus.

Mit solchen Dingen habe ich keine Geduld. Während eilends das Boot hinabgelassen wurde, um mich an Land zu bringen, sah ich mir noch einmal die Karte an. Einen beschwerlichen Marsch von einer Meile, hatte es den Anschein; in der Mitte ging es vielleicht etwas steil hinab, und dann müßte ich im Dorf sein. Und sehr bald darauf würde ich wissen, was in jener Nacht in einer warmen Wohnung in der Rose

Street in Edinburgh passiert war, in einer Wohnung, in der sich eine Leiche befunden hatte, über die die Öffentlichkeit noch gar nichts erfahren hatte.

11

Hennessy ging nicht zu der Verabredung mit Kenneth in der Barkasse mit mir an Land. Ich brauchte eine Weile, um es ihm auszureden, und die ganze Zeit über war ich mir nur eines sicher. Wenn er darauf bestand, mich zu begleiten, würde ich darauf bestehen, daß ihn seine drei jungen Männer begleiteten. Schließlich gab er dann doch nach, weil er annahm, ich würde meinen Freund mit zurück an Bord bringen.

Das Leben spielt einem manchmal jedoch einen Streich. Statt Hennessy sollten mich zwei seiner weißbemantelten jungen Männer, Shaw und Robert, ans Ufer bringen. Auf Hennessys Befehl. Während der Überfahrt hatte ich die Gelegenheit beim Schopf ergriffen, mein Dilemma zu erklären, und von Mr. Shaw und Mr. Roberts die inbrünstigsten Hilfeversicherungen erhalten. Ich erzählte ihnen, ich wolle dieses Stelldichein ungestört abhalten. Sie sagten, ich könne darauf zählen, genau dies zu tun.

Wir gingen an Land. Shaw, ein Medizinstudent, und Roberts, der während der Juravorlesungen davon träumte, Soloflötist bei von Karajan zu werden, halfen mir aus dem Boot und den steinigen Strand zum Unterholz hinauf, während ich nach meiner Pfeife, der Taschenlampe und dem Kompaß tastete. Ich winkte ihnen zum Abschied und beobachtete sie, wie sie zur Barkasse zurückkehrten.

Sie machten keinerlei Anstalten, das Boot wieder ins Wasser zu schieben. Sie würden dort sitzen bleiben, blind für jedwede Signale, und warten, bis ich zurückgekehrt war. Auf diese Weise war Stanley Hennessy im Hafen an Bord der *Symphonetta* gestrandet, mit einem Ruderboot als einzigem Fortbewegungsmittel. Bis er damit das Ufer erreicht hatte, würden Kenneth und ich schon schwer ausfindig zu machen sein. Ich winkte noch einmal mit der Taschenlampe, wandte mich um und machte mich auf den Weg.

Einst, während der Jahre der Sykophantie, hatte ich gelernt, unter dem Sternenhimmel meinen Weg zu finden. Es kann ganz nützlich sein, sich in der Dunkelheit zurechtzufinden. In dieser Nacht waren die Sterne halb von den schweren, regengetränkten Wolken verdeckt, aber dies spielte keine große Rolle. Mein Weg war schon vom Felshang an ziemlich klar. Und die Dunkelheit war willkommen.

Ich redete mir ein, die *Vallida* sei mit Herzog Buzzy und Goldzahn an Bord sicher schon in Stornoway eingetroffen, wo Goldzahn mit meinem Diamantenarmband ein Flugzeug in Richtung Süden besteigen konnte. Ich sagte mir, daß jedes Boot an diesen Gestaden von den Beobachtungsposten überprüft werden und es irgendeinen Kordon geben würde (ob er nun als Alarmvorrichtungen oder Posten bestand), den Kenneth erst überwinden mußte. Dieser Kordon würde sich in Stützpunktnähe befinden. Man kann ein solches Gebiet nicht bewachen. Dafür gibt es zu viele Verstecke.

Ich bahnte mir den Weg über den knochigen, unebenen, mit zähem Gras und Heidekraut bewachsenem Hügelgrund, bis ich zu meiner Linken die See wieder lauter hörte und das zerrissene Pfadgerippe sich unter meinen Füßen vom Meer zu einem Hügelvorsprung rechts von mir hinaufschlängelte.

Dann machte ich allmählich an beiden Pfadseiten – düster gegen den schwarzen Hügel geduckt, von Moos verwischt und tiefhängenden unheimlichen Bäumen verdunkelt – die gedrungenen Umrisse von Häusern aus. Es befanden sich keine Dächer auf diesen Häusern, und in den leeren Fenstern spiegelten sich nicht die Adlerfarne und Disteln wider, die draußen im Wind wehten. Dort, düster zu meinen Füßen, hatte es einen Garten mit Simsen und Butterblumen gegeben, und den seltenen rosa Rotkehlchen, die sich langbeinig in der Dunkelheit beugten.

Das Dorf. Ich stand da und lauschte. Das oberste Haus, hatte Kenneth gesagt. Der Wind erhob sich zu einer Bö und sprach plötzlich wie eine Orgel durch die Rauchabzugsschächte und Risse jedes ächzenden, verlassenen Hauses; und das Gras und die Blätter und die Adlerfarne, die sich um mich beugten, tosten und dampften wie ein Verschiebebahnhof für Geisterlokomotiven, die zischend Dampf abließen. Mit einem scharfen Geräusch fiel ein Stein, und ich atmete tief ein und ballte die rechte Hand in der Tasche zusammen. Ich machte eine schwerfällige Bewegung aus, und dann den davontrottenden Körper eines Schafs.

Von Baum zu Baum und Wand zu Wand bahnte ich mir den Weg den Hügel hinauf. Das mußte das Haus sein, höher als die anderen, die Hinterwand schiefwinklig zum Meer. Beobachtest du mich, Kenneth? Wartest du an einem der leeren Fenster, geht dein Atem so schnell wie meiner, oder ruhst du dich im Haus aus? Sitzt du auf einem aus dem

Kamin gebrochenen Steinblock, die Schultern gegen die grüngepolsterte Wand gelehnt, den dünnen amerikanischen Regenmantel, den du in Nevada gekauft hast, über dem verschossenen Pullover und dem schlampigen Sportanzug um die Schultern geschlungen...?

Da war eine Schwelle. Selbst der Oberbalken war verschwunden. Ich blieb stehen und trat dann langsam hindurch.

»Hallo«, sagte Johnson.

Auf einer sehr intimen Party hat man mir einst meinen Zahnarzt vorgestellt. Dies war schlimmer. Wie eine zur Faust geballte Hand, die sich öffnete, ließ mein Zwerchfell die gesamte Luft entweichen. Dann schaltete ich die Taschenlampe an. Sie erhellte eine quadratische Fläche, auf der das Unterholz wucherte, mit Steinen übersät, und auf einem dieser Steine saß, wie ich es mir vorgestellt hatte, ein Mann.

Nur, daß die beiden betörenden, katzenähnlichen Kreise, die mich beobachteten, nicht Kenneth gehörten; es handelte sich um Johnson doppelt geschliffene Zweistärkengläser. Von Kenneth gab es überhaupt keine Spur.

»Wie sind Sie hierher gekommen?« fragte ich. Und als nachträglicher Einfall: »Ich hoffe, Sie haben Ihre Pistole nicht vergessen?«

Im Licht meiner Lampe sah er ungewohnt geschäftsmäßig aus, mit einer Art dicker Überjacke und torfbraunen Hosen, beides wie ein Kampfanzug geschnitten. Neben ihm lag ein Stock und ein gewöhnlicher Proviantbeutel. Der Regen, so merkte ich, hatte seit einiger Zeit nachgelassen. Noch immer lächelnd, während ich ihn musterte, knöpfte er eine der großen Taschen des Kampfanzugs auf.

Der erste Gegenstand, den er herausnahm, war die Pfeife, die er sich in den Mund steckte. Der zweite war seine Pistole. Sie lag in seiner Hand, die kleine Nickelpistole, die ich zuletzt in der Felsenhöhle auf Staffa gesehen hatte. »Ich bin froh, daß sie Ihnen aufgefallen ist«, sagte Johnson zufrieden und drehte und wendete die Pistole mit samtweichen Künstlerhänden, bis er sie auf mein Herz gerichtet hatte. »Sie kommt einem manchmal zustatten.« Und schnell und hart drückte er den Abzug.

Als Sängerin muß man im Training bleiben. Als sein Finger sich krümmte, ließ ich mich fallen – aber nicht, bevor ich die Taschenlampe mit aller Wucht in Richtung seines Kopfes geworfen hatte. Während mich die mir Prellungen zufügenden Steine und Nesseln umfingen, sah ich, daß er sich sanft zur Seite neigte, um den Lichtstrahl an sich vorbeiziehen zu lassen, während in seiner Hand der Abzugshebel laut klickte.

Es kam kein Knall. Und auch keine Kugel. Statt dessen züngelte aus der Oberseite der Pistole eine kleine Flamme empor, und Johnson drehte sie und zog an seiner Pfeife.

Sie brauchte einige Zeit, bis sie brannte. Meine Taschenlampe lag hellgrün in dem hohen Gras zu seinem Rücken, und die kleine Flamme des Pistolenfeuerzeugs flackerte auf seinen großen Brauen, den flachen Brillengläsern, dem nassen schwarzen Haar und seinem Grinsen. Dann ging das Feuerzeug aus, und ich sah nur noch das dumpfe Glühen der Asche.

»Ich an Ihrer Stelle wäre vorsichtig«, sagte er freundlich. »Da drüben ist alles voller Nesseln. Ich habe mir gedacht, ich schütze meine Investition. Ihr Bild wird sehr gut werden, Tina. Als ich darüber nachdachte, wollte ich Sie weder in einem der Lochs auf South Rona ertrunken noch von den Sicherheitsposten gejagt wissen, die seit Wochen keine weiße Frau mehr gesehen haben. Ich ließ Tom McIver ausnüchtern und brachte ihn dazu, mir zu verraten, wo das Rendezvous stattfinden sollte.«

»Und wo ist Kenneth?« fragte ich. Ich hinkte um ihn herum, hob die Taschenlampe auf und humpelte zurück. Ich schrie nicht. Zu viele Gedanken ging mir im Kopf herum. Ich spürte, daß er mich beobachtete, aber er bewegte sich nicht. Grau in der Dunkelheit wurde selbst hier im Haus sein Pfeifenrauch vom Wind seitwärts geweht.

»Er konnte nicht kommen. Er hinterließ eine Nachricht. Einer der Männer vom Leuchtturm muß sie gebracht haben. Für die Wachen im Stützpunkt wurde der Alarmzustand ausgerufen, und er konnte nicht rechtzeitig über die Insel kommen. Auf der Straße unterhalb des Leuchtturms ist ein Landrover abgestellt. Er sagt, er wartet bis zur Dämmerung darin.« Im Licht meiner Taschenlampe, deren Strahl ich wieder auf ihn gerichtet hatte, hielt Johnson einen weißen Umschlag hoch. Ich konnte die *Valentina* in Kenneths Handschrift darauf erkennen.

»Ich brauche es jetzt nicht mehr lesen, oder?« sagte ich. Spitz.

»Nicht unbedingt, aber ich würde trotzdem gern wissen, ob es die Handschrift Ihres Bekannten ist«, sagte Johnson. »Ich käme mir ein wenig verhöhnt vor, würde ich in einer schmutzigen, nassen Nacht vier Meilen querfeldein marschieren, nur um meine Tugend von drei Leuchtturmangestellten in einem Landrover bedroht zu sehen.« Und als ich noch immer zögerte: »Kommen Sie schon. Seien Sie fair. Wenn er Ihnen einen klangvollen Abschiedsbrief geschrieben hätte, wäre ich sofort zur *Dolly* zurückgekehrt und hätte in meinem heimeligen Bett

Schlaf nachgeholt. Das hätte ich beinahe sowieso getan. Wer marschiert schon gern?«

»Wer hat Sie darum gebeten?« fragte ich.

»Wer hat mich gebeten, eine Leiche in einem Garderobenschrank zu verstecken?« gab er zurück. »Ich dachte mir, daß so etwas passieren könnte – und im Gegensatz zu Ihnen kenne ich diese Insel. Ich kann Sie zu diesem Landrover bringen. Ich bin genauso neugierig wegen Chigwell wie Sie. Und viel besser, wenn es darum geht, Autogrammjäger in die Flucht zu schlagen. Es sei denn, Sie glauben, auch ich wolle Kenneth Holmes töten.«

Ich starrte die funkelnden Kreise an. »Vielleicht«, sagte ich. »Aber warum haben Sie dann auf mich gewartet? Und wo sind die anderen? Und Michael?« Ganz besonders Michael.

Johnson schaute erst drein. »Michael? Wir haben ihn ans Ufer gebracht, damit er ein paar Stunden festen Boden unter den Füßen hat. Er hat sich nicht beschwert. Es herrscht noch ein ganz netter Seegang, müssen Sie wissen ... Ich bin nur froh, daß ich nicht weiß, was er dachte, als er die *Dolly* später hinaussegeln sah ... Rupert hat mich hier am Strand abgesetzt. Er und Lenny werden inzwischen in Acarsaid Mor neben der *Symphonetta* vor Anker gegangen sein. Das war übrigens der andere Grund, aus dem ich Ihnen gefolgt bin. Es war so schade – es erschien mir wirklich so schade, Sie Stanleys Satinboudoir anheimfallen zu sehen. Wir haben darüber abgestimmt, und Rupert willigte ein.«

»Dessen bin ich mir sicher, Johnson«, warf eine Stimme ein. Eine verdammte, sonore, übellaunige Stimme, die durch eins der Fenster sprach. »Aber andererseits ist Ihr junger Freund auch ein Experte, wenn es darum geht, Frauen abzuschleppen wie einen Penner aus einer Herrentoilette.«

Stanley Hennessy. Ich hatte seine Ruderkünste unterschätzt.

Er fuhr fort und schwang sich dabei in seinem adretten blauen Parka (darunter unweigerlich die weiße Polostrickjacke) und den blauen Hosen verdrossen durch die Fensteröffnung zu uns in den Raum. Er sprach Johnson an. »Nicht Ihr Fehler. Ich brauche keine Bestätigung. Wenn ich je vom Hals abwärts einen verdammten Schwächling und vom Hals aufwärts einen Zuhälter vom Friendship Club gesehen hab', dann Sie. Was bezahlen Ihnen diese großen, stattlichen Jungs für die Vorstellungen, Johnson?« Er hatte ebenfalls eine Pistole in der Hand. Ich kam mir vor wie eine Henne, die von zwei Füchsen umschlichen wird.

»Lektionen«, sagte Johnson. Er bewegte sich nicht großartig, doch Stanley Hennessy glitt plötzlich sehr schnell von rechts nach links durch mein Gesichtsfeld und setzte sich. Johnson nahm ebenfalls Platz, aber angespannter, während Hennessy die Pistole um den Finger kreisen ließ.

»... im Ringen, um genau zu sein. Nicht, daß ich Gewalt als Argumentation bevorzugen würde. Sie schlagen mich, und ich schlage Sie; und wohin führt uns das? Wenn Sie jetzt eingestehen würden, Sie hätten sich um Madame Rossi Sorgen gemacht und gehofft, Ihren Ingenieursfreund ausfindig zu machen und loszuwerden, und ich erwidern würde, ich hätte die gleiche Idee gehabt und sei willens gewesen, voll und überaus altruistisch mit ihr zusammenzuarbeiten, um dies zustande zu bringen, würden wir uns dann nicht wie erwachsene Menschen benehmen? Und wenn ich weiterhin sagen würde, Dr. Holmes hätte eine Nachricht geschickt und wolle Madame Rossi auf der Leuchtturmstraße in einem Landrover treffen, und daß ich bereit sei, mit Ihnen die Aufgabe zu teilen, sie sicher dorthin und wieder zurück zu bringen, hätten Sie dann irgendeinen Grund für einen Einwand?«

»Ja, jede Menge«, sagte Hennessy. »Sie sind verrückt. Hier wimmelt es nur so vor Sicherheitsleuten. Wenn er sie nicht an diesem Ende der Insel treffen kann, sollte sie die ganze Idee lieber aufgeben und umkehren. Ich brauche etwas Schlaf, auch wenn Sie ohne auskommen. Ich mag Sie oder Ihre Gefährten nicht«, fügte er hinzu. Er war aufgestanden und natürlich sehr gekränkt. Diese Nesseln würden jeden in den Wahnsinn treiben. Und er dachte natürlich an all den Stoff und die Diamanten.

»Das brauchen Sie auch nicht«, sagte Johnson und stand ebenfalls auf. »Aber ich bin der Bursche mit der Karte, der Taschenlampe und dem Batmobil. Madame Rossi möchte es – also wird es gemacht. Wenn Sie mitspielen wollen, müssen Sie schön brav sein.«

»Er wird brav sein«, sagte ich und hakte mich bei Hennessy unter. Einen Augenblick lang widersetzte er sich, doch dann schloß sich seine Hand über der meinen. Ich wollte weder Johnson noch Hennessy bei mir haben. Aber ich sah ein, daß ich viel zu lange dafür brauchen würde, mir in der Dunkelheit einen Weg über diese verdammte Insel zu bahnen. Und wenn die beiden nicht aufhörten, sich zu streiten, würde ich niemals dort ankommen.

Die nächste Stunde werde ich niemals vergessen. Zuerst einmal prasselte der Regen nur so auf uns ein. Wir stiegen aus der Ruine und begaben uns zwischen umgestürzten Steinen, Gräsern und den Stümpfen niedriger Bäume den Hügel hinauf, bis wir eine weiche, schilfbedeckte Wiese erreicht hatten, auf der das Moos unter meinen gestiefelten Füßen nachgab. Hier mußten wir eine baufällige Mauer erklimmen, dann waren wir auf einem unebenen Pfad, der auf beiden Seiten von Dornenbüschen und Wacholdersträuchen begrenzt wurde: die alte Hügelstraße, die vom Dorf wegführte. Wir überquerten sie – und das war der Anfang.

Ich habe nie genau gewußt, welches Terrain wir in dieser Nacht durchquerten, aber es schien sich um eine Kette kleiner Bergschluchten zu handeln, die sämtlich von niedrigen, rauhen Hügeln begrenzt wurden und mit Moor oder Wasser gefüllt waren. Die Männer schritten den größten Teil der Strecke schweigend aus. Kein Wunder, hatte Hennessy Johnson doch gerade beschuldigt, seine Klienten an Rupert zu verkaufen, und Johnson Hennessy vor kurzem k. o. geschlagen. Johnson ging voran und führte uns geradewegs in Richtung Westen, wo ein versunkener Pfad unter einem Gipfelblatt uns an einem See strahlend grüner Schwertlilien vorbeiführte, die teilweise mannshoch waren. Das war die erste Bergschlucht.

Mittlerweile hatten sich unsere Augen an die Dunkelheit gewöhnt, und Johnson setzte seine Taschenlampe sehr selten ein; aber mit der freien Hand hielt er die meine hinter sich fest gepackt. Hinter mir marschierte Hennessy wie ein Schatten einher und hielt mich, wenn ich stolperte, sein Griff auf meinem Arm. Eine Henne zwischen zwei Füchsen. Und am Ende . . . was?

Die dritte Bergschlucht wies einen kleinen, mit Seerosenblättern bedeckten Teich auf, und ein unheimliches, wie von einer Brandung stammendes Seufzen kam von seinem schilfbedeckten Rand durch den Regen. Als wir den Hügel an seinem Ende erklommen, warf Johnsons Taschenlampe einen magentaroten Schein zurück. Wir standen knietief in Glockenheide, mit all diesen komischen dicken Glocken. Es war eine Zusammenrottung. Ein Königreich für eine macadamisierte Straße, jederzeit. Aber am liebsten jetzt.

Hinter dem Hügelkamm hob sich schwarz gegen das Dunkelblau des Nachthimmels ein Wirrwarr felsiger Hügel ab. Mit Mühe und Not konnte ich sie auseinanderhalten; und dann waren ihre Umrisse plötzlich so hell, als habe irgendein Theatherbeleuchter einen schrecklichen Fehler gemacht. Es dauerte nur eine Sekunde, dann war alles wieder pechschwarz. Es folgte eine Pause von zehn ... zwölf Sekunden? Und dann war der Himmel wieder fahlbleich erhellt.

»Johnson?«

Als er sich in der Dunkelheit umdrehte, konnte ich fast das milde Aufblitzen seiner Brillengläser sehen. »Der Leuchtturm. Jetzt ist es gar nicht mehr so weit. Wie kommen Sie zurecht?«

Verdammt, wie kam ich zurecht? Ich wanderte des Nachts zwischen zwei Pistolen über eine wilde schottische Insel. »Es geht«, sagte ich.

Das letzte Stück war wohl das schlimmste. Hier gab es keine Pfade mehr in den Tälern, nur schroffe Felsen, die wir erklettern mußten, überzogen mit Heidekraut. Und als wir sie bewältigt hatten, flache Sümpfe mit fetten, durchnäßten Pflanzenpolstern, von denen das Licht der Taschenlampe korallenrote und grüne Hügel aus der Dunkelheit riß, mit schwarzen, schlackeverkrusteten Torfteichen dazwischen. Der dunklen Feuchtigkeit dieser Moorflächen konnten wir unsere Schritte nicht anvertrauen.

Johnsons Lampe flackerte auf und geleitete unsere Schritte über das Moor, zeigte einen sicheren Halt auf den grauweißen Felsen, zerfurcht und zerschrammt in hellem Fleischerrosa. Einmal fluchte er leise; und ich dachte, er wäre irgendwo angestoßen oder hätte etwas gestreift, bis ich erkannte, daß wir, wenn wir in der Nähe des Leuchtturms waren, auch in der Nähe der Straße und des Stützpunktes sein mußten – und Johnson nicht viel verräterisches Licht zeigen wollte. Es war nun, da der Zwölfsekundenblitz des Leuchtturms den Himmel blendete, auch etwas schlimmer geworden. In der Schwärze, die sich danach über unsere Augen senkte, waren unsere Füße unsichtbar und auch der Morast.

Während einer jener Bannzeiten des reflektierten weißen Lichts geschah es auch, daß das Geräusch von Schüssen aus der Dunkelheit kam und Stanley Hennessy aufschrie.

Wir standen auf Fels. Während die Schüsse noch widerhallten, stießen Johnsons Hände mich hinab, und ich kam flach auf dem Hang des Hügels zu liegen. »Bleiben Sie da!« Und dann hörte ich das gedämpfte Tappen seiner gummibesohlten Schuhe, als er von Stein zu Stein sprang, von mir fort, bis sich das Geräusch im Prasseln des Regens verlor. Ich blickte ihm krampfhaft nach. Ich spähte durch die hinter mir liegende Dunkelheit, in der Hennessy geschrien hatte, und als von dort überhaupt kein Geräusch mehr erklang, riß ich den Kopf wieder herum. Dünn und vom Regen gedämpft, sagte eine Stimme in einiger Entfernung »Hab dich!«, und jemand schrie.

Einen Augenblick später hob sich eine wütende Männerstimme, und es folgte eine weitere Kugelsalve, laufende Schritte, und dann kam mir jemand mit tappender Eile aus dem Regen bergab entgegen gelaufen, aus der Richtung, in der Johnson verschwunden war.

Es war nicht Johnson. Als ich still dalag, mir das Regenwasser den Hals hinabrann und mein ganzer Körper zitterte, schälte sich eine eilige Gestalt aus der Dunkelheit, setzte einen nassen gestiefelten Fuß auf meinen Rücken und stolperte hilflos über mich hinweg.

Die Gestalt war klein, rund und kompakt. Die Stimme, die elendig und verzweifelt »Oh! Mein Gott! Mein kleiner Finger ist verstaucht!« rief, war die von Nancy Buchanan. Während sie über mich rollte, hatte sie gerade noch Zeit, in einem überraschten Sopran hinzuzufügen: »Da ist ja jemand! Sie sind es! Was ist los? Sind Sie verletzt, Madame Rossi?« Dann tauchte Johnson aus der Dunkelheit auf, hob sie hoch wie eine alte Zigarettenschachtel und deutete nach Norden. »Laufen Sie, als wäre der Teufel hinter Ihnen her!« sagte er und gab ihr einen Klaps auf den Hintern.

Sie lief, als wäre der Tuefel hinter ihr her. Ich spitzte die Ohren und hörte, wie sich das leise Geräusch ihrer Schritte entfernte. Das Trampeln und Treten, das ich gerade noch vernommen hatte, war auch verklungen, und es wurde auch nicht mehr geschossen. Einen langen Moment lauschten wir beide, Johnson und ich, aber der Wind und der Regen waren alles, was wir hören konnten. »Was hat sie hier gemacht? Wer hat geschossen? Wo ist Hennessy?« fragte ich. Das lauteste Geräusch auf South Rona war das Schlagen meines Herzens.

»Die Sicherheitsposten waren hinter ihr her. Gott allein mag wissen, was sie hier zu suchen hatte, aber sie und Bob kamen direkt von da drüben, und so schickte ich sie weiter. Es lag ja auch ziemlich nahe – wir alle befanden uns einen Augenblick in der Schußlinie. Hennessy hat es vielleicht sogar erwischt... Hören Sie, sind Sie in Ordnung?«

»Ja«, sagte ich, obwohl ich all meine Singmuskeln anspannen mußte, um das Wort einigermaßen ruhig herauszubringen.

Über mir verharrte Johnsons Schatten, wurde vom Leuchtturm erhellt und war dann wieder unsichtbar. »Sie sind ein Teufelsweib«, sagte seine Stimme und fuhr augenblicklich fort: »Ich werde ihn suchen. Bleiben Sie hier. Wenn Sie mich brauchen, pfeifen Sie.«

»Gut«, sagte ich kurz, aber ich war zufrieden. Es bringt einem keine besondere Anerkennung ein, mit Mut geboren zu sein. Aber manchmal ist es nützlich. Obwohl er sie gar nicht so deutlich äußern wollte, konnte ich die Bewunderung in seiner Stimme hören.

Er war gerade gegangen, als ich noch etwas anderes hörte. Ein Stöhnen, das aus dem Moor unter mir kam. Da die Pfeife nur für Notfälle vorgesehen war und das Stöhnen sich leicht in lästige, deliriöse Schreie verwandeln konnte, biß ich meine teuer überkronten Zähne zusammen und schlitterte bergab, dem Stöhnen entgegen.

In der Dunkelheit bewegte sich dort unverkennbar etwas. Ein Mann, ein großer Mann in etwas, das wie ein Parka aussah – nur daß er keine weiße Polojacke mehr darunter trug. Sie war schwarz, und das gesamte Gesicht, der Kopf und das nasse, wehende Haar darüber waren schwarz, schwarz vor frisch ausgetretenem Blut.

Sehr leise und sehr kurz betätigte ich die Pfeife, um Johnson zurückzurufen. Er hatte recht gehabt. Stanley Hennessy war in der Schußlinie gewesen. Die Frage war nur – wer hatte geschossen?

Am Ende hielt ich die Taschenlampe, während Johnson eine Polyäthylentüte mit Morastwasser holte und über Hennessys Kopf ausgoß. Gesichtszüge erschienen. Brauen, Nase und Wangen waren in Ordnung. Seine noch immer geschlossenen Augen schienen keinen Schaden erlitten zu haben. Kinn und Mund waren intakt. Johnson holte mehr Wasser und ließ es über das dicke Haar und den Hals rinnen, als alles klar wurde. Man hatte ihn ein Ohr durchschossen. »Heureka! Jenkins!« sagte Johnson, und Hennessy wachte abrupt auf.

Niemand hätte ihn einen Feigling nennen können. Er öffnete den Mund, um zu schreien, und schloß ihn, als Johnson ihn daran erinnerte, wo wir uns befanden, und warum. Er öffnete den Mund wieder, um mitzuteilen, wie es ihm ginge, während Johnson, leise vor sich hinredend, Hennessys Ohr mit einem Verband aus dem unerschöpflichen Proviantbeutel verarztete. Er schloß ihn wieder, als er mich sah. Er brachte eine breite, resignierte Grimasse zustande, und als Johnson ihm auf die Beine half, war er ohne große Probleme imstande, allein zu laufen.

Ich war es, die ihm von den Buchanans erzählte, und da fluchte Hennessy wirklich, und ohne sich zu entschuldigen. »Diese dörrpflaumengesichtigen kleinen Kaminsimsverzierungen! Lassen ihre Spuren zurück wie der Lieferwagen von Essen auf Rädern in Kilcreggan! Mein Gott, kein Wunder, daß sie mir so dumm vorkamen, daß ich es kaum glauben wollte. Das war nur Tarnung! Tarnung zum Spionieren ... *Und Sie haben sie laufen lassen, Johnson, Sie Narr!«*

Das war allerdings wahr. Etwa zu diesem Zeitpunkt wurde mir allmählich ziemlich kalt.

Es war auch Johnson, der Hennessy überzeugte, es sei mir gegenüber unfair, uns der Gnade der Wachen auszuliefern. Es war nicht schwer. Hennessy fand eindeutig keinen Geschmack daran, die unvermeidlichen Erklärungen abgeben zu müssen, auch wenn er nicht bereit war (sagte er), für mich weitere Risiken in Kauf zu nehmen. Ich erwiderte, da ich soweit gekommen sei, würde ich, verdammt noch mal, darauf bestehen, Kenneth zu treffen; wenn er wolle, könne er ja nach Hause gehen. Dank der Buchanans waren wir wahrscheinlich sowieso schon durch den Verteidigungskordon, und wenn die Buchanans die ganze Insel in die Luft sprengen wollte, dann viel Glück für sie. Sagte ich.

Ich sprang wahrscheinlich ein wenig hart um mit einem Mann, der allerhand auf sich genommen hatte, um mich zu beschützen, und für seine Bemühungen noch angeschossen worden war. Das heißt, *falls* er all das in Kauf genommen hatte, um mich zu beschützen.

Wir stritten noch immer, als wir zur nächsten Erhebung gelangten und über sie hinwegspähten. Dann sagte Johnson plötzlich »Runter!«, und wir ließen uns mit einer Geschwindigkeit fallen, die Gefreiten im Borneo-Krieg zur Ehre gereicht hätte.

Keine Sekunde zu früh. Endlich befanden wir uns im voll reflektierten, grellen Glanz des Leuchtturms. Und als wir bäuchlings im Heidekraut lagen und die ganze Welt rings um uns her für einen kurzen Zeitraum erhellt war, sahen wir, wohin es uns verschlagen hatte. Vor uns und zu unserer Rechten stand der Leuchtturm auf seinem Hügel. Von dort aus schlängelte sich die Straße linkerhand nach Westen den Hügel hinab, bis zu dem langen Pier und dem kleinen Hafen, in dem die *Willa Mavis* normalerweise anlegte und nun eine kleinere Jacht in der Dunkelheit vor Anker lag.

Den ganzen Weg von der Mole hinauf wurde eine einspurige Straße von großen Straßenlaternen aus Beton erhellt, die große Lichtteiche auf den Kran und Hunderte von Ölfässern warfen, die obenan auf dem Pier aufgestapelt waren. Darüber befand sich eine große Aluminiumbaracke mit doppelt gesicherten Türen, die laut Johnson den Generator beherbergte. Von dort aus und dem danebenliegenden schwarzen Wassertank verlief der Pfad am Hang entlang bis zu einigen Hütten: dem Stützpunkt. Wir konnten die zerfurchten Aluminiumwände ausmachen, deren Fenster sorgfältig mit Rolläden gesichert waren, und die Scheinwerfer auf den Dächern.

Dort waren die Laboratorien, die Messe und die Schlafräume der Wissenschaftler und des Marinepersonals, die die neuen Instrumente der *Lysander* testeten. Dort lebte Kenneth, während die Untersuchung der U-Boot-Explosion andauerte. Und dort, hoch oben auf der sich windenden, ausgefahrenen Straße zum Leuchtturm, der einzigen gepflasterten Straße auf der Insel, stand unbeleuchtet und dunkel ein einsames Fahrzeug und wartete direkt neben dem Moor.

Der Landrover. Und Kenneth.

Soviel konnten wir sehen, bevor das Licht des Leuchtturms wieder erlosch und wir in eine Dunkelheit zurückstürzten, die nur von den spärlichen Lichtern der kleinen Häuseransammlung unter uns erhellt wurde.

Dann, mit einer überaus schrecklichen Ruhe und Plötzlichkeit, erloschen gleichzeitig aller Lichter, die wir ausmachen konnten, und die Dunkelheit war vollkommen.

In der durchnäßten, fremden Wildnis konnten wir die einzelnen Warnrufe und Fragen unter uns ziemlich klar voneinander unterscheiden. Wir warteten, atmeten nur ganz leicht und versuchten zu riechen, von welcher Seite die Gefahr wohl käme. Dann flüsterte Johnson abrupt in mein Ohr.

»Warten Sie zehn Minuten, wenn Sie die Zeit einigermaßen abschätzen können, und dann machen Sie sich auf die Suche nach Kenneth. Ich glaube zwar nicht, daß uns jemand beobachtet, aber Hennessy und ich werden nun in die entgegengesetzte Richtung aufbrechen, und das müßte die Wachen ablenken . . . Haben Sie die Nerven, allein zu dem Landrover zu gehen?«

Ich antwortete ihm und versuchte, tapfer aber unsicher zu klingen. Dabei lag mir um alles in der Welt nur an einer Chance, allein zu diesem Landrover zu kommen.

Ich fühlte, wie Johnson sich erhob; dann arbeitete sich Hennessy ächzend auf die Beine. Er zog die Parkakapuze über den Verband, versetzte mir einen leichten Klaps auf die Schulter und tauchte mit Johnson in die Dunkelheit ein.

Es war kaum zu glauben, daß nach dieser beschwerlichen Reise sowohl Johnson als auch Hennessy auf eine Begegnung mit Kenneth verzichten wollten. Mir kam in den Sinn, daß der eine oder andere viel weniger an Kenneth als an dem Tumult interessiert sein konnte, der in dem Stützpunkt herrschte. Und daß, da jeder dem anderen mißtraute, keiner den anderen allein losziehen lassen würde.

Das paßte mir. Nichts hätte mir besser passen können. Nun lag nichts mehr außer dem dunklen, regengetränkten Hügel zwischen mir und Kenneth. Und genau das hatte ich mir von dem langen, schmerzhaften Weg erhofft.

12

Es hatte zu regnen aufgehört.

Auf der steilen Straße, auf der der Landrover abgestellt war, war es dunkel und ruhig unter dem überhängenden Hügel, der sogar den kreisenden Lichtschein des Leuchtturms zurückhielt. Unten, wo die Straße auf die anderen Pfade zum Stützpunkt und zum Pier traf, war es ebenfalls dunkel, aber keineswegs so ruhig. Rufende Männerstimmen schallen deutlich vom Ufer hinauf, und man konnte die Lichter zahlreicher Taschenlampen sehen, die im Laufen eingeschaltet wurden. Während ich das Durcheinander beobachtete, flogen die Geräusche an mir vorbei und den Hügel empor. Im Stützpunkt flammte plötzlich ein großer, batteriebetriebener Scheinwerfer auf, dann noch einer.

Aber ich sah oder hörte nicht länger hin, denn ich hatte die Schnauze des Landrovers erreicht.

Wenn mich jemand hatte kommen sehen, rührte er sich zumindest nicht. Die Windschutzscheibe starrte mir leer entgegen, und als ich auf leisen Sohlen um den Wagen herumging, erfolgte aus dem dunklen Inneren, das von einem halb ausgerollten Segeltuchverdeck verhüllt war, weder ein Geräusch noch eine Bewegung.

Es war jetzt sinnlos, Namen zu flüstern oder an meine persönliche Sicherheit zu denken. Ich hatte meine Entscheidung getroffen. Indem ich die Hände auf jene Stelle legte, die man mir während einiger Jagdwochenenden als die richtige gezeigt hatte, stemmte ich mich ins Führerhaus und auf eine der beiden Sitzreihen hinauf. Ich kam dort an, und Kenneths Stimme sagte leise, heiser und ziemlich unverwechselbar: »Valentina?« Und seine Arme legten sich wie die eines Bären in einem großen, steifen Übermantel eng um mich. Und wir küßten uns.

Es war wie immer. Ich weiß nicht warum, aber es hat für mich nie einen anderen wie ihn gegeben. »Ich bin deinetwegen einen langen Weg gekommen«, sagte ich, als ich den Mund zur Seite schieben konnte.

Seine Lippen in meinem Haar, wollte er nicht sprechen. »Es tut mir leid«, sagte er schließlich mit der gleichen leisen Stimme. »Du hättest nicht kommen sollen.«

»Du brauchst jemanden«, sagte ich. Er zitterte. »Hast du es vergessen, Kenneth? Fast nichts kann mir weh tun. Ich bin überall gepanzert. Du hättest mich nicht verlassen sollen, in jener Nacht in der Rose Street...«

Sein Atem ging schneller. Als ich sprach, verkrampften sich seine Hände, und mein eigener Puls ging alles andere als stockend: wir machten mit dem Küssen weiter. Damit aufzuhören würde schmerzhaft sein, aber es führte kein Weg daran vorbei. Nun mußte ich mich endlich ins Bild setzen lassen. Also hob ich die Hände und sagte: »Kenneth!«

Er gehorchte mir nicht sofort, und ich sagte scharf: »Nicht jetzt! Nicht jetzt! Das ganze Lager ist auf den Beinen.«

Er atmete in der Dunkelheit tief ein. »Ich weiß«, sagte er. »Sie suchen wahrscheinlich schon nach mir. Ich stehe unter Verdacht.«

Das war keine Neuigkeit. Warum sonst hing er hier fest? Und Goldzahn war ziemlich selbstsicher gewesen. Chigwell sei ein Regierungsagent, hatte er gesagt. Und Dr. Holmes habe die *Lysander* in die Luft gejagt. Einfach so.

Ich schlug nicht den einfachen Weg ein. »Unter welchem Verdacht?« fragte ich ruhig. »Die *Lysander* zur Explosion gebracht zu haben?«

Er war sichtlich dankbar, es mir nicht selbst sagen zu müssen. Selbst so folgte eine Pause, bevor er weitersprach. »Ja«, sagte er. »Und nicht ohne Grund. Wahrscheinlich habe ich es auch.«

Diesmal fuhr ich zurück, und zweifellos war meine Stimme ungeduldig. »Mein lieber Kenneth, du bist weder ein Idiot noch ein Verräter. Und soweit ich weiß, warst du in der Rose Street in Edinburgh, als das verdammte Schiff zu seiner Probefahrt aufbrach. Willst du, daß ich für dich aussage? Ich kann beschwören, daß du mir Nachrichten geschickt hast. Und außer deinem Freund Chigwell müssen auch noch andere Leute gewußt haben, daß du dort gewesen bist.«

»Natürlich wissen sie das.« Nun war *er* ungeduldig. »Aber ich konnte deinen guten Namen doch nicht einfach aufs Spiel setzen. Auf jeden Fall kommt es darauf auch gar nicht an. Wie die Dinge liegen, hätte ich in einer Gemini-Rakete sein und das Boot trotzdem in die Luft jagen können.« Er hielt inne. »War dieser verdammte Narr Chigwell noch da, als du kamst?« fuhr er dann mit einer irritierenden Spätzündung fort. »Es tut mir leid, Darling. Er hat geschworen, blindlings zu packen und zu verschwinden.«

Ich sagte nichts. Ich schluckte meine Erleichterung herunter. Kenneth hatte Chigwell nicht getötet. Ich wußte es nun mit absoluter Sicherheit. Ich kannte meinen Kenneth Holmes wie mein eigenes Hemd. Er war der offenste und ehrlichste Mann, der mir je begegnet war. »Keine Angst«, sagte er nun, von meinem Schweigen dazu gedrängt. »Harry Chigwell wird nicht reden. Er ist die Diskretion in Person.«

»Das ist er bestimmt«, sagte ich. »Er ist tot.«

Es folgte eine Pause. »Oh, mein Gott«, sagte Kenneth dann. »Erzähl's mir.« Und ich erzählte es ihm. Oder zumindest soviel, wie ich Johnson erzählt hatte. Ich sagte zum Beispiel kein Wort von dem Diamantarmband, mit dem ich jemanden freigekauft hatte. Ich hatte kein Verlangen, über Diamantarmbänder zu reden oder über Herzog Buzzy. Statt dessen sagte ich: »Wer *war* Chigwell?«

Zuerst hörte er mich gar nicht; er war zu schockiert und zu beschäftigt damit, mein unorthodoxes Verhalten im Umgang mit einer Leiche zu tadeln. Dann dämmerte es ihm, daß mein Benehmen gar nicht so ungewöhnlich war, wenn man in Betracht zog, daß er, Kenneth, die Nummer eins unter den Tatverdächtigen war. »Ich habe ihn nicht umgebracht«, sagte er dann einfach. Ich versuchte es noch einmal. »Wer *war* er, Kenneth?«

Es half nichts. Chigwell war anscheinend nur ein alter Schulfreund gewesen, der ihm letztes Jahr wieder begegnet war und ihm angeboten hatte, seine Wohnung zu benutzen, sollte Kenneth jemals darum bitten. Wenn Goldzahn recht hatte und Chigwell ein Regierungsagent war, wußte Kenneth offenkundig nichts davon. »Und warum bist du dann gegangen?« fragte ich.

Er wollte darauf nicht antworten. »Wegen dir, Tina«, sagte er nach einer Weile. »Es waren Mikrofone in der Wohnung. Ich habe eins unter dem Tisch gefunden und zerstört. Jemand beobachtete uns, wäre uns wahrscheinlich auch gefolgt. Sie wollten hören, was wir uns zu sagen hatten, wenn wir uns trafen. Ich dachte, ich nehme ihnen dieses Vergnügen.«

»Das klingt finster«, sagte ich. Ich konnte mein Herz klopfen hören. »Aber warum, Kenneth? Erpressung? Oder was? Warum sollte jemand so etwas tun?«

»Das«, sagte Kenneth schwer, »bringt mich zur *Lysander* zurück. »Das verdammte U-Boot, Tina.«

»Nun?« sagte ich. Manchmal war er so langsam, daß man weinen konnte. Aber wenn man bei ihm war, vergaß man das meistens. Der wieder aufgefrischte Wind ächzte um die Verstrebungen des Wagens, und das Verdeck knisterte und vibrierte. Noch immer konnte man dann und wann rufende Männerstimmen vernehmen, aber sie waren angenehm weit entfernt. Bei mir stellte sich ein gewaltiges Gefühl der Isolation, der Weite ein. Ich hatte mich fast an die Dunkelheit gewöhnt, auch wenn ich nicht mehr als die breiten Gesichtsflächen von Kenneth ausmachen konnte. Seine Hände über den meinen waren warm und schwer, die Hände eines Handwerkers. Die Hände eines Ingenieurs von höchstem Kaliber.

»Ich wollte nicht, daß du es erfährst«, sagte er, »aber dein Name und meiner wurden schon mit der *Lysander* in Zusammenhang gebracht. Die Verteidigungsleute sind neugierig. Und deshalb wollte ich nicht, daß du kommst.«

»Du wolltest nicht, daß ich komme, und trotzdem hast du mir gesagt, wo ich dich finden kann?« entgegnete ich, und er muß das Lächeln in meiner Stimme gehört haben. Aber ich ließ nicht zu, daß er mich küßte, nicht in diesem Augenblick. »Erzähl mir alles«, sagte ich nun meinerseits.

Und so erfuhr ich von Kenneth, daß er und ich und die Sache zwischen uns zur Explosion und Vernichtung an Bord des U-Boots *Lysander* geführt hatte.

Es war einfach genug. Es ging um einen neuen Explosivstoff im Zusammenhang mit einem kleinen elektronischen Gerät, das auf ein oder mehrere Geräusche reagierte. Er hatte in den Staaten daran herumgebastelt, als wir so oft zusammengewesen waren und ich ihm eine meiner Langspielplatten geschenkt hatte – *Tina Rossi Sings* hieß sie. Originalaufnahmen.

Und so hatte Kenneth die Bombe als Experiment und Ausdruck seines damaligen Zustandes mit einem von mir gesungenen Melodiestück verschlüsselt.

Es war ein Experiment, das er niemals beendet hatte; und seit er Nevada verlassen hatte, lagen der Prototyp, die Pläne und die Formeln in einem unversehrten Safe. Er wollte mir nicht sagen, selbst damals auf South Rona nicht, wie das Gerät funktionierte (oder auch nur, welches Aussehen es hatte). Aber das Gerät, daß die *Lysander* zur Explosion gebracht hatte, war eine genaue Nachbildung dieses Prototyps. Durch einen unglaublichen Zufall waren Teile der Bombenhülle gefunden worden. Sie war winzig, sagte Kenneth. Klein genug, um sie in die Hosentasche zu stecken, aber stark genug, um bei der Explosion das unmittelbare Umfeld zu vernichten und vielleicht sogar das U-Boot zu versenken, wenn sie an der richtigen Stelle explodierte. Das war alles. Nur, daß die Bombe, die drei Besatzungsmitglieder der *Lysander* getötet hatte, genauso eingestellt gewesen war wie die seine – *auf meine Stimme*.

Ich sagte nichts. Nach einem Augenblick fuhr Kenneth fort: »Verstehst du, es war ziemlich geschickt. Sie hatten die gleiche Langspielplatte in der Messe des U-Bootes ... Jeder hat sie, nehme ich an. Wenn das U-Boot im Hafen lag, benutzte jeder den Plattenspieler der Stationsmesse. Erst als sie auf Tauchfahrt waren, auf langer Versuchsfahrt, wurde der Plattenspieler in der Messe eingeschaltet, und als er diese bestimmte Stelle deines Gesangs erreichte, löste er die Bombe aus. Du mußt eingestehen«, fügte er im Bemühen um einen Scherz hinzu, »daß es seine Schattenseiten haben kann, ein Fan von Valentina Rossi zu sein.«

Ich wünschte, er würde endlich zur Sache kommen. »Du stehst also unter Verdacht«, sagte ich. »Warum? Glaubt man, du hättest die Pläne kopiert? Oder sie irgend jemandem in Nevada gezeigt?«

»So deutlich haben sie sich bislang noch nicht ausgedrückt«, sagte Kenneth. »Aber man stellt eine Menge interessanter Fragen. Etwa, wer Zutritt zum Labor hatte. Außer mir.«

»Ich«, sagte ich. »Falls du das Labor in Nevada meinst. Und wer noch?«

»Niemand«, sagte Kenneth ziemlich offen.

Es herrschte ein langes Schweigen. »Wenn du mich beschuldigst«, sagte ich dann, »deine Geheimnisse gestohlen und verkauft zu haben, kann ich es nur abstreiten. Ich habe nichts zu meiner Verteidigung – und keine Beweise. Außer, daß ich hier bin.«

»Ich beschuldige dich nicht, mein Schatz«, sagte Kenneth. »Ich nicht. Nicht ich.« Seine Arme, die er um mich gelegt hat, verkrampften sich plötzlich. Seine Wange, die er gegen die meine gedrückt hatte, war plötzlich feucht. »Ich habe ihnen nicht mal gesagt, daß du dort warst. Wie könnte ich das, und gleichzeitig deinen guten Ruf bewahren? Es ist nur ... Vielleicht finden sie es trotzdem heraus, wenn sie den Briefen nachgehen ...«

»Welchen Briefen?« Das hatte er mir die ganze Zeit sagen wollen, während das verdammte Regelbuch ihm vorschrieb, es mir lieber nicht zu sagen. »Und *natürlich* hättest du ihnen sagen sollen, daß ich einen Schlüssel zu diesem Labor hatte. Glaubst du etwa, ich würde zulassen, daß du die ganze Schuld auf dich lädst?« Ich hielt inne. »Kein Wunder, daß deine Jungs all deine Freundinnen überprüfen. Was für Briefe? Nun rück schon mit der Wahrheit heraus.«

Das war genauso einfach. Seit seiner Rückkehr von Nevada wurde er erpreßt. Weil er sich dort mit mir getroffen hatte.

Ich hörte es mir schweigend an, und im nachhinein kamen mir die beiden ausgetrockneten Steaks und die Flasche Champagner in dieser verdammten Wohnung sehr tapfer vor. Jemand hatte ihn ausbluten lassen; jemand, der Mikrofilm-Kopien der Briefe und Nachrichten hatte, die ich ihm geschrieben hatte, und seiner Antwortbriefe.

Und um sich in den Besitz dieser Mikrofilm-Beweise zu setzen, mußte der Erpresser Zutritt zu diesem Labor gehabt haben. Denn dort hatte Kenneth meine Briefe aufbewahrt.

Kenneth hatte keinen Grund zu der Annahme, daß man mit irgenwelchen anderen Gegenständen in seinem Labor herumgepfuscht hatte. Sein kostbares Gerät war nicht verschwunden, und die Pläne waren in Ordnung. Hätte er nicht meinen Ruf schützen müssen, hätte er das illegale Eindringen gemeldet und die Polizei gebeten, den Erpresser für ihn aufzuspüren. Erst nach den Ereignissen auf der *Lysander* hatte er erkannt, daß der Erpresser wahrscheinlich auch ein Spion war. Und dann hatte er zwei Möglichkeiten gehabt.

Er hätte die Tatsache vor mir verheimlichen können, so daß ich niemals erfahren hätte, daß er in etwas verwickelt war. Oder er hätte mich irgendwie und irgendwo treffen und mich fragen können, wer während dieser langen, heißen Idylle in Nevada sonst noch meinen Schlüssel benutzt haben konnte. Denn das Labor, das man ihm dort überlassen hatte, wies ein Spezialschloß auf. Niemand hätte es knacken können. Niemand hätte sich auf andere Art Einlaß verschaffen können. Und es gab nur zwei Schlüssel.

Er tat wohl recht daran, sich für die zweite Möglichkeit zu entscheiden. Er konnte noch so sehr darauf bedacht sein, Stillschweigen zu bewahren, die Erpresserbriefe hätten mich irgendwann doch in die Geschichte verwickelt. Ich hatte ihn unter Schwierigkeiten auf South Rona getroffen und war froh darüber... Ein Mann mit viktorianischen Prinzipien. Es war ein Teil der Faszination, die er auf mich ausübte.

Aber es gab keine Zukunft für uns beide, wenn wir diesen Knoten nicht durchtrennen konnten. Es gab zwei Schlüssel zu dem Labor, in dem Kenneth die Papiere und sein Schallgerät aufbewahrte. Zwei Schlüssel, hatte er gesagt. Seinen... und meinen.

Und ich wußte, wer meinen an sich genommen haben konnte.

Das Rufen war verstummt. Außerhalb des Landrovers hatte es wieder zu regnen angefangen, und der Regen trommelte auf das Verdeck und wurde in Halbtönen und unterschiedlichen Schattierungen von der Straße, dem Gras, den Felsen und dem Moor reflektiert. Düster tauchten bei den Drehungen des Leuchtturms die Hügel auf, blieben sichtbar und verschwanden wieder, wie ein Reklameschild mit schlechter Isolierung, das immer wieder ausfiel. »Ich weiß, wer meine Schlüsseln genommen haben könnte«, sagte ich –, »Und wer an deine Briefe an mich herankommen konnte. Ich weiß, wer dich erpreßt haben muß. Kein Wunder, daß er nicht wollte, daß ich dich treffe ... Es ist natürlich Michael. Michael Twiss.«

»Das habe ich mich auch schon gefragt«, war alles, was Kenneth sagte. Und dann, mit der gleichen behutsamen Tonlage: »Aber das hilft uns nicht, nicht wahr? Wir können nicht zulassen, daß er redet. Und es beeinträchtigt nur dein Verhältnis zu ihm. Ich weiß, was er für deine Arbeit bedeutet.«

»Wir haben uns bereits getrennt«, sagte ich. Ich kam mir plötzlich abscheulich vor. »Michael Twiss und ich. Glaubst du, ich würde etwas darum geben? Oder möchtest du lieber als Spion erschossen werden als einzugestehen, daß ich deine Geliebte war?«

»Ja«, sagte er mit vollkommener Aufrichtigkeit. Und ich konnte es ihm nicht austreiben. So sagte ich schließlich das einzig mögliche. »Dann werde ich selbst der Polizei von Michael erzählen.«

»Das wirst du nicht.« Seine Hände auf meinen Schultern drückten mich hart auf den Sitz zurück und hielten mich dort fest. »Weshalb habe ich dich wohl aus der Sache heraushalten wollen? Valentina – bei Gott, die vergangene Woche ist nicht einfach gewesen. Du mußt mir versprechen, daß du nicht alles aufgibst. *Versprich es*! Jetzt, bevor du gehst. Schwöre , daß du meinetwegen niemals deine Reputation und deine Karriere aufs Spiel setzen wirst. Du hast so hart gearbeitet ... Und du hast viel mehr zu verlieren als ich.«

Es war ein Kampf gegen Windmühlenflügel, und es war verrückt. Ich zitterte jetzt auch. »Zumindest kann ich Michaels Erpressung beenden; wenn auch nur, indem ich ihm drohe, ihn deinetwillen zu entlarven. Aber keine Drohung könnte ihn dazu veranlassen, einzugestehen, daß er bei der Bombe die Finger im Spiel hatte. Kenneth, was ist das Schlimmste, was dir droht, wenn sie Anklage erlassen? Sie haben doch gewiß keine wirklichen Beweise gegen dich?«

»Ich weiß es nicht. Ich weiß es nicht, was sie mit mir machen werden, Tina. Aber letztendlich war es *mein* Fehler, der diese drei Männer das Leben kostete. Und wenn ich dafür bezahlen muß, werde ich eben dafür bezahlen.«

Ich hatte nichts zu sagen. Kenneth rührte sich und küßte mich, indem er mein Gesicht in die Hände nahm, leicht auf den Mund. »Keine Angst. Du hast alles getan, was du tun konntest. Sogar noch mehr. Sie können mich wohl kaum erschießen. Vielleicht wandere ich aus. Es gibt immer irgendwo ein Land, das einen Wissenschaftler brauchen kann. Wir werden uns wiedersehen. Es tut mir leid, daß du dir letztendlich eine solch bedrückende Geschichte anhören mußtest. Aber ich habe dein Versprechen, nicht wahr? Valentina . . .«

»Ja. Ich verspreche es«, sagte ich. Und in diesem Augenblick gingen am Pier, auf der Straße und im Stützpunkt die Lichter wieder an; und in der schwachen Illumination, die von der Straße aus unter das halb aufgerollte Segeltuchverdeck drang, sah ich zum ersten Mal Kenneths Gesicht. Ich starrte ihn an, die Kapuze zurückgeworfen, mein Haar lose über Schultern und Brauen fallend, und er gab ein plötzliches, leises Geräusch von sich, ein Geräusch, an das ich mich von altersher erinnerte; und er zog mich an sich und umarmte mich fest.

Die Welt explodierte. Es folgte ein geistesbetörendes Gebrüll, ein Erschaudern und ein plötzlicher Stoß unter unseren Füßen, der mich gegen seinen Magen prallen ließ. Dann rutschte unser Landrover gemächlich davon.

Es war alles da: die Ansichtskarte vom Strand, das Pferdegelächter, die Mack-Sennett-Komödie, die Liebhaber, die gerade auf dem herausnehmbaren Rücksitz miteinander im Clinch liegen.

Ich kann ihnen sagen, wie es ist, wenn es einem persönlich passiert. Es macht einen ganz krank. Krank vor unterbrochenen Gefühlen, Wut und Schock. Krank, zitternd und übel.

Kenneth erholte sich zuerst. Während ich noch auf allen Vieren war und der Wagen einen spektakulären Abstieg zur Kreuzung und Anlegestelle hinab nahm, hatte Kenneth die Finger an der Lehne des Fahrersitzes und dann auf den Nackenmuskeln des Mannes, der dort saß und dessen Hände das Lenkrad drehten. Der Wagen brach seitwärts aus. Ich schrie. »Kenneth! Laß ihn los! Es ist ein Freund!«

Noch beim Sprechen hatte ich meine Zweifel, aber ich wollte nicht zur ersten Verkehrstoten auf South Rona werden. Kenneth hörte mich. Langsam ließ er die Arme sinken.

»Das ist schon besser, Dr. Holmes«, sagte Johnson taktvoll. »Vielen Dank, Tina.« Er bremste und brachte den Wagen am Kopf des Piers zum Stehen.

Kenneth sagte nichts. Aber sein Gesicht war ungewohnt grimmig im Licht der Hafenlampe, die von den sich hin und her bewegenden Scheibenwischern des Rovers mit Schatten übertüncht wurden. »Das«, sagte ich mit Akkuratesse zu ihm, »ist Johnson Johnson. Der Mann, der mir half, Mr. Chigwell zu verstecken. Sein Sinn für Humor verbirgt eine Liebe für dumme Tiere und eine Leidenschaft für Cribbage*.« Ich wandte mich Johnson zu. »Sind Sie die ganze Zeit im Wagen gewesen?« fauchte ich.

Das war er natürlich. Bäuchlings auf beiden Vordersitzen, nahm ich an.

»Ich bin eingeschlafen«, sagte Johnson liebenswürdigerweise. Die funkelnden Brillengläser waren nicht unfreundlich. Aber er sah nicht mich an. »Ist es nicht ein Glück? Denn *ich* habe keine Hemmungen, gegen Michael Twiss vorzugehen.«

»Sie verdammter kleiner Spion«, sagte Kenneth geradeheraus. Ich wünschte, er würde entweder den Mund halten oder Johnson zu Brei schlagen. Was, war mir ziemlich egal. Es gab Zeiten, da verloren Kenneths viktorianische Prinzipien ihren Charme. »Ich weiß«, sagte ich statt dessen müde. »Er hat alles gehört, was wir sagten. Aber er weiß schon alles über Chigwell, Kenneth, und er hätte es nicht besser handhaben können. Ich bin sicher, er wird keinen Aufruhr verursachen. Nicht jetzt.«

»Du bist sicher, daß er keinen Aufruhr macht? Ein Mann, dem es einfällt, in diesen Wagen zu steigen und uns beschnüffelt, während wir . . .«

Es fehlte ihm an Worten. Mir fehlte es nicht an Worten, aber ich wagte nicht, sie anzuwenden. Kein Wunder, daß Johnson so fröhlich in die entgegengesetzte Richtung aufgebrochen war. Das war nur die Vorarbeit, um dann genauso fröhlich zurückzukehren. Die Sendung mit der höchsten Einschaltquote auf South Rona. Wenn ich auch an zwei oder drei Dinge dachte, für die ich dankbar war, so tat dies meinen natürlichen Instinkten keinerlei Abbruch, sein Gesicht in die Windschutzscheibe zu stoßen.

»Wenn er alles gehört hat«, sagte Kenneth, der langsam wieder zu Atem kam, »dann weiß er genau, wie wir dastehen. Wenn Sie Michael Twiss denunzieren, Johnson, stellen Sie Madame Rossi in all den

* Kartenspiel

Belangen bloß, vor denen ich sie bewahren wollte . . . Wenn Sie Tina wirklich einen Gefallen tun wollen, dann halten Sie den Mund und lassen uns beide gehen. Bei Gott, auf diese Art werde ich alle Schulden bezahlen, die ich bezahlen muß. Und wenigstens sie muß dann nicht leiden.«

»Nein. Aber andererseits«, sagte Johnson freundlich, »was wird aus all den zukünftigen Opfern des allgegenwärtigen Mr. Twiss? Einschließlich Madame Rossi selbst? Hennessy stand dieser Kugel im Weg, aber sie war wahrscheinlich für Madame Rossi gedacht. Oder haben Sie nicht erkannt, daß Michael sie für eine Beeinträchtigung hält?«

»Warten Sie mal«, sagte ich. »Wer hat auf Hennessy geschossen?«

»Jemand mit einem Revolver«, sagte Johnson lächelnd. »Und – wissen Sie noch? Die Wachen haben Gewehre.«

»Aber Sie sagten, Michael hätte etwas damit zu tun. Michael ist doch nicht nach South Rona gekommen.«

»Oh, leider doch«, sagte Johnson. »Heute abend wird auf South Rona ein großes Heimatfest gefeiert. Der Ort sah aus, als hätte die Familie Feuerstein *Charleys Tante* aufgeführt.«

Ich konnte es immer noch nicht glauben. »Aber Sie sagten, Sie hätten Michael bei Portree am Strand zurückgelassen.«

»Das habe ich auch. Man kann nur Vermutungen anstellen«, sagte Johnson, »aber ich nehme an, daß er irgendwo am Strand erfahren hat, daß sie auf Hennessys *Symphonetta* in den Kodachrome-Sonnenaufgang gesegelt sind, während er auf der *Dolly* ein Nickerchen hielt. Als er dann äußerst dringend an Bord zurückkehren wollte, mußte er auch noch feststellen, daß die *Dolly* verschwunden war . . . Ich nehme nicht an, daß er endgültig Abschied von der *Dolly* nehmen wollte, egal, was er dahingehend gesagt hat. Auf jeden Fall ließ er sich von Cecil Ogdens *Seawolf* chauffieren. Ich weiß nicht, was er Ogden erzählt hat, aber Victoria war an Land, nahm ein Bad und plauderte mit ein paar Freundinnen; so war Cecil verhältnismäßig frei.

Laut der hiesigen Marineburschen lief die *Seawolf* ein und ankerte, kurz nachdem wir in Acarsaid Mor an Land gingen, und zwei Mann sind zum Leuchtturm hinaufmarschiert. Den Männern zufolge handelte es sich um Ogden und Twiss. Twiss ging nach einer Weile – er sagte, er wolle versuchen, mich zu finden –, und Ogden folgte ihm später. Beide bestiegen die *Seawolf* und kehrten nach Portree zurück.

Ich sollte der Tatsache gegenüber nicht unempfänglich sein«, sagte Johnson geradeheraus zu Kenneth, »daß Tina alles andere als in

Sicherheit ist, wenn sich Michael Twiss in der Nähe aufhält. Deshalb mache ich Ihnen ein einzigartiges sportliches Angebot. Die *Dolly* ist hier. Ich habe nach Acarsaid Mor gefunkt und sie kommen lassen. Kommen Sie mit Tina an Bord und *Dolly* und segeln Sie mit uns nach Portree, wo wir Michael wieder an Bord nehmen. Dann werden wir die Wahrheit herausbekommen ... Was halten Sie davon?«

Es herrschte ein kurzes Schweigen. »Und wie wollen Sie die Marine überreden«, sagte Kenneth dann verbittert, »mich gehen zu lassen?«

»Gar nicht«, sagte Johnson ruhig. »Die Marine braucht gar nicht zu erfahren, daß Sie fort sind. Man kennt mich. Man weiß, daß Hennessy und ich Madame Rossi einer Wette wegen an Land gebracht haben und Hennessy bei einem Zusammenstoß mit den Sicherheitsposten leicht verletzt wurde und ich zurückgekommen bin, um Madame Rossi abzuholen. Wir haben ihnen diese Geschichte erzählt, damit Hennessys Ohr versorgt wird. Sie haben wie der Teufel protestiert, ihn dann aber doch mit einem Motorboot zu seinem Schiff zurückgeschickt. Ich bekam einen Verweis, weil ich Sicherheitsbestimmungen verletzt habe, und nahm ihn zur Kenntnis. Solange man nicht um ihre kostbaren Gebäude herumschleicht, macht die Marine kein großes Aufsehen. Man würde es gar nicht bemerken, wenn ein zusätzlicher Passagier zur *Dolly* übersetzt ... und die *Willa Mavis* kann Sie, wenn nötig, zurückbringen. Kommen Sie mit auf die *Dolly*«, sagte Johnson. »Und ich werde Ihnen helfen, die Wahrheit aus Twiss herauszuschütteln.«

Kenneth mußte nicht großartig überredet werden. Als Johnson diese Punkte vorbrachte, konnte ich sehen, daß er sie überdachte. Es war eine Chance. Und Kenneth und ich hatten keine andere, wenn Johnson sich entschloß, den Stützpunkt über das zu informieren, was er gerade gehört hatte. Kenneths Karriere wäre zerstört, weil er mir einen Schlüssel gegeben hatte, und wahrscheinlich würde man ihn auch wegen Mordes an seinem Freund Chigwell anklagen. Und ich würde alles ertragen müssen, was er mir zu ersparen versucht hatte. Kenneth unternahm eine letzte Anstrengung. »Aber falls ich mitkomme ... Wieso wird Michael Twiss' Geständnis irgendeinen Unterschied ergeben?«

»Da gibt es mehrere Möglichkeiten«, sagte Johnson überrascht. »Zum Beispiel könnten *wir* Michael Twiss erpressen.«

Wir hatten, wie er sagte, keine wirklich Alternative. Ob es uns nun gefiel oder nicht, wir waren seiner Gnade ausgeliefert. Wir taten, was er sagte.

Als wir auf der *Dolly* versammelt waren, die Lichter des Stützpunktes hoch über uns und das des Leuchtturms in seiner monotonen Warnung aufflackernd und wieder erlöschend, nahm ich Kenneths Hand. Wenigstens war er bei mir, und wenn man Johnson vertrauen konnte, gab es noch eine gewisse Hoffnung. Das einzige Problem war – ich vertraute Johnson nicht.

Ich sah ihn an, wie er dastand, das Hand auf dem Ruder, beobachtete, wie Rupert das Boot vom Land abstieß und über etwas nachdachte, das er uns nicht erläutert hatte. »Nancy Buchanan«, sagte ich. »Was hat sie in dieser Nacht dort zu suchen gehabt?«

»Ah, ja.« Seine Hand bewegte sich. Entsprechend dem Schub der Maschine bewegte sich der Bug der *Dolly* langsam herum, und das Schiff tuckerte gemächlich aus dem Hafen. Niemand versuchte uns aufzuhalten. Lenny, der am Bug niederkauerte, winkte, als sie den richtigen Kurs eingeschlagen hatte. »Ah, ja«, sagte Johnson und hob die Augen von der Karte. »Alles klar, Lenny... Wenn Sie ein Beispiel für schmutzige Niederträchtigkeit suchen, nehmen Sie die Buchanans. Kein Wunder, daß sie niemanden in ihre Kabine lassen wollten. Holmes, wir haben ja so wenig gewußt.«

Ich hatte genug. »Was haben sie angestellt?« schnappte ich.

»Sie sind«, sagte Johnson und drehte das Ruder, »mitten in der Nacht während eines Regensturms querfeldein über South Rona gekrochen und mit der Präzision eines Uhrwerks über die Stolperdrähte hinweggestiegen, bis Bob wirklich über einen Wachtposten stolperte, der ihn beobachtete, und soviel Lärm machte, daß der arme Bursche Alarm auslösen mußte. Das war, als sich die Schießerei ereignete. Und aus diesem Grund sind wir auch so gut wie gar nicht gestört worden.

Dann haben die Buchanans, zweifellos angetrieben von den Umständen und dem allgemeinen Aufruhr, den sie entfesselt hatten, ihren vorbereiteten Plan ausgeführt. Wie Sie wissen, ist Bob Ingenieur; er schlich zum Generator und unterbrach die Stromversorgung, während Nancy weiterstampfte und die Wachen ablenkte, damit Bob den nächsten Teil des Plans ausführen konnte. Es war überaus faszinierend, und ich ließ mir sagen, daß die Marinesoldaten an den Fensterscheiben kauerten und die beiden beobachteten, als würden sie einer Super-8-Vorstellung der letzten Ferien auf Mallorca beiwohnen.«

»Man hat sie nicht aufgehalten?« fragte ich. Es klang, als sei es das dümmste, was sie hätten tun können.

»Das brauchte man nicht«, sagte Johnson. »Sie waren wegen der Buchanans gewarnt worden. Sie wußten, was die beiden beabsichtigen.«

»*Was*?« sagte ich.

»Sie können es sehen. Man hat es noch nicht abgenommen. Wahrscheinlich wollen sie morgen Fotos davon machen und sie dann einrahmen.« Johnson blickte über die Schulter zurück und deutete nach oben. Wir drehten uns um.

Hoch über den Flachdächern des Stützpunktes, dort, wo der Funksender sein großes Netz gespannt hatte, wehte eine große Flagge Marke Eigenbau, volle sechs Meter lang und erhellt von allen Batteriescheinwerfern, die der Stützpunkt aufbringen konnte, sowie von dem immer wieder aufflackernden Licht des Leuchtturms.

Darauf stand in einer altmodischen Schrift und einer eher eigentümlichen Schreibweise: NIEDER MIT DER BOMBE.

13

Ich glaube, wir legten die Strecke nach Portree in absolutem Schweigen zurück. Wir waren auch nicht redselig, als wir feststellten, daß auf dem Pier kein Michael Twiss darauf wartete, uns in die Arme zu laufen. Aus welchem Grund auch immer, er hatte nicht zur *Dolly* zurückkehren wollen. Er war auf der *Seawolf* geblieben, hatte Victoria abgeholt und nahm auf Cecil Ogdens von Seilen zusammengehaltenem Hühnerverschlag an der nächsten Rennetappe teil.

Als ich darüber nachdachte, war ich nicht überrascht. Und je mehr ich darüber nachdachte, desto besorgter wurde ich. Wenn er das Rennen noch nicht ganz aufgegeben hatte, dann nur, weil er noch immer hoffte, einen Gewinn daraus zu ziehen. Und ich wollte vermeiden, daß dieser Gewinn aus meinem oder Kenneths plötzlichem Ableben bestand. Denn man konnte kaum bestreiten, daß Kenneths Tod sehr passend kommen würde. Wenn Kenneth etwas zustieß, würde die Schuld für den Zwischenfall auf der *Lysander* mit ihm ins Grab gehen.

In den frühen Morgenstunden des Sonntags schalteten wir nach einer kurzen Debatte mit Johnson die Maschine aus, setzten Segel und folgten der *Seawolf* auf der nächsten Rennetappe zur Insel Rum.

Obwohl ich es noch nicht wußte, sollte dies wirklich meine letzte Fahrt auf der *Dolly* sein.

Ich war hundemüde. Und obwohl meine Welt in den nächsten vierundzwanzig Stunden vielleicht auf den Kopf gestellt werden würde, machte ich mir schon längst keine Gedanken mehr darüber. Ich schlief halb angekleidet, wie ich mich aufs Bett gelegt hatte, und erwachte erst spät nach der Frühstückszeit, als das Schlagen einer knarrenden Spiere hoch über mir ertönte und das Schiff zuerst zur einen und dann zur anderen Seite schwankte. Jeder Block im Ladegeschirr der *Dolly* klapperte und dröhnte. Es war dunkel, und bis ich die kleine Lampe neben dem Bett eingeschaltet hatte, dachte ich, es sei immer noch Nacht.

Als ich sah, wie spät es war, sprang ich zu meinem Bullauge und schaute hinaus. Draußen schien die Welt von grauem Rauch erfüllt zu sein, der über trübem Wasser wirbelte und wehte, das wiederum, spulen- und spiralförmig fließend, wie Öl unter dem grauen, lichtlosen Schleier aufzutauchen und wieder zu verschwinden schien. Wir befanden uns in den Gezeitenströmungen der Meerenge von Kylerhea, der engen Seepassage, die das Festland von der Südküste von Skye trennte, und zwar im falschen Gezeitenstadium.

Manchmal kommt einem passende Kleidung sehr zustatten. Ich hatte weiße, bis an die Knie reichende Stiefel bei mir, und einen weißen Steppmantel, der zu einem wollenen Skianzug mit Kapuze paßte. Ich zog mich an, wurde dabei in der Kabine hin- und hergeworfen, und ging hinaus zum Kabinenvorraum.

Johnson stand an der Ruderstange; ein schlechtes Zeichen, selbst wenn man etwas für ihn übrig hatte, und seit der vergangenen Nacht hatte ich Vorbehalte. In diesem Moment hatte er für nichts anderes Augen als für den Strömungswirbel direkt vor uns, und als die Segel über mir erzitterten und schlaff flappten, fiel mir auf, daß sich zu allem Übel auch noch der Wind fast völlig gelegt hatte.

Dann bemerkte er mich. »Haben Sie den Schlaf der Gerechten geschlafen?« fragte er. »Dieser Umstand tut mir leid. Wir werden ziemlich bald hindurch sein, aber er wird eine ermüdende Fahrt nach Rum werden. Die Wettervorhersage kündigt ziemlich dichten Nebel an, und wir haben noch ziemlichen Seegang vom Sturm. Lenny wird Ihnen Frühstück machen, wenn Sie etwas verkraften können.«

Ich nahm an, daß er, Rupert und Lenny verhältnismäßig wenig Schlaf seit unserem Aufbruch von Barra bekommen hatten. Als ich den Salon betrat, sah ich, daß Rupert ziemlich eingefallene Augen hatte, aber sein Dienst war gerade zu Ende gegangen, und er verschwand sehr bald in der überzähligen Kabine vorn und ließ Lenny und Johnson an Deck zurück.

Ich wollte kein Frühstück. Ich nahm im Salon Kenneth gegenüber Platz, der mit gelockerter Krawatte dort saß, den Kopf gegen Johnson grobgewebte Vorhänge gelehnt hatte und krebsartige Wolken von Zigarettenrauch ausstieß. Unter dem Tisch zu seinen Füßen lagen Zigarettenstummel und Asche, und eine Karte, die aus dem Regal gefallen war. Ich sah, daß alle Schlingerborte hochgezogen waren, und ein Tischtuch, das sauber gefaltet an seinem Platz in der Kombüse lag, war durchnäßt worden, bevor es zum Einsatz gekommen war. Ich hatte anscheinend einen unangenehmen Seegang verschlafen.

Wie ich Kenneths Gesicht entnahm, hatte er überhaupt nicht geschlafen. Als ich mich setzte, ruckte sein Kopf herab und indem er schnell die Zigarette ausdrückte, griff er nach meinen Händen. Es geschah zu diesem Zeitpunkt, daß er mich bat, ihn zu heiraten, und ich ablehnte.

Danach sprach keiner viel. Nachdem wir an Kylerhea vorbei waren, wurde das Boot weniger hin- und hergeworfen, schlingerte aber noch immer und hatte mit dem Seegang zu kämpfen. Wenn man lang ausgestreckt lag, konnte man spüren, wie sich der Druck wie der einer massierenden Hand unter uns von Seite zu Seite, die Schulter und das Rückgrat hinauf und wieder abwärts bewegte. Die See klatschte mit dumpfen, schmatzenden Geräuschen gegen das Boot, in die sich ein trübes Zupfen mischte, dem Klang eines Cellos nicht unähnlich. Dieses beharrliche, verwirrende Geräusch erinnerte mich an eine Wäscherei, in der in Zeitlupentempo auf Waschbrettern gerieben und gewrungen wird. Den anderen Schiffen, die uns nun weit voraus waren, würde es jetzt schlecht ergehen. Genau wie Michael. Es war seltsam, dachte ich, daß ein Menschenleben (oder zwei) vielleicht von Michael Twiss' schwachem Magen abhingen.

Dann senkte sich der Nebel, und es war Nachmittag, als wir in den Hafen von Loch Scresort auf der Insel Rum einliefen.

Rum ist eine Insel der Inneren Hebriden, die inzwischen gänzlich der Scottish Nature Conservancy gehört, einer Einrichtung, die dort Experimente durchführt. Es ist eine bergige, birnenförmige Insel mit einem Durchmesser von etwa dreizehn Kilometern, und die einzigen Gebäude von Interesse, einschließlich der Häuser der Wächter, der Poststation, des Bauernhofs, der Schule und des Hauses für das

Schulpersonal, lagen in einigen Abständen um eine weite Bucht herum, dem einzigen Ankerpunkt der Insel.

In einem Park landeinwärts von der Bucht liegt Kinloch Castle, in dem die Wissenschaftler der Nature Conservancy und andere wie Kenneth wohnen und ihre Labors haben, einige im Haus und einige in den Parkanlagen. Abgesehen vom Flügel der Wissenschaftler wurde an der Einrichtung des Hauses nichts verändert; sie entspricht dem Zustand von vor siebzig Jahren, als man das Haus als Jagdresidenz erbaut hatte.

Das Wächterhaus war der Kontrollpunkt des Jachtclubs. Eine Konfrontation mit Michael Twiss war unser vordringlichstes Ziel. Und Kenneth Holmes, so hatte Johnson entschieden, sollte unser Lockvogel sein. Kenneth, von dem Michael noch nicht wußte, daß er hier war. Als sich die *Dolly* ihren Weg in die Bucht bahnte, sagte ich zum wiederholten Male zu Johnson: »Aber wird ihm auch nichts passieren? Wie können Sie ihn schützen?«

Und Johnsons, der in die dicke, weiße Luft hinausstarrte, sagte: »Ich werde hinter ihm sein, wohin er auch geht. Machen Sie sich keine Sorgen. Wir haben ihn nicht vor seiner altmodischen Ritterlichkeit gerettet. Sie und ich, um ihn jetzt in den Fleischwolf zu schubsen. Da ist die *Symphonetta*.«

Da war sie, weit zu unserer Rechten. Mit dem schwarzen Heck und ihren großen Masten wirkte sie wie ein Phantom. Sie war in der letzten halben Stunde eingelaufen, beurteilte ich mit meinen neu erworbenen Fachkenntnissen: ihre Segel waren ordentlich gerefft, aber zwei der Jungs arbeiteten noch an Deck. Ich winkte, als wir vorbeifuhren, und jemand – Shaw? Roberts? – winkte zurück. Dahinter befand sich ein gedrungener Umriß, den wir als die *Binkie* identifizierten; nichts deutete darauf hin, daß sich die Buchanans an Bord befanden. Und dann endlich das Schiff, das zu sehen wir uns alle wünschten: Ogdens *Seawolf*, mit Michael Twiss, wie wir annahmen, noch an Bord.

Wir glitten neben das Schiff und führten ohne viel Aufhebens das komplizierte Ankermanöver durch. Kenneth stand unbeweglich da, das Fernglas vor den Augen. »Niemand da. Sie werden schon an Land sein«, sagte er gerade, als eine Stimme auf Meereshöhe rief: »Ahoi, *Dolly*! Ich habe einen Passagier von euch! Wußtet ihr das schon?« Und als wir hinabblickten, sahen wir den kleinen Prahm der *Seawolf* mit Cecil Ogden allein darin.

Neben uns tauchte Lenny mit dem Niedergang auf. »Wollen Sie damit sagen«, rief Johnson in seinem öligsten Tonfall, »daß Sie unseren Mr. Twiss spazierenfahren? Oh, sehr gut. Wir haben uns schon gefragt, wo er sein könnte ... Kommen Sie an Bord.«

Aber Ogdens Kopf vibrierte leicht unter seiner Prinz-Heinrich-Mütze. »Sie werden sicher an Land wollen, um sich auf dem Kontrollpunkt zu melden. Die anderen sind schon alle dort. Sie sind darauf versessen, das Schloß zu erforschen, aber die Lichter sind aus. Ich bin nur zurückgefahren, um meine Taschenlampe zu holen.«

Es war ein Wunder, dachte ich, daß er eine besaß, die noch funktionierte. Dann sah ich eine Reihe von Gegenständen, die er unter der Dingibank verstaut hatte: eine alte Tilley-Lampe, eine Drahtrolle, des weiteren einen Handfeger, eine Kehrichtschaufel und noch einiges mehr unter der dahinterliegenden Persenning. Er hatte auch zwei große, mit Wasser gefüllte Milchkannen und ein blutgetränktes, verschnürtes Paket mit Wildbret dabei. Die Nature Conservancy tat eindeutig das ihre für die nächste Fahrtstrecke der *Seawolf* dazu.

Ich wußte nicht, ob Ogden unsere Belustigung auffiel oder ob er überhaupt etwas darum gab. Er hatte eine Menge getrunken, aber nicht ganz soviel wie sonst, nahm ich an. Auf seinem langgezogenen, knöchernen Gesicht lag eine Spur von Ironie, und als er aufschaute, waren seine Augen wegen des Rauchs der aus seinem Mund hängenden Filterspitze halb geschlossen. »Wenn Sie Twiss suchen, er ist mit Victoria an Land. Ich habe nichts dagegen, ihn an Bord zu behalten, wenn Sie auch nichts dagegen haben. Ich habe gehört, es hätte ein wenig unnötige Aufregung gegeben.«

»Noch nicht«, sagte Kenneth mit tiefer Stimme. »Aber es wird bald Ärger geben.«

»Dr. Holmes.« Johnson erledigte die Vorstellung und fügte angesichts der offenen Neugier auf Ogdens Gesicht hinzu: »Es ist eine Meinungsverschiedenheit zwischen Mr. Twiss und Dr. Holmes.«

Ich war dafür dankbar, aber Ogden würde es kaum glauben, nachdem er Stanley Hennessy und mich auf Michaels dringendes Ersuchen hin bis nach South Rona gejagt hatte und er wußte, daß Michael und ich uns schon wegen Kenneth gestritten hatten. Ich fragte mich, ob Ogden argwöhnte, daß Michael dafür verantwortlich war, daß man dem armen Hennessy das Ohr abgeschossen hatte, und ob die *Seawolf* aus diesem Grund so schnell mit Michael an Bord verschwunden war.

Aber was auch immer Ogden über uns denken mochte, er zeigte kein weiteres Interesse, nachdem er sich anscheinend an sein undichtes Paket und die anderen Gegenstände erinnert hatte. die er noch an Bord bringen mußte. Er stieß sich geschäftig ab, als Johnson in das Dory der *Dolly* trat, und mit Rupert am Ruder und Kenneth und mir auf der Bank achtern strebten wir dem Ufer entgegen. Da ich nun genuß Muße hatte, mich umzuschauen, sah ich, daß sich der Nebel, der das große Salzwasserloch bedeckte, langsam hob, und erstmals konnte ich den niedrigen Baumbewuchs, den groben Kiesstrand und die grotesken Berge von Rum sehen.

Die Bucht war seicht. Unter dem Fenster der Schullehrer graste Rotwild mit seegrasgelben und dunkelbraunen Hinterteilen. Die Tiere blickten auf, als wir zur Helling gingen, und ich konnte ihre langen, weichen Ohren sehen, die gespitzt wie die eines Hasen waren, und die großen Augen unter den hellen, buschigen Bogen. Dann sprangen sie davon, aber langsam, und die Markierungen in ihren Ohren blitzten rosa, gelb und grün auf. Denn dies war eine Insel, auf der das Wild gehegt und erhalten wurde und kein Grashalm unbeobachtet blieb. »Wo«, sagte Johnson, der diesen Gedankengang schon seit dem Aufbruch von der *Dolly* verfolgt hatte, »nur der Mensch unwürdig, schädlich und genetisch wertlos sein kann, ohne erschossen zu werden.«

Der Weg zum Wärterhaus führte am südlichen Strandbogen vorbei. Rupert ging voraus und beeilte sich, um die Ankunftszeit der *Dolly* einzutragen. Kenneth, Johnson und ich folgten gemächlich, und ich glaubte auch den Grund dafür zu kennen. Wir wollten Rupert genug Zeit lassen, bei den anderen die Nachricht zu verbreiten, daß Kenneth bei uns war. Rupert errichtete die Falle. Kenneth spazierte mit hündischem Gleichmut hinein.

Wie in großen Fingern hob sich der Nebel vom Meer. Ich für meinen Teil hätte niemals ein Haus auf dieser Insel bauen können. Sie war vulkanisch, sagte Kenneth, aber die Vulkane waren erloschen, was lediglich eine Menge Gipfel und deprimierende schwarze Felsen und Heidekraut bedeutete. Die Leute von der Jagdgesellschaft hatten seinerzeit das Ufer mit Birken, Bergahornbäumen, Schottischen Pinien und Lärchen bepflanzen lassen, und darunter wuchsen halbnackter Fingerhut und wilder blauer Rittersporn; aber für mich hätte es keine Rolle gespielt. Wenn man Sport treiben will, kann man es auch in der Sonne tun.

Kenneth erzählte uns beim Gehen, daß vor einhundertundfünfzig Jahren alle hiesigen Familien bis auf eine nach Amerika ausgewandert waren, so daß ganz Rum zu einer einzigen Schafzucht werden konnte.

Kurz danach war die Insel als der Rotwildforst verkauft worden, der sie bis vor kurzem noch gewesen war. Ich fragte mich, was mit den vierhundert Menschen passiert war, die fortgezogen waren, und ob ihre Ururgroßenkelinnen mich vielleicht in der Carnegie Hall hatten singen hören und angenommen hatten, mir sei alles in den Schoß gefallen, da ich einer alten Familie entstammte.

An der Hauptanlegestelle, einem langgezogenen, gebogenen Pier, auf dem rote Ölfässer voller Abfall in einer Reihe aufgestellt waren, entdeckten wir Victoria. An der Anlegestelle festgezurrt war die große Barkasse der Naturschutzgesellschaft, die *Sioras*, und ihr Dingi, zwei große grüne Schatten mit zurückgeschlagener Persenning. Ogden hatte kurz erwähnt, daß die dreimal wöchentlich eintreffende Fähre vom Festland in ein paar Stunden fällig war. Und neben der *Sioras* war das Dingi der *Seawolf* vertäut, in das Victoria gerade hinabstieg.

Johnson begrüßte sie nicht gerade mit seinem üblichen Takt. »Hallo! Ihr Herr und Meister schon wieder zurück an Land?«

Ihr langes, schwingendes Haar verbarg ihr Gesicht, als sie sich daranmachte, sich abzustoßen, aber ihre außergewöhnliche klare Stimme klang wütend. »Wenn Sie Cecil Ogden meinen, er ist mit einer Taschenlampe zum Kinloch Castle hinaufgegangen.« Und sie setzte sich und rammte die Ruderklampen in ihre Löcher.

»Der Wärter ist ein guter Bursche, Victoria«, sagte Johnson in dem milden Tonfall, dem wir alle zu mißtrauen gelernt hatten. »Ich würde mir keine Sorgen machen. Das seltsame Almosen ist Teil seines Jobs.«

Victoria hatte sich in die Riemen gelegt. »Ich wünschte, es wäre nicht so. Früher einmal hat Cecil alles verwerten können, aber er wird immer fauler. Bald wird er nur noch ein Aasvogel sein.« Die Verbitterung in ihrer Stimme brachte ihn zum Schweigen. Dann sah sie uns trotzig an. »Wo ist Lenny?« fragte sie.

»Auf der *Dolly*. Er hascht am Heck nach einem Mörder«, sagte Johnson. »Aber zu Ihren Diensten, wie stets. Stimmt was nicht?«

»Die Batterie«, sagte Victoria abrupt. Lenny war ein Genie, wenn es um elektrische Geräte ging, hatte man mir gesagt, und großzügig in seiner Hilfsbereitschaft. Ich verstand Victorias Tonfall nicht, bis Johnson voller Ironie »Aber, aber!« sagte. »Und ich wollte Ihnen gerade gratulieren, weil Sie die hellsten Lampen in Portree haben.« Und als Victoria aus irgendeinem Grund errötete wie eine reife Tomate, fügte er hinzu: »Daher der Streik?«

Viktoria war noch immer scharlachrot. Ich konnte sehen, daß

Kenneth auch nichts begriff. »Es ist kein Streik«, murmelte sie. »Noch nicht. Ich kehre nur an Bord der *Seawolf* zurück.«

Und nahm natürlich das Dingi mit. Es mochte kein Streik sein, immerhin aber eine wirksame Unabhängigkeitserklärung. Abgesehen davon, daß Ogden in seiner exzentrischen Vertiefung kaum bemerken würde, daß der Wurm in der Sache steckte. Und ich nahm an, daß er sich immer mitnehmen lassen konnte, im Dory der *Symphonetta* oder der *Binkie* oder in unserem. Das würde er auch müssen, wie ich sah, als sich der Nebel weiter hob, denn unsere drei Jachten waren neben der *Sioras* die einzigen im Loch.

Wir ließen Victoria zurück und setzten den rauhen, steinigen Weg um die Bucht herum fort. Wir sahen niemanden. Der Pfad führte an einem Benzintank vorbei, wurde zu einer Brücke über einen reißenden Strom, der zu unserer Rechten ins Meer mündete, und umsäumte einen Kalkofen, der so alt wie das Schloß war. Eine Mücke stach mich, ein Nadelstich, und noch einer; und plötzlich hörten wir Stimmen, und wir alle atmeten tief ein und entspannten uns, denn es war nur ein kleines Zeltlager am Strand, und ein qualmendes Feuer, und zwei Jungs in Anoraks mit Kapuzen beugten sich darüber; anscheinend zogen sie den Erstickungstod den Mücken vor. Sie waren wahrscheinlich mit der letzten Fähre gekommen und würden später am Abend zurückfahren, nachdem sie die beiden Naturpfade, die für die Öffentlichkeit geöffnet waren, entlanggetrottet waren und die Mücken besiegt hatten. Auf den durchnäßten Hügeln waren mir, halb vom Nebel verborgen, zwei weitere Gestalten aufgefallen, aber diese hatten Gewehre. Es war gerade Ausschußzeit für Rotwild, hatte Johnson gesagt.

Es folgte noch ein Haus, und am Ufer tat sich weiteres Rotwild an Seetang gütlich; und dann, links von uns, ein weißes Tor, und ein bellender großer Boxer dahinter. Johnson öffnete das Tor – und ich wollte gar nicht gern hindurchgehen.

Im Wärterhaus fanden wir Rupert, der sich entspannt am Kamin lümmelte, nachdem er die *Dolly* eingetragen hatte. Dort befand sich zu meinen Leidwesen auch Hennessy. Aber da war kein Michael Twiss, und keine Buchanans; sie waren alle mit Ogden zu einem Schloßbesuch aufgebrochen.

Einen Moment lang ergab sich aufgrund der wohl unausweichlichen Gepflogenheiten eine allgemeine Plauderei, und ich erkundigte mich nach den zahmen Rehen am Strand, und warum die Sturmtaucher einem der Gipfel den Namen Troll's Hill verliehen hatten. Kenneth begrüßte seine Freunde und verfiel dann schnell in ein dumpfes Schweigen. Er wollte sich Michael vorknöpfen, und zwar schnell.

Das wollte ich auch, aber Hennessys leicht starrem Blick entnahm ich, daß wir von Glück reden konnten, wenn wir vorher nicht noch Ärger bekamen. Ich konnte es ihm nicht verdenken. Nachdem er so hilfsbereit gewesen war, mußte er glauben, daß Johnson und ich einen Narren aus ihm gemacht hatten. Man hatte auf ihn geschossen, und die Marine hatte ihm einen Verweis erteilt und ihn zurück auf sein Schiff gebracht, und er hatte sogar auf den Trostpreis meiner Anwesenheit verzichten müssen. Und nun tauchte ich mit meinem Ingenieur im Schlepptau auf. »Ich sehe, Glasscock hat Sie eingeschrieben«, sagte Hennessy, nun mit einem Blick auf Johnson. »Auf Ihre Anweisung, nehme ich an?«

Johnsons schreckliche schwarze Augenbrauen befanden sich plötzlich über den Zweistärkengläsern. »Es geschah eher aus eigenem Unternehmungsgeist heraus«, sagte er. »Er hat es ganz allein gemacht. Warum?«

Hennessy hob die Stimme. »Sie streiten nicht ab, daß Sie die Maschine benutzt haben?«

Johnson hielt seine Stimme auf vernünftiger Lautstärke. »Sicher sind wir mit Motorkraft gefahren, wie Sie auch, nach South Roa und zurück. Bei Portree sind wir zu den Segeln übergewechselt. Warum, haben Sie nicht genauso verfahren?«

Als Hennessy nun den Kopf drehte, sah ich zum ersten Mal den großen viereckigen Verband über seinem Ohr. Er sah nicht mehr wie ein gutgebauter, gutaussehender Mann mit lockigem blondem Haar und Sonnenbräune aus, sondern wie Bugs Bunny. »Wer weiß, wann Sie Ihr verdammtes Blechtopsegel ausgeschaltet haben«, sagte er sehr deutlich, »oder ob Sie es überhaupt ausgeschaltet haben, bis Sie Loch Scresort erreicht hatten? Ich weiß, meine drei Tolpatsche segeln wie Bauern, aber ich will verdammt sein, wenn jemand so schnell aufholen könnte wie Sie. Außer...« Seine Stimme war ätzend. »Außer, Ihr neuer Rekrut hat eine beträchtliche Americas-Cup-Erfahrung. Ist es das, Mr. Holmes? Unterwiesen Sie die *Lysander* in der Segeltechnik der *Dolly*, als sie explodierte?«

Draußen knallte in der Ferne ein Gewehr, und irgendwo im Haus fing ein Kleinkind an zu schreien. Die Stimmen der Männer waren nicht laut, aber die Gereiztheit war deutlich aus ihnen herauszuhören. »Das ist wohl kaum der Ort für einen Streit«, sagte Kenneth schnell. »Ich gehe zum Schloß hinauf. Kommen Sie mit, Johnson?«

Sie strebten der Tür zu, doch Hennessy hinter uns nutzte die Gunst der Gelegenheit. »Was ist mit Madame Rossi?« fragte er schmähend. »Geht sie mit Ihnen? Sie wurden nicht angeschossen wie ich, als ich sie zu einer wichtigen Verabredung mit einem anderen Mann eskortierte. Wie naiv kann man überhaupt sein?« Er wies gerade noch genug Eigendünkel auf, um seine Stimme leise zuhalten. »Passen Sie gut auf, Junge, damit Sie sich nicht einer Ihrer morschen Knochen brechen oder Ihnen sonst was zustößt. Dann ist sie nämlich Knall und Fall verschwunden.«

Er war natürlich betrunken. Mittlerweile waren, dem Himmel sei Dank, fast alle zur Tür hinaus. »Und Sie wissen, was Sie für das Privileg ihrer Nähe zu bezahlen haben?« Verdammt, er machte weiter. Ich blieb stehen, damit er fortfahren konnte. »Wissen Sie, was ich diesem kleinen Singvogel für das Privileg bezahlt habe, mir das halbe Ohr abschießen zu lassen?«

Mit Eifersucht wird man nur schwer fertig. Nüchtern hätte er gemerkt, daß er sich der letzten Chance beraubte, von mir in Zukunft noch ein freundliches Wort zu erhalten. Betrunken wollte er mich in Kenneth Holmes' Augen nicht als praktisch denkend, sondern als käuflich hinstellen.

Deshalb stieß ich Hennessy in diesem Augenblick nur ein wenig an, so daß er mit dem Ohr gegen den Türpfosten des Chefwärters schlug. »Wenn ich etwas geschenkt bekommen habe, gebe ich es nicht zurück«, sagte ich sehr leise, als er zu schreien aufgehört hatte.

Wie ich sah, gingen Kenneth und Johnson nach einem Moment des Zögerns weiter. Rupert blieb im Raum und unterhielt sich immer noch. »Und was ist mit dem großen Dr. Holmes?« fragte Hennessy, dessen Augen sich mit Tränen gefüllt hatten, mit der Hand am Ohr.

»Er braucht mich nicht mehr.« Ich war nicht einsam: Ich sagte es, weil dem so war. Vielleicht hatten bislang alle Frauen Stanley Hennessy zur weinenden Sorte gehört, dachte ich. Er zögerte, wandte sich dann um, nahm meine manikürte Hand und führte sie an seine Lippen. »Fangen wir dann neu an, Tina?«

Er sprach manchmal wie jemand aus einer schlechten Fernsehserie. Ich vermutete, daß er außerhalb seines Geschäfts Schwierigkeiten hatte, sein Ego und seine Identität in eine gerade Linie zu bringen. Aber das spielt keine große Rolle, wenn man Diamanten mit Baguettenschliff verschenken kann.

Ich legte meine Hand in die seine und zog ihn über den Rhododendronpfad zum großen Haus. »Wir fangen von vorn an.«

Aber es war immer noch das gleiche verdammte alte Problem: Wie konnte ich Hennessy, Kenneth und Johnson loswerden und Michael Twiss finden? Denn wie ich Michael kannte, würde es nicht leicht werden, ihn aufzuhalten, wenn er Kenneth oder mir wirklich Schaden zufügen wollte. Und von uns allen hatte ich wohl die besten Voraussetzungen für den Versuch, ihn aufzuhalten.

Man braucht nicht lange, um die breite, landeinwärts vom Wächterhaus zu dem Park um Kinloch Castle führende Straße zu begehen. Man muß eine Brücke überqueren, die den Fluß überspannt, der für die private Energieversorgung des Schlosses sorgt: und wenn man dann an den billardgrünen Rasenanlagen vorbei ist, sieht man schon die roten Sandsteinarkaden und den burgartig gebauten Turm des großen Hauses, das wohlerhalten, vollständig eingerichtet und ebenso vollständig verlassen vor uns lag: erstarrt auf der Höhe seiner Wirksamkeit, als ein Mann den Wunsch verspürte, sich zu erholen, seine Frau und Freunde mit sich nahm, eine leere Insel kaufte, sie mit Tieren ausstattete und einen bescheidenen Palast wie Blenheim darauf erbauen ließ, in dem er jedes Jahr einen Monat wohnte, um Forellen und Rotwild zu erlegen.

Der Flügel der Wissenschaftler, der ehemals von Kenneth belegt worden war, stand seit seiner Abreise leer, und der Verwalter war auf Urlaub. In ihm befand sich statuengleich in der zunehmenden Dunkelheit das intakte Grabmal eines edwardianischen Traums. Und in diesem Traum war irgendwo bei den anderen – den respektvollen, trippelnden Schritten von Bob und Nancy Buchanan; den verächtlichen, lauten Turnschuhschritten Ogdens – eine Gestalt, die überhaupt nicht ging, sondern still dastand und wartete. Michael war dort. Michael war dort und hatte sich seinen Platz ausgesucht.

Der Eingang des Verwalters war auf der Nordseite. Nachdem er ihn mit dem Schlüssel des Wärters geöffnet hatte, trat Johnson zur Seite, um Kenneth, Hennessy und mich einzulassen. Rupert war noch nicht aufgetaucht. Als ich eintrat, Hennessys Finger auf meinem Arm, bemerkte ich, daß Kenneth mich kurz und verwirrt ansah, und als ich an ihm vorüberging, streifte ich, ohne ihn anzusehen, seine Hand. Seine Finger bewegten sich, um mir zu sagen, daß er verstanden hatte. Dann gingen wir weiter, und er ließ los.

Nach der nebelhaften Helligkeit draußen verloren wir uns nun in Schatten. Unsere Schritte hallten laut wider; stumm marschierten wir unter hohen, gekrümmten Decken an den Quartieren des Personals vorbei, und auf den Gängen befanden sich in regelmäßigen Abständen Glocken, die vor langer Zeit geläutet worden waren, als das Dienstpersonal noch Dienstpersonal gewesen war. Hier und da gab es Anzeichen von Leben: Eine große Küche voller Stühle hatte man in ein Kino umgebaut; im Kamin eines kleinen, gemütlich eingerichteten Wohnzimmers befand sich Asche, und es lagen ein paar Spielzeuge herum.

Türen wurden geöffnet und geschlossen. Johnson sprach sehr wenig, und der Rest von uns überhaupt nicht. In einer Flucht kleiner Räume, die sich plötzlich vor uns öffnete, erhaschte ich einen Blick auf eindrucksvolles Steingutgeschirr mit blauen und weißen Mustern: Was davon würde die *Seawolf* als Tribut erwählen? Dann erschienen die für die Öffentlichkeit bestimmten Räume.

Als ich mit Hennessy an der Hand durch die Halbdunkelheit schritt, lauschte ich in der Stille über dem Donnern meines Herzens. Mit angespannten Nerven wartete ich auf das erste Zeichen: das Rascheln eines Vorhangs, das Knarren eines Bodenbretts unter dem dicken Teppich, sogar auf einen Schuß, der dieses kalte, abscheuliche Schweigen beenden würde.

Irgendwo in diesem Haus wanderte Ogden herum und die Buchanans, die sich ganz natürlich gaben, und richteten ihre Taschenlampe auf irgendwelche ganz besonderen Schätze. Der Beleuchtungsschalter sei defekt, sagte Johnson, die Stromversorgung aber in Ordnung. Hier, wo die großen Fenster genug von dem nebligen Zwielicht draußen hereinließen, war es hell genug, um die gewaltigen Umrisse des Speisesaals, des massiven Kamins und der Alkovenschränke für Gläser und Tischleinen auszumachen. Die Stühle, die um den polierten Tisch standen, waren so schwer, daß man sie kaum bewegen konnte. Sie kamen, sagte Kenneth, von der Dampfjacht des Besitzers, der *Rhouma*, auf der die meisten neueren Einrichtungsgegenstände, die wir hier sahen, herübergeschafft worden waren. Dann traten wir durch eine Tür mit imposanten geschwungenen Balken und in die Haupthalle hinein, die zwei Stockwerke hoch war.

Auch sie schien verlassen. Safranfarbiges Licht fiel zu unserer Linken durch eine Doppelreihe gotischer Erkerfenster, die eine gesamte Wand ausmachte; ihr Glas war mit Eicheln und Blumen verziert. In dieser Wand befand sich die Vordertür, durch die man in die Parkanlagen hinaustreten konnte.

Als ich aufblickte, sah ich, daß hoch über uns um die drei anderen Seiten des Raumes eine Galerie verlief; aber ich konnte niemanden darauf sehen. Kenneth trat vorsichtig zwischen zwei kleine Perlmutttische und bückte sich, um ein auf dem Parkett liegendes Leopardenfell zu glätten. Vor dem großen, leeren Kamin befand sich eine schöne Brücke aus Löwenfell, und die bis auf halbe Höhe getäfelten Wände waren oberhalb mit rotem Samtbrokat verkleidet. Als ich die beiden Porzellanvasen betrachtete, jede zweieinhalb Meter groß, die die *Rhouma* aus dem Orient mitgebracht hatte, und die schweren Seidenbrokatvorhänge und die samtüberzogenen Sofas mit den geflochtetenen Fransen und Troddeln, dachte ich an das Rotwild, das draußen äste, an die schwarzen Vulkangipfel und an die Reihen der roten Ölfässer voller Bierdosen, Babyfläschchen, Bohnerwachs und Hundefutter: all die hellen, farbigen Symbole des modernen Familienlebens draußen auf dem leeren Pier.

Denn elf Monate des Jahres war das Schloß an die Einsamkeit gewöhnt. Wußte es Kenneths nachdenkliche Schritte zu schätzen, fragte ich mich, als er in seinem Labor auf und ab schritt und sich den Kopf über die Erpresserbriefe zerbrach? Die *Rhouma*, die steif auf dem zerpflügten blauen Meer segelte, hätte solch garstige Angelegenheiten sicher unter ihren Planken gespürt.

Kenneth schritt durch die Halle und in den dahinterliegenden dunklen Gang. Ich wollte ihm folgen. Zu meiner Rechten schrie jemand.

Ich sah, wie Kenneth und Johnson herumfuhren; Hennessy war schneller. Hennessy war schon in dem schwarzen Bogengang rechts von uns verschwunden, in dem der Schrei zu einem Flüstern abgefallen war und dann von einem hellen, gezwungenen Hüsteln abgelöst wurde.

»Mr. Hennessy!« sagte Nancy Buchanans Stimme einen vollen Ton höher als normal, »war das dumm von mir! Dies ist aber auch ein unheimlicher Ort, meinen Sie nicht auch? Sind Sie schon einmal hier gewesen? Ich dachte, ein Bär hätte mich umarmt!«

»Das hat er auch«, sagte Hennessys Stimme kurz angebunden. Er hatte nichts mit der *Binkie* zu schaffen und hielt die beiden Buchanans zweifellos für das Unglück mit seinem Ohr verantwortlich. Seine sofortige Reaktion auf South Rona hatte, wie Rupert mir erzählt hatte, daraus bestanden, die Marine aufzufordern, beide Buchanans sofort ins Gefängnis zu werfen.

Als ich nun um die Ecke flog, sah ich, daß er Nancy wie ein klebriges Stück Schokoladenpapier losgelassen und ein Streichholz angezündet hatte, um die lebensgroße, ausgestopfte Gestalt eines Braunbären zu enthüllen, der sich über ein Schränkchen beugte und mit einer Klaue Nancys runde, zerknitterte Mütze zu packen schien. »In dieser Woche gibt's was umsonst«, sagte Johnson. »Sind Sie in Ordnung, Mrs. Buchanan?«

»Ja! Ja. Oh, sind Sie es Madame Rossi? Was für ein seltsamer Ort, nicht wahr? Da ist ein Ballsaal. Ist der Parkettboden nicht wunderschön? Hübsch, all diese Sachen hier zu sammeln! Bob ist oben und sieht sich die ausgestopften Piepmätze an. Sie sind in Glaskästen ausgestellt. Bob hatte einen Onkel, der zur Vogeljagd nach Jamaica fuhr. War das nicht dumm von mir?« Hennessy hatte Nancy neben mir gesehen und war weitergegangen. Er folgte Kenneth und Johnson, und ich folgte ihm, mit Nancy auf den Fersen, die weiterhin mit kleinen Hustenreiz-Unterbrechungen munter vor sich hinplapperte.

Die Sache auf South Rona war ihr natürlich peinlich. Ich hörte zu, dachte nach und wartete darauf, daß sie zu einem Entschluß kam. Nun, da sie hier war, würde Hennessy mich nicht mehr stören. Aber wie kam ich jetzt von Nancy fort? Denn oben, ganz bestimmt, wartete Michael.

Im Ballsaal fuhr sie fort: »Nur gelber Brokat, und die Wände passend zu den Vorhängen; überlegen Sie, was das gekostet hat! Ich frage mich, womit er sein Geld gemacht hat. Ich frage mich, ob seine Frau die Vorhänge ausgesucht hat oder ob sie einen Dekorateur kommen ließen. Die Spielmannsgalerie, sehen Sie? Und eine winzig kleine, abgedeckte Luke in der Wand, durch die man den Sängern Becher mit köstlichem Wein gereicht hat . . .« Sie öffnete besitzergreifend die Klappe und fuhr zusammen, als Hennessys kalte Augen sie von der anderen Seite her anstarrten. »Oh . . . Hallo. Das ist die Speisekammer. Würden Sie uns ein Glas Champagner kredenzen, Mr. Hennessy?« Als er sie anstarrte, ohne ihr zu antworten, lachte sie erneut kurz und nervös auf und ging voraus zum Napoleon-Raum.

Er war leer. Eine Büste des großen Mannes starrte auf uns herab, als sich Nancy in einen Sessel unter den Helden von Kinloch Castle fallen ließ und in Tränen ausbrach.

Die Tantchen hatten es manchmal auch getan, wenn sie zuviel aus dem Katalog bestellt und Angst gehabt hatten, es ihrem Mann zu beichten. Ich legte den Arm um ihre Schulter. Es war natürlich der Schlafmangel und der Schock. Sie hatte eine winzige Rast einlegen wollen, bevor sie an Land ging, aber Bob hatte gesagt, daß das Wetter vielleicht umschlagen würde, und wenn sie Kinloch Castle sehen wolle, täte sie gut daran, jetzt mitzukommen. Sie war mitgekommen, genauso wie sie nach South Rona mitgekommen war. Bob hatte Sympathien für die CND* – eine logische Sache, wenn man darüber nachdachte –, und sie wollte ihn nicht im Stich lassen. Es hatte den Anschein, daß er dazu neigte, das andere Geschlecht ein bißchen zu sehr zu unterschätzen. Nichts Persönliches, müsse ich wissen, oder Boshaftes; er war nur so erzogen worden. Seine Mutter hatte alles für seinen Vater getan, von dem Tag an, da sie geheiratet hatten. Aber die letzte Nacht! Es war viel schlimmer gewesen, als sie erwartet hatte. Wie ein Verbrecher durch die Nacht zu schleichen; und das verdammte Plakat war so schwer gewesen. Und überdies noch falsch geschrieben. Als sie es ausgerollt hatten, sei Bob beinahe gestorben.

Die Wachen wären ihnen beinahe zuvorgekommen und hätten sie verhaftet, aber natürlich hatte Johnson geholfen. »Er ist so ein netter Mann«, sagte Nancy mit Nachdruck und musterte mich ausgiebig von der Seite. Ich zuckte zusammen, aber sie bemerkte es nicht, so sehr war sie in ihre Geschichte vertieft.

So liefen die Buchanans also, und versteckten sich, und führten ihren mühseligen Plan aus, und niemand hielt sie auf. Und dann, als sie sich von dem Mast entfernten, der Glaubensbekundung, dem vollbrachten Akt des Widerstandes, war ein junger Unteroffizier respektvoll zu der Stelle im Heidekraut gekommen, an der sie sich versteckt hatten, und hatte gefragt, ob sie vielleicht eine Tasse heiße Schokolade haben wollten.

Das war alles. Man hatte sie wie Kinder behandelt – und das hatte weh getan. Daß auch sie wie Kinder gehandelt hatten, war ihnen nicht in den Sinn gekommen.

In diesem Fall brauchte ich kaum mehr zu tun, als Nancy ein Taschentuch zu borgen, da das ihre voller Paraffin war. Sie brauchte jemanden, der sie verstand, und ich verstand sie. Ich sagte, sie habe getan, was sie habe tun wollen, und es sei vorbei; sie müsse sich nun darauf konzentrieren, Bob aufzumuntern, der sich wahrscheinlich genauso fühle. Daran hatte sie noch nicht gedacht. Auf ihre Art war sie genauso feudal wie ihre Schwiegermutter. »Glauben Sie wirklich?« sagte sie zweifelnd. »Er hat nichts gesagt. Aber da fällt mir ein, als ich eine Tasse in der verkehrten Reihe aufhängte, hat er sofort eine richtig hämische Bemerkung gemacht. Ja, Sie haben recht. Es bekümmert ihn.«

* Campaign for Nuclear Disarmament – Kampagne zur nuklearen Abrüstung. Anm. d. Übers.

Sie stand auf, und in dem Licht, das von Napoleons großen Brauen reflektiert wurde, leuchtete ihr lederartiges Gesicht vor überwundenen Tränen und frischer Bewunderung. »Es ist dieses Weltbürgertum, das Sie so verständig macht. Wir selbst wollten vor ein paar Jahren in den Ferien mal nach Jersey fahren, und dann fiel Baby Blake während der Tobermory-Rennen einem undichten Ventil zum Opfer, und es ist wieder nichts daraus geworden. Danke.« Sie bückte sich und drückte mir erstaunlicherweise einen dicken Schmatzer auf die Wangen. »Sie sind eine gute Freundin«, sagte sie. Dann war sie verschwunden.

Ich erhob mich ebenfalls von der Sessellehne, auf der ich kauerte, unter der Reihe von Kunstdrucken, die den Kaiser in Austerlitz, Jena, Friedland und Wagram zeigten. Was war an Falkirk so unkosmopolitisch, wenn Barra zum Beispiel einen Rupert Glasscock hervorbringen konnte? Duncans Peggy, die niemals Castlebay verlassen hatte, mangelte es weder an Glanz noch an Einsicht. Wieso? Überdies war es Rupert nicht angenehm, in Falkirk Beifall zu bekommen. Er erging sich in Bewunderung für Duncans Peggy, die aber kaum etwas davon wissen wollte. Es kam mir in den Sinn, daß ich allmählich auch Johnson zu verstehen schien.

Ich war allein. Ich ging hinaus und durchsuchte die Räume dieses Flügels schnell und leise nach Michael.

Es war kein Haus für Menschen mit schwachen Nerven. Im Empfangszimmer bestand alles aus leuchtendem Chintz, Wandteppichen und schlanken, lackierten französischen Möbeln, aber draußen in der Halle schimmerte etwas in der Halbdunkelheit: der Leib eines weißen Kaninchens, ausgestopft in den Krallen eines goldenen Adlers, dessen Schwingen ausgebreitet waren und dessen gelbe Augen mich in der Dämmerung anstarrten. Dort, hinter anderen Glastruhen, stand ich plötzlich einem bewaffneten Siamesen gegenüber: Er bewachte eine Tür, und sein geschnitzter Holzzwilling stand ihm gegenüber. Ich öffnete die Tür, und sie fiel hinter mir zu.

Bücher, vom Boden bis zur Decke: die Bibliothek. Ein Schreibtisch, darauf in Leder gebundene Bücher, die ausnahmslos mit dem Namen des Hauses gestempelt waren, dazu Buchstützen. Ein eingerahmte Fotografie der Dampfjacht, der *Rhouma*, die ich hochhob, um sie anzusehen. Kalt in meinen Händen flammte das Glas plötzlich wie eine rotglühende Kohle auf. Ich ließ es fallen und hörte, wie der Rahmen zersprang. Und hinter mir sagte eine Stimme tadelnd: *»Seien Sie vorsichtig!«*

Ich wirbelte herum.

Draußen, vor dem Schloß, waren die Bäume ziemlich dunkel. Sie erfüllten die großen Fenster der Bibliothek und das kleine, mit Fenstern versehene Rondell des Erkerturms hinter mir mit Dunkelheit. Von diesem Alkoven kam die Stimme. Und als sie sprach, füllte sich der Alkoven mit rotem Licht, dem Licht, dessen Spiegelung ich gerade im Glas des dunklen Bildes der *Rhouma* gesehen hatte. Das Leuchten glitt durch den Raum und verharrte vor einem Augenpaar in der Mitte zwischen zwei gewaltigen bronzenen Schwingen. Zweieinhalb Meter hoch, allein in dem Alkoven, erhob sich schnaubend ein bronzener Adler über mir, und unter seinen großen Klauen zuckten und wanden sich Affen.

»Seien Sie vorsichtig«, zischte die Stimme erneut; und aus dem Erker trat die kleine, rundliche Gestalt Bob Buchanans. Er schwang den roten Lichtkreis einer Taschenlampe. »Oh, Sie sind es; was für eine Schande, ich habe Sie wohl richtig erschreckt. Ich war hinter ihrem jungen Freund her, hinter Rupert. Mit diesem Ding kann man die Gäste nach dem Abendessen hübsch erschrecken!« Er lachte und schaltete die Taschenlampe von einer roten zu einer weißen Birne um. Dabei zeigte er ein entschlossenes Grinsen und tiefe Ringe um die Augen: Bob Buchanan hatte auch nicht viel geschlafen. »Es funktioniert mit einer winzigen roten Glühbirne in der Decke, aber man kann den gleichen Effekt auch mit einer Taschenlampe erzielen . . . Haben Sie Nancy gesehen?«

»Sie sucht nach Ihnen. Sie dachte, Sie wären oben bei den Singvögeln.«

»Dann gehe ich lieber. Ich war oben, aber ich dachte, ich gehe wieder herunter. Wissen Sie, was es da oben gibt? Ein . . .«

Ich erfuhr es nie von ihm. Bevor er sprechen konnte, fing das fürchterliche Dröhnen an.

Ich kenne die Geräusche des Unheils. Ich habe das Geräusch gehört, das ein Gebäude macht, das gerade im Einstürzen begriffen ist. Ich kenne das scheppernde, lärmende Geräusch, das ein Dampfzylinder macht, der kurz vor der Explosion steht. Wenn in einem Haus ein solches Donnern erklingt, läuft man besser, und zwar schnell.

Ich rannte zur Tür, riß sie auf und warf mich in die lichtlose Halle hinaus.

Dort war das Dröhnen beängstigend. Rufende Männerstimmen durchdrangen es und wurden von der grotesken Wandverkleidung zurückgeworfen. Das Haus zitterte vor Donner. Unter der Treppe, vor mir niedergekauert, sah ich vier stille Gestalten: Hennessy,

Ogden, Johnson und Nancy Buchanan. Ihre Gesichter glühten in unerklärlichem Licht. In meinen Ohren rauschte es vor viel zu hohem Luftdruck. Die Eruption hob wie ein Geysir Lärm aus ihren Eingeweiden und trommelte blechern in den dazwischenliegenden Pausen. Ich fiel neben Johnson auf die Knie.

Die schauderhaften Geräuschsturzwellen hoben sich, verschmolzen, nahmen eine gewaltige, dröhnende Ordnung an und wurden, über jedes menschliche Fassungsvermögen hinaus aufgebläht, zum auf der Orgel gespielten *Intermezzo* aus der *Cavalleria Rusticana*. Gespielt auf einer elektrischen Orgel der Hersteller Imhof & Mukle, auf einer Rolle gestanzten roten Papiers. Die Orgel war unter der Treppe eingebaut, und ich starrte ebenso verständnislos wie die anderen dorthin.

Hinter Glastüren funkelten die Orgelpfeifen. Und darüber befanden sich, pulsierend vor Leidenschaft, eine Triangel, zwei Trommeln und ein Becken in immerwährender Bewegung. Das Orchestration setzte schweratmend zu einem Höhepunkt an; die Triangel bewegte sich; und auf der Höhe ihres zitterigen *fortissimo*, das die richtige Geräuschkulisse für einen Kasperle ergeben hätte, der einen Polizisten vertrimmt, senkte sich die Reihe der kurzen Trommelstöcke, um heftig auf das Trommelfell zu schlagen, während die Becken ungebetenerweise erzitterten und zusammenschlugen. Taub auf den Ohren sahen wir zu, wie es sich hysterisch durch solch eine Kiste peitschte. Trompeten bliesen; unsichtbare Hände drückten unsichtbare Tasten nieder; die Trommelstöcke vibrierten, verharrten und vibrierten wieder, wie ein Fliegengewichtler, der auf einen Punchingball einschlägt. Schrill, dröhnend und mißtönend endete der ganze teutonische Alptraum mit einem dumpfen Geräusch auf seinem Grundton, und Johnson wandte sich um, die Zweistärkengläser trüb vor Tränen. »Wir haben versucht, das Licht einzuschalten«, sagte er.

In diesem Augenblick, als die Maschine ein öliges *legato* abspulte, Nancy kicherte, Bob einen Schrei ausstieß und Hennessy geschäftig den Hals nach dem Mechanismus reckte, hörten wir weit oben Kenneths Stimme rufen.

Ich war als erste auf den Stufen; die anderen vier setzten mir nach. Johnson war fast auf gleicher Ebene. »Ich dachte, Sie wollten bei ihm bleiben?« zischte ich, während wir liefen. Er antwortete nicht. Es waren acht Menschen in diesem Haus – neun, wenn Rupert auch da war. Konnte keiner Kenneth beschützen? Als wir liefen, hätte ich vor nackter Wut heulen können.

Oben angelangt, verharrten wir, bis uns ein weiterer Schrei die Richtung wies. »Der Laborflügel«, sagte Johnson kurz lief durch die Weite des Hauses voraus zu der Seite, wo Kenneths Raum lag. Wir liefen um die Ecke und traten in ein betörendes Lichtgewirr. In diesem Flügel war jede Lampe eingeschaltet, jede Tür offen, und am anderen Ende des Ganges stand Kenneth, unverletzt, die Hand auf der Schwelle, und zeigte uns, als wir ihn erreicht hatten, stumm das Chaos im Raum.

Sein verschlossenes Labor war aufgebrochen und zerstört worden Ursprünglich vielleicht mit der Absicht, es zu durchsuchen. Wenn dem so war, sahen wir nun das Ergebnis von Enttäuschung und Zorn vor uns. Ich wußte von Kenneth, daß nichts von Bedeutung hier zurückgelassen worden war, als man ihn nach South Rona versetzt hatte. Aber weswegen es auch immer zu diesem Vandalismus gekommen war, der Anblick schockierte. Es war kein Stück Papier, keine Glasscheibe, kein Instrument unzerstört geblieben. Akten übersäten Bänke und den Boden, einige verbrannt, einige von Säure und Tinte vernichtet. Jede Schublade, jeder Schrank war geöffnet worden, einschließlich jener mit Kenneths Kleidung, und sogar seine Jacken und Hosen waren zerfetzt und verstreut worden. Es war das Werk eines Besessenen, eines weibischen, rachsüchtigen, vertrauten Geistes. Und nur ich wußte als einzige sofort, daß dies Michaels Werk war: das Werk von Michael Twiss. Ich ließ sie dort zurück, während sie sich über die Trümmer beugten und sie beklagten; und ich lief durch das Haus zurück, um Michael diesmal allein aufzustöbern.

Ich betätigte keine Knöpfe, obwohl das Licht, wie ich bemerkte, mittlerweile angeschaltet sein mußte. Ich lief über die hohe Galerie, die die Halle umfaßte, wo die Safranfenster kaum die dunkelroten Wände erhellten, und neben mir wechselten sich aus den Augenwinkeln gesehene Bizarrheiten mit großen, verschwiegenen Schränken mit schweren Türen ab. Glas glitzerte – die Singvögel. Ich war jetzt in der ersten Etage, eilte durch die Schlafräume, Umkleidezimmer und Bäder des dunklen, stillen Flügels, in dem keine neugierigen Besucher angesichts hübscher Antiquitäten in Ausrufe des Entzückens ausbrachen – eilte durch den Flügel, in dem Michael mit Sicherheit wartete. Ahnte er, daß Kenneth ihm die Maske abreißen wollte? Wußte er, fragte ich mich, daß die *Sioras* bald die Anlegestelle verlassen würde, um sich auf der Mitte des Lochs mit der Fähre von Mallaig zu treffen – um die Post zu übernehmen und die Fähre die

Post, die Pakete und alle Besucher zu bringen, die schnell von Rum zum Festland zurückkehren wollten?

Es war sehr still. Ich folgte dem Gang und machte noch eine Runde. Rechts von mir schimmerte, hoch an der Wand, schwach Metall auf und lenkte meine Aufmerksamkeit auf eine Vielzahl von Waffen – Schwerter, Dolche, Bumerangs und mit Einlegearbeiten verzierte Samuraischwerter. Ich drehte ihnen den Rücken zu. »Michael!« rief ich verhalten. »Komm heraus!«

Stille. Und hatte jemand den Knopf für die *Cavalleria Rusticana* gefunden und den Spielautomaten abgestellt. Aus Kenneths Zimmer in der Ferne konnte ich streitende Stimmen hören. Draußen rief leise eine Eule, und die Bäume klangen durch das Glas wie das leise Rauschen einer Brandung. »Michael?« sagte ich erneut.

Mir gegenüber lag der dunkle Schlund eines Zimmers. Ich wollte vermeiden, die anderen herbeizulocken. Andererseits stellte ich fest, daß ich mich nur unter Auferbietung aller Logik dazu bringen konnte, durch diese Tür zu schreiten. In meiner Hand befand sich die kleine Taschenlampe, die ich von der *Dolly* mitgenommen hatte. Ihr bleistiftdünner Lichtstrahl fiel auf einen Totenschädel.

Es war nur ein Bild, ein makabres Motiv. Nach einem Augenblick bewegte ich den Strahl, und er erhellte ein aus dunkler Eiche geschnitztes Himmelbett. Oben und unten, unter dem Himmel und den dunklen Vorhängen, war das Todessymbol aufgemalt. Hinter den Vorhängen verbarg sich niemand. Als ich den Raum Zentimeter um Zentimeter mit der Taschenlampe erhellte, stellte ich fest, daß er spärlich möbliert und leer war. Ich ging hinaus und betrat das nächste Zimmer.

Ich weiß nicht, wie viele ich durchsuchte, bevor ich in den Schlafraum mit den Bambusmöbeln kam. Als ich dort nach Michael rief, spürte ich erstmals eine Art Anwesenheit. Ich rief noch einmal und wartete. Als niemand antwortete, ging ich hinein.

Diesmal war es ein großes Schlafzimmer, mit riesigen Schränken an jeder Wand. Bett und Schlafzimmereinrichtung waren mit Bambusgittern verziert. Aber das Geräusch, das ich gehört hatte, kam nicht von hier, sondern aus dem dahinterliegenden Bad. Es roch feucht. Ich blieb stehen, brachte meine Atmung unter Kontrolle und sagte zum letzten Mal: »Michael! Ich weiß, daß du hier bist. Michael, komm raus und rede mit mir.« Und als er nicht antwortete, schaltete ich die Taschenlampe ein.

Vorhänge. Bis zur Decke reichende Schränke. Ein Waschbecken

mit schmiedeeisernen Füßen. Eine Badewanne, in Mannshöhe mit einem Mahagonidach versehen und wie eine Orgel mit Knöpfen ausgestattet, mit denen man alle hydraulischen Geräte bedienen konnte, die dem Menschen der Regierungszeit König Edwards bekannt gewesen waren. Soweit hatte ich mich umgesehen, als das weiße Licht über mir zu unerwartetem, strahlendem Leben explodierte. Ich starrte dieses Badezimmer aus dem Wunderland benommen an; und allmählich begriff ich, warum Michael Twiss heute abend nicht gekommen war, als ich ihn gerufen hatte. Denn Michael war hier, in dem Badezimmer; und sein Trumper-Haarschnitt war in Unordnung gebracht und triefend naß, und sein Schuhwerk von Lobb verhängnisvoll befleckt.

Er war tot.

14

Die Taschenlampe in meiner Hand leuchtete noch. Ich schaltete sie aus und starrte auf die belegte Wanne. Es kam mir nicht in den Sinn, mich nach demjenigen umzusehen, der die Schlaf- und Badezimmerlampen eingeschaltet hatte. Ich starrte Michael an.

Er war erschossen worden. Der leichte, taubengraue Mantel, den er mit solchem Stolz für ein verlängertes Wochenende mit einer Marquise gekauft hatte, war völlig verschmutzt und ruiniert, und ein sich ausbreitender Fleck hatte sich unregelmäßig, wie schlechter Farbstoff, ins Gewebe gesogen. Das unordentliche Haar sah ihm gar nicht ähnlich, aber an seinem glatten Gesicht, das die meisten Menschen wohl stattlich genannt hätten, hatte sich keine große Veränderung ergeben; in etwa fünf Jahren hätten sich unter seiner Haut eh die ersten Spuren der Zügellosigkeit gezeigt, die sein gutes Aussehen jetzt noch nicht beeinträchtigt hatte. Er hatte sich, so konnte man vermuten, mit der Pistole in der Hand auf den Rand der massiven Badewanne gesetzt, unter den Knöpfen mit der Aufschrift WELLE und DUSCHE, die Pistole auf sein Herz gerichtet, abgedrückt und war langsam zurückgesunken. Im Tode noch so ordentlich wie im Leben.

So hätte man vermuten können, wären da nicht zwei Dinge gewesen. Michael war ein Mensch – war ein Mensch gewesen – von nicht besonders großem Mut und gewaltiger Boshaftigkeit. Er war auch ein Mensch von aufgeblasenem Ehrgeiz, der vor allen anderen Dingen das Leben liebte. Wenn man Michael Twiss kannte, wußte man unweigerlich, daß gerade er derjenige war, bei dem ein Selbstmord am unwahrscheinlichsten schien.

Und man wußte ebenfalls, daß er nicht rauchte. Und daher mußte man sich auch fragen, warum die abgestandene Luft des Badezimmers neben den unangenehmen Gerüchen nach Kordit, Feuchtigkeit, Schweiß und frisch vergossenem Blut auch eine winzige, schon verschwindende Spur frischen Rauches enthielt. Ich fragte mich dies; und gerade, als ich dachte: Kenneth raucht, sagte eine scharfe Stimme an meiner Schulter: *»Was haben Sie getan?«* Ich fuhr herum und stand Hennessy gegenüber.

»Was haben Sie getan?« sagte Hennessy noch einmal. Dann trat er vor und schüttelte mich, bis ich wieder zur Besinnung kam. Ich nahme an, mein Gesicht ist ziemlich leer gewesen. Ich mußte plötzlich so schnell so vieles in Betracht ziehen. Wann war es geschehen? Nicht, während ich nach ihm suchte: Ich hätte das Geräusch des Schusses hören müssen. Also kurz zuvor. Natürlich . . . während die Orgel gespielt hatte. Da hätte man mit einem Maschinengewehr feuern können, und keiner von uns hätte es gehört. Und Kenneth war zu dieser Zeit oben bewesen. Ich merkte, daß Hennessy mich noch immer anstarrte, die Hände auf meinen Schultern, und daß mein lose hängendes Haar aufgrund des Schüttelns auf sie fiel. Ein wenig Blut war durch den weißen Verband über seinem Ohr gekommen, und er war bleich. Es war kein hübscher Anblick, Michael in der Badewanne ausgebreitet.

»Tina!«

Mein Blick konzentrierte sich auf ihn, ich fühlte seinen Griff und bewegte mich. »Ich habe nichts getan – ich bin gerade erst gekommen. Stanley, es ist seine eigene Pistole. Er hat sich umgebracht.«

Seine Augen starrten noch in die meinen – kalte Augen, in einem frostigen Graublau, nun, wo der Charme aus ihnen verschwunden war. »Warum?«

»Ich habe ihm gesagt, er soll mich in Ruh lassen«, entgegnete ich ruhig. »Ich wollte ihn nicht mehr als Manager haben . . . Es war Michael, der auf South Rona auf Sie geschossen hat, Stanley. Er war eifersüchtig – auf Kenneth, auf Sie. Deshalb ist er mir gefolgt. Und als er es herausfand, war es umsonst . . .« Ich biß mir auf die Lippen.

»Weinen Sie nicht, meine Liebe. Es ist nicht Ihre Schuld.« Sein Ton hatte sich ziemlich verändert.

Es war nicht schwer, meine Stimme zittern zu lassen. »Es tut mir nicht leid«, sagte ich, und es war wahr. »Er müßte mir leid tun, aber ich empfinde gar nichts. Ich habe jahrelang mit ihm gearbeitet . . . Er machte mich zu dem, was ich jetzt bin, *und ich habe ihn nicht gemocht, und es tut mir nicht leid, daß er tot ist!«*

Ich brach in Tränen aus, und Hennessy hielt mich fest. Und dann sagte Johnsons Stimme ganz kühl aus dem Hintergrund: »Kann ein Dritter mitspielen? Wer ist tot? Oh, ich verstehe. Der verschiedene Mr. Twiss.« Seine Zweischärfengläser funkelten in der hellen Türöffnung auf; dann beugten sie sich über die Wanne und anschließend voller Mitgefühl über mich. »Madame Rossi! Da sind Sie aber ein böses Mädchen gewesen, nicht wahr? Nun, rufen wir die Polizei an.«

»Sie hat es nicht getan«, schnappte Hennessy. »Es war Selbstmord.«

»Ach ja?« Die schwarzen Augenbrauen schossen hoch. »Im Schlafzimmer ist Blut. Normalerweise erschießen sich Selbstmörder nicht in einem Zimmer, laufen dann schnell rückwärts und springen in die Badewanne. Sagen wir, es soll wie Selbstmord aussehen. Arrangiert von jemandem mit einer ziemlich schlechten Taschenlampe.«

Ich konnte seine Augen nicht sehen, aber seine Stimme war kühler als die Hennessys. Hinter ihm im Schlafzimmer war Rupert plötzlich aufgetaucht. Neben mir fühlte ich, wie Hennessy ein Stück zurückwich. »Ist das wahr?« fragte er grob. Und dann: »Die Pistole ist dort, im Badezimmer. Fingerabdrücke würden beweisen ... Tina sagte, es sei die Pistole, mit der auch ich angeschossen worden bin«

»Durchaus wahrscheinlich. Sie muß es ja wissen«, sagte Johnson sanft. »Schließlich war er ihr Manager und intimer Freund, nicht wahr? Der der Welt gerade all die schlüpfrigen und prestigeschädlichen Details Ihrer warmen Freundschaft mit Kenneth Holmes unterbreiten wollte, nicht wahr, Tina? War das nett, Tina? Sie hätten Ihren persönlichen Ruf vielleicht retten können, aber was wäre dann aus Kenneths Hoffnung auf Entlastung geworden?«

Ich kann mich entsinnen, daß ich zu diesem Zeitpunkt erst mal anfing, ein Gefühl tiefer, kalter Furcht zu verspüren. »Wo ist Kenneth?« fragte ich scharf.

»Hier. Sie sind alle hier«, sagte Johnson umgänglich, und ich sah sie dort, zusammengedrängt im Schlafzimmer: Nancy, Bob, Ogden und Kenneth. Nur Kenneth trat schnell vor, drängte sich an Johnson, Rupert und Hennessy vorbei an meine Seite, an der sonst niemand sein wollte. »Valentina!« sagte er hastig. »Du warst es natürlich nicht, oder? Du wärst niemals dazu imstande!«

Es klang wie ein vom Herzen kommender Schrei; ich wurde unschlüssig, und das Herz blutete mir. Wenn mich auch Kenneth aufgegeben hatte, war mein einziges Bollwerk verschwunden.

Bis auf mich selbst. Ich bin allein geboren worden und war jetzt nicht schlimmer dran. Setz deinen gesunden Menschenverstand ein, Tina. »Wenn er im Schlafzimmer erschossen worden ist«, sagte ich, »muß man ihn hierhergetragen haben. Das hätte ich niemals geschafft.«

»Er ist ein kleiner, leichtgewichtiger Mann.« Johnsons Tonfall entsprach einer vorsichtigen Mutmaßung. »Und als Sängerin sind Sie eine agile, muskulöse Frau. Er hätte auch keine Befürchtungen gehabt, direkt neben der Person zu stehen, die ihn schließlich erschoß.«

»Glauben Sie etwa, nach allem, was geschehen ist, hätte Michael sich noch in meine Nähe begeben? In der Dunkelheit hätte sich jeder an ihn heranschleichen können, ohne daß er es wußte.«

»Genau«, sagte Johnson, und ich fühlte, wie mir zusammen mit der Angst die Röte ins Gesicht schoß. »Noch etwas«, sagte ich schnell. »Ich war bis kurz vor dem Zeitpunkt, da die Orgel zu spielen aufhörte, immer mit jemandem zusammen. Ich hörte, wie sie zu spielen aufhörte, als ich hier oben an den Wänden mit diesen Waffen stand. Ich hätte gar keine Zeit gehabt, ihn zu erschießen.

»Die hatten Sie, vorausgesetzt, Sie gingen direkt in dieses Zimmer.«

Zur Hölle mit ihm. »Aber ich habe ihn nicht erschossen«, sagte ich. »Und ich kann es beweisen. Mr. Hennessy ist mir hierher gefolgt. Er kann beschwören, daß ich gerade hier angekommen war, als er das Licht einschaltete.«

Es folgte ein kurzes Schweigen, und ich fühlte, wie mich die Kälte wieder umschloß. Bestimmt, bestimmt hatte Hennessy mich gesehen. Wenn ich am anderen Ende des Ganges gewesen war, als die Orgel zu spielen aufhörte, hätte ich nicht hier sein und Michael erschießen können. Andererseits hätte er einfach in der Dunkelheit die lange Galerie entlanglaufen können, wie ich es auch getan hatte, und im Gegensatz zu mir einfach den ersten Raum betreten können, den er sah, wobei er nichts von Michael oder mir gesehen hätte, bis er das Licht eingeschaltet hatte. Ich musterte ihn: Sein ordentlich gekämmtes, wehendes, schönes Haar, seine glatte, vom karibischen Strand und den Golfplätzen der Riviera rosig gebräunte Haut, sein Segeln, sein Jagen; sein Whsiky. Der Charme war nun völlig verschwunden, und ich wußte plötzlich und mit absoluter Sicherheit, daß meine letzte Vermutung richtig war – und daß er kein Alibi für mich hatte.

Doch dann legte er die Hand sanft auf den schwarzen Stoff meines Ärmels. »Sie hat recht«, sagte er. »Ich habe gar nicht daran gedacht, aber natürlich habe ich sie gesehen. Ich bin ihr hier herein gefolgt.« Er zögerte. »Es sah einen Augenblick lang so für mich aus, als sei sie zurückgekommen, um vielleicht etwas in Ordnung zu bringen; aber sie kam aus der anderen Richtung. Wenn sie wirklich den Gang hinauf gegangen ist, wie sie sagt, hätte sie es nicht geräuschlos anstellen können.« Und auf meinem Arm spannte sich sein Griff. Ich sah ihn nicht an. Er gab mir etwas Kostbareres als Diamanten, und ich wollte nicht sehen, wie er Kenneth seinen Triumph ins Gesicht schleuderte. Aber Kenneth hegte im Moment sicherlich keine Hoffnung mehr auf mich.

Wieder folgte ein kurzes Schweigen. Die anderen, die hinter uns auf der Schwelle standen, hatten noch nichts gesagt. Hinter uns, die wir uns in dieser Insel des Lichts befanden, lag das Schloß mit seinem ganzen Troß leer und lichtlos da; die Bäume schüttelten sich in der Dunkelheit, der Regen trommelte auf den Park, die Hügel und die Bucht.

Irgendwo dort draußen schaukelten die vier Boote: Victoria, schlafend in ihrer Koje, das Gesicht immer noch verweint; Lenny, ungerührt, wie er die Makrele briet, die er gefangen hatte, und sich fragte, warum wir so lange ausblieben. Die *Binkie* war leer. Auf der *Symphonetta* würden die drei jungen Burschen ihre Hymne des Hasses mittlerweile beendet und sich, schlecht ernährt aus Hennessys spärlicher Speisekammer, zum Schlafen zusammengerollt haben. Während draußen auf dem Loch die *Sioras* mittlerweile ihre Routinefahrt zur Fähre gemacht haben würde; und beladen mit Post, Paketen und vielleicht einem oder zwei Passagieren hatte die Fähre mittlerweile sicher gewendet und strebte wieder dem Festland entgegen.

Ohne Michael. Er hätte es sich nicht gewünscht, auf einer Insel zu sterben. Solch ein Tod hat keinen Rang.

Ich war müde. Ich hatte etwas Schlaf bekommen, aber die anderen – die Buchanans, Kenneth und Rupert, Hennessy, Johnson und Ogden – hatten sehr wenig gehabt, nachdem sie Wache um Wache die Nacht durchgesegelt und dann von ihren unterschiedlichen Interessen auf die Insel Rum getrieben worden waren.

Ich sah Johnson an und fragte mich, wieweit er Hennessy glaubte; wieviel Ärger er jetzt noch auf sich nehmen würde, um mich hinsichtlich des anderen Mordes in der Rose Street zu schützen. Tag um Tag, so erkannte ich – zu spät nun –, war Johnsons Macht über mein Leben gewachsen. Ich war ihm jetzt schon viel mehr ausgeliefert, als es bei Michael jemals der Fall gewesen war. Ich fragte mich jetzt – nicht zum ersten Mal –, welche Belohnung Johnson eigentlich erwartete. Oder ob dies seine Belohnung war. Das Vergnügen, zu sehen, wie mir Unrecht widerfuhr.

»In Ordnung«, sagte Johnson dann. »Ich akzeptiere es. Aber wenn Madame Rossi Twiss nicht umgebracht hat, als die Orgel spielte, stellt sich uns die nächste Frage: Wer hat ihn getötet?«

Diesmal war die Stille vollkommen. Nach einem Moment fuhr Johnson fort: »Da haben wir uns über einiges den Kopf zu zerbrechen, stelle ich fest. Wie wäre es, wenn wir in die Halle hinuntergingen und die Frage in bequemerer Umgebung erörterten?« Und als Hennessy zögerte und einen Blick auf die Wanne mit dem ungewöhnlichen Inhalt warf: »Schalten Sie das Licht aus und lassen Sie alles so, wie es ist. Mr. Twiss wird nichts dagegen haben.«

Es war kalt unten. Die Lichter, die nun überall brannten, betonten nur noch die Absurdität und Leere dieses in der Wildnis errichteten Museums. Die beiden Reihen der Erkerfenster übermittelten uns dumpf, gelb auf schwarz, das Wüten des Regens. Draußen mußte es sehr windig sein.

Wir nahmen auf Johnsons Bitte hin auf Stühlen Platz, die auf dem glänzenden Parkett in einem Halbkreis vor dem großen Kamin in der mit einer Galerie versehenen Halle aufgestellt worden waren. In der Feuerstelle hatten wir nasses Holz aufgehäuft, das wir aus den Vorräten des Verwalters ausgegraben hatten; es brannte nur schlecht und entwickelte öligen Rauch. Wir saßen unruhig da; Hennessy und ich neben dem Kamin, den Fenstern gegenüber; Nancy und Bob nebeneinander, dem Kamin gegenüber, die Kreppsohlen flach auf dem Boden. Den Kreis vervollständigten, mit dem Rücken zum Fenster, Cecil Ogden und Kenneth, dessen Gesicht von Anspannung und Müdigkeit gezeichnet war.

Hinter uns, in der Mitte der Halle, ging Rupert auf und ab. Und vor uns starrte Johnson, der so plötzlich das Kommando übernommen und dessen Autorität noch nicht einmal Hennessy in Frage gestellt hatte, geistesabwesend in die toten, gelben Augen des Löwen. Er stand da und wartete, und der frische Rauch umkreiste seine in marineblauen Hosen steckende Beine und zog hoch bis zu der offenen, kurzen Seemannsjacke und dem dicken, bis zum Hals reichenden Wollpullover. Jeder von uns hielt unbeholfen eine Blechtasse in den Händen, die zu den drei Thermosflaschen gehörten, die die Buchanans mit akkuratem Vorbedacht aus dem feuchten Ranzen zu Bobs standfesten Schuhen gezogen hatte. Der Tee darin war heiß und hatte lange gezogen. Wir hatten zwar weder Milch noch Zucker, doch er wärmte uns, und wir alle tranken ihn als Heilmittel gegen die Kälte und unser Elend. Alle außer Johnson und Rupert, die so unmerklich fremd geworden waren. Wir konnten die Flaschen also kreisen lassen. Denn es waren jetzt nur noch acht von uns übrig.

Ich nehme an, wir spürten, daß man nicht einfach aus einem Haus marschieren kann, in dem ein Mord stattgefunden hat. Ich weiß nicht, was wir erwarteten. Auf jeden Fall verschwendete Johnson keine Zeit. »Ich entschuldige mich nicht dafür, daß ich Sie aufhalte«, sagte er mit plötzlicher Entschlußfreudigkeit. »Wenn Sie sich wegen des Rennens Sorgen machen, die Rennordnung wird nicht beeinträchtigt werden. Nein, etwas viel Ernsteres ist dazwischengekommen. Ein Mensch ist heute abend in diesem Haus getötet worden, und der Mörder ist einer von euch sechsen.«

Zum dritten Mal riß Hennessys Geduldsfaden. »Warum, zum Teufel, rufen Sie dann nicht die Polizei an und hören mit diesem dummen Quatsch auf? Wenn hier ein Mörder ist, würde ich mich verdammt sicherer fühlen, und die Frauen auch, wenn er hinter Schloß und Riegel wäre ... Und ich möchte Sie daran erinnern, daß hier acht und nicht sechs Personen anwesend sind. Wenn Sie töricht genug sind, die Frauen einzubeziehen, dann sind Sie und Glasscock genauso verdächtig wie jeder von uns. Und wenn wir gerade dabei sind, was ist mit Außenstehenden? Es sind über vierzig Personen auf dieser verdammten Insel, ganz zu schweigen von Ihrem Mann und dem Mädchen auf der *Seawolf*– und meinen drei Beispielen für die Jugend von heute da draußen. Hätten sie sich nicht ebenfalls ins Haus schleichen können?«

»Nein. Dieses Haus ist umstellt«, sagte Johnson. »Es wurde versiegelt, als es der letzte von uns betreten hatte. Und es wird solange versiegelt bleiben, wie ich es sage. Ich sollte mich vorstellen. Ich habe nicht nur an Ihrem Rennen teilgenommen und Madame Rossi gemalt, ich trage auch eine gewisse Verantwortung für das U-Boot *Lysander*. Mit meiner Sondervollmacht bin ich momentan in diesem besonderen Fall das Gesetz.«

Ich konnte das Blut in meinem Gehirn spüren: ein einzigartiges Phänomen. Einen Augenblick lang war ich taub und konnte überhaupt nicht denken. Als ich meinen Verstand zwang, seine Pflichten nachzukommen, hörte ich Bob Buchanan sprechen. »Sind wir deshalb ...?«

Er hielt inne und errötete. Natürlich sind er und Nancy deshalb von den offiziellen Stellen mit dieser schmerzlichen Gleichgültigkeit behandelt worden. Hennessy runzelte die Stirn. Und Ogden, der sich auf seinem Stuhl geradezu flegelte, trommelte mit der Blechtasse auf dessen schönes Rosenholzschnitzwerk. »Deshalb durfte Holmes South Rona verlassen!« sagte er. »Auf ganz Skye munkelte man, mit seinen Entwürfen sei etwas nicht in Ordnung gewesen, und die Dienstbehörde für Geheimhaltung wolle ihn nächste Woche festnageln.«

»Ist dem so?« Hennessys Stimme kam scharf und schnell. »Er war Ihr Lockvogel, nicht wahr, der Verbündete aufscheuchen sollte? Dreht sich darum diese Twiss-Affäre?«

»Fast. Michael«, sagte Johnson und nahm seine Pfeife heraus, ohne jemanden anzusehen. »war ein Erpresser. Und Erpresser können natürlich schrecklich viel Ärger bekommen, ohne notwendigerweise Spione zu sein.« Er zündete ein Streichholz an und hielt es an den Tabak. »Wer zum Beispiel unter uns hier – und Sie können davon ausgehen, Hennessy, daß Rupert und ich mit ziemlicher Sicherheit ausgeschlossen werden können –, wer unter Ihnen könnte bei einer Erpressung ein lohnendes Opfer sein? Und wer hatte außer Madame Rossi die Gelegenheit, Michael Twiss zu töten?«

Bob Buchanan rutschte plötzlich auf seinem Sofa vor. »Ich verstehe nicht genau, was Sie meinten, als Sie sagten, Sie hätten die Verantwortung für die *Lysander*. Sie sind ein guter Freund des R.H.C.C. gewesen, Mr. Johnson, jedesmal, wenn Sie hierher in den Norden kamen, aber davon habe ich nichts gewußt. Doch ich nehme an, noch ganz andere Männer haben Geheimaufträge übernommen . . . Ich will nur sagen, ich bin der gleichen Meinung wie Mr. Hennessy. Ich glaube, bevor wir weitermachen, sollten wir die Polizei rufen. Es ist schon jemand erschossen worden, und meiner Meinung zufolge ist die ganze Sache zu riskant. Und für den Fall, daß Sie glauben, Nancy und ich hätten ein rechtmäßiges Interesse, Sie aufzuhalten, darf ich sagen, daß jeder, der versucht, mich zu erpressen, verdammt armselige Nebeneinnahmen hätte. Nach den Ausgaben und Abzahlungen für die *Binkie* ist nicht mehr viel in unserer Kasse. Und wir brauchen uns für nichts zu schämen, das wir getan haben. Ich habe bei einer Reihe Themen eine feste Meinung, das gestehe ich freimütig ein; aber das ist es, was mit der Welt heutzutage nicht mehr stimmt: Niemand ist bereit, sich zu erheben und zu sagen, was er über eine ernste Angelegenheit denkt. Ich sage es. Fragen Sie einfach eins der Komitees, bei denen ich mitarbeite, und man wird es Ihnen sagen. Mein

Leben ist ein offenes Buch, und Nancys ebenfalls. Was wir letzte Nacht auf South Rona gemacht haben, hat niemand außer uns selbst Schaden zugefügt. Wir verstehen uns auf diese Art von Reklametricks, Nancy und ich, aber manchmal ist eine solche Geste eben nötig. Man muß ein Beispiel geben – die Jüngeren sind nicht daran gewöhnt.«

Er schaute nervös, aber mit festem Blick, zu Johnson auf. »Mir gefällt es nicht, daß ein würdiger Anlaß etwas abbekommt, Mr. Johnson, nur weil heute abend hier mit Schmutz geworfen wird. Ich hatte nichts mit diesem Twiss zu schaffen und Nancy auch nicht.«

»Und doch hatten Sie die beste Gelegenheit von allen. Denn Sie waren beide in der Dunkelheit mit Michael hier allein, lange, bevor der Rest von uns überhaupt am Ufer angelegt hatte. Und da ist noch etwas. Erinnern Sie sich nicht, Tina? Hennessy? Erinnern Sie sich nicht, den Klang eines Schusses gehört zu haben, als wir alle im Haus des Chefwärters waren? Wir haben ihn auf einen Pirschjäger zurückgeführt – zumindest habe ich es. Aber denken Sie doch nach! *Niemand schießt in Schottland an einem Sonntag!«*

Buchanans Mund klaffte auf. Er war so augenfällig dumm und ehrlich, daß ich mich wunderte, wieso Johnson überhaupt Zeit an ihn verschwendete. Konnte er so dumm sein, mit einem weiteren Sündenbock wie mir zu rechnen?

»Cecil war auch hier«, sagte Nancy; ihre Händen zitterten leicht, als sie eine halbleere Thermoskanne hielt. »Er kam mit einer Taschenlampe zurück. Aber wir haben Mr. Twiss kaum gesehen. Sobald wir das Schloß betreten hatten, ging er in den einen Flügel, und wir in den anderen.«

»Sie haben dann auch keinen Schuß gehört?« fragte Johnson .

Bob antwortete bedächtig. »Nein. Aber wissen Sie, das Haus ist groß. Doch wenn wir ein wenig darüber nachdenken, wir haben es da oben ein wenig Krachen gehört. Wo Dr. Holmes' Zimmer ist.«

»Das muß Twiss gewesen sein. Er hat mit großer Wahrscheinlichkeit die Zerstörungen im Labor verursacht«, sagte Johnson sanft. »Und so groß das Haus auch sein mag, ich glaube doch, daß Sie ein so lautes Geräusch wie einen Schuß gehört hätten. Es wurde kein Schalldämpfer verwendet. Wir müssen natürlich ein paar Versuche durchführen. Später war keiner von uns so weit von diesem Schlafzimmer entfernt, daß wir den Schuß nicht gehört hätten, abgesehen von dem Zeitraum, als die Orgel spielte. Dann sind Sie, Bob, mit Madame Rossi aus der Bibliothek gekommen und haben sich zu uns gesellt.

Ogden, Nancy und Hennessy waren schon hier bei mir an der Orgel. Dr. Holmes war oben – darüber haben Sie sich Sorgen gemacht, nicht wahr, Tina? Das brauchen Sie nicht. Rupert hat ihn von dem Augenblick an überwacht, da ich ihn aus den Augen ließ.

Wir wissen jetzt, daß Dr. Holmes Michael nicht getötet hat. Michael wurde entweder getötet, kurz nachdem er Kinloch Castle betreten hatte, als nur wenig Leute im Haus waren, die den Schuß vielleicht wirklich überhört haben konnten; oder er wurde in dem Augenblick getötet, als wir alle nach oben liefen, weil Holmes uns gerufen hatte, und sofort darauf die Orgel zu spielen anfing. Übrigens, wer hat sie ausgeschaltet?«

Cecil Ogden war auf seinen Stuhl zurückgesunken; er balancierte seine leere Tasse auf einem knochigen, von einer Kattunhose bedecktem Knie. »Das war ich. Kann Mascagni sowieso nicht ausstehen, und Mascagni mit Bronchitis war einfach zu viel. War nicht leicht, den Knopf zu finden. Dachte, ich hätte ihn, hinter einer Säule, aber statt dessen ging das Licht an.«

»Ich sah das Licht über die Galerie hinweg. Sah auch, wie Sie aus Dr. Holmes' Zimmer kamen«, sagte Rupert knapp. Er ging nicht mehr auf und ab, sondern war auf dem Löwenfell zur Ruhe gekommen. Seine Finger ruhten zwischen den weißen, verstaubten Zähnen. »Sie müssen direkt die Treppe hinuntergegangen sein, für etwas anderes blieb gar keine Zeit. Ogden ist entlastet. Wer hat sonst noch das Labor verlassen, bevor die Orgel zu spielen aufhörte?«

»Tina«, sagte Johnson. »Und Hennessy. Das waren alle.« Er besah sich das Zeug in seiner Pfeife, und als er feststellte, daß es kalt war, bückte er sich, um sie zögernd und mit ziemlich viel Spucken und Rauch auf den brennenden Holzscheiten auszuklopfen. »Beide haben Motive. Eine wohlhabende Sängerin ist ein schönes Opfer für einen Erpresser, besonders für einen, der tagtäglich eng mit ihr zu tun hat. Und wenn wir uns Mr. Hennessys Vergangenheit näher ansehen, so wird sie wohl kaum fleckenlos sein. Da war ein Geschäft in Uruguay, das den Leuten im Hauptquartier vor zwei oder drei Jahren ziemliche Kopfschmerzen bereitet hat. Er ist also auch ein Kandidat für eine Erpressung, und er hat Geld.

Andererseits hat er es nicht nötig, einen Meineid zu leisten, wie er es getan hat, um Madame Rossis Alibi zu verbessern. Ein Mörder hätte das nicht getan. Es bringt ihm keinen Vorteil ein, außer der offensichtlichen Dankbarkeit Madame Rossis, und könnte all seine anderen Unternehmungen in Gefahr bringen, sobald man ihn widerlegt. Denn natürlich war Madame Rossi für ihren Manager nicht nur die Gans, die goldene Eier legt, sondern während der Segeltour das Opfer seines hysterischen Dranges, sie loszuwerden. Man könnte natürlich sagen, daß Erpresser es mit der Angst zu tun bekommen und töten, wenn ihre Opfer drohen, sie bloßzustellen, und daß sich das Opfer manchmal in Selbstverteidigung zur Wehr setzt. Aber es freut mich zutiefst, sagen zu können, daß wir mit absoluter Sicherheit wissen, daß dies diesmal nicht der Fall ist. Denn von dem Moment an, da sie das Labor verließ, hat Rupert Madame Rossi verfolgt, und die Schilderung ihrer Handlungen in den Schlafräumen ist eindeutig richtig.«

Das Klopfen meines Herzens erstarb. Es war nicht Kenneth. Und nun dies. »Wieso haben Sie dann ...« sagte ich, wurde jedoch von Hennessys lauter, wütender Stimme unterbrochen: »Ich habe gehört, wie Sie sie beschuldigt haben, Sie Schweinehund! Sie haben Sie da oben beschuldigt, den Burschen erschossen zu haben. Und jetzt wollen Sie uns weismachen, Sie wüßten, daß Tina es überhaupt nicht gewesen sei? Wissen Sie überhaupt, was Sie tun? Denn es klingt gar nicht danach.« Er stand auf, ein großer Mann, verwirrt und übermüdet; wahrscheinlich schmerzte ihm der Kopf wegen des Ohrs, und er hatte wohl ein wenig Angst wegen all der Dinge, die Johnson erwähnt hatte. »Wenn Sie die Polizei nicht anrufen wollen, werde *ich* es eben tun.«

Johnson bewegte sich nicht einmal. »Als das Labor verwüstet wurde, ist das Telefon ausgefallen. Es spielt auch keine Rolle. Vergessen Sie nicht – der nächste Polizist befindet sich auf Mallaig, ganze sechzehn Seemeilen entfernt. Der Wind ist inzwischen zu stark für einen Hubschrauber. Wenn Sie die Küstenwache alarmieren, schickt man Ihnen vielleicht einen Fischkutter, der aber auch erst morgen vormittag ankäme. Und ein Marineboot würde fast ebenso lange brauchen. Dies ist eine Insel, mein guter Mann. Eine bescheidene Forschungsstation für die Anwendung reiner Wissenschaft inmitten von Vögeln und Bienen. Der Wärter sieht nach den Vögeln und Bienen. Ich sage es noch einmal. Soweit es uns betrifft, *bin ich das Gesetz.*«

Rupert war nach einem Seitenblick etwas informativer. »Wir haben ein Walkie-Talkie hier, Sir. Wir haben mit der Polizei in Verbindung gestanden. Wenn das Wetter es zuläßt, wird sie morgen hier sein. Es kommt nur darauf an, den Mörder die ganze Nacht über sicher hier festzuhalten.«

Den Mörder. Ich zwang meinen müden Verstand zur Arbeit. Wen hatte er unberücksichtigt gelassen? Kenneth natürlich. Hennessy, wenn Rupert ihm gefolgt war. Ogden . . .? Soweit war ich gekommen, als Johnson sagte – als hätte ich laut gesprochen –: »Ja. Nun zu Ogden. Sie haben Twiss und die Buchanans anfangs an der Schloßtür verlassen und sind wegen Ihrer Taschenlampe zur *Seawolf* zurückgekehrt. Wir sprachen von der *Dolly* aus mit Ihnen. Nachdem Sie Ihr Boot dann entladen hatten, sind Sie zur nähergelegenen, großen Anlegestelle zurückgerudert und sofort zum Schloß gegangen. Bob, Nancy und Michael Twiss befanden sich bereits auf ihrem Streifzug. Wohin sind Sie dann gegangen?«

Ogden hatte sich nicht gerührt. Das langgezogene, knochige Kinn auf die Brust gesenkt, die Hände über dem Bauch verschränkt, sagte er: »Die erste Treppe bin ich hinaufgegangen. Ich blitzte mit der Taschenlampe herum, damit die anderen mich fänden, aber die erste Person, der ich begegnete, war Twiss. Er verwüstete Dr. Holmes' Arbeitszimmer.«

Ich wußte, ich atmete keuchend ein. Johnson blickte auf. »Sie sind ihm begegnet! Sie haben später nichts davon gesagt?«

Ogden zog die buschigen Augenbrauen hoch. »Kleine Meinungsverschiedenheit zwischen Liebhabern, nahm ich an. Ließ seinen Groll an der dritten Partei aus. War mir fern, Madame Rossi da hineinzuziehen.«

»Hat er Ihnen gesagt, es handele sich um einen persönlichen Groll gegen Dr. Holmes?« hakte Johnson nach.

Ogden grinste. »Sie hätten die Schimpfwörter hören müssen, mit denen er ihn bedachte. Ich sagte, ihm gehöre der Hintern versohlt; aber es würde diesen Arschlöchern in Whitehall nur einen Klacks kosten, dieses verdammte Durcheinander zu ersetzen, und deshalb würde ich ihn nicht verraten. Dann hat man ihn tot aufgefunden. Kam mir schmutzig vor, ihn hinterher noch zu verraten.«

»Nur gesunder Menschenverstand, hätte ich gedacht«, sagte Johnson nachdenklich. »Und nach Ihrer Begegnung mit Twiss im Labor des Herrn Doktor gingen Sie Ihrer beider Wege?«

»Äh-hm.«

»Haben Sie ihn noch einmal gesehen, bevor oder nachdem der Rest von uns gekommen ist?«

»Nein. Ich habe die Buchanans schließlich bei den Schlafzimmern gefunden, und wir teilten uns die große Taschenlampe, bis wir schließlich zur Bibliothek kamen und Bob mit diesem scheußlichen roten Adlerauge rumzualbern anfing. Er hatte eine kleine Taschenlampe, mit der er herumprobierte, und Nancy half ihm. Ich ging hinauf und sah mir die Vögel an.«

»Haben Sie danach oder zuvor einen Schuß gehört?«

»Nein.«

»Sind Sie sicher?«

»Ja. Und ich hätte ihn bestimmt gehört. Das Haus ist mit diesem kahlen Parkett wie eine Schallmuschel. Man konnte überall hören, wie Nancy hustete, wie das verdammte Finale von *La Traviata*, aber Gott sei Dank spielte die Orgel nicht das.«

Aber Johnson blickte ins Leere, in das dumpfe Rot des Feuers, das hinter ihm flackerte, und ein Ausdruck des Verwirrung legte sich über sein Gesicht. »Wie schade«, bemerkte er. »Wie schade. Denn es ergibt sich wirklich der Anschein, daß Sie, Nancy und Bob Buchanan die einzigen sind, die die Zeit und die Gelegenheit hatten, dem Burschen den Garaus zu bereiten. Und ohne ein offensichtliches Motiv erscheint es ein wenig boshaft, einen von Ihnen herauszusuchen. Ich glaube, es ist besser, Sie alle drei einzusperren. Es sei denn...« – er ignorierte Nancys Buchanans Protestruf –, »wir führen ein Experiment durch. Hier...« Er schob seine Hand in die Jackentasche und brachte etwas Silbriges und Schweres hervor. »Hier ist eine Pistole – eine echte, Tina. Es war unaufmerksam von mir, sie auf Staffa fallen zu lassen. Die andere ist, wie Sie wissen, nur ein Feuerzeug. Nehmen wir diese hier, die etwa das Kaliber von Michaels Waffe hat und feuern wir sie probehalber ein paarmal in diesem Schlafzimmer ab. Zum Beispiel habe ich fast den Eindruck, daß ein von Fenstern umgebener Erkeralkoven keinen sehr guten Lauschposten ergibt, besonders, wenn sich draußen noch wild rauschende Bäumen befinden. Während Sie die Schockvorstellung mit Ihrem Adler planten, Bob, hätten Sie da wirklich einen einzelnen Schuß gehört?«

Hätte er nicht. Dessen war ich mir plötzlich sicher. Ich erinnerte mich an die ausgebreiteten Flügel in der Dunkelheit, das rote Gleißen auf dem Bild, das Klirren von Glas. Ich erinnerte mich auch an die Geräuschexplosion der Orgel, und an die Geräuschzunahme, die ganz deutlich war, als die schwere Tür aufgeschwungen wurde. Denn es war eine Schwingtür. Auch das hatte ich vergessen.

Meine Blicke trafen die Bob Buchanans. Er stellte es sich auch bildhaft vor. Und während wir alle ihn beobachteten, schüttelte er langsam sein bemütztes Haupt.

»Nun ja«, sagte Johnson sanft. »Danken Sie Gott dafür. Einen schrecklichen Augenblick lang habe ich gedacht, Ogden, Sie würden mir entgehen.«

15

Er hatte Ogden beschuldigt. *Ogden*, mit dem langgezogenen, kummervollen Gesicht? Ogden, der mit voller Kraft voraus Hals über Kopf in sein Dingi gestürzt war? Ogden mit dem stöpsellosen Waschbecken und den an einer Schnur hängenden Lampen?

Und was war mit Victoria? Sicher konnte niemand, der sie und ihren hoffnungslosen Kreuzzug beobachtet hatte, sie mit Mord und Verrat in Verbindung bringen. Sicher würde niemand, der sich auf eine geheime und gefährliche Arbeit einließ, ausgerechnet Victoria als Mannschaft auswählen.

Ich musterte die anderen. Da waren Nancy und Bob, müde und benebelt und von den Ereignissen des Abends, dem Hin und Her von Fragen und Anklagen, hoffnungslos verwirrt. Nancy bückte sich plötzlich, schraubte den Verschluß auf die letzte Thermosflasche und schob sie in den Rucksack: alles klar an Deck. Kenneth war mittlerweile sehr still geworden und richtete seine gesamte Aufmerksamkeit nicht auf Ogden, sondern auf Johnsons geschäftsmäßiges Gesicht. Als ich mich umdrehte, stellte ich fest, daß Hennessy neben mir ebenfalls Johnson betrachtete und die Stirn runzelte. Sein Mund, dieser aggressive, kräftige Mund, war ein wenig geöffnet.

»Ich vermute, Sie haben auch geglaubt, Sie wären damit durchgekommen«, fuhr Johnson, Ogden zugewandt, recht freundlich fort. »Wenn Michael Twiss sich nicht entschlossen hätte, Sie heute zu erpressen.«

Für einen langen Moment war Cecil Ogden selbst völlig still. Dann zeigte sein mißvergnügtes, angespanntes Gesicht unter der Prinz-Heinrich-Mütze ein entwaffnendes Grinsen.

»Mein Gott«, sagte er. »Wenn Ihre Annahmen Sie zu diesem Schluß geführt haben, bin ich froh, daß ich mein verdammtes Vorschul-Zeugnis eingerahmt habe.« Als er sich streckte, schossen die knochigen Handgelenke aus den durchgescheuerten Jackenaufschlägen, aber seine kultivierte Stimme klang nichtsdestotrotz verärgert. »An die Großen wagt Ihr euch wieder mal nicht heran, was? Ist doch immer das gleiche. Sucht denjenigen, dem der Arsch sowieso schon auf Grundeis geht, und schiebt ihm die Schuld in die Schuhe. Weshalb soll

Twiss mich erpreßt haben? Wegen Victoria?« Sein Grinsen war nicht sehr nett. »Und womit soll ich ihn bezahlt haben? Mit Knöpfen?«

»Oh, kommen Sie«, sagte Johnson. »Was hat man Ihnen dafür bezahlt, daß Sie mit einem einzigen schönen Knall die *Lysander* beschädigt und unser Vertrauen in Holmes zerstört haben? Was ist mit all diesen hübschen Geräten, die Sie auf der *Seawolf* versteckt haben? Um es mit den Worten zu beschreiben, die Lenny auf Barra benutzt hat – Ihr Vorderdeck sieht aus wie die Lagerhalle des Weihnachtsmannes.

Denn wissen Sie, Kenneth: Michael Twiss war nur ein Erpresser, das und sonst nichts. Indem er sich an Tina hängte, hatte er Zutritt zu allen Abarten des Schmutzes – keine Beleidigung beabsichtigt, Tina, aber Sie kennen die gesellschaftlichen Kreise, in denen er sich bewegte, besser als ich. Er spürte, daß Madame Rossi fast alle ihre Ambitionen verwirklicht hatte; vielleicht argwöhnte er schon, daß man ihn eines Tages nicht mehr brauchen würde. Besonders fürchtete er, sie würde eine dauerhafte Verbindung eingehen, die ihm beides unmöglich machen würde, sowohl die Erpressungen als auch die Art von Leben, die er als ihr Manager gewöhnt war. So versuchte er, sie mit allen möglichen Mitteln von ihrem beabsichtigten Treffen mit Dr. Holmes abzubringen – und zwar aus diesem und einem weiteren guten Grund: Er erpreßte Dr. Holmes hinsichtlich seiner bisherigen Verbindung mit Madame Rossi und wollte vermeiden, daß Madame Rossi dies herausfand . . . Faszinierend, nicht wahr?« fügte er freundlich hinzu, und die Brillengläser funkelten, als er sich umdrehte und uns alle musterte.

»Vor einem Augenblick haben Sie eine ernste Anklage gegen Ogden vorgebracht«, sagte Hennessy abrupt. »Bevor Sie fortfahren, sollten Sie sie wohl besser begründen.«

Ogden antwortete selbst. Er schlug die langen Beine übereinander; dabei kam ihm der Löwenkopf in den Weg, und er trat ihn so heftig zur Seite, daß er sich über Nancys schmucke Schuhe legte. Nancy fuhr zusammen. »Keine Eile«, sagte Ogden. »Wenn das alles vorbei ist, werde ich ihm sowieso eins wegen Verleumdung reinwürgen.«

Schon vor ein paar Augenblicken hatte ich bemerkt, daß Kenneth etwas sagen wollte. Wieder zögerte er, doch dann sagte er zu Johnson: »Aber woher wissen Sie das? Oder sind das über Twiss alles nur Vermutungen?«

Johnson grinste. Er hatte sich auf dem Arm von Hennessys Sessel zwischen uns niedergekauert und schien völlig entspannt zu sein, rauchte und ließ ein Bein baumeln. »Wir wissen es. Aus dem gleichen Grund, da Cecil Ogden es wußte. Sowohl er als auch wir haben das Gepäck des Burschen durchsucht. Große Leute, großes Gepäck; das trifft für Sie wie für Ihren Manager zu, Tina. Michaels Gepäck kam, wie Sie sich erinnern werden, vor ihm auf Rhu an Bord. Es war verschlossen, und zwar mit einem dermaßen guten Schloß, daß selbst Lenny Verdacht schöpfte. Ich fürchte, er wurde überneugierig und öffnete es. Tinas Briefe an Kenneth Holmes befanden sich darin. Oder zumindest Kopien davon. Dann, als wir den Gesangesabend auf der *Evergreen* hatten, dachte ich, es würde Lenny gut tun, wenn er die *Dolly* den ganzen Abend über ausgiebig mit einem Fernglas beobachtete. Die *Dolly* war leer, bis auf Ogden, der an Bord gekommen war, um sich ein paar Ruder zu borgen.

Sie blieben verdammt lange an Bord, Ogden. Wir dachten, es sei einfach nur Neugier – oder vielleicht ein paar kleine Mausereien. Als wir zurückkamen, stellten wir jedoch fest, daß wir Sie unterschätzt hatten. Die *Dolly* war gründlich durchsucht worden, einschließlich Ihrer Koffer, Tina, und meiner. Und Michael Twiss' gutes Schloß war noch einmal geöffnet worden. Zu diesem Zeitpunkt fingen wir dann an, uns ganz entschieden für Ogden zu interessieren.«

Unerwarteterweise unternahm Ogden keine Anstrengungen, diese Behauptung zu widerlegen. Sein Gesicht hatte das trotzige Grinsen verloren und trug den trüben Ausdruck, mit dem wir alle vertraut waren. »Es ist – noch! – kein Verbrechen, anderer Leute hingesabberte Liebesbriefe zu lesen. Ich hab mich nur mal umgesehen. Aber ich nehme an, Sie werden jetzt versuchen, mir irgendwas anzuhängen, um Ihren kleinen Liebling Dr. Holmes zu schützen. Ich nehme an, Sie werden behaupten, ich hätte danach die Segelstütze abgetakelt, damit sie über Bord ging.«

»*Sie* . . .« seine Kopf fuhr zu mir herum. Er haßte Frauen. Nur weil Victoria geschlechtslos war, tolerierte er sie. »Seien Sie nicht kindisch«, sagte Johnson. »Sowohl, nachdem Sie gegangen waren, als auch, als Twiss, Tina, Rupert und Lenny von der *Evergreen* wieder an Bord kamen, haben wir uns vorbehaltlos davon überzeugt, daß die Takelage in Ordnung war. Dieser Zwischenfall ist von jemandem an Bord arrangiert worden, und das muß Twiss gewesen sein. Wie hat er Sie übrigens dazu gebracht, Ihre Kabine zu verlassen, Tina? Indem er wie Holmes gesprochen hat?«

Ich nickte.

»Das habe ich mir gedacht. In Ihrer Schilderung des Zwischenfalls klafften ein paar augenfällige Lücken. Aber das erregte unseren Argwohn nur noch ein wenig mehr, Ogden. Denn da Sie Twiss' Briefe gelesen hatten, konnten Sie leicht darauf schließen, daß das bevorstehende Treffen zwischen Tina und Holmes gar nicht nach dem Geschmack ihres Managers war, daß er vielleicht sogar Angst davor hatte. Auf jeden Fall hätte man selbst von einem verantwortungslosen Quälgeist wie Ihnen erwarten können, uns nach dem Zwischenfall einen Wink zu geben, wie indirekt auch immer. Es gab noch ein oder zwei weitere Dinge. In dieser – und schon in der letzten – Saison hingen Sie häufig in der Umgebung der Inseln herum und schnorrten von den Leuchtturmwärtern, Schiffern und der Küstenwache Zeug für Ihr Boot. Jeder kennt Sie und reißt Witze über Sie. Aber diesmal waren Sie darauf bedacht, niemand außer Victoria an Bord zu lassen, und die wußte es besser, als sich aufs Vorderdeck zu wagen: das haben Sie ihr verboten, nicht wahr? Was haben Sie ihr eingeredet? Daß Sie wirklich etwas Wertvolles ergattert und dort versteckt hätten? Sie war nicht gerade froh darüber, aber sie hat auch bei einem solchen Problem zu Ihnen gehalten. Auf Crinan berichtete Tom McIver dann von einem sehr interessanten Gespräch.«

»Berichtete?« Ich konnte mir nicht helfen. Es war Tom McIver gewesen, der große Mann von dem Dampfboot, der mir Kenneths erste Nachricht überbracht hatte. Ich konnte Kenneth nicht ansehen. Wir waren die ganze Zeit betrogen und bloßgestellt worden; man hatte unsere Briefe gelesen, unsere Nachrichten abgefangen, unsere Treffen beobachtet. Wie hatte Kenneth wissen können, als er mir seine ritterliche Nachricht schickte, seine Warnung, mich fernzuhalten, daß McIver Johnsons Mann war?

»Tom ist ein guter Bursche«, sagte Johnson nun. Er hatte seine Pfeife wieder angezündet, und ich sah, daß er Kenneth durch den Rauch beobachtete. »War während des Krieges in der Navy, und hat ein wenig für uns gearbeitet, damals und später. Es gefällt ihm nicht gerade, aber er versteht, was wichtig ist, und er ist diskret. Er leitete eine Nachricht von Ihnen weiter, Kenneth, bei der wir uns die Freiheit nahmen, sie leicht zu verändern. Und er meldete mir erstens, daß Hennessy daran ein gewisses Interesse gezeigt habe; und zweitens, daß Ogden mit einigen äußerst bohrenden Fragen über Dr. Holmes und die *Lysander* an Bord gekommen sei. McIver wußte, was er zu tun hatte, falls es dazu kommen sollte. Er informierte Ogden unter strikter Vertraulichkeit von Holmes' Nachrichten. Er gab auch den Eindruck wieder, daß sich der Verdacht allmählich von

Dr. Holmes verlagere, obwohl Verrat mit großer Sicherheit bewiesen sei.

Da kam es Ihnen in den Sinn, Ogden, daß Michael Twiss ein hübsches Opfer ergeben würde. Nicht nur ein Erpresser, sondern auch ein Spion. Und tot, so daß er sich nicht mehr verteidigen konnte ... Sie müssen uns irgendwann einmal verraten, wen Sie dazu gebracht haben, die Mine in die Höhle von Staffa zu legen. Kein Wunder, daß Sie nicht an Land gehen wollten. Und wie verärgert Sie gewesen sein müssen, als Lenny auftauchte und Sie daran hinderte, die Explosion auszulösen. Sie hatten mit Victoria schon einen Streit vom Zaun gebrochen, um sie aus dem Weg zu schaffen ... Und das war auch nicht schwer, denn Sie hatten sich nicht an die Regeln des Rennens gehalten, nicht wahr? Bei Portree waren Sie die das einzige Boot mit elektrischen Lampen von einem Ende zum anderen, weil Sie auch das einzige Boot hatten, das ständig die Maschine einsetzte, immer, wenn Sie glaubten, Sie würden damit durchkommen. Und Victoria würde Sie auch nicht verraten, obwohl ich annehme, daß sie Sie gebeten hat, es einzugestehen.«

Er hielt inne. Das Feuer loderte mittlerweile heftig, obwohl der Rauch des Holzes dick und fettig in der Dunkelheit darüber hing. Hinter uns stand Rupert mit verschränkten Armen und hielt uns alle im Blick. Fern vom rötlichen Feuerschein schien fahl die altmodische elektrische Beleuchtung und konnte die staubbedeckten Möbel kaum der Dunkelheit entreißen. Über uns schien die Galerie leer, aber niemand konnte sich dessen sicher sein. Niemand aus dem Dorf konnte herein, hatte Johnson gesagt. Und niemand von den Booten. Aber wie konnte man ein Haus dieser Größe bewachen? Jetzt erst fiel mir wieder das Zelt am Ufer ein, die kleinen, sich bewegenden Gestalten auf den Hügeln, halbwegs verborgen vom Nebel. Studenten aus Glasgow, hatte Johnson damals gesagt. Auf Rotwildjagd. Und dann fiel mir wieder Johnsons Stimme ein, die erst vor kurzem gesagt hatte: »Erinnern Sie sich, diesen Schuß gehört zu haben? Wir haben ihn auf einen Pirschjäger zurückgeführt. Aber niemand schießt in Schottland an einem Sonntag.«

Niemand schießt an einem Sonntag in Schottland auf etwas. Nur auf Menschen.

Johnson, der auf der anderen Lehne von Hennessys Sessel saß, hatte uns von der ganzen Wärme des Feuers abgeschnitten. Furcht läßt einen frösteln, nehme ich an. Als ich zitterte, legte Hennessy einen Arm um meine Schulter, und es fiel mir schwer, nicht zurückzuzucken. Wie wollten wir wissen, wer wirklich der Mörder war? Wem wir vertrauen konnten? Selbst, bevor Ogden spöttisch sagte: »Herr im Himmel, was für ein Verbrechen! Das steckt also hinter all diesem Durcheinander! Die tödlichste Sünde in der Bibel. Zuerst habe ich jemandes Briefe gelesen und jetzt habe ich gemogelt und meine Maschine eingesetzt... Das macht mich zum Mörder. Und ich will Ihnen noch was sagen. Ich hole meine verdammte Flagge bei Sonnenuntergang nicht ein. – Ein Prolet, Leute! Ran an ihn, Freunde! Werft ihn aus dem Regiment!« Seine Parodie war ätzend genau, und Rupert errötete.

»Wieder zum Vorderdeck«, sagte Johnson unbeeindruckt. »Vor einem Augenblick haben Sie noch behauptet, zur großen Schar der Unterprivilegierten zu gehören. Als Sie alle auf Barra an Land waren, haben wir uns die *Seawolf* genauer angesehen und auch die *Binkie*. Sie brauchten mehr als ein paar Dosen Dörrfleisch von der Marine, um einen Kurzwellensender bezahlen zu können, wie Sie ihn im Vorderdeck versteckt haben, Ogden...«

»Sie waren an Bord der *Binkie*?« sagte Nancy Buchanan langsam. »Dann haben Sie das...«

»Das Banner gesehen? Ja, natürlich; wir wußte alles darüber. Es tut mir leid, Nancy.« Lächerlich, aber da war eine Spur von Bedauern in Johnsons Stimme. »Doch es standen Menschenleben auf dem Spiel. Wir mußten herausfinden, wie Sie und Bob ins Spiel paßten. Dann war alles ziemlich klar. Auf South Rona haben Sie niemandem Schaden zugefügt und nichts getan, womit wir nicht gerechnet hatten. Sie haben uns sogar unwissend geholfen, den allgemeinen Aufruhr und die Vielzahl von Sicherheitskräften zu erklären, so daß der wahre Schuldige es nicht mit der Angst zu tun bekam und einfach davonlief. Damals«, sagte Johnson seelenruhig, »lag die Wahl zwischen Ihnen und Hennessy, wobei wir Ihnen die größeren Chancen zubilligten. Es gab zahlreiche Risiken. Etwa, daß Michael Twiss, oder auch Dr. Holmes selbst, einen Unfall haben oder scheinbar Selbstmord begehen würde. Oder auch, daß Holmes und Tina sterben würden, getötet von Twiss. Wir leiteten alle erdenklichen Vorsichtsmaßnahmen ein, doch Hennessy half uns nicht gerade, indem er Tom McIver bewußtlos schlug, nachdem wir geplant hatten, daß er Tina sicher nach South Rona bringen und sie beschützen sollte, bis sie und Holmes sich getroffen hatten.

Wir hatten geplant«, sagte Johnson und warf mir einen Blick zu, »daß McIver Sie zum Leuchtturmhafen bringen sollte, wo wir für Sie ein Treffen mit Michael sozusagen unter sicherer Aufsicht arrangiert hätten. Statt dessen brachte Hennessy Sie zum anderen Ende, was einen langen und gefährlichen Fußmarsch bedeutete, und bestand dann noch darauf, Sie zu begleiten. Wir hatten Dr. Holmes – entschuldigen Sie bitte, Kenneth – schon eine falsche Nachricht von Tom McIver geschickt und den Treffpunkt zum Landrover verlegt. Wir wollten nicht, daß er in der Dunkelheit über ganz South Rona fuhr – die Insel ähnelte in dieser Nacht eher dem Bahnhof King's Cross. In der Tat hatten wir so viele verdammte Vorsichtsmaßnahmen zu ergreifen, daß wir beinahe verhindert hätten, daß überhaupt etwas passierte. Nur Twiss, der freundlicherweise von Ogden zur Insel gebracht worden war, ballerte blindlings auf Tina los und traf Hennessy – es war nicht einfach, in der Dunkelheit zu schießen, und er war im Prinzip auch ein Feigling.

Er wußte nichts davon, ja, ahnte noch nicht einmal etwas, daß Ogden ihm am Leuchtturm ein Seil gab, das er brauchte, um sich selbst den Strick zu drehen. Er wußte nicht, daß Ogden den Leuchtturm fast sofort nach ihm verlassen hatte; aber keiner von ihnen kehrte zur *Seawolf* zurück. Twiss zog seine kleine spanische 45er Automatik, schoß auf Tina und verletzte Hennessy am Ohr. Im nachfolgenden Durcheinander, bei dem Hennessy, die Buchanans und die Marine übereinanderstolperte, verlor Twiss die Nerven, warf die Pistole weg und floh. Wir nehmen an, daß Ogden sie fand und uns folgte. Vergessen Sie nicht, er hatte damit gerechnet, daß sich Holmes bei Madame Rossi befand; er wußte nichts von dem Plan mit dem Landrover. Ich glaube, er hat sie tatsächlich für eine Weile verloren. Auf jeden Fall sah der Bursche, den ich ihr folgen ließ, nichts von ihm. Aller Wahrscheinlichkeit zufolge hat er schließlich den Landrover entweder auf der Straße gefunden, oder, nachdem ich zur Anlegestelle gefahren war – und genug gehört, um zu erkennen, daß der Verdacht mittlerweile wirklich von Kenneth auf Michael Twiss übergegangen war. Wenn Kenneth nicht sein Sündenbock werden würde, wie er gehofft hatte, um Madame Rossi aus der Sache herauszuhalten, dann würde Michael einen ausgezeichneten Ersatz abgeben. Bis auf den Umstand, daß wir nicht imstande sein durften, Michael zu verhören und herauszufinden, daß er trotz allem in Wirklichkeit nur ein mieser kleiner Erpresser war.

Zu Michaels Unglück«, fuhr Johnson ohne jedes Bedauern in der Stimme fort, *»chacun à son métier*, besiegelte er sein eigenes unmittelbar bevorstehendes Schicksal mit großer Eile, indem er Ogdens höchst geheime und kostspielige Geräte im Vorderdeck fand. Ogden mußte ja schließlich die Jacht auf der nebligen Strecke von Portree mit sehr wenig Hilfe segeln. Er konnte nicht die ganze Zeit unter Deck sein. Und Twiss war im Gegensatz zu Victoria ganz entschieden nicht an irgendwelche Bande der Loyalität gebunden. Im Gegenteil, sein Geschäft war das Herumschnüffeln. Ich gehe davon aus, daß er nach der Ankunft auf Rum sofort mit einen Gegenvorschlag aufwartete, als Ogden ihn beim Verwüsten des Labors überraschte: Bezahlen Sie, was ich verlange, oder ich teile den Behörden mit, daß auf der *Seawolf* etwas sehr Seltsames vor sich geht. So mußte Ogden ihn ganz einfach töten – so schnell wie möglich, und mit seiner eigenen Pistole. Wenn er Glück hatte, würden wir alle glauben, es sei Selbstmord. Wenn er fürchterliches Glück hatte, würden wir herausfinden, daß es Mord war, und Dr. Holmes beschuldigen. Auf jeden Fall würde jeder annehmen, daß Michael Twiss der Mann sei, der den Unfall auf der *Lysander* organisiert hatte. Wenn er Holmes Briefe entwenden konnte, konnte er auch Pläne fotografieren.«

Plötzlich sprach Kenneth. »Was macht Sie alle so sicher, daß er es nicht getan hat? Er hatte schließlich die Gelegenheit dazu, und Ogden hätte diesem Gerät nicht auf tausend Meilen nahe kommen können. Er hätte arrangieren können, daß es auf der *Lysander* versteckt wird – was Sie vorgetragen haben, ist kein Beweis, fügt sich aber zu einer sehr großen Wahrscheinlichkeit zusammen –, aber er hätte es nicht stehlen oder fotografieren können. Das muß ein anderer getan haben: Michael Twiss. Natürlich stecken sie unter einer Decke. Warum hätte Ogden Michael sonst nach South Rona und wieder zurück gebracht?«

Der Wind schlug gegen die Fenster und trieb einen weiteren Regenschwall über die Art-noveau-Erker: Wasser spritzte in den Kamin. Langsam erhob sich Johnson von der Sessellehne, nahm die Pfeife aus dem Mund, schlug sie im Kamin aus und steckte sie ein. »Nein. Ogden hat sie nicht genommen«, sagte er. Seine weichen Hände faltend, stand er da und musterte uns. Bob und Nancy folgten mit angespanntem Gesicht und großen Augen jedem Aufblitzen seiner Brillengläser; Kenneths bleiches Gesicht war voller dünner, finsterer Linien; Ogden, der, trotzig dahingerekelt, dem letzten Teil der Ausführungen regungslos zugehört hatte, streckte die langen Finger, spreizte sie und spitzte die bleichen, fleischigen Lippen. Schließlich fuhr Johnson nachdenklich fort:

»Michael Twiss könnte Ihre kleine Erfindung gestohlen und später

Streifen. Und hinter diesem Streifen enthüllte das Meer sich dunkel mit großen aufstrebenden Wellenfahrstühlen und Gischtraketen, und am schiefergrauen, indigofarbenen Horizont als stampfendes Durcheinander sich stets verändernder schwarzer Gipfel. Soweit diese flüssigen Berge reichten, war nichts von den Lichtern der *Binkie* oder der *Dolly* zu sehen. Da war nur das schale gelbe Leuchten aus der Luke unter meinen Füßen, das Ogdens langgezogenes, unrasiertes Gesicht zeigte, halb gefaßt, halb aufgewühlt und nervös, als er sich abmühte, das nasse, vollgesogene Segeltuch niederzuholen, und Victorias gebeugte Schultern, als sie sich hustend und würgend ans schwankende Deck klammerte. Die Hälfte meines Verstandes war mit unmittelbaren, überwältigenden Gefahren beschäftigt: damit, den großen, glänzenden Baum unter Kontrolle zu halten, als sich das hoch über unseren Köpfen schwebende Gebilde mit einem Ruck der nassen, bleischweren Falten senkte; die Segeltücher während Ogdens kurzer Unentschlossenheit festzuhalten; und dann der schwindelerregende, die Fingernägel abbrechende Schrecken, sich gegen die See, die Böen und den vibrierenden Baum im Gleichgewicht zu halten, während ich mich mit Ogden von einem Ende des Großsegels zum anderen bewegte, die Reffbändsel verknotete und so das Segeltuch festzurrte und verkürzte. Die Hälfte meines Verstandes war damit beschäftigt. Die andere Hälfte sagte mir, daß niemand, der in dieser Nacht eine Jacht durch die Inneren Hebriden segelte, Überraschung oder gar Vorwürfe äußern würde, sollte Cecil Ogden mit seiner Tonbandspule über Bord gehen.

Vielleicht las er etwas davon in meinem Gesicht, als wir einander über den Baum hinweg ansahen. Auf jeden Fall verzerrten sich plötzlich seine dicken Lippen. »Na also«, sagte er, während seine Finger unablässig arbeiteten. »Seien Sie ein braves Mädchen. Schließlich ist Ogden der einzige von uns, der weiß, wie man dieses Boot führt. Und er *hält* Wort. Sie helfen mir, ans Festland zu kommen, Tina, mein Schätzchen, und was in meiner Tasche ist, gehört Ihnen.« Dann waren wir mit dem Reffen fertig und hatten die Falleinen gesetzt; und als die Segel gesetzt, die Ruderstange losgebunden war und in Ogdens großer, schmutziger Hand lag, steuerte die *Seawolf* leewärts und jagte, flach auf der Backbordreling liegend, mitten in den Sturm hinein.

Nach einem einzigen scharrenden Geräusch und einem nachfolgenden Knall, der andeutete, daß sich unter Deck alles auf die Leeseite verlagert hatte, fand sich die *Seawolf*, sich immer noch ungestüm aufbäumend, mit ihrem neuen Kurs ab, und Victoria hörte, das Gesicht grünlich-weiß hinter den Haarsträhnen, endlich auf, sich zu übergeben und lag steif in dem kalten, überspülten Kabinenvorraum, den Kopf auf die Arme gebettet. Ich machte einen Schritt hinab auf den Salon zu.

»Nein. Oh, nein, das lassen Sie schön bleiben«. Ogdens Arm zog mich zurück und drückte mich heftig gegen eine Bank neben ihm. Ich hielt still, denn die kurze Unaufmerksamkeit hatte ihren Preis. Anstatt den nächsten schäumenden Wellenberg hinauf und um ihn herum zu gleiten, grub sich die *Seawolf* mit dem Bug geradezu in ihn hinein und erbebte, als sei sie auf eine Schlickbank aufgelaufen, während schäumendes Wasser die Speigatte hinab auf uns zuschoß und sich zu der klatschenden Tide im Kabinenvorraum gesellte. »Es fließt von allein ab«, sagte Ogden voller Haß. »Außer, wir nehmen zu schnell zu viel Wasser auf.«

Der Wind hob sich um einen Halbton, dann um einen weiteren, und die *Seawolf* legte sich auf die Seite, tauchte in eine Wellenschlucht und kletterte die Wellen wieder hoch. Seit der halben Stunde, da ich zum letzten Mal aufs Barometer geschaut hatte, war der Luftdruck um .03 gefallen und sank immer noch. »Wohin fahren wir?« sagte ich zu Ogden.

Er wandte die Augen nicht von der Dunkelheit ab, aber ich sah, daß seine schlechten Zähne kurz zu einer Art von Grinsen aufblitzten. »Kümmern Sie sich nicht darum. Zum Festland.«

»Haben wir nicht zu viel Segelfläche gesetzt? Was ist, wenn es schlimmer wird?«

»Das ist schon in Ordnung. Wir werden das Großsegel einholen.«

Victoria hob den Kopf und begutachtete erstmals das Wetter. »Cecil. Wir hätten besser beigedreht.«

Keine Antwort. Er würde nicht mehr umkehren. Er hatte nichts zu verlieren. Wir stampften mit dem letzten Rest der Ebbe nach Süden, hatten eine Hochseefahrt vor uns und eine atlantische Sturmbrise aus Südwest zu erwarten. Vielleicht kam ein Punkt, wo unsere – Victorias, Kenneths und meine – Unkenntnis mit weniger Risiko behaftet war als sein zwanghafter Drang, weiterzusegeln. Und dann mußte Ogden mit oder ohne Hilfe irgendwie verschwinden.

Wir waren durch und durch naß. Victoria zitterte, und ich konnte fühlen, wie meine Finger und Füße von der beißenden Kälte des Wassers taub wurden. Ich spürte die gewaltige Macht des Sturmes, die großen, eisigen Luftmassen, die sich im Großsegel über uns fingen.

»Cecil«, sagte Victoria, »wir müssen wieder warm werden und etwas zu essen kriegen, sonst können wir direkt aufgeben. Laß mich versuchen, in der Kombüse etwas Suppe zu erhitzen. Wir können nacheinander hinabgehen und vielleicht trockene Sachen anziehen und Ölzeug überwerfen. Du hast wahrscheinlich den ganzen Tag noch nichts gegessen.«

Es war ein tapferes Angebot, aber auch ein vernünftiges. Jedem, der so seekrank gewesen war wie Victoria, mußte die Aussicht, das schwankende Durcheinander unten zu betreten (ganz zu schweigen davon, etwas zu essen zu suchen und zu erhitzen), schlicht schrecklich vorkommen. Ich fragte mich einen gedankenlosen Augenblick lang, wie sie unter all diesen triefend nassen, etikettlosen Dosen eine mit Suppe finden wollte und begriff dann, daß sie es überhaupt nicht konnte. Das letzte, das Ogden gemacht hatte, bevor er das Ruder übernommen hatte, war, das Salon- und Ankerlicht auszuschalten. Bis auf das verschwommene grüne Leuchten des Kompasses gab es kein Licht an Bord der *Seawolf*. Und er würde Victoria nicht nach unten gehen lassen. »Wenn du auch nur einen Schritt machst«, sagte Ogden völlig ruhig, als sie zögernd dort stand und sich am Sideboard des Kabinenvorraums festhielt, »werde ich die Ruderstange loslassen.«

Sie hielt ihre Stellung, und es fiel einem ein, wie gut sie ihn in mancher Hinsicht kennen mußte. »Das ist doch lächerlich. Das Schiff wird vollaufen; du wirst nur mit uns ertrinken. Hör mal, ich komme gar nicht in die Nähe von Dr. Holmes; was hätte es auch für einen Sinn? Er kann auch nicht segeln. Er ist verletzt. Wahrscheinlich ist er schon längst bewußtlos.«

»Niemand geht hinab«, sagte Ogden und grinste wieder. Er würde voller Zufriedenheit mit uns ertrinken, dachte ich. Alles andere war schiefgegangen, aber auf seinem eigenen Schiff hatte er noch immer Macht über Leben und Tod. Diese verrückte Tonne von Schiff, wo einem das Wasser über die Knöchel lief, die Maschine nicht funktionieren wollte, die Taue morsch waren und die Lampen mit Draht befestigt waren. Ich dachte: Die Lichter sind aus. Was, wenn wir auf einen Trawler stoßen, einen Treibnetzfischdampfer, der einen sicheren Hafen anlaufen will? Wir haben keine Lichter und keine Maschine. Die *Dolly* wird uns nicht sehen. Und andere Schiffe auch nicht.

Ich hob meine Stimme über den tumultartigen Lärm. »Sie hat recht«, sagte ich. »Bald werden wir verkühlt sein, um die Seile noch handhaben zu können: dann haben Sie keine Mannschaft mehr. Wenn

Sie sich wegen Kenneth Sorgen machen, geben Sie Victoria die Ruderpinne und gehen Sie selbst hinab und schließen das Vorderdeck ab.« Er hatte meine und seine Pistole in der Tasche, aber daran wollte ich ihn nicht unbedingt erinnern. Er wußte sowieso, daß er es ohne uns nicht schaffen konnte. Jedenfalls nicht in diesem Wetter.

Er zögerte. Die Jahre des Herumkreuzens in diesen Gewässern mußten ihn die Maxime gelehrt haben, die zu wiederholen Lenny am versessensten war: Bei einem Sturm ist es selten das Boot, das sich geschlagen gibt – es ist die Mannschaft. Aber ich hatte seinem Stolz keinen leichten Weg bereitet. Es war Victoria, die ihre feucht schimmernde Hand auf die Ruderpinne legte und sagte: »Ich glaube, ich schaffe es, wenn du mir zeigst, wie es geht. Wenn sich das Boot hebt, steuert man eine wenig leewärts. Wenn man dann durch das Wellental fällt, bringt man es herum.«

»Nicht ganz.« Sie hörte zu, und er wies sie ein. Dann übernahm sie mit ernstem Gesicht die Ruderpinne, und Ogden torkelte nach unten.

17

Wir waren Neulinge. Selbst Victoria, die die halbe Saison lang Ogdens Krankenschwester, Putzfrau, Köchin und Prügelknabe gewesen war, verstand sich auf kaum mehr, als blindlings Befehlen zu gehorchen. Oder wir hätten uns nicht beschweren dürfen, uns sei kalt, und wir hätten Hunger. Wir hätten darauf achten müssen, daß Ogden als allererster das tat, was unbedingt getan werden mußte. Bei dieser Windstärke und einem Seegang von solcher Heftigkeit wurde die *Seawolf* von ihrem Segel geschüttelt, herumgerissen und hin- und hergeworfen. Das gereffte Großsegel war nicht mehr klein genug, um noch sicher zu sein. Die *Seawolf* mußt vor Topp und Takel segeln.

Aber Ogden war unter Deck gegangen.

Ich wußte nicht, was ihn aufhielt, durch den Salon zu gehen und seinen Gefangenen einzuschließen, konnte es mir aber irgendwie denken. Der Boden würde fast unpassierbar sein. Der gesamte Inhalt der schlecht schließenden Schränke und klapprigen Regale mußte herausgefallen sein und sich über die geringen, noch freien Bodenflächen ergossen haben. Der Litzendraht unter der Decke mußte heruntergestürzt sein, die Lampen zertrümmert, die Vorhänge mit zerbrochenen Flaschen verunreinigt, und überall würde es vor Methylalkohol, Wasser und Paraffin triefen. Ich fragte mich, wie es Kenneth erging, verletzt und gefesselt in dieser Hölle da unten, und wie er sich fühlen würde, wenn die Tür schlug und er wußte, daß er das gleiche Schicksal wie die *Seawolf* erleiden würde, wie es auch aussehen mochte. Und die ganze Zeit, da ich mich dies fragte, kämpfte Victoria mit dem Ruder, bis sie plötzlich mit einem leisen Wimmern meinen Namen rief. Und ich hörte damit auf, in die Dunkelheit des gedunsenen Leibes der *Seawolf* hinabzustarren. Ich schaute mich um und sah es.

Er war fünf Meter hoch, der Berg, der sich hinter uns aufgetürmt hatte, und wuchs noch immer an, entzog den dunklen, erstarrten Himmel unseren Blicken. Ogden, der möglicherweise von einem sechsten Sinn gewarnt worden war, ging unten im Salon auf und ab, und mit dem Rand meines Bewußtseins sah ich seinen mützenbedeckten Kopf, der sich gerade hob. Dann lagen meine Hände auf denen Victorias, die an der Ruderpinne zerrten und zogen.

Wir handelten damit genau falsch. Einen Augenblick lang starrten wir in die dichte, pochende Schwärze des Dings, das da über uns emporwuchs. Der Gischtkamm war von der Spitze der Welle geblasen worden. Die heulende Luft, die abgeschälte Karosserie, die Segel waren alle grau vor sich drehenden Windbäumen aus Schaum, als die Kruste vom Wasser abgetrennt wurde. Wir beobachteten, wie sie weit über uns mit ernst abgewägter Präzision den Scheitelpunkt ihres bogenförmigen Aufstiegs erreicht. Einen Augenblick lang verharrte die Welle. Dann schwappte sie langsam über, bog sich hinab, zerstörte ihr schimmerndes Gefüge aus Spannung und Gleichgewicht – und fiel wie ein zusammenbrechender Schornstein auf die Steuerbordseite der *Seawolf*.

Als der Aufprall endlich kam, war er ohrenbetäubend: Er ähnelte dem heiseren, unerwarteten Geräusch, mit dem TNT in einem Steinbruch explodiert. Als er kam, stürzte das Wasser wie eine holzgetäfelte Zimmerdecke endlos über die Takelage, den Kabinenvorraum, das geneigte Segel und das zu schräg liegende Deck, schleuderte Victoria und mich bäuchlings zu Boden, stieß Ogden in die Kabine zurück, ergoß sich kochend und alles erstickend über Ruderpinne, Bänke und Instrumente und sprang dann wie ein naß glänzendes Tier weiter, um den zertrümmerten Salon zu überfluten.

Böse zugerichtet, würgend und von der endlosen Sturzflut hin- und hergeworfen, versuchte ich dreimal, auf die Beine zu kommen, nur um immer wieder zurückgeworfen zu werden. Ich fühlte das lange, ersterbende Zittern, mit dem die alten, morschen Bretter auf das Durchwalken reagierten. Und als das Wasser uns mit seiner Dunkelheit überschwemmte, das Meer über uns zusammenbrach und der Wind ächzte und stöhnte, fühlte ich, wie die *Seawolf* rollte, dorthin rollte, wohin die Neigung des Decks und das mit Wasser gefüllte, pathetisch halbgereffte Großsegel sie sowieso schon halb befördert hatte – nach Backbord, um mit dem Mast das Meer zu berühren.

Ich weiß noch, daß ich halb ertrunken im Kabinenvorraum lag, die Finger um eine Art Gräting verkrampft, die Füße gegen etwas auf dem Rücken Liegendes und Weiches gestemmt, was Victoria sein mußte, die bewußtlos oder ertrunken auf der Leeseite unseres überfluteten Sarges lag. Ich weiß noch, daß ich das Glitzern der Gischtfetzen sah, die weit über Hüfthöhe im Salon trieben, und mich fragte, wo Ogden war und ob es ihm gelungen sei, die Vorderdecktür abzuschließen. Ich weiß noch, daß sich das Deck immer weiter aufrichtete, bis ich schließlich, ob ich wollte oder nicht, über Victoria rutschte und sich das Wasser um und über unsere Köpfe ergoß und ich sie am Kragen faßte und versuchte, mich auf der Leeseite des Kabinenvorraums aufzurichten.

Es gab keine Rettungsringe. Es gab kein Dingi – ich hatte gesehen, daß es sich losgerissen hatte und über Bord gerutscht war. Es gab keine Lampen, mit denen man Hilfe herbeilocken konnte und keine Hilfe, die man rufen konnte: Wie sollten die Verfolger uns in diesem Unwetter finden können, vorausgesetzt, sie waren überhaupt weitergesegelt?

Ein achtbareres Schiff hätte sich weiterhin abgequält. Von der *Seawolf* kam inmitten ihres Todesrollens ein vereinzeltes melodisches Geräusch, dann noch eins, das das Krachen des zersplitternden Holzes und das Zischen des Wassers deutlich übertönte. Ich schaute auf.

Der Wind und die gischtgesprenkelte Luft über uns füllten sich langsam und geräuschlos mit einem aus dem Himmel stürzenden Wald. Ein geisterhaftes, verworrenes Mosaik aus Holz, Draht, Hanf und zerrissenen, trüben Splittern senkte sich immer tiefer, hüllte das gesamte Deck ein und rutschte dann aufgebläht ins Meer. Der Großmast war verschwunden.

Einen Augenblick lang erzitterte die *Seawolf* heftig; das Deck befand sich fast senkrecht über uns und schien den Segeln und den Masten folgen zu wollen. Dann richtete sich das Schiff langsam, träge, brandend, ächzend und glucksend wie ein weicher, fester Schwamm wieder auf, richtete sich nach dem Wind aus und lag dann endlich still. Es herrschte absolute Ruhe ... und Stille ... und Friedfertigkeit.

Ich sah zu Victoria hinüber. Im Kabinenvorraum sank das Wasser schon wieder, obwohl ich das Geräusch hören konnte, mit dem es in der darunterliegenden Kabine gegen die Wand schwappte. Um uns herum lagen Deck und Ruderhaus feucht schimmernd in der Dunkelheit; auf der Wetterseite fehlte jede Spur des Tauwerks. Vorn, hinter dem abgebrochenen Maststumpf, war eine Luke halb von ihrer Vertäuung befreit worden, und die Wellen, die über uns hinwegströmten, wobei wir immer einen kleinen Knicks machten und uns durchnässen ließen, mußten sich wenigstens zum Teil ins Vorderdeck ergießen. Ich atmete tief ein. Kenneth. Ogden. Pumpen, irgendwie, wenn wir sie finden konnten: Victoria würde es wissen. *Wir würden überleben.*

Victoria wußte es. Wir mußten die Wanten von den Augplatten schneiden und uns von den schweren Spieren befreien, die schon gegen unsere durchgescheuerten, ungeschützten Seiten stachen und drückten. Aber dafür benötigten wir Werkzeuge und eine rohe Kraft, die wir, verfroren und noch von der Schwäche des Schocks zitternd, einfach nicht hatten. Der erste Schritt, dies sagte mir sowohl der Verstand als auch der Instinkt, bestand darin, sich den Weg die Ruderhausstufen hinab und in die dahinterliegende Dunkelheit zu tasten.

Es war ein Alptraum, aber verglichen mit dem, den wir durchgemacht hatten, nur eine Angelegenheit von kalter Beharrlichkeit. Das Schwanken war geringer als zuvor, aber immer noch heftig genug, um ein Fortkommen in diesem lichtlosen und überfluteten Trödelladen fast unmöglich zu machen. Später überlegte ich mir, daß Ogden soweit gestolpert sein und sich dann den Kopf am Schott oder am Mast gestoßen haben mußte, denn wir hatten kaum den Salon betreten, als wir seine Stimme direkt neben uns hörten, leise und durchnäßt wie das Schiff selbst. »Der Mast ist verschwunden!« sagte er als Feststellung, und nicht als Frage, und mir kam plötzlich in den Sinn, daß wir, soweit es Ogden betraf, genausogut hätten untergehen können, da die *Seawolf* jetzt ohne Maschine oder Segel nicht viel mehr als eine bleierne Ente war.

»Bist du in Ordnung?« fragte Victoria schnell.

Seine Stimme war höhnisch und rauh. »Nein. Aber was zum Teufel interessiert dich das?«

»Mich interessiert es.« Ihre Stimme war im Gegensatz zu seiner dünn, aber ruhig. »Wir sind ja alle Menschen, Cecil.«

»Das ist ja eben das Problem mit uns«, sagte er. »Wir sollten Pünktchen in einem Computer sein. Oder Affen.«

Die Konversation schien in einer Sackgasse angelangt zu sein. »Victoria dachte«, sagte ich zögernd gegen das tote, schlagende Geräusch, das jetzt schon an der Backbordseite widerhallte, »wir sollten Ihnen beim Aufräumen helfen. Die Trümmerstücke schlagen schon überall an. Wenn Sie mir zeigen, wie es geht, kann ich Ihnen vielleicht auch beim Pumpen helfen.«

Nun konnte ich verschwommen den weißen Fleck seines Gesichts ausmachen. Er hing wie ein Affe am Schott, und das Wasser floß ölig bis zu seinen langen Oberschenkeln hoch. Er schien unverletzt.

»Ja, die Pumpen...«, sagte er nach einem Augenblick. »Oder sie wird sinken. Da ist eine Luke offen... im...« Er zögerte und beendete den Satz dann mit einem Grunzen. »Im Vorderdeck.«

Kenneth...

Wir hatten noch nicht einmal eine Taschenlampe. Alle Regale über den Kojen waren leergefegt, und die Regale selbst hingen schief an ihren unzulänglichen Nägeln. Es war pechschwarz, bis auf den indigofarbenen Fleck hinter uns, der die Tür zum Kabinenvorraum markierte, und das schwache grüne Leuchten, das unsere Umrisse erhellte, als wir nach achtern wateten.

Ogden war nicht bis zum Vorderdeck gekommen, um es zu verschließen, aber das spielte kaum eine Rolle. Die Tür hatte sich verklemmt, und wir brauchten alle Kraft, um sie gegen den Druck des Wassers zu öffnen, das herausströmte und uns geisterhaft schimmernd und dunkel zugleich bis zu den Schenkeln stand. Der Wasserpegel im Vorderdeck mit der zerbrochenen Luke war höher gewesen als in diesem Raum. Ein gefesselter und bewußtlos auf dem Boden liegender Mann hätte überhaupt keine Chance gehabt.

Ogden, der gegen das vorströmende Wasser anschritt, war nur auf eins erpicht. Er tastete mit der Hand nach oben, und wir hörten, daß er zufrieden aufschrie. Als er zurücktrat, hatte er eine Hebpumpe in der Hand. »Victoria, du hast es schon mal gemacht...«

Ich ließ sie an mir vorbeiwaten, und dann ging ich zu der kleinen, dreieckigen Nische im alten Bug des Schiffes weiter, in der Kenneth zurückgeblieben war. Das Wasser stand hier kniehoch und war voller sacht dahintreibender dunkler Gegenstände. Ich trat auf etwas Weiches, Nachgiebiges, das sich als ineinander verknotete Vorhänge und Bettbezüge erwies, fuhr zurück und stand auf der höhergelegenen Metallschwelle. Ich hielt mich an der Tür fest; draußen hatte sich das Schlagen des abgebrochenen Masttopps und des Baums gegen die Flanken des Schiffes zu einem gleichmäßigen Rhythmus gesenkt, und im Schiff selbst schlug das Wasser synchron mit dem Rollen der *Seawolf* gegen die Wände. Im Salon hörte ich die Stimmen von Ogden und Victoria, die ganz normal miteinander sprachen, als sie die Hebpumpe irgendwo neben den Stufen zum Kabinenvorraum (schätzte ich) mit dem Abflußrohr verbanden. Nach einem Augenblick hörte ich an einem sägenden Seufzen, daß die Pumpe zu arbeiten angefangen hatte; und das leisere Geräusch des tropfenden Wassers, daß sich in Lautstärke und Klang mit dem Heben und Senken der See veränderte, kam blechern durch das Orchester der Wassergeräusche an meine Ohren.

Wenn ich nur sehen könnte! Zum dritten Mal sagte ich »Kenneth?«, und als immer noch keine Antwort erfolgte, bückte ich mich und tastete mit den Händen im kalten, abgestandenen Wasser. Dann stand ich abrupt wieder auf. Denn es hätte Licht geben müssen, ein wenig Licht zumindest – durch die zerbrochene Dachluke über mir.

Ich schaute hinauf. Dunkelheit. Mehr als das: ein schleifendes Geräusch, das nichts mit dem Seezeug zu tun hatte, das auf der gesamten Länge der Schandeckel an der Backbordseite der *Seawolf* lag. Da waren Hände an der Arbeit, zogen etwas – vielleicht eine Persenning – über die Luke. Und Schritte, die sich vorsichtig hin und her bewegten. Dann verstummten im Salon die Stimmen und der Lärm der Pumpe plötzlich, und Victoria sagte laut und mit hoher Stimme: »Hör doch!«

Aber ich hörte es schon. Denn leise Stimmen, Schritte und das Geräusch einer Pumpe kann man nicht in einem Sturm hören, der so heftig auf einen niederfährt wie derjenige, den wir die ganze Nacht durch erlitten hatten.

Ich lauschte, aber ich hörte nichts als wassererfüllte Stille. Denn der Sturm hatte sich völlig gelegt.

Unsere Herzen schlugen, und wir waren einen Moment still und hingen unseren jeweiligen Gedanken nach. »Mach mit dem Pumpen weiter«, sagte Ogden dann mit bedachtsamer Überlegung. »Es wird nicht so bleiben. Es ist nur das Zentrum des Tiefdruckgebiets. Es gibt uns Zeit genug, das Wasser und die Trümmer an Deck loszuwerden, mehr nicht.« Er hielt einen Augenblick inne. »Das da oben muß Holmes sein«, fuhr er dann fort. »Ist auch egal. Wir werden ihn brauchen.«

Ich weiß nicht, was ich dachte: daß Kenneth mit der absoluten Überraschung auf seiner Seite und mit einer unüberwindlichen Waffe in der Hand die Treppe zum Kabinenvorraum hinunterstürmen, Ogden die Pistole an die Brust setzen und ihn zwingen müßte, zurück zur *Dolly* zu segeln. Dann erkannte ich, daß ich müde war und Tagträumen nachhing. Die einzige Pistole an Bord war in Ogdens großer Tasche. Wir konnten nirgendwohin segeln: Unser Mast und unser Großsegel waren nicht mehr vorhanden. Und wenn wir bloß am Leben bleiben wollten, benötigten wir alle Hilfe, die wir aufbringen konnten. Und Ogden – welch armer Hund er auch sein mochte – stellte unsere einzige Quelle an Geschicklichkeit und Erfahrung dar. Kenneth – wieviel Kraft ihm auch noch geblieben sein mochte – war unsere einzige andere männliche Hilfe. Freunde, Geliebte, Verbündete, Feinde auf dem Festland – jetzt waren wir alle nur noch Nullen in einem dahintreibenden Wrack. Ich folgte Ogden an Deck.

Es *war* Kenneth. Er kniete an Deck und hämmerte mit einer halbstumpfen Axt, die er nur in einer Hand hielt, auf die verhedderten Trümmerstücke ein. Ich fragte mich flüchtig, welche Regierungsbehörde die Axt wohl vermissen würde, und kauderte neben ihm nieder. »Alles in Ordnung?«

»Ich werde es überleben. Meine linke Schulter.« Er sah zu Ogden auf. »Sie sollten keine offenen Klappmesser in den Schränken liegen lassen. Ich habe die Leewanten gekappt. Die Wetterwanten und die Pardune sind verschwunden. Es ist sinnlos, etwas davon retten zu wollen, außer, Sie wollen einen Treibanker. Wie lange dauert es, bis der Sturm wieder anfängt?«

Ogden, auch auf den Knien, begutachtete das Durcheinander. Wasser klatschte über die Schandeckel und lief durch die Speigatte wieder ab, als wir uns über die Reling lehnten, um Trümmerteile über Bord zu werfen. Die See ging schwer und mächtig, ließ die Wellen sich die ganze Zeit über vor unseren Augen auftürmen und wieder zusammenbrechen. »Oh, wir haben vielleicht zwanzig Minuten, eine halbe Stunde«, sagte Ogden. »Das Segel kann gehen, aber ich will einen guten Mast retten. Vielleicht können wir auf ihm ein Stagsegel aufziehen.«

»Rufen Sie mich, wenn Sie mich brauchen«, sagte ich. »Ich gehe hinab und kümmere mich um Victoria.« Als ich ging, hörte ich Ogdens Antwort auf eine Frage von Kenneth: »Er wird wahrscheinlich abdrehen, nach Nordwest, vermute ich. Und noch heftiger werden. Wir haben Seeraum bis fast nach Ardnamurchan hinab. Aber dann wird die Gezeitenströmung gegen uns sein. Wir werden nicht so schwere Fahrt machen, aber ganz netten, schmutzigen Seegang haben.« Auf eine abartige Weise genoß er die Situation.

Ich habe niemals härter gearbeitet als in diesen zwanzig Minuten;

und auf gewisse Weise genoß auch ich es beinahe, wie Ogden ebenso. Man konnte gut mit Victoria zusammenarbeiten; sie war willig, schnell und ersparte sich nichts. Wir wechselten uns an der Pumpe ab, obwohl ihr Gesicht nach einer kurzen Weile sehr bleich wurde: die Arbeit schlägt aufs Zwerchfell. Ein Rest Wasser würde immer übrig bleiben. Sowohl die Luke als auch das Bullauge leckten; wahrscheinlich hatten sie schon immer geleckt, und die zusätzliche Belastung hatte sie jetzt weiter aufreißen lassen. Aber ich hatte eine Aldislampe gefunden und aufgeputzt, und in ihrem Licht konnte Victoria den Kocher in Betrieb nehmen; wir fanden zwei oder drei Büchsen mit weichem, nachgiebigem Inhalt, der sich in der Tat als Suppe herausstellte. In einer der Kojen lag eine Blechkanne, die wir alle gemeinsam benutzten mußten; die anderen schienen zerstört zu sein. Nichts kam aus der Senkpumpe, und es gab keine Hoffnung auf trockenes Zeug. Aber wir würden es schaffen.

Oben an Deck waren die schlimmsten Trümmerteile verschwunden, und das Stagsegel wehte auf einem behelfsmäßigen Mast. Im Vergleich zum Großsegel der *Seawolf* sah es wie eine Teeserviette aus. Aber dieses Segel würde uns mit dem Fetzen Klüver Stabilität verleihen. Victoria, die als letzte von der Suppen essen würde, kam hinauf, um es sich anzusehen. »Wir werden es schaffen.«

Ogden blickte sich um. Im Ruderhaus niedergekauert, arbeitete er auf den Knien mit Kugelschreiber und Karten und versuchte, unsere Position und mögliche Abtrift zu berechnen. »Das müßten wir«, sagte er; »ich sollte vor Tagesanbruch dort sein«, und die Selbstgefälligkeit seines Tonfalls zog sich in die Länge und erstarb in dem darauffolgenden Schweigen.

»Wo?« fragte Kenneth; und dann, scharf: »Sie haben doch nicht allen Ernstes vor, jetzt noch weiterzusegeln?«

Ogden machte sich nicht die Mühe aufzublicken. »Wir treiben sowieso nach Süden. Es besteht eine gute Chance, daß ich die richtige Stelle am Ufer erreichen kann. Sieg aus der Niederlage, was?« Dann schaute er auf und grinste in unsere stier blickenden Gesichter. »Oh, es ist ein Risiko dabei. Aber es bedeutet auch ein Risiko, beizudrehen. Ich segle auf jeden Fall weiter. Und Sie haben keine große Wahl, nicht wahr?«

»Allein?« sagte Kenneth. Ich hielt den Mund, und Victoria tat es mir gleich. »Brauchen Sie keine Hilfe bei den Segeln? Und Ablösung an der Ruderpinne? Sie glauben doch wohl nicht, daß einer von uns Ihnen helfen wird? Wissen Sie«, fügte er nach einem Augenblick hinzu, »wir brauchen Sie nicht mehr, Ogden. Wir sind genug, um das Boot über Wasser zu halten, bis Hilfe eintrifft. Wenn wir keine Fahrt machen wollen, können wir das Boot genauso gut bedienen wie Sie. Wenn Sie segeln wollen, müssen Sie es allein tun.«

Es folgte ein langes Schweigen. In der Stille glaubte ich, über dem ständigen Rauschen und Klatschen der See ein seltsames, fernes Murmeln zu hören, wie das Knurren eines hungrigen Tieres an einem heißen Sommertag. Dann ließ ich den Gedanken fallen, denn Ogden sagte: »Nicht allein. Tina wird mir helfen.« Als Kenneths Blick auf seinem Kugelschreiber bemerkte, fügte er freundlich hinzu: »Gefällt er Ihnen? Er ist noch nicht käuflich zu erwerben. Man könnte ihn ein Vertretermuster nennen. Tina, singen Sie uns etwas vor.«

»*Was*?« Ich hob ebenfalls meinen leeren Blick von dem Kugelschreiber auf Ogdens zynisches Gesicht. »Sie sind verrückt.« Da *war* ein Grollen, ein leises, fernes Murmeln.

»Ich bin nicht verrückt. Mir steht nur der Sinn nach einem Lied. Wie wäre es mit einem schönen, hohen? Das Glockenlied. Das Puppenlied. Das Juwelenlied. Irgend etwas mit einer wirklich schönen, scharfen *cadenza*, mit einer hohen Note am Ende.«

Das Grollen war zu einem sehr leisen Poltern geworden. »Sie *sind* verrückt.«

»Vielleicht.« Ogden lächelte immer noch, aber eine Hand glitt in seine Tasche, und als er sie wieder herauszog, hielt sie eine Automatik, die diesmal genau auf Victorias Herz deutete. »Vielleicht. Verrückt genug, Ihnen zu befehlen, etwas zu singen. Singen Sie eine Melodie. Auch nur eine Note. Singen Sie das, was Sie auf der Party gesungen haben, meine Liebe. Die letzte *cadenza* der *Lakmé*, mit diesem berühmten Gis in Alt. Oder Ruperts junges Püppchen wird ein trauriges Ende nehmen.«

»Warum? Nein!« Und als sich seine Finger um den Abzug krümmten und Victorias bleiches Gesicht mit den großen Augen starr vor Schrecken wurde: »Nein! Nein«, fügte ich etwas vernünftiger hinzu. »Schon gut. Aber ich weiß nicht, ob ich den Ton treffen werde. Nicht nach all diesen Ereignissen. Und ich kann auf keinen Fall garantieren, daß ich ihn genau treffe. Ich habe nicht die perfekte Tonhöhe.«

»Das ist schon in Ordnung«, sagte Ogden. »Ich habe sie. Singen Sie.«

Jede Koloratursopranistin seit Anbeginn der Zeit hat das Glockenlied aus *Lakmé* aufgenommen: ich zum Beispiel in Rom. Das war, als ich erstmals eine Sensation herbeiführte, indem ich die hohe *cadenza* von E bis Gis in Alt veränderte. Trotzdem war es eine hervorragende Arbeit.

Nun sah ich zu Kenneth und zu Ogdens Hand am Abzug. Ich nahm einen langen, tiefen, unterdrückten Atemzug, fehlte die Götter des Ehrgeizes, der harten Arbeit und der Gerechtigkeit an und spürte in allen Räumen meines Kopfes den hohen, klaren Ton, den ich ausgesucht hatte. Ich öffnete die Lippen, spitzte sie für den Klang der Glocke und sang die letzten pointierten Melodiestücke und die sich hebenden Töne der letzten *cadenza* – und hielt dann den höchsten Ton.

Ich sang ins Schweigen hinein und kam im Schweigen zum Ende: ein langer, sich hinziehender Augenblick der unendlichen Ruhe. Dann sagte Kenneth mit unvertrauter und heiserer Stimme: *Der Ton stimmt nicht?«*

Ogden lächelte. »Des Parias Tochter hat eine ziemlich klare Glokke, Schätzchen. Singen Sie es noch mal.«

Ich konnte mich nicht rühren.

Die kultivierte, körperlose Stimme fuhr höflich fort: »Sie können Victoria doch nicht einfach Sterben lassen. Sie haben den Ton doch. Sie müssen ihn jetzt nur noch über die Lippen bringen. Einen einzigen Ton höher. Und wenn Sie es wieder nicht schaffen, können Sie es noch mal versuchen. Ich sage Ihnen, wann Sie ihn getroffen haben. Aber nein, Sie werden wissen, wann Sie ihn getroffen haben, nicht wahr? Nicht war, *cara, carissima diva*?«

»Valentina!« Wieder Kenneths heisere Stimme. »Sing. Um Gottes willen, sing, worum er dich bittet.«

Aber ich konnte es nicht. Selbst, wenn sich dieser schmutzige Finger krümmen, die Automatik losgehen und Victoria das Leben verlieren sollte, ich würde den Ton nicht singen. Denn ich wußte, und Kenneth wußte nun, daß ich es wußte, daß der Kugelschreiber, der dort so unschuldig auf der Bank neben Ogden lag, viel mehr als nur eine Schreibmine enthielt. Es war ein konzentrierter, höchst durchschlagender Explosivstoff, der von einem Schallgerät gezündet wurde. Es war in der Tat der Zwillingsbruder des Kugelschreibers, der letzte Woche in der *Lysander* explodiert war. Und ein weiteres Exemplar von Kenneths eigenem Prototyp, den ich, Tina Rossi, aus seinem verschlossenen Labor in Nevada entwendet hatte, damit meine Auftraggeber ihn fotografieren und wieder zurückbringen konnten.

Mein ganzes Leben lang war mein Gesang nicht so aufgenommen worden wie in dieser Nacht mein Schweigen. Ogden erschoß Victoria nicht. Er wartete, der unausstehliche, alles zerstörende Narr, was meine Weigerung unzweifelhaft war und allen klar wurde, was diese Weigerung bedeutete; und dann lachte er und steckte die Pistole wieder ein. »Nein«, sagte er, »Madame Rossi wird nicht singen. Sie will nicht mitten auf dem Ozean in die Luft fliegen. Sie hofft, bald heimwärts zu fahren, zu ihren hübschen Kontoauszügen und zinnoberfarbenen Diamanten; zurück zum Applaus und der Bewunderung und den tröstenden Armen Dr. Holmes'... Ich habe Ihren Ehrgeiz unterschätzt, Tina. Ich entschuldige mich. Ich versicherte mich, daß Sie uns betrügen wollten: Ich war überzeugt, daß Sie nach Rum flogen, um Ihrem geliebten Freund Kenneth alles zu gestehen.

Was für ein Verlust für die Welt der Musik, wenn unser Anschlag mit der Mine geglückt wäre! Was für ein Verlust für die Welt der Wissenschaft, wenn Dr. Holmes sich dort in der Rose Street umgebracht hätte, als ein sich schuldig bekennender Verräter.« Seine Stimme war bockig und dünn. »Dann hätten Sie weiterhin für uns arbeiten können, ohne daß jemand Verdacht geschöpft hätte. Wenn mein Kollege nicht Chigwell für Holmes gehalten und nicht den falschen Mann getötet hätte...

Ihre Auftragszuweisung war schlecht ausgewählt, Tina. Wir wollten nicht, daß Sie in diesen Todesfall verstrickt wurden. Wir wollten nicht, daß sie Johnson begegneten. Ganz besonders wollten wir nicht, daß Sie Johnson begegneten...«

»Warum haben Sie mir nicht von ihm erzählt?« sagte ich durch meine ausgezeichnet überkronten Zähne. »Warum haben Sie sich nicht zu erkennen gegeben?« Und ich sah, daß er lächelte. Er war wirklich verrückt.

»Habe ich es Ihnen nicht gesagt? Wir haben Ihnen nicht vertraut, meine Liebe«, sagte Ogden. »Aber jetzt ist alles verloren, nicht wahr, Tina? Auf der *Dolly* erwarten Sie jetzt nur noch Handschellen. Also setzen Sie und ich uns besser zum Festland ab, nicht wahr? Sie sehen, Dr. Holmes, ich habe schließlich doch noch einen Helfer bekommen. Ogdens Maat!«

In der Regel werden wir Agenten, wie Amateurkontaktpersonen, strikt voneinander ferngehalten. Ich wußte nicht, welche Rolle Ogden in der Kette spielte, die sich von mir bis zu dem Mann erstreckte, der schließlich – ohne zu wissen, was er tat, als ein Geschenk – einem Besatzungsmitglied der zum Untergang verurteilten *Lysander* die Kugelschreiberbombe gab. Ich wußte nicht einmal, daß Ogden einer von uns war, bis Johnson ihn bloßgestellt hatte. Andererseits schien Ogden die ganze Zeit über meine Identität vermutet zu haben. Seit er mich an Bord gefunden hatte, so nahm ich an, hatte er gewußt, daß er mich nur bloßzustellen brauchte, um mich zu einer Verbündeten aus Notwendigkeit zu machen. Ich fragte mich ein wenig, warum er bislang die Hand schützend über mich gehalten hatte. Entweder, um Ruhm zu erwerben, da ich in diesem Fall mit meiner Arbeit weitermachen konnte. Oder der Erpressung halber.

Es spielte jetzt keine Rolle mehr. Hinter uns war das Tosen mittlerweile ziemlich deutlich geworden: Es war nähergekommen und wurde von Sekunde zu Sekunde lauter. »Wir brauchen das nicht«, fuhr Ogden fort und nahm den Kugelschreiber zwischen Zeigefinger und Daumen. »Nicht wahr? Er hat seinen Zweck erfüllt. Vertrauen wir ihn dem Ozean an. Denn selbst, wenn je jemand über ihn hinwegfahren und ein Gis in Alt singen wird, Tina, wird er trotzdem nicht explodieren.« Und er erhob sich, um sich umzudrehen und ihn davonzuschleudern, als Victoria aufschrie.

Es war ein krankmachender Anblick, diese große, schwarz funkelnde Welle, die vor Gischt stumpf schäumte und sich mit einem Mal ruhig und gleichmäßig in ihrer ganzen Höhe näherte, während sich der ganze Ozean dahinter im Sturm zusammenballte. Ich beobachtete sie, ohne etwas zu empfinden, als sei ein schlechter Film in einen Punkt tiefer persönlicher Trauer eingedrungen. Kenneth, glaube ich, empfand das gleiche. Er saß steif vor der Treppe zum Kabinenvorraum, die Hände lose zwischen den Knien baumelnd, und sein Blick ruhte fast leer auf meinem Gesicht. Er sah mich nicht. Er sah wahrscheinlich seine zarte, weltberühmte *Diva* mit dem ehrlichen Herzen, die von ihren bescheidenen Anfängen unverdorben groß geworden war. Es tut mir leid, Kenneth. So war ich auch. Aber Michael war kostspielig, und obwohl ich am Anfang gegen das Erpressen war, es erlaubte ihm, völlig glücklich mit seinen zehn Prozent zu leben. Und nachdem ich gesehen hatte, wie leicht Michael es schaffte, empfand ich es auch für mich als Kinderspiel, mit den Erwachsenen zu spielen, ans große Geld zu kommen. Mein Gott, ich bin nie verschwenderisch mit Geld umgegangen. Ich war reicher, als meine Stimme es mich je hätte werden lassen können. Aber Michael wußte es nicht.

Wir saßen und starrten einander immer noch an, als der aufgefrischte Sturm über uns kam.

Es waren Ogden und Victoria, die die *Seawolf* bei jenem ersten fürchterlichen Aufprall retteten, als vier Hände auf der Ruderstange kaum ausreichten; und wir bockten und rollten trotz unseres gekappten Mastes und des Seeankers, und die See strömte schwarz über unsere Schultern, drängte das Deck hinab und legte das Schiff schräg. Dann, nach dem ersten Angriff des Wassers, hoben wir die Köpfe, und Ogden schwang das Ruder zum neuen Windstrich auf dem Kompaß herum, während Kenneth sich vorsichtig daranmachte, die übriggebliebenen Segelfetzen zu trimmen. Ich ging nach unten und pumpte weiter. Victoria blieb und erwartete Befehle von Ogden.

Mir wurde klar, daß sie von nichts wußte, nicht einmal davon, wessen man Ogden beschuldigte. Und was jetzt gerade passiert war, war ein völliges Rätsel für sie – abgesehen davon, daß Ogden sie aus irgendeinem Grund hatte erschießen wollen und ich mich geweigert hatte, sie zu retten, als man mich dazu aufforderte.

Bei allem war Victoria abgesondert. Sklavin der Betrunkenen, der Leprakolonien, der Kindermissionen, jener Jobs, bei denen niemand etwas darum gab, ob man talentiert, schön oder intelligent war, bei denen es nur darauf ankam, ob man unangenehme Arbeiten mit endloser Beharrlichkeit bewältigen konnte, zog sie ihre Befriedigung vielleicht aus unserer entsetzten Bestürzung über ihre Demütigung. Daraus, und aus der Macht, die sie ausübte. Wir waren einander sehr ähnlich. Es war beruhigend, mit ihr zusammenzuarbeiten.

Wir wechselten uns lange Zeit an der Pumpe ab, Victoria und ich. Es stand nicht zur Debatte, ob wir irgendwo hinsegelten, die Frage war, ob wir überlebten. Um Strom zu sparen, hatten wir die Aldislampe sicher befestigt und ausgeschaltet, und das ganze Schiff war ziemlich dunkel. Kenneth und Ogden sprachen in dem kalten Kabinenvorraum kaum miteinander. Man mußte gegen die Heftigkeit des neuen Sturms anschreien. Gegen die Kälte, die er mit sich brachte, hatten wir keinen Schutz. Mir war es in diesem Augenblick gleichgültig, wohin Ogden mich brachte.

Nach langer Zeit kam Kenneth unter Deck. Ich pumpte und würgte, denn ich, die niemals seekrank gewesen war, hatte erkannt, daß es Zeiten gibt, in denen Willenskraft und gute körperliche Verfassung zusammen nichts mehr ausrichten können. Er mußte mich am Arm berühren, damit ich aufschaute. »Du kannst jetzt mit dem Pumpen aufhören. Das Wetter hat sich etwas beruhigt. Wir segeln.«

Es war eine törichte Hoffnung. Ich kannte Kenneth. Doch irgendwie mußte er selbst darauf gekommen sein, denn er schüttelte scharf den Kopf. »Nach Norden. Mit der Flut, der *Dolly* entgegen.

Das Funkgerät funktionierte gut, bis der Mast brach, und ich verstehe mich aufs Funken. Johnson weiß in etwa, wo wir sind. Ich komme, um die Aldislampe zu holen.«

Meine Stimme funktionierte nicht sehr gut. »Ogden?« sagte ich.

Und Kenneth antwortete: »Ogden ist tot.«

Er sprach, und ich hörte zu, aber ich nahm nicht viel davon auf. Der Hilfsmast, so hatte es den Anschein, war gebrochen, und da es nun fast nichts mehr an Deck gab, woran man sich festhalten konnte, hatte Kenneth Ogden ein Rettungsseil umlegen lassen, bevor er übers Deck gekrochen war, um ihn zu richten. Das Schiff hatte ziemlich schwer geschlingert, und die Rettungsleine war eine ziemlich alte gewesen, deren beide Enden durch den Spliß ziemlich rostzerfressen waren. Sie hatten dies herausgefunden, er und Victoria, nachdem die Leine gerissen und Ogden ohne einen Schrei – seitwärts, wie eine knochige Puppe – in die See gestürzt war, die Prinz-Heinrich-Mütze noch fest auf dem länglichen, melancholischen Schädel. Das Band hatte er mit sich genommen. Das Band, mit dem Gespräch zwischen Ogden und Michael Twiss, bei dem Michael Ogden des Spionierens beschuldigt und Ogden . . . was? über mich gesagt hatte.

Nun würden wir niemals erfahren, was aufgezeichnet worden war. Denn nicht mal Johnson hatte das Band abgehört. Als ich schweigend neben Kenneth stand, dachte ich: Nun ist der konkrete Beweis, der Kenneth freispricht und die Schuld für die Ereignisse auf der *Lysander* Ogden zuschiebt, verschwunden. Alle anderen Beweise gegen ihn und mich waren von untergeordneter Bedeutung. Und den einzigen echten Beweis – den Trick, den Ogden mir mit dem Kugelschreiber gespielt hatte, und das, was darauf gefolgt war – hatten nur Kenneth und Victoria gesehen.

Victoria verstand nicht einmal jetzt, was gespielt wurde. Victoria war immer, in jedem Fall, für den Unterlegenen. Ich atmete tief ein, und Kenneth sagte, mit einer abscheulichen Stimme: »Nicht. Ich kann es nicht ertragen.«

Solange auch nur die geringste Chance bestand, daß ich vielleicht unschuldig war, hätte Kenneth mich geliebt und beschützt: Er hätte vielleicht sogar konträr zu all seinen eigenen Interessen ungehört Johnsons Tonband vernichtet, wenn er es von Ogden bekommen hätte.

Aber nun nicht mehr. Verteufelt, er war ein Mann mit viktorianischen Prinzipien.

Ich versuchte nicht, ihn davon abzubringen.

Bald darauf tauchten in der Ferne die Lichter eines anderen Bootes auf und kamen tanzend näher, dann und wann von den sich aufbäumenden Wellen verdunkelt. Es war ein ziemlich großes Boot, eine Motorjacht, und sie kam von Süden, nicht von Norden, wo man die *Dolly* oder die *Binkie* erwarten mußte. Kenneth kniete mit einem Seil um die Hüfte auf dem Dach des Wagenhauses nieder und winkte mit der Aldislampe, und nach einem Moment gaben sie das Signal zurück.

Bald lagen sie längsseits; eine Treidelleine wurde herübergeworfen, und ein Mann in gelbem Ölzeug sprang gewandt an Bord, um sie zu belegen. Dann wurden wir nacheinander über die Reling und auf das glatte, gepflegte Deck geführt, das trotz oder gerade wegen der Sturmgischt wie eine saubere, zurvor abgespritzte Straße wirkte; die Bullaugen funkelten und verbreiteten das warme, goldene Licht von ihrem Spiegelglas über die schwerfällige Wassereinöde.

Rundlich in seinem Ölzeug trottete der Eigner heraus, um uns zu begrüßen. »Madame Rossi! Victoria, mein Liebe! Kommen Sie herein, kommen Sie herein. Welch eine Zerreißprobe! Was für ein Erlebnis! Mein Gott, damit werden Sie den alten Leutchen daheim fürchterliche Angst einjagen können! Kommen Sie weiter. Ein heißes Bad. Ein steifer Grog. Und dann sofort mit einer Flasche ins Bett. Nicht diese Art Flasche, ha, ha! Obwohl Sie bestimmt einen guten Schluck verdient haben. Kommen Sie weiter, Sir, wir haben Platz für Sie alle. Kommen Sie weiter, May wartet schon.«

Es war die schwimmende Imbißstube. May und Bill Bird mit ihrer Motorjacht *Evergreen*.

18

Ich lag lange Zeit danach wach in meiner warmen Koje, beobachtete, wie das Sonnenlicht durch das Bullauge fiel und eine goldene, von wäßriger Helligkeit gesäumte Scheibe auf die getäfelten Wände meines Zimmers warf.

Es war sehr still; und nur ein entferntes Schwanken unter mir verriet, daß wir uns auf dem Wasser befanden, zweifellos in irgendeinem Hochlandhafen. Ich fühlte mich, wie man sich nach einer Geburt fühlen muß – friedvoll, leer und taub. Meine Erinnerungen an die Ankunft in der letzten Nacht wurden von schweren Träumen vernebelt, in denen Whisky, Dampf und das warme Betäubungsmittel Bett eine Rolle spielten. Ich wußte noch, daß ich gesehen hatte, wie

Kenneth leise mit Billy Bird sprach, und dachte: Ich habe recht. Er gibt mich auf, in jedem Sinn des Wortes, den es gibt. Kenneth ist ein solcher Mann. Bei einem anderen hätte ich dieses seltsame Paar vielleicht überreden können, mir zu helfen. Ich hätte an Land gehen und mich in Sicherheit bringen können.

Aber da spielte es keine Rolle, weil ich wußte, daß ich nirgendwohin gehen konnte. Nun tat es mir leid; aber nur ein wenig. In Kenneth hatte ich einen ehrlichen Mann gefunden, der mein Untergang gewesen war. In Johnson – ich sehe den Tatsachen ins Auge; ich gestehe es ein – hatte ich meinen Meister gefunden. Ich spucke auf ihn. Oh, ich spucke auf ihn.

Ich lag tagträumend da, bis meine Träume von einer wohlbekannten Stimme vertrieben wurden: der Ruperts. Er sprach sehr leise, vielleicht im Nebenzimmer, dessen Bullauge nahe dem meiner Kabine lag und geöffnet war. »Wir haben fair gespielt«, sagte er.

Und Kenneth müde und durch die Entlarvung und das Schreien heisere Stimme erwiderte: »Nennen Sie das ein faires Spiel?«

»Sie müssen es von unserer Warte aus sehen, Sir«, sagte Rupert geduldig. »Verteufelt viel Leute sind von Ihrer Arbeit abhängig. Es hat andere undichte Stellen gegeben, kleinere, von denen wir wußten. Wir waren überzeugt, es war nicht Ihre Schuld, aber wir hatten den Eindruck, Ihr volles Vertrauen nie richtig gehabt zu haben. So wiesen wir Ihnen eine nicht vorgesehene Arbeit zu und ergriffen gewisse andere Vorsichtsmaßnahmen. Und ehrlich gesagt, Sir ...«

»Was?« fragte Kenneths Stimme scharf.

»Sie haben es uns nicht gerade leicht gemacht.«

Das hatte er wirklich nicht. Er hatte mich die ganze Zeit über geschützt; und das hatte zur *Lysander* geführt. Kein Wunder, armer Kenneth, daß du aus der Rose Street verschwunden bist, als du feststellen mußtest, daß deine eigenen Leute die Wohnung abhörten. »Ihr haben Sie es auch nicht leicht gemacht«, sagte Kenneth nun höflich. »Sie gejagt ... sie bespitzelt ... Die einzigen Regeln, die sie kennt, sind die harten, nach denen zu leben man sie gezwungen hat. Welche Chance hat sie denn gehabt?«

»Sie haben uns selbst die Wahrheit über sie gesagt, Sir«, entgegnete Rupert ruhig. »Als erstes heute morgen.«

»Ich weiß. Natürlich habe ich das. Ich mußte es – sobald ich wußte, wie die Wahrheit denn nun wirklich aussah.«

»Vielleicht beruhigt es Sie, wenn wir Ihnen versichern, daß wir darauf gesetzt haben.« Das war Johnsons Stimme, rauher, als ich mich an sie erinnerte. Natürlich war auch die *Dolly* die ganze Nacht gesegelt, mit Hennessy, Rupert und Johnson an Bord. Johnson fuhr fort: »Sowohl Sie als auch Tina wollten das Band aus den verschiedensten persönlichen Gründen haben. Es erschien mir wahrscheinlich, daß Ogden, wenn er Sie erst einmal alle beisammen hatte, seiner Wut freien Lauf lassen würde, indem er Ihnen alles über Tina erzählte. Offensichtlich mußte seine Überzeugungskraft größer als die meine sein.«

»Sie hatten also beabsichtigt, daß wir uns mit Ogden auf die *Seawolf* begaben?« sagte Kenneth langsam.

»Die sowieso nur noch vom Grünspan zusammengehalten wurde, um das Sprichwort ein wenig abzuwandeln. Ja, das war volle Absicht. Ich bitte Sie um Verzeihung für die Risiken, die ich Sie eingehen ließ. Aber Herrgott noch mal, Holmes, die ethischen und moralischen Risiken, die Sie eingingen, lassen das große Abenteuer der letzten Nacht doch ziemlich schal erscheinen . . . Was ist in Sie gefahren? Oh, Sie brauchen nicht zu antworten. Tina Rossi ist in Sie gefahren. Und trotz dieses mitgenommenen, von schlechtem Talkum verursachten Äußeren versichere ich Ihnen, daß ich Sie nach einer Woche in Tinas Gesellschaft sehr gut verstehen kann.«

»Oh, vielen Dank, Meister«, sagte ich laut. Die nüchterne, leidenschaftslose Stimme fuhr übergangslos fort:

»Es dauerte eine geraume Weile, bis man Tina Rossi aus Ihrem Privatleben ausgegraben hatte; und nachdem man sie ausgegraben hatte, schob man sie mir zu . . .« Es folgte eine Pause. Dann sprach Johnson weiter. »Ich sagte, ich sei für die *Lysander* verantwortlich gewesen. In Wirklichkeit bin ich verantwortlich für Sie. Ich bin der inoffizielle Medizinmann dieses verdammten Unternehmens. Ich habe keine Dienstvorschriften, keinen Boss und kein Büro. Aber wenn irgendwo eine Schlüsselperson unangenehme Gewohnheiten entwickelt und wie ein Katharinenrad Streßmerkmale von sich schleudert, bin ich der Bursche, den sie zum Malen herbeirufen, bevor die Jungs mit den Pistolen dann mitunter gar nicht anmarschieren müssen . . . Etwa, als Sie uns die Wahrheit über Tina erzählt haben, aus eigenem Antrieb.«

»Und wenn ich nichts gesagt hätte?« fragte Kenneth. Der akkurate Verstand eines Wissenschaftlers.

»Strengen Sie Ihre Phantasie an«, sagte Johnson knapp. »Auf jeden Fall hatten wir da schon längst unsere eigenen Beweise. Da ist ein Bursche in Stornoway, der wie ein Weihnachtsbaum mit Goldzähnen und Diamanten geschmückt ist und uns alles über Tina Rossi erzählt hat, was wir wissen wollten. Ich kenne natürlich ihren Werdegang; sie hat ihn zu ihrem Warenzeichen gemacht. Das reiche, kleine, arme Mädchen, das nicht weinen kann, das nichts empfindet, das hart gearbeitet und es weit gebracht hat, ohne jemandem auf die Zehen getreten zu sein.

Ich weiß, daß Sie davon mal abgesehen, der Meinung waren, ihr die Herzenswärme geben zu können, die sie verloren hatte. Ich fragte mich wirklich, ob Sie das gekonnt hätten. Sie haben gerade zu Rupert gesagt, wir hätten es Tina auch nicht leicht gemacht. Aber das wäre für Tina auch nicht am besten. Am besten ist es, es ihr schwer zu machen, und das haben wir, Rupert und ich, auf der ganzen Reise mit der *Dolly* dann auch getan. Ob unschuldig oder nicht, wir dachten, sie sei Ihre größte Sorge. So machten wir uns dann daran, herauszufinden, wie sie wirklich war; und dann, sie ein wenig über sie selbst zu lehren. Das klingt verdammt anmaßend. Wir hätten beinahe Erfolg gehabt. *Hätten* wir Erfolg gehabt, hätte sie alles gestanden, um Sie von dem Verdacht zu befreien und zu retten. Aber wir hatten einfach nicht genug Zeit, oder ich hatte nicht ganz verstanden, worauf es ankam . . . oder *sie* hatte nicht ganz verstanden, worauf es ankam. Es ist jedenfalls mißlungen.«

Ruperts Stimme, die das Ansehen seines Gebieters verteidigen wollte, wandte sich gegen die fast fühlbare Barriere von Johnsons Absicht. »Sie war hart und gefühllos wie Stahl, und das wissen Sie auch«, sagte Rupert, mein gottesähnlicher, goldblonder Freund Rupert. »Wie die Dinge lagen, Sir, befürchteten wir, daß sie Sie zu ihrem Sündenbock machen würde. Als Johnson heimlich in dem Landrover lauschte, wurde es ihm klar. Aber das ist nicht alles. Sie hätte Michael Twiss getötet, bevor Ogden dies tat, wäre sie in dieser Nacht auf Rum zuerst an ihn herangekommen.«

»Michael Twiss? Warum Michael Twiss?« Kenneths Stimme klang verwirrt.

»Michael und sie machten bei den Erpressungen gemeinsame Sache.« Johnson war leise hereingetreten, um dem Patienten die schlechte Nachricht zu überbringen. Lieber Johnson. »Papiere zu fotografieren und verkaufen war jedoch ihre alleinige Masche. Twiss wußte nichts davon, aber sie hielt es für ganz bequem, die Schuld auf seine Leiche abzuladen. Sie zog eine gewisse Rechtfertigung aus der Tatsache, daß Twiss eindeutige Anstalten machte, genauso mit ihr zu verfahren. Sie sah den Sinn nicht ein, ein kleines Vermögen zusammengetragen zu haben, nur damit Michael Twiss es sich dann unter den Nagel riß.«

»Sie hätte Polizeischutz haben können. Sie hätte ihn mit Hilfe des Gesetzes daran hindern können, sie zu bestehlen.«

»Das hätte sie. Sie versuchte in der Tat, ihr Leben zu schützen, indem sie ihre Konten für ihn sperrte. Aber den letztendlichen Ausgang eines Rechtsstreits hätte sie vielleicht nicht unbeschadet überstanden.«

Er hielt inne. Leider fiel er nicht tot um. »Kennen Sie die Geschichte, wie sie Michael Twiss kennenlernte und er ihr Manager wurde?« fragte er. »Sie hat nie etwas darüber erzählt, und er auch nicht: Es hätte das elegante Bild der *Diva* zerstört. Aber er stellte eine Bedingung, der weitsichtige Michael Twiss, als er Impressario dieses jungen, ungeübten Mädchens wurde. Unter der größtmöglichen Geheimhaltung hat er sie geheiratet. Michael Twiss und Tina Rossi waren Mann und Frau.«

Es folgte ein langes Schweigen. Ich lauschte, aber Kenneth gab keine Erwiderung, die ich verstehen konnte. Er stolperte wahrscheinlich, wie Rupert, über den Namen auf seiner Zunge. Tina Twiss. Verdammt. *Verdammt und zur Hölle mit ihnen.*

Als ich an diesem Morgen im Bett das Frühstück zu mir nahm, bekam ich Besuch: Victoria. In ein unmögliches rosafarbenes Chiffonding May Birds gekleidet, schlüpfte sie herein, das Haar noch nicht gekämmt, die Füße nackt. Sie stand da, bat schweigend um Erlaubnis und kauerte sich dann auf den Stuhl neben meine Koje, die Hände wie ein Kind gefaltet, den Blick kindlich direkt. Sie hatte geweint. »Es tut mir leid«, sagte sie.

»Mir tut es auch leid. Ich wußte, daß Ogden Sie nicht töten würde. Es war nur ein Versuch.«

»Wissen Sie, er war krank«, sagte sie. »Seine Familie war so gemein zu ihm. Sie hat ihn einfach auf die *Seawolf* abgeschoben und ihn da sein Glück versuchen lassen. Er hat sie gehaßt – und alle anderen Leute mit viel Geld auch ... Er hat sein Boot geliebt«, fügte Victoria mit schwerfälliger Stimme hinzu. »Das war der wirklich gute Teil für ihn. Und er kam mit jedem an der Küste gut zurecht. Sie haben über ihn gelacht, aber sie mochten ihn. Wissen Sie, er hatte immer ein Mädchen um sich herum, aber er war nicht an Frauen interessiert. Er brauchte nur jemanden, den er herumkommandieren konnte, der ihm die Socken waschen und die Brust einreiben würde, wenn er wieder seine Bronchitis hatte ... Er kam viel besser mit mir zurecht, dachte ich. Sie können ihm keine Vorwürfe machen. Ich mache niemandem Vorwürfe... Was werden Sie jetzt tun?« fragte Victoria.

Ich wußte nicht, was ich darauf antworten sollte. Nein, das ist nicht wahr, ich wußte es. Aber ich kam nicht mehr dazu. Denn die Tür wurde geöffnet, und Rupert erschien. »Guten Morgen«, sagte er kurz und förmlich. »Victoria, Dr. Holmes möchte dich sprechen. Madame Rossi...?«

»Rupert?« sagte ich. »Sagen Sie mir, ist zwischen dieser Kabine und der nächsten ein richtiges Schott?«

Er sah viel älter aus als noch vor ein, zwei Tagen, als er die *Dolly* gesegelt hatte. »Nein«, sagte er, noch immer förmlich. »Nur eine Trennwand. Johnson dachte...«

»Ich weiß genau, was Johnson dachte. Und haben Sie wirklich gedacht, lieber Rupert«, fuhr ich wohltönend fort, »ich sei hart und gefühllos wie Stahl, als Sie mir auf der *Dolly* die Hand hielten? Langsam glaube ich, Johnson ist der einzige anständige Mensch unter euch – gehen Sie nicht. Ich muß Sie noch etwas fragen.«

»Fragen Sie Johnson.« Er hatte schon einen Fuß aus der Tür.

»Nein, ich will Sie fragen. Wer hat gewonnen?«

Er war vorsichtig. »Wer hat was gewonnen?«

»Wer hat das Rennen gewonnen? Das Rennen, Sie Idiot. Sie hatten doch fünftausend gegen Hennessy gewettet.«

»Oh.« Das hatte er völlig vergessen. »Ich weiß es nicht. Haben wir nicht aufgegeben? Die *Seawolf* ist sowieso aus dem Rennen, da sie ihren Motor eingesetzt hat und am Ende zum Hafen geschleppt werden mußte. Die *Dolly* hat keine Maschine eingesetzt, abgesehen von den kleinen Strecken außerhalb des Rennens bei Lochgair und South Rona. Es war zu verdammt stürmisch letzte Nacht, wir sind wohl ziemlich weit abgetrieben worden und haben kaum Fahrt gemacht, und die *Binkie* wohl auch nicht. Oder die *Symphonetta*.«

»Die *Symphonetta*? Aber wir haben sie doch bei Rum vor Anker liegen lassen. Sie haben Hennessy doch sicher auf der *Dolly* mitgenommen?«

»Ja, das haben wir. Aber die drei Jungs dachten anscheinend, sie müßten mit dem alten Burschen Schritt halten. Sie haben die *Symphonetta* verteufelt hart rangenommen und kamen uns verdammt nahe...«

Ein neugieriger Ausdruck hatte sich auf Captain Glasscocks gebräuntes Gesicht gelegt. »Ja?« sagte ich ermutigend. »Sie sind heute morgen eingelaufen, bei Tagesanbruch? Übrigens, wo sind wir?«

»In Tobermory. Auf der Insel Mull. Ja. Wir kamen alle ziemlich gleichzeitig an. Wir haben während des Sturms kaum Fahrt machen können, und dann funkte die *Evergreen*, man habe sie aufgenommen...«

»Die *Evergreen*? Hat sie Dr. Holmes SOS empfangen?«

»Ja, natürlich«, sagte Rupert mit einer preiswürdigen Zurückhaltung. »Die Birds sind Kollegen von Johnson – hat Ihnen das niemand gesagt? Wir bringen Sie in etwa einer Stunde von Bord – von Oban kommt ein Boot. Auf jeden Fall...« Er kehrte zu seinem eigentlichen Gedankengang zurück. »Als der Sturm also nachließ, fuhren wir gemeinsam weiter. Die *Dolly* segelte gut: Wir gingen knapp vor der *Binkie* durchs Ziel, und die *Symphonetta* folgte kurz darauf. Und... Und da fällt mir gerade ein«, sagte Rupert einfach, »ich hörte einen Knall, als wir in den Hafen kamen. Ich dachte, jemand sei über einen Poller am Pier gestolpert.«

»Das war der Zielschuß«, brachte ich vor.

»Das muß er gewesen sein«, sagte der gute Captain geradeheraus. Und als er zur Tür hinausging, umgab ihn der Schimmer eines kleinen, unschuldigen Vergnügens.

Ich kann es so leicht mit Jungs bewerkstelligen. Aber Johnson war kein Junge mehr.

Eine Stunde später trat ich, gekleidet in meinen Ricci-Hosenanzug und eine Biberpelzjacke, die ich mir von der *Dolly* hatte holen lassen, an Deck hinaus. Unter mir war das Boot der *Evergreen*, und darin erwarteten mich zwei unauffällig gekleidete Männer. Und da drüben lag das Schiff, das mich nach Oban und dann nach Süden zum öffentlichen Prozeß bringen würde.

Ich brauchte mir jetzt keine Sorgen mehr über die *Suor Angelisa* zu machen, die ich November mit Tolliati aufnehmen wollte, weil seine erste Oboe zu scharf klang. Ich brauchte mir keine Sorgen mehr über die Moskitos bei den Caracalla-Bädern zu machen oder über den langen Flug nach Sydney im nächsten Jahr.

Gleichermaßen würde ich in diesem Jahr, oder im darauffolgenden, oder nie wieder, nichts von meinem Publikum hören. Diese Stille nach der *Aushaltung*, wenn ich zu singen aufgehört habe und die Zuhörer sekundenlang voller Verehrung ihren aufdringlichen Applaus zurückhalten.

Ich war nun so berühmt, wie es ein Kind aus der Gosse nur werden konnte. Ich hatte einen fatalen Fehler gemacht.

Ich sah mich um. Es war Mittag, und zwar ein sehr schöner; die Bäume und Hügel waren sämtlich vom Sturm grüngewaschen worden. Aus einem blauen, leeren Himmel blitzte die Sonne auf die Bucht hinab und ließ wie ein Schwarm silberzehiger Vögel ihre Spuren darauf zurück. Eine kleine Jachtschule, auf den ersten Blick ein Dickicht von Spänen vor den tiefen Wäldern, wendete und verwandelte sich in ein Gewirr schlanker Dreiecke, als sie auf ihre Markierung zuhielt. Eine große Dampfjacht lag etwas abgeschieden und noch schlafend da; ein einsamer Seemann in einem Overall scheuerte das Deck.

Da war die *Symphonetta*, aber ihr Motorboot fehlte. Hennessy und die anderen würden an Land sein. Die Jungs hatten ihren Eifer bewiesen und würden stolz darauf sein; vielleicht war er mit einer gewissen Zurückhaltung sogar stolz auf sie. Für einen Teil seines schlechten Benehmens hatte er mit Diamanten bezahlt.

Und da war die *Binkie*. Überall waren die Folgen der stürmischen Seefahrt der Buchanans sichtbar: Bettücher und Matratzen lagen von vorn bis hinten sauber nebeneinander an Deck, um in der Sonne zu trocknen, und in der Takelage flatterten seltsame Servietten und Handtücher. Das Bugspriet war gebrochen, und an Deck lagen zahlreiche Gegenstände, die noch ausgebessert werden mußten. Das Schiff hatte seine selbstauferlegte Mission nicht schadlos überstanden. Ich nahm an, niemand würde je erfahren, für wie lahm die Marine es gehalten hatte. Die Narben würden für sich sprechen.

Ich rührte mich, und der einzelne Mann, der neben dem Niedergang stand und tief unter dem Bug der *Evergreen* auf mich wartete, rührte sich ebenfalls. Ich hatte sie dem letzten Augenblick überlassen, diese Begegnung mit Johnson. Von dem, was ich wissen wollte, hatte er mir heute morgen indirekt das meiste gesagt.

Der Morgen war wie geschaffen für ein Sortilège, dachte ich. Ich hatte mir das Haar hochgesteckt, wie Michael es mir für den Fall gezeigt hatte, daß ich einmal auf Janines Hilfe verzichten mußte. Es war gebleicht und klebrig vom Salz, stellte aber einen schönen Kontrast zu meiner Bräune dar. Auf meinem Hosenanzug trug ich ein kleines, vogelförmiges Schmuckstück aus Schmelzglas und ungeschnittenen Steinen; dazu trug ich einen passenden, schmelzglaseingefaßten Perlenring. Als ich langsam auf Johnson zuging, fragte ich mich, ob ihm schon klar geworden war, was er getan hatte.

Er schien sich nicht verändert zu haben. Das schwarze Haar, die Augenbrauen, der dicke Wollpullover und die Zweistärkengläser vor seinen Augen, auf denen sich die Sonne in zwei betörenden weißen Lichtkreisen widerspiegelte: Er war der gleiche geblieben. Ich unterdrückte flüchtig meinen Abscheu vor den plumpen spiegelähnlichen Gläsern. Sie waren nicht *gentlemanlike*. Als wir uns gegenüberstanden, sagte er: »Wie heißen Sie wirklich«

»Valentina Lakowski. Oder Twiss«, sagte ich, um ihn des Vergnügens zu berauben, dies selbst hinzuzufügen. »Für das Polizeiregister?«

»Für das Polizeiregister. Geben Sie sich keiner falscher Hoffnung hin, Tina«, sagte Johnson. »Wir haben mittlerweile zu viel gegen Sie in der Hand. Unter uns gesagt, ich fürchte, wir haben Ihre Stimme zum Verstummen gebracht.«

»Ich werde meine Stimme auch weiterhin haben. Die anderen Leute werden sie nur nicht mehr hören können, das ist alles«, sagte ich. »Dann war das also in jener Nacht in Edinburgh ein Judaskuß?«

Er schien, zum Teufel mit ihm, erst in seinem Gedächtnis stöbern zu müssen. »Nein«, sagte er. »Das war reiner Sex und Champagnerblasen. Ich wußte nicht, daß Sie zur gegnerischen Mannschaft gehörten – zumindest nicht sicher – bis wir in Lochgair ankamen.«

»Warum Lochgair?«

»Von der *Evergreen* aus funkte ich das Hauptquartier an. Man sagte mir, man habe etwa zur gleichen Zeit, wie sich Chigwells Mörder in der Rose Street herumtrieb, einen Mann aus der Wohnung kommen sehen. Man gab mir seine Beschreibung. Und sie stimmte mit der Ihren überhaupt nicht überein.«

»So haben Sie also Goldzahn bis zur *Vallida* verfolgt?« sagte ich. Ich wunderte mich. Aber natürlich, jemand mußte die Wohnung in der Rose Street die ganze Zeit über beobachtet haben. Armer Kenneth. »Ich nehme an, Chigwell war auch einer Ihrer Leute?« fragte ich. »Ich habe mich stets gefragt, warum seine Leiche nie in den Zeitungen aufgetaucht ist.«

»Das war er, aber Goldzahn, wie Sie ihn nannten, wußte es nicht, bis er ihn getötet hatte, in reiner Verwechslung mit Holmes, der kurz zuvor gegangen war. Erst, als er aufräumte und die Dinge so arrangierte, daß es nach einem Selbstmord aussah, fand Goldzahn Chigwells Papiere und Foto, wodurch ziemlich klar wurde, wer er war. Und dann deutete Kenneths Nachricht ziemlich deutlich auf ein unmittelbar bevorstehendes Treffen mit Ihnen hin.

Goldzahn hatte nicht vorgehabt, Sie zu kompromittieren. Sobald Sie gegangen waren, kehrte er zurück und beseitigte die Leiche. Ich muß eingestehen, den Kleiderbügel habe ich selbst nach Rhu gebracht. Ich habe Ihre Nerven unterschätzt. Und ich bewundere Ihre Nerven, Tina. Sie hätten von Anfang an die Kastanien aus dem Feuer holen können, wäre Ihr Gatte nicht so habgierig gewesen. Hätte er Dr. Holmes nicht erpreßt, ohne es Ihnen zu sagen. Es war ein verdammtes Ärgernis für mich, wenn ich das sagen darf. Denn während Michael seine rechte Hand gegeben hätte, um zu verhindern, daß Sie und Holmes zusammenkommen, tat ich natürlich alles, um dafür zu sorgen. Wir mußten wissen, ob Holmes bei der Spionageaffäre gemeinsame Sache mit Ihnen macht oder nicht.«

Die Gläser blitzten auf. »Im Lauf der Ereignisse wurde natürlich alles klar. Was ich im Landrover gehört hatte, bereinigte die Sache endgültig, auch ohne die Tonbandaufzeichnungen von Rum.«

»Armer Kenneth«, sagte ich automatisch. Durch die großen D's seiner Zweistärkenbrille beobachtete er nicht mich, sondern die Möwen. »Ich habe wirklich versucht, ihm nicht weh zu tun. Ich gab mein Bestes, um dieses Tonband zu bekommen.«

»Das weiß ich«, sagte Johnson freundlich. »Und Sie werden sicher voller Erleichterung hören, daß es in Sicherheit ist. Ich habe in der Nacht auf Kinloch Castle ein leeres Band in das Gerät gelegt, für den Fall, daß ein Windmühlenflügelstürmer oder Verbrecher es stehlen würde. Der Beweis, der Kenneth freispricht, ist also noch vorhanden. Genau wie der Beweis gegen Sie ... Aber es war schon lange vorher klar, daß Sie Goldzahn gar nicht gefaßt sehen wollten, zum Beispiel, weil er auf der gleichen Seite wie Sie stand. Sonst hätten Sie sowohl Kenneth als auch mir gesagt, was in dieser Nacht auf der *Vallida* geschehen ist. Kenneth hätte sich gerührt gezeigt, weil Sie ihn so sehr schätzten, und wir hätten Goldzahn jagen und in einem Aufwasch Ihre Diamanten sicherstellen können. Ach ja, er hatte eine weitere Kugelschreiberbombe und einen Revolver an Bord und in den Lagerräumen die kleine Kiste mit der Mine versteckt. Er war ein Profi, dieser Bursche.

»Mir ist aufgefallen«, schnappte ich, »daß Sie das Risiko nicht eingegangen sind, Kenneth damit zu rühren, indem Sie ihm verraten, daß ich versucht habe, ihn freizukaufen und so sein Leben zu retten.«

»Nein«, gestand Johnson ein. »Mich verwirrt immer noch, warum Sie das getan haben. Schließlich wollten Ihre Vorgesetzten Kenneth ja aus dem Weg geräumt haben, einmal, um ihm die Schuld für alle undichten Stellen in den Sicherheitsvorkehrungen in die Schuhe zu schieben, und zum anderen, weil er mit seiner Arbeit soweit vorangekommen war. Und doch wollten Sie nicht, daß man ihn tötete, nicht wahr? Warum, frage ich mich. Vielleicht, weil er noch Ihre Briefe hatte. Oder, weil Sie vor hatten, Twiss alle Schuld zuzuschieben und auch den Verdacht zu zerstreuen, den Holmes vielleicht haben mochte, um Ihre Karriere mit seiner Liebe und gleichzeitig seinen Geheimnissen voranzutreiben? Offensichtlich war es lebenswichtig, zu ihm zu gelangen. Eines schönen Tages hätte er wieder zur Vernunft kommen und es für wichtig halten können, jemandem zu sagen, wem er den zweiten Schlüssel für sein Labor in Nevada gegeben hatte.«

Johnson gefiel mir. »Fahren Sie fort«, forderte ich ihn auf.

Er sah mich direkt an, sowohl durch den Weitsichtigkeits- wie auch durch den Kurzsichtigkeitsfokus. »Ihnen gefällt das. Mir nicht.«

»Warum nicht?« sagte ich. »Ein weiterer Erfolg für Sie. Ich will Ihr Mitleid nicht. Wenn ich einen Fehler gemacht habe, muß ich eben dafür bezahlen.« Ich hielt einen Augenblick inne. »Suchen Sie ein nettes Mädchen für Kenneth«, sagte ich.

Langsam hob Johnson eine Hand und nahm die Brille ab. Darunter befand sich ein müdes, menschliches Gesicht. »Armer Kenneth. Aber der Instinkt war richtig. Der Instinkt, der Sie zusammengeführt hat. Er war das Feuer, das Sie brauchten, um sich daran die Hände zu wärmen. Aber er war derjenige, der sich verbrannt hat.«

Es war ermüdend, von Kenneth zu sprechen, als trüge er noch kurze Hosen, aber es blieb keine Zeit mehr, darüber zu streiten. »Wir hätten viel mehr Zeit auf der *Dolly* haben müssen«, sagte ich.

»Ja, das glaube ich vielleicht auch«, sagte Johnson. »Aus einer Vielzahl von Gründen. Darunter diesem.« Er hatte seine Brille wieder aufgesetzt.

»Dieser« war etwas Viereckiges, in braunes Papier Eingeschlagenes. Er schlug die Verpackung zurück und enthüllte es.

Es war mein Porträt, nun lebensvoll fertiggestellt. Es zeigte meinen Kopf und die Schultern und die gefalteten Hände, wie ich mich auf den Tweedpolstern der *Dolly* zurücklehnte, einen Rum mit Lemon (Lennys Mischung) in der Hand, während der blaue Himmel und das noch blauere Meer hinter mir vorbeizurasen schienen. Mein Haar war nicht festgesteckt und fiel mir in sanft schimmernden Locken auf die Schultern. Mein Kleid bestand aus Chiffon, meine Smaragde funkelten in der Sonne.

Aber es war das Gesicht, das einen gefangennahm. Die jungen Knochen, die geschmeidige Süße von Gila hatten sich mit den scharfen, zahlreichen Farbschichten verändert. Die Nase, so ergötzlich gekürzt, hatte einen Schatten bekommen, der auf ihre wirkliche

Länge hinwies; die Augen waren nicht mehr verschwommen, sondern flüssig und kühl; und der wunderschön gemalte Mund war der trainierte Mund einer Sängerin.

Es war mein eigenes Gesicht, das Gesicht, mit dem ich geboren wurde. Das Gesicht, dem ich nicht entkommen konnte.

Ich schaute zu den blitzenden Zweistärkengläsern auf, und ich lächelte ein breites, hübsches Lächeln; und ich dankte ihm für seine Hilfe und Obhut und das wunderschöne Bild, und dann ging ich bepackt die Treppe hinab. Ich ging die Treppe hinab, wie ich sie in meiner Kindheit immer und immer wieder hinabgegangen war. Zu den Namenlosen, die dort unten warteten.

Charles McCarry

Tränen des Herbst

Ullstein Buch 10342

ein Ullstein Krimi

Herbst 1963: Innerhalb von nur 21 Tagen geschehen an zwei entgegengesetzten Enden der Welt zwei politische Morde.
1. November: Bei einem von der CIA inszenierten Staatsstreich wird Südvietnams Präsident Ngo Dinh Diem ermordet, nachdem sein Unwillen über Amerikas Südostasienpolitik ruchbar geworden war.
22. November: In Dallas, Texas, fällt US-Präsident John F. Kennedy den Kugeln des Attentäters Lee H. Oswald zum Opfer.
Die Tat eines verrückten Einzelgängers, wie der offizielle Untersuchungsbericht behauptet? Oder besteht ein Zusammenhang zwischen beiden Attentaten?
CIA-Agent Paul Christopher fährt gegen den Willen seiner Regierung nach Vietnam und nimmt die Fährte auf . . .

Mit Charles McCarry, dem ehemaligen Journalisten, Mitarbeiter in Washingtoner Ministerien und hohen Geheimdienstbeamten, stellt sich in der Reihe der Ullstein Krimis der neben Ross Thomas bemerkenswerteste amerikanische Polit-Thriller-Autor vor.

Donald Carter

Case

Ullstein Buch 10344

ein Ullstein Krimi

Sie sind mit dem Umsatz Ihrer Firma nicht zufrieden? Ihre Mitarbeiter zeigen zu wenig Leistung? Ihre Vertreter arbeiten nebenbei für die Konkurrenz?
Ganz klar, sie brauchen einen Mann wie Case. Natürlich sind seine Methoden ungewöhnlich, aber er bringt auch den müdesten Laden wieder auf Vordermann.
Der Aufwand? Kein Problem, Case ist das Vielfache dessen wert, was Sie ihm für seine schmutzige Arbeit bezahlen müssen. Und um die Provision kümmert er sich ganz alleine.
Aber hüten Sie sich, Case mit seinen eigenen Waffen schlagen zu wollen. Denn so ungewöhnlich wie die Methoden sind auch seine Morde.